À PERDRE LA RAISON

Meredith WILD

À PERDRE LA RAISON

Le Destin des Bridge

Tome 1

Traduit de l'anglais (États-Unis)
par Michelle Charrier

Michel LAFON

Du même auteur chez le même éditeur

Hacker

Dangereuses Affinités, Acte 1
Fatales Attractions, Acte 2
Vertiges charnels, Acte 3
Liens défendus, Acte 4
Ultime Tentation, Acte 5

Titre original
On my Knees (*The Bridge Series, Book 1*)

118, avenue Achille-Peretti
CS 70024 – 92521 Neuilly-sur-Seine
www.michel-lafon.com

À tous les survivants

Prologue

Ma survie dépendait de son amour à un point dont je n'avais aucune idée avant son départ. Les jours se suivaient et se ressemblaient, supportables dans la seule mesure où ils nous rapprochaient des retrouvailles.

Je jetai un coup d'œil au réveil, unique objet intéressant de la morne chambre que je partageais avec une colocataire absente. La lumière de l'après-midi finissant y pénétrait par la baie vitrée, étonnante dans un logement d'étudiant, même si les maisons comme celle où je vivais ne manquaient pas sur l'antique campus. Elles abritaient la jeune élite de Nouvelle-Angleterre depuis des décennies – voire des siècles.

Ma quasi-solitude des deux derniers jours s'était révélée déconcertante. Un calme inhabituel régnait en ces lieux, où élèves et professeurs déchaînaient d'habitude un tourbillon d'activité. Cette tranquillité extraordinaire, ajoutée à l'interruption des cours, avait rendu l'absence de Cameron insupportable. Il me manquait terriblement, un manque qui me torturait plus que jamais ce jour-là – où je n'avais absolument rien pour me distraire.

Le tourment qui me rongeait m'incitait à compter les minutes qui me séparaient encore de son retour, mais mon manque d'assurance et l'interruption récente de nos échanges alimentaient une peur qui suspendait régulièrement le rêve où je le tenais à nouveau entre mes bras. M'aimait-il encore ? La plupart des engagés changeaient au cours de leurs classes. Rien ne me disait que Cameron me reviendrait tel que dans mes souvenirs, à part quelques lettres et brefs coups de téléphone.

Ces deux dernières semaines, son absence était devenue plus angoissante que douloureuse. Mais, tout compte fait, j'étais la seule personne qu'il veuille absolument voir lorsque l'armée lui accordait une permission. Je me cramponnais donc à nos souvenirs partagés chaque fois que la peur de le perdre m'envahissait. Pourvu que le lien qui nous unissait reste assez fort, pourvu que nous passions assez de temps ensemble pour résister à la longue séparation qui nous attendait encore !

On frappa, et je sursautai. Ce ne pouvait être que lui ! Un nouveau coup d'œil au réveil m'apprit qu'il était en avance. Étonnant. Je me levai du lit en jetant mon livre de côté puis, le cœur battant, défroissai ma robe bain de soleil blanche – la seule en bon état – et ôtai l'élastique de ma queue-de-cheval pour laisser mes cheveux tomber librement dans mon dos. Une minute d'agitation encore, un second « toc toc toc », l'énergie et l'excitation battant dans mes veines… j'inspirai à fond et ouvris.

Il était là, presque trop beau pour être vrai. Je lâchai le bouton de porte, joignis les mains et les tordis, timidement frémissante. Il n'était plus le même. Ses yeux bleus perçants me restaient familiers, mais le soleil texan avait foncé sa peau olivâtre, et il avait perdu au moins dix kilos. Il avait aussi l'air plus âgé, à la fois parce que les lignes puissantes de ses pommettes et de son menton s'étaient aiguisées et parce que ses cheveux noirs étaient maintenant coupés en brosse. J'aurais dû m'attendre à des changements physiques, mais une inquiétude irrationnelle tempéra le torrent d'émotion qui me submergea à sa vue.

Ses sentiments étaient-ils restés les mêmes, ou avait-il aussi changé intérieurement ?

Quand j'ouvris la bouche, à la recherche des mots adéquats, ses lèvres dessinèrent un petit sourire auquel je répondis avec soulagement. Il s'avança, prit mes mains agitées entre les siennes et me frotta les articulations pour m'aider à me détendre. Les doutes qui s'attardaient en moi fondirent à la chaleur de son regard, et une longue expiration tremblante m'échappa.

– Entre, murmurai-je.

Je n'osais encore briser le silence et rendre justice à l'émotion irrésistible dont m'emplissait sa présence retrouvée, mais je reculai d'un pas, l'entraînant dans la chambre. Il passa son bras autour de ma taille puis resserra son étreinte pour me presser fermement contre lui. Mon corps se moula aux lignes dures du sien tandis que mon souffle s'accélérait, car je réagissais tout entière à sa proximité, sous son regard hypnotisant. Son sourire s'effaça.

– Tu m'as tellement manqué, Maya, murmura-t-il en dessinant mes lèvres du pouce. Jour après jour…

Ma main se glissa d'elle-même au creux de sa nuque. Les longues boucles qui auraient dû se prendre entre mes doigts me manquèrent bien un peu, mais ce genre de choses n'avait pas d'importance. Changé ou non, il était là. Son cœur, la chaleur de son corps contre moi, il ne me fallait rien de plus. Mon amour, en chair et en os. Il me semblait rêver. Peut-être l'avais-je appelé si fort et si longtemps qu'il en était devenu réel. La séparation avait été une telle torture que je ne pouvais

– que je ne voulais – tout simplement pas me rappeler qu'il faudrait à nouveau l'affronter.

– Je n'arrive pas à croire que tu es vraiment là.

Ma voix se brisa.

Il m'effleura une pommette du bout des doigts pour m'apaiser. Un soupir tremblant m'échappa, je voulus l'embrasser, mais il m'arrêta en me posant avec douceur la main sur la joue avant que je trouve sa bouche.

– Je t'aime, murmura-t-il, souffle léger sur mes lèvres.

Mon cœur se serra, souffrance douce-amère palpitant dans ma poitrine au rythme de mon pouls. On avait échangé cette déclaration si souvent, de vive voix ou par écrit, que les mots s'en étaient usés, mais ils avaient à cet instant une profondeur telle qu'ils me coupèrent les jambes. Mon être se réchauffa tout entier de l'intérieur. Portée par le désir fervent de prouver à Cameron l'ardeur de mes sentiments, je me haussai sur la pointe des pieds pour l'embrasser. Nos lèvres s'unirent, timidement d'abord, puis passionnément.

– Maya… souffla-t-il, brisant le contact par ce seul mot.

– Oui ?

Perdue dans ses yeux, j'aurais donné n'importe quoi pour que cet instant se prolonge éternellement. Jamais je ne l'avais autant aimé. Mon âme débordait des sentiments qu'il m'inspirait.

Il hésita, comme s'il cherchait ses mots, lui aussi, mais il m'entraîna avant que je puisse l'interroger dans un autre baiser, profond et tumultueux. Un gémissement m'échappa. Nos corps serrés l'un contre l'autre m'empêchaient de penser clairement. Une main descendit le long de ma cuisse, la remonta par-derrière puis se pressa contre mes fesses à travers le coton léger de ma culotte. Cameron en tritura brièvement l'ourlet, avant de la faire glisser sur mes hanches. Lorsqu'elle me tomba aux genoux, je m'en débarrassai.

Il repoussa sur mes épaules les fines bretelles de ma robe, qui glissa à mes pieds. Son regard brûlant erra sur ma nudité, alors que ses yeux étaient jusque-là restés rivés aux miens. Sa main courut sur mon bras, dessina la saillie de ma hanche puis s'immobilisa à nouveau sur mes fesses pour m'attirer fermement contre lui. La peau me brûlait dans son sillage.

Je caressai son ventre lisse et dur puis relevai sa chemise pour mieux le voir, mais il l'ôta d'un geste brusque. Quel homme magnifique ! Le moindre de ses muscles était plus prononcé et plus ferme qu'avant, je m'en aperçus en laissant mes mains errer sur les courbes de son abdomen, ses pectoraux, ses biceps noueux.

– Tu approuves ? s'enquit-il quand je me mordis la lèvre, incapable de dissimuler un sourire.

– On dirait quelqu'un d'autre.

Physiquement, du moins, c'était en effet un autre homme. Il avait beau être magnifique avant, je découvrais à présent la cerise sur le gâteau… voire la pièce montée.

– Je n'ai pas tellement changé, murmura-t-il.

– J'espère bien.

Je n'avais qu'une envie : apprendre moi-même ce qu'il en était ; l'avoir tout entier à moi, là, maintenant, tout de suite – et le plus longtemps possible. Je promenai ma bouche humide sur son torse, dont ses muscles contractés tendaient la peau douce, m'agenouillai lentement puis le parcourus du regard, enhardie par le désir qui brûlait dans ses yeux. Après quoi j'ouvris la braguette de son pantalon et le descendis assez bas pour accéder à toute la longueur de son érection, que son boxer peinait à contenir.

Sa hampe tressaillit sous le coton, à travers lequel j'aspirai un air brûlant et dessinai de la langue les contours de son gland, mais lorsque je glissai les doigts sous l'élastique de son caleçon pour libérer toute sa longueur délicieuse, il m'arrêta d'une voix tendue :

– Attends.

– Je te veux.

– Ça fait trop longtemps, répondit-il en m'attrapant par les cheveux. Je ne tiendrai pas comme ça. Viens par ici.

Il se laissa tomber près de moi, assis par terre, adossé au lit, puis m'aida à m'installer à califourchon sur lui. Une timidité fugace m'échauffa quand j'écartai largement les jambes, exhibant ma nudité.

Sa bouche s'entrouvrit. Son regard erra sur mon corps, suivi de ses mains.

– Oh Maya, tu es magnifique !

Une vive chaleur me monta aux joues.

– Tu dis ça parce que tu es en manque depuis des mois et que tu n'en peux plus.

– Non, je dis ça parce que tu es la créature la plus sublime que j'aie jamais vue.

Il se pencha pour m'embrasser en m'entourant étroitement de ses bras.

– Mmm, ces lèvres si douces m'ont manqué…

Ses mains effleurèrent ma cage thoracique, puis mes seins, avant de les presser et d'en agacer les tendres mamelons.

– Et ça…

Son regard s'assombrit. Ses caresses enflammèrent le chemin qui menait à mon entrejambe, avant qu'il s'insinue entre mes boucles pour taquiner les plis humides de mon excitation à petites touches affolantes.

– Et ça… chuchota-t-il en humectant sa lèvre inférieure.

Haletante, je me serrai avidement contre lui, plaquai ma poitrine à la sienne, afin de jouir du contact de sa peau, le pris dans mes bras et l'embrassai frénétiquement.

– Je te veux en moi, implorai-je en ondulant des hanches sous ses caresses.

Une chaleur brûlante m'envahit, tandis que l'ardeur de notre baiser me laissait les lèvres fourmillantes. Ses doigts plongèrent en moi, qui me contractai autour d'eux, gémissante, puis me balançai sur sa main.

– Plus fort !

Je voulais tellement plus !

Un autre doigt s'introduisit en moi pour masser ma chair tendre, allant et venant avec douceur dans ma moiteur croissante, avant de ressortir brièvement humecter mon clitoris. Les flammes du désir me léchaient la peau. Mes hanches se soulevaient et retombaient contre la main qui me tourmentait de caresses volontairement lentes.

– Je t'en prie, Cameron ! Tu me rends folle.

– Je veux que tu sois prête à m'accueillir.

– Je suis prête depuis des semaines.

Il me souleva légèrement pour baisser du même coup son boxer et son pantalon, dévoilant la verge virile dont j'avais rêvé je ne sais combien de fois. Si son sexe était une drogue, j'étais toute disposée à en faire une overdose. Je n'avais jamais rien désiré aussi fort.

Frissonnante à la pensée de ce qui m'attendait, j'entourai des deux mains sa chair brûlante et la pressai doucement. La perle liquide qui luisait au sommet de sa hampe me mit l'eau à la bouche. Je mourais d'envie de le sucer, mais on aurait le temps, plus tard. Là, maintenant, tout de suite, il fallait juste qu'il entre en moi, ou j'allais perdre l'esprit.

Lorsqu'il inspira brusquement, je compris avec joie que son ardeur égalait la mienne. Dressée au-dessus de lui, j'amenai son gland jusqu'à mon sexe, où je l'introduisis.

Il m'attrapa aussitôt par les hanches pour m'immobiliser, ses iris bleus dilatés, l'air grave.

– Doucement, je ne veux pas te faire mal.

Obéissante, je résistai à l'envie de me laisser retomber sur lui pour le prendre tout entier en moi d'un seul coup. Il m'emplit, peu à peu, lentement, sans jamais détourner son regard du mien, tandis que je passais du désir au soulagement, à la douleur, puis revenais au besoin frénétique, chaque transition exposée à sa vue.

Enfin, il m'embrassa avec douceur, aspirant mes gémissements et mes petits cris étouffés. Mon corps, qui l'avait absorbé jusqu'à la racine, s'étirait pour s'adapter à son volume, se raidissait, partagé entre la morsure de sa pénétration profonde et la violente envie d'apaiser cette gêne en le chevauchant si brutalement que j'en oublierais mon propre nom.

Ses mains escaladèrent mes côtes puis redescendirent jusqu'à l'endroit où ses cuisses soutenaient mes fesses, qu'il serra tendrement.

– Merveilleux, murmura-t-il. C'est une sensation tellement stupéfiante, tu ne peux pas savoir.

– On est faits l'un pour l'autre, répondis-je sur le même ton, en suivant de la langue la courbe de son oreille.

Je l'embrassai dans le cou, non sans lécher le sel de sa sueur, puis m'emplis les poumons de son odeur enivrante, toute de virilité musquée.

Il se releva et me posa lentement à terre, ce qui m'évita d'avoir à décider quand et comment bouger. Le torrent de sensations qui m'envahit au changement de position m'arracha un gémissement. Je me cramponnai à ses épaules, incapable d'échapper au plaisir incendiaire de la pénétration après une aussi longue absence. Il allait devoir me servir d'ancre pendant la tempête qui s'annonçait.

Nos corps adoptèrent un rythme régulier qui renforçait à chaque mouvement la palpitation du désir, au creux de mon ventre. J'embrassai Cameron avec l'intrépidité et l'exigence de la créature avide que la séparation avait fait de moi.

Quand il ondula des hanches pour s'enfoncer davantage encore en moi, je rejetai la tête en arrière dans un cri, car le plaisir m'envahissait. Mes seins s'alourdissaient, pendant que sa bouche transformait mes mamelons en pointes dures hypersensibles. Je me contractai autour de sa hampe, haletante, augmentant la friction de ses poussées.

Sa verge emplit mon sexe jusqu'à me faire perdre le sens de la réalité. J'aurais voulu étirer ce moment, mais mon corps embué de sueur menaçait de s'emballer.

Un gémissement me monta aux lèvres : l'orgasme m'était aussi nécessaire que l'inspiration suivante. J'accompagnais de tout mon poids les poussées de Cameron, afin de l'entraîner plus loin dans les profondeurs trempées de mon sexe. Il allait et venait facilement, sans ralentir. *Plus vite, plus fort.* Mon esprit se perdait dans un débordement d'exigences et de besoins silencieux. J'étais prête à tout, pourvu que ça nous rapproche.

– Regarde-moi, Maya.

Ses doigts se glissèrent dans mes cheveux pour m'obliger à me concentrer sur lui.

Mes yeux se rivèrent aux siens ; notre souffle était heurté, chaotique. Quelque chose dans ses paupières mi-closes et la fermeté de son menton s'imposa à mon besoin obsessionnel de jouir. La violence de sa poussée suivante me coupa le souffle. Ma bouche s'ouvrit sur un cri silencieux. Mon cœur allait exploser s'il continuait comme ça, mais je ne pouvais lui échapper… je ne le voulais pas.

– Cameron… balbutiai-je, faible supplication où transparaissait ma reddition.

Je me donnais tout entière, à présent. Corps, cœur et âme, confiante.

– Tu es à moi.

Affirmation rauque qui fit courir un frisson sur ma peau.

Il ne se contentait pas de me prendre, il m'aimait par tous ses gestes : ses lèvres caressaient les miennes ; ses mains, fermement posées sur mes hanches, guidaient mes mouvements ; son sexe plongeait en moi, pression farouche m'amenant au bord de l'extase. Le moindre de mes besoins primaires, internes comme externes, en était satisfait.

Il se lécha la pulpe du pouce, qu'il promena en petits cercles adroits sur mon clitoris. Je me tordis contre lui, tressaillante, cramponnée à ses épaules.

– Oh, Cameron ! m'écriai-je.

– Oui, c'est ça. Reste avec moi.

Sa poigne ferme m'obligeait à me concentrer, à porter toute mon attention sur ses yeux, à présent sombres et intenses.

– Je vais jouir… balbutiai-je.

Les paupières étroitement closes, je renonçai à essayer de me contrôler, car je n'étais plus que sensations.

De multiples sensations.

Nos moindres points de contact se contractèrent violemment, à croire que notre énergie vitale risquait de nous échapper si on se laissait aller. Son sexe s'allongea, rigide et palpitant, propulsé par son bassin jusque dans mes tissus les plus sensibles. Emportée par un orgasme aveugle, je sentis mes ongles lui crever la peau puis lui lacérer la poitrine.

– Oh Maya… grogna-t-il.

Mes yeux se rouvrirent à temps pour que je le voie perdre les derniers restes de maîtrise de lui-même. C'en fut assez. La jouissance, le poids de la séparation et de l'amour, le besoin aigu d'être prise comme jamais je ne l'avais été m'emportèrent tel un tsunami. Plaisir et soulagement me secouèrent tout entière d'une succession de frissons violents. Je me cramponnai au lit, hurlante, mes mains sans force crispées dans les draps pour m'ancrer à la terre, malgré le plaisir suprême qui m'emmenait au septième ciel.

– Je t'aime. Qu'est-ce que je t'aime !

Un sanglot contenu accompagna cette déclaration involontaire. Des larmes me piquaient le coin des yeux, tandis que je redescendais sur terre.

Les hanches de Cameron s'arquèrent, étirant l'instant pendant qu'il traquait son propre apaisement en relançant mon plaisir. Mon dernier cri se perdit dans un baiser désespéré, qui absorba aussi son gémissement animal. Il se figea avant d'éjaculer, torrent de chaleur intérieure.

Pantelante, je me laissai aller en arrière, toute tension enfuie. Ses bras se refermèrent sur ma taille, et son front humide se posa entre mes seins, soulevés par mes halètements.

Je le serrai contre moi avec reconnaissance. Une reconnaissance qu'il m'inspirait, lui, mais aussi le miracle qui l'avait fait entrer dans ma vie et le moment que nous venions de vivre. Un nœud douloureux me gonflait la gorge. Mon être intime était à nu. J'avais envie de pleurer et de me dépouiller des peurs, des doutes, des inquiétudes qui pesaient sur moi auparavant. Me dépouiller de tout ça pour qu'il ne reste que notre amour.

Lorsqu'il releva la tête, son visage trahissait un bouleversement absolu.

– Bon sang, Maya. C'était…

– Étonnant, achevai-je, même si le mot était faible pour qualifier ce qui venait de se produire entre nous.

« Épique » ou « atomique » auraient mieux convenu. « Cuisant » aussi, car j'avais vaguement conscience que le dos me brûlait, sur la descente de lit qui nous protégeait du parquet. Mais peu m'importait.

Je promenai mes doigts sur la peau de Cameron par effleurements légers, encore étourdie mais, en bonne droguée, toujours aussi avide. Il se redressa pour m'embrasser, tendres baisers paresseux qui gagnèrent vite en ardeur, ravivant les braises de mon désir et le faisant monter en moi.

– Viens, on recommence, dit-il d'une voix rauque.

* * *

On avait toute la semaine pour être ensemble, ni plus ni moins, puisqu'on n'en demandait pas davantage.

Pendant que mes colocs s'ébattaient sur les plages du Sud pour fêter les vacances de printemps, Cameron et moi passions nos journées au lit. Le soir, on allait se promener dans le centre-ville, dîner et boire quelques verres, puis on rentrait en courant faire l'amour ou baiser sauvagement, bruyamment, vacarme désinhibé résonnant dans les couloirs heureusement déserts de la maison.

On absorbait la moindre de ces précieuses minutes et on discutait à n'en plus finir de notre avenir commun : on allait se marier, vivre heureux et avoir beaucoup d'enfants. La part d'inconnu qui nous attendait était si grande qu'on s'autorisait à rêver et à imaginer notre vie future. J'ignorais quand et comment elle prendrait forme, mais j'espérais que, le moment venu, je donnerais à Cameron tout ce qu'il désirait.

Au fil des jours, nos contacts se prolongeaient, nos baisers gagnaient en profondeur, le sexe frénétique devenait tendres étreintes sans hâte. Lorsque enfin je laissai couler mes larmes, il les embrassa sans jamais m'en demander la raison. Il me serrait dans ses bras, il m'aimait, il m'aidait à m'oublier, fût-ce un instant, que cette semaine allait s'achever.

Si longs que deviennent nos ébats, le temps ne ralentissait pas. Lors de nos promenades sur le campus, j'essayais de chasser de mon esprit l'enchaînement des jours. Cameron ne tarderait pas à reprendre l'avion, tandis que je retournerais à ma vie étudiante, monotone et laborieuse. Appuyée à son épaule, je regrettais de ne pouvoir figer le temps ou le kidnapper, lui. Ce troisième occupant ne dérangerait certainement pas ma compagne de chambre.

Ce soir-là, en arrivant à l'endroit où l'étang scintillant se jetait dans la rivière, il ralentit, se tourna vers moi et me prit les mains. Je le regardai, hypnotisée par l'éclat de ses yeux dans l'ombre. Il était beau. Tellement beau. Et, pour l'instant au moins, tout à moi.

– Ça va ?

– Oui, mentis-je.

Je ne voulais pas perdre de temps à parler de l'inévitable.

– Moi non plus, je ne veux pas repartir, dit-il, faisant écho à mes pensées.

– Je n'arrive même pas à y penser, avouai-je, les yeux rivés au sol, entre nous.

– On y arrivera. Quand j'aurai fait l'école technique, ce sera plus facile, je te le promets.

Mon cœur se serra à l'évocation de cette future séparation prolongée.

– L'été arrive, dis-je néanmoins en ravalant mes larmes, afin d'apporter un rayon d'espoir.

Il était hors de question de céder à la tristesse avant le départ de Cameron et de gâcher nos deux derniers jours en pleurant sur l'inévitable.

– À propos… commença-t-il.

Je relevai la tête, étonnée par son attitude soudain tendue. Il serrait les dents, le regard fixé sur nos mains aux doigts entrelacés. Puis il inspira à fond.

– Quoi ? Qu'est-ce qui se passe ?

Mon estomac se noua. Avait-il attendu cet instant pour m'annoncer une mauvaise nouvelle ?

– Tu m'as bien dit que tu cherchais du travail ici, cet été…

– Oui, acquiesçai-je. C'est le plus logique pour moi.

– Je sais, mais au lieu de me rendre visite là où je serai stationné, tu pourrais carrément y passer l'été avec moi.

– Je croyais que tu devais vivre sur la base ? demandai-je, perplexe. Et je ne pourrais pas me payer un studio, Cameron.

Je détestais d'autant plus évoquer mes problèmes financiers que ces limitations-là n'avaient jamais existé pour lui.

– Je dois vivre sur la base à l'heure actuelle, mais tout dépend des circonstances…

Il m'était impossible de voir où il voulait en venir, car les arcanes militaires m'échappaient complètement :

l'armée appliquait davantage de règles que je n'en connaissais.

– Comment ça ?

– Ce serait différent si on était mariés.

Mes yeux s'écarquillèrent et ma bouche s'entrouvrit, tandis que je prenais une brusque inspiration de fraîcheur nocturne.

– Mariés ?

Ce fut tout juste si je reconnus ma voix. Forcée, aiguë, paniquée – contraste saisissant avec la manière dont on avait évoqué le sujet quelques heures plus tôt, comme un rêve lointain mais partagé.

– Si on était mariés, je ne serais plus obligé de loger sur la base. On pourrait vivre ensemble. Je gagnerais largement assez pour nous deux jusqu'à ce que tu retournes à la fac. Plus tard aussi, bien sûr.

L'ardeur qui vibrait entre nous un instant plus tôt restait à présent en suspens, glacée, pendant que ces mots m'imprégnaient lentement. J'aurais aimé répondre, mais mes lèvres remuaient sans que le moindre son les franchisse. La panique refermait son étau sur mes poumons. Je ne pouvais plus respirer.

Les choses ne se passaient pas comme ça, dans mes rêves. On était plus âgés, ma vie avait une certaine stabilité, je souriais, je pleurais, je sautais au cou de Cameron pour l'embrasser pendant qu'un chapelet de oui se déversait de mes lèvres. Alors que là, je luttais contre une nausée, ma vue se brouillait, un fouillis de pensées fragmentées envahissait mon cerveau, étouffant les bruits subtils qui nous entouraient.

– Je ne comprends pas, dis-je enfin.

Et, en effet, j'ignorais vraiment d'où sortait cette proposition.

Il me serra les mains avec force. Je pris vaguement

conscience de la moiteur de mes paumes, mais mes idées éparses m'empêchèrent de m'en préoccuper.

– Je veux faire de toi ma femme, Maya.

La douceur de sa voix avait laissé place à la détermination. Il me fixait d'un regard intense, avec le plus grand sérieux. Je mourais de peur.

– Il faut tenir compte de la logistique militaire, bien sûr, continua-t-il, mais le plus important dans tout ça, c'est que je veux t'épouser. Ce qu'on a vécu cette semaine… je veux le vivre à l'avenir, et je veux avoir la certitude que rien ne pourra nous l'enlever.

– Mais…

Je trébuchais sur les mots. Pourvu qu'il ne voie pas que j'étais terrorisée !

– Tu veux dire… Tu crois… maintenant ?

Court silence, puis :

– On pourrait se marier ce week-end, avant mon départ. Rien que nous deux. On n'a besoin de personne d'autre.

Je reculai d'un pas pour lui échapper, dans l'espoir que m'écarter de lui me permettrait de respirer plus facilement. Un souffle laborieux soulevait ma poitrine. Mon esprit chaviré venait de jaillir du coma amoureux où j'avais passé la semaine. J'avais beau adorer Cameron, rien n'aurait pu me secouer davantage que sa proposition.

– Je n'ai pas d'alliance… avoua-t-il, la tête basse.

Son regard interrogateur ne fit qu'augmenter mon malaise.

– Je m'en fiche, de l'alliance, répondis-je, mais c'est tellement soudain. Tu te rends compte de ce que tu me demandes ?

– Je sais exactement ce que je te demande, oui. Je ne pense pratiquement qu'à ça depuis des semaines, tu sais.

J'ai eu envie de te poser la question à la seconde où je t'ai revue.

Mon regard errait du sol aux immeubles lointains. Il me fallait quelque chose sur quoi me concentrer, car mes pensées s'étaient emballées.

L'avenir dont on avait parlé était manifestement bien plus proche à ses yeux que je ne l'avais cru. Mais, alors que nos rêves partagés étaient à portée de main, je me sentais pulvérisée émotionnellement, dépouillée de mes sentiments. Le cocon douillet des derniers jours m'avait été arraché, me laissant sous le choc de sa proposition.

– Mais pourquoi maintenant ? m'enquis-je.

– Pourquoi attendre ?

– Je ne peux pas m'en aller comme ça. Il faut que je m'occupe de certaines choses ici.

Froncement de sourcils perplexe.

– Quoi, par exemple ?

– Je ne sais pas. Mon travail, je suppose.

Cette demi-vérité molle m'évitait d'évoquer les véritables raisons qui m'empêcheraient de quitter la ville avec mon futur mari au mois de mai.

– Tu trouveras du travail là où j'irai, où que ce soit, à moins que tu laisses tomber, tout simplement. Que tu prennes ton été. Je gagnerai davantage, assez pour toi… pour nous.

Comme si les choses pouvaient être aussi simples ! J'étais tétanisée. Arriverais-je à le persuader de son inconséquence ? De sa précipitation ?

– Je ne sais pas, Cameron. Je crois que j'ai besoin de temps. Il faut que je réfléchisse.

Lorsque je risquai un coup d'œil dans sa direction, il serrait les dents. Son attitude tout entière trahissait la tension.

– Tu veux m'épouser, oui ou non ? demanda-t-il dans un murmure.

Je lui avais dit qu'il me fallait du temps, mais il n'était plus question de négocier. L'heure était venue – celle des réponses, pas des esquives.

Une brume fine me balaya la peau, tandis que je repoussais une nouvelle nausée. Impossible. C'était trop. Trop tôt. J'avais beau être dans tous mes états – *on* avait beau être dans tous nos états –, je ne pouvais pas accepter ça. Un jour, oui… mais je n'aurais su dire quand. Cameron voulait me protéger… sans bien savoir quel fardeau pesait sur moi.

– Oui, je veux t'épouser, je le veux vraiment, un jour. Pas aujourd'hui. Il ne faut pas précipiter ce genre de choses.

– Précipiter ? J'ai passé deux mois sans toi, et j'en crève. Je croyais que c'était pareil pour toi.

Mes mains tremblaient. Chacune de ses paroles l'entraînait plus loin de moi. Lorsque mes yeux se posèrent sur l'étang, derrière lui, je m'aperçus que le campus avait sombré dans l'obscurité sous le ciel nocturne. C'était ça, ma vie. Jamais je ne m'étais réellement demandé à quoi elle ressemblerait plus tard, sauf dans nos rêves paresseux. Et maintenant qu'il en appelait à moi au nom des promesses que nous nous étions faites, je manquais à ma parole.

Malgré l'amour qu'il m'inspirait, être sa compagne revenait pour moi à vivre dans un rêve, un fantasme où tout était possible, tout allait bien se passer. Mais il ne savait pas grand-chose de moi. Il ne pouvait comprendre les forces qui pesaient sur moi, ni les batailles que je livrais, loin de mes amis. Sa vie n'avait été que privilèges, sécurité, normalité, dans une famille qu'on pouvait qualifier de parfaite d'après la plupart des critères. Comparée à la mienne, en tout cas.

Je lui avais très vaguement parlé de ma mère, sans mentionner la manière dont son existence était tombée en ruines consternantes après mon départ pour la fac. Quelles chances aurais-je eues avec lui, s'il avait su qui j'étais réellement ?

– Je veux qu'on reste ensemble, Cameron, repris-je, dans l'espoir que ce soit assez.

– Alors épouse-moi. Il n'y aura jamais personne d'autre pour moi. C'est comme ça.

L'amour dans ses yeux, cet amour que j'y avais vu si souvent, ne laissait aucun doute.

– Le mariage ?

Je secouai la tête, l'implorant de renoncer à ce rêve que je ne pouvais réaliser pour lui.

Il tressaillit.

– À t'entendre, on croirait que ça te rend malade.

– Parce que ça me rend effectivement malade.

Je me détournai en m'enveloppant de mes bras pour chasser le froid de la nuit. Quelle obstination de sa part, alors que la moindre de mes réponses le décevait atrocement ! C'était horrible – toute cette conversation était horrible. Je voulais rentrer, m'endormir entre ses bras et me réveiller comme si de rien n'était.

La souffrance qui brûlait dans ses yeux me poignardait en plein cœur.

– Alors tu ne veux pas.

Je secouai la tête, bouleversée. Je n'avais pas le choix, mais il m'était impossible de lui faire comprendre mes raisons.

– Je ne peux pas.

– Qu'est-ce qu'on a vécu, cette semaine ? insista-t-il d'une voix tendue, où perçaient douleur et frustration.

Je haussai les épaules. Si seulement on avait pu

oublier cette discussion, remonter le temps, retourner au simple bonheur d'être ensemble, sans ses attentes terribles que je ne pouvais combler.

– C'était infiniment plus fort que ce qu'on avait vécu jusqu'ici, tu le sais parfaitement, s'obstina-t-il. Mais qu'est-ce que je représente pour toi, en fait ? Qu'est-ce que ça représente pour toi si, en fin de compte, tu ne veux pas de moi ?

– Tu es tout pour moi, Cameron.

Son rire dur me déchira.

– On dirait bien que non.

– Arrête.

Ma voix s'étranglait, car le désespoir l'emportait sur les remords, à l'approche d'un dénouement prévisible face auquel je me sentais impuissante.

– Qu'est-ce que je suis, alors ?

– Mon amant, mon ami. Je ne sais pas comment j'aurais supporté cette année sans toi.

Il m'avait donné l'espoir. Avant son départ pour l'armée, j'attendais toujours le week-end avec impatience, fascinée par les promesses de notre amour dévorant.

– Ah, d'accord, je suis une béquille. Tu peux te reposer sur moi émotionnellement, mais pas t'engager, c'est ça ?

Ces mots me tirèrent une brusque expiration. Les larmes contenues me brûlaient les yeux.

– Non.

– Ah bon ? Explique-toi un peu.

– C'est de la folie. Tu es fou de me demander une chose pareille. Ça ne se fait plus.

– Je me fous que ça se fasse ou pas.

Il se frotta le front. Son souffle sifflait entre ses dents serrées.

– Alors voilà, c'est fini ?

Mon cœur battait à tout rompre.

– Qu'est-ce que tu veux dire ?

– C'est fini, Maya. Je ne peux pas… (Il secoua la tête, évitant mon regard.) Tu ne te rends pas compte de ce que j'ai traversé. Je ne pensais qu'à toi et à cette proposition… mais si tu le prends comme ça, autant arrêter les frais.

– Non, râlai-je, suffoquée par la panique.

Mais quand je voulus l'attraper par le bras, il recula en levant les mains, dans un geste de renoncement.

– Il faut qu'on en parle.

Il m'échappait. Je ne pouvais pourtant pas le perdre à cause de ça !

Mais je ne pouvais ni trouver les mots qui le convaincraient de rester, ni empêcher les larmes de ruisseler sur mon visage.

– Cameron, attends, je t'en prie !

J'étouffai un sanglot quand il fit volte-face et s'éloigna sans un mot de plus.

I

Cinq ans plus tard

MAYA

Malgré le bourdonnement des appareils, le froissement des papiers et les dizaines de gens qui tapaient sur leur clavier, j'aurais juré que l'atmosphère de la salle changeait tous les jours à la même heure, lorsque approchait celle de la liberté : soixante minutes qui nous appartenaient, hors ces murs. Il était donc onze heures cinquante-cinq, et je fouillais anxieusement dans mon immense sac à main pour vérifier que j'avais bien le nécessaire. Midi venait à peine de sonner que je me dirigeais déjà vers les ascenseurs, en m'ouvrant un passage vers l'avant-garde du troupeau. Comme d'habitude, nos supérieurs nous libéraient tous en même temps, pire que du bétail.

Les regards assassins que me jetaient les victimes de mon sac me laissaient indifférente : Vanessa avait fêté son anniversaire la veille au soir, et la gueule de bois annihilait le moindre embarras potentiel. Pas question de perdre cinq minutes de pause en politesses. Pas aujourd'hui. Ni un autre jour, en fait.

Je n'avais pas toujours été comme ça, pensée que je m'empressai de chasser en sortant de la porte à tambour. Le froid glacial de l'hiver me figea une seconde, qui suffit à quelqu'un pour me heurter de plein fouet, me propulsant en avant. Je repris l'équilibre et continuai sur ma lancée, sans me donner la peine de me retourner vers le crétin qui avait failli me faire tomber. De toute manière, c'était moi la crétine un instant plus tôt.

Les mains enfouies dans les poches de mon manteau, je maudis le froid polaire, car le Delaney's n'était pas la porte à côté. Heureusement, il ne fallut guère de temps au torrent de cabans noirs pour diminuer. Lorsque je me faufilai dans le bar obscur à l'odeur de moisi, je me hissai sur un tabouret puis restai une seconde figée, à lutter contre le froid qui m'avait envahie. Enfin, j'inspirai à fond et me débarrassai de mon manteau, que je posai sur le tabouret voisin, libre. Ce fut alors que Jerry surgit de nulle part. Il me salua d'un hochement de tête avant de passer ma commande habituelle dans l'arrière-salle.

– Quoi de neuf, aujourd'hui ? demanda-t-il ensuite en attrapant un chiffon pour le promener sur le comptoir immaculé.

– Plus ça change, plus c'est la même chose…

Je me passai les doigts dans les cheveux, afin d'en chasser l'électricité statique.

– Comme d'habitude ?

– Oui.

Nouveau hochement de tête, puis il m'apporta un grand verre de Coca light et une dose de Jameson.

Mon corps se détendit à cette seule vue. Mes deux meilleurs amis : la caféine et l'alcool. Je n'aurais su dire quand j'avais commencé à boire en journée, mais je ne m'étais pas encore fait prendre, et comme personne au boulot ne voudrait jamais être surpris à déjeuner au Delaney's, je dois dire en toute franchise que ça ne me tracassait pas.

J'avais fêté mes vingt-cinq ans cet été-là, je travaillais donc dans un box depuis près de quatre ans à compiler des chiffres. Après le naufrage économique et le renflouement des banques, le monde de la finance avait perdu de son attrait, mais pas l'argent. Or l'avidité permettrait au système économique de se maintenir, d'une manière ou d'une autre, et ceux qui l'y aideraient deviendraient riches, s'ils s'en donnaient la peine. Moi qui n'avais jamais eu beaucoup d'argent, j'avais choisi cette voie-là pour cette seule raison.

N'empêche qu'obtenir un poste aussi bien payé juste à la fin de mes études m'avait impressionnée : j'y étais enfin arrivée ; je ne m'étais pas donné tout ce mal pour rien. Sauf que la séduction de Wall Street avait pâli plus vite que je ne m'y attendais, quand j'avais compris que mes compétences ne suffiraient pas à faire progresser ma carrière, très loin de là. Rien n'était jamais facile, du moins pour moi. On aurait dit que quelque chose m'attendait toujours au tournant pour me tacler... mais ça ne m'avait pas empêchée d'arriver jusque-là sur mes deux pieds.

Je vidai le petit verre, et le whisky me brûla l'œsophage jusqu'à l'estomac – vide. Mes entrailles protestèrent bien un peu mais se calmèrent en absorbant l'alcool. Il fallait chasser le mal par le mal.

À l'autre bout de la salle se trouvait Stella, une habituée aux cheveux aussi longs que les miens, mais ébouriffés et gris – sauf la pointe, blondie par sa dernière teinture, qui remontait peut-être à des années. Des tas de choses pouvaient changer en quelques années. Son visage blême était sinistre, malgré la pénombre, car la vague clarté admise par les fenêtres l'éclairait de côté, accentuant encore les rides creusées par l'âge et la vie.

– Salut, Stella, ça va ? lançai-je.

Quelques clients levèrent la tête vers moi, avant de reprendre le cours de leurs occupations – lire le journal, regarder la télé, scruter leur bière, en quête de réponses.

– Bien, ma puce, très bien.

Autant que je puisse en juger par ses yeux vitreux et son sourire tors, elle avait commencé tôt. Si on la regardait attentivement, on se disait qu'elle avait été jeune et belle, mais que la ronde des longues journées et des nuits glacées l'avait usée, ratatinée. À moins que ce soit les journées glacées et les longues nuits. Je ne savais rien d'elle, sinon qu'il ne restait pas trace de celle qu'elle avait été dans l'habituée du Delaney's. Elle était devenue transparente, même aux yeux des clients de ce bar miteux, qui n'avaient pourtant pas l'air tellement plus frais.

Mais pas aux miens. Moi, j'avais envie de lui demander si elle avait de la famille ; mais je m'en abstins, parce qu'une question de ce genre pouvait faire plus de mal que de bien.

Jerry m'apporta mon déjeuner : nuggets-frites, mon plat préféré. Je persistais à me nourrir comme dans mon enfance, quand ma mère était fauchée. Dehors, on prenait le menu premier prix ; à la maison, on se préparait une casserole de nouilles japonaises. Je ne me plaignais pas, puisque c'était à l'époque – et maintenant encore – ce dont je raffolais. Entre mes déplorables goûts culinaires et ma vie en *open space*, j'avais gardé les cinq kilos pris pendant ma première année d'université, auxquels étaient venus s'ajouter quelques autres. Je le regrettais, mais pas assez pour y faire grand-chose.

– Merci, Jerry.

– De rien. Si tu as besoin de quelque chose, tu n'as qu'à dire.

– Alors je veux bien que tu serves Stella. Tu mettras ça sur mon addition.

Je laissai tomber ma carte de crédit sur le comptoir pour être prête à régler avant de devoir filer.

– Tu es sûre ?

Il arquait le sourcil, l'air de dire que c'était du gaspillage de consacrer dix dollars à quelqu'un d'aussi inintéressant que Stella.

– Je suis sûre.

Ma voix s'était durcie.

Il s'approcha d'elle et balança un menu sur sa table.

– Choisis-toi quelque chose, ma grande. C'est ta copine, là, qui régale. Encore une fois. Qu'est-ce que ce sera ?

– Oh, ma puce, tu n'es pas obligée. Garde ton argent, dit-elle en agitant la main dans ma direction.

Son verre de bière à moitié vide y échappa de justesse.

– Ça ne me dérange pas.

Son sourire attristé m'apprit qu'elle aurait aimé être en position de refuser, voire d'inverser les rôles et de m'offrir à déjeuner, mais qui savait à quand remontait son dernier vrai repas ? Elle buvait tout son argent, je le savais, parce qu'elle était maigre comme un clou. C'était tout juste si ses vieux vêtements ne lui tombaient pas du corps. Entre l'alcool et la nourriture, son choix était fait. Voilà pourquoi les Jerry de ce monde secouaient la tête.

Il prit néanmoins sa commande, qu'il relaya une fois de plus dans l'arrière-salle.

J'avais déjà terminé mes nuggets, mais je prenais mon temps avec mes frites. À ce point d'une gueule de bois supportable, la nourriture avait des effets curatifs, puisque me remplir l'estomac m'aidait à combattre les dernières traces de nausée. Un coup d'œil à ma montre. Il me restait du temps. Je n'étais pas comme le reste du bétail, qui faisait la queue une demi-heure pour ingurgiter un déjeuner médiocre dans une cafétéria, coude à coude avec de parfaits inconnus. Prendre le temps de marcher jusqu'au Delaney's en valait toujours la peine.

Je fouillai dans mon sac, un de ces accessoires de designer aussi peu pratiques que possible, débordant de cochonneries que je n'avais aucun besoin de traîner partout avec moi, mais dont je parvins malgré tout à extirper mon calepin. Après l'avoir ouvert à une page vierge, je fis jouer plusieurs fois la pointe de mon stylo bille puis la posai au sommet du feuillet.

Les mots que je couchai sur le papier concernaient Stella et les pensées associées, simples fruits de mon imagination, car je ne connaissais l'habituée que pour la voir régulièrement depuis mon tabouret, à l'autre bout de la salle. Mais, d'une certaine manière, j'avais peur de la connaître réellement. La page remplie, je la tournai, puis j'y couchai des mots sélectionnés au recto jusqu'à ce qu'un poème prenne forme, que je réécrivis en le réduisant encore.

Stella

gris
arbre humide et nu
visage caché par les bra(s)nches

froid
mère aride et morne
âme en quête de printemps

Ce laconisme heurté m'apaisait, ce *wabi-sabi* – l'imperfection minimaliste –, ou peut-être la simple certitude que personne à part moi ne comprendrait rien à mon œuvre. Ça ne me dérangeait pas, au contraire : j'en étais même contente. Je m'étais résignée à ce que la plupart des gens que je croisais dans la vie n'en arrivent jamais à vraiment me connaître.

Nouveau coup d'œil à ma montre. Il était l'heure. Je payai Jerry, m'enveloppai de mon manteau et saluai Stella de la main en regagnant la porte, mais elle ne le vit pas.

Avant de ressortir dans le froid, j'allumai une cigarette. Une menthol. Mon estomac protesta, une fois de plus. J'avais trop fumé la veille au soir, j'aurais vraiment dû arrêter. N'empêche que maintenant j'avais chaud, je m'étais un peu détendue, j'étais prête à affronter la seconde moitié de la journée. Mercredi. Encore deux jours. Encore deux jours, et après ? Je me déciderais peut-être enfin à faire du sport ou quelque chose comme ça. *On verra.*

Perdue dans mon fantasme de fitness et mon rêve de minceur fessière, je mis un moment à remarquer qu'on m'appelait par mon nom. A priori, je n'étais pas encore assez près de mon immeuble de bureaux pour risquer d'être reconnue. Il me restait un peu de chemin à parcourir.

– Maya ?

Je pilai et levai la tête. Une jolie fille au visage encadré de longs cheveux sombres se tenait devant moi. Ses yeux bleus perçants rencontrèrent les miens.

– Olivia. Ça alors… Salut. Comment ça va ?

– Bien.

Son sourire se crispa sur cette courte réplique. Aucune de nous ne fit mine d'embrasser l'autre, mais s'il est toujours bizarre d'embrasser quelqu'un qu'on n'a pas vu depuis une éternité, ce fut encore plus bizarre de s'en abstenir. Enfin… on avait peut-être de bonnes raisons d'éviter. Je ne doutais pas qu'elle ait les siennes.

– Je ne savais pas que tu vivais ici, reprit-elle, brisant notre silence embarrassé.

– Oui, je me suis installée à New York après avoir obtenu mon diplôme. Je suis analyste financière à Wall Street.

J'écrasai ma cigarette sous ma semelle, gênée soudain de fumer, sans trop savoir pourquoi. Il ne m'aurait servi à rien d'impressionner Olivia, mais quelque chose en moi avait envie de lui faire savoir que ma vie était maintenant parfaitement sous contrôle. Si on oubliait la cigarette et le whisky, qui parfumait sans doute mon haleine, j'avais fière allure. Tailleur de prix, manteau de prix, chaussures d'un prix ridicule… Je coinçai derrière mon oreille mes cheveux coupés en un dégradé méticuleusement raidi.

– Et toi ?

– Je viens d'emménager, m'apprit-elle. J'explore les environs, d'où ma petite balade à Manhattan. Deux de mes amis vivent ici.

– Tu as bien choisi ton jour.

– Sans rire. Ça pèle.

Elle dansait d'un pied sur l'autre, le regard rivé au sol.

Quelque chose me disait qu'elle ne m'avait toujours pas pardonnée, pour Cameron…

– Je ferais mieux d'y aller. Il faut que je retourne au travail.

– Ah… (Elle releva la tête.) Bon. Eh bien, je suis ravie de t'avoir revue, Maya. Et de savoir que tout va bien de ton côté.

– Merci, moi de même, répondis-je maladroitement, consciente soudain de ne pas avoir pris la peine de lui demander ce qu'elle faisait dans la vie.

Bon sang, j'étais devenue une vraie paumée nombriliste, elle s'en était forcément rendu compte.

– Bon, je suppose qu'on se reverra.

Sur ces mots, elle me gratifia d'un petit hochement de tête sévère, me dépassa et continua son chemin dans la direction d'où je venais.

Je regagnai l'*open space*, incapable de penser clairement, mais repris le collier dès que j'eus gobé une dizaine de pastilles à la menthe.

Deux de mes collègues étant absents pour maladie, je me chargeai même d'une partie de leur travail. Les heures passaient, absorbantes. J'étais seule avec mes pensées, une fois de plus, jusqu'à la fermeture des marchés.

CAMERON

– Tu ne devineras jamais qui j'ai croisé, aujourd'hui.

Olivia me regardait lever les poids à un rythme régulier. La journée avait été longue et la nuit le serait plus encore, sans sommeil ou presque. J'aurais apprécié une petite distraction capable d'éveiller mon intérêt, mais je n'avais aucune envie de perdre une heure en commérages avec elle.

– Qui ? grognai-je sans perdre le fil de mon compte silencieux.

– Maya.

Ma main glissa légèrement, mais je me ressaisis et repoussai la barre jusqu'à son berceau, avant de m'asseoir en laissant le nom résonner dans mon esprit et conjurer une vision que j'espérais oublier depuis des années. *Ma Maya* ?

– Maya Jacobs ?

Olivia s'adossa au mur de miroirs et me répondit d'un bref hochement de tête qui confirma mon hypothèse.

La salle se remplissait de reflets d'adhérents, pressés de se disputer après leur travail sur les tapis de course et les vélos elliptiques. Les salariés, à la peine de neuf à dix-sept heures, remplaçaient la foule tranquille des femmes au foyer qui venaient en journée. La plupart du temps, j'essayais alors de me faufiler jusqu'à mon bureau pour ne pas être pris dans la mêlée : j'avais beau vivre ici depuis un an, je n'étais toujours pas habitué à l'intensité des New-Yorkais.

– Et où l'as-tu croisée ?

Malgré ma désinvolture affichée, la curiosité me brûlait. Olivia arqua un sourcil.

– Pas très loin de Wall Street. Apparemment, c'est là qu'elle travaille, maintenant.

– Maya ? À Wall Street ? C'est une blague ?

Ma sœur m'observait, les yeux plissés, manifestement attentive à ma réaction.

– Cameron… dis-moi que tu n'es plus accro à cette fille après ce qu'elle t'a fait subir, s'il te plaît !

Je me levai du banc de musculation, pris ma serviette pour éponger mon visage suant puis la drapai autour de mon cou.

– Je suis curieux, c'est tout. Ça fait longtemps qu'on ne s'est pas vus. Elle avait l'air en forme ?

Le regard d'Olivia se perdit derrière moi, manifestement attiré par un type qui pratiquait le développé couché. Un habitué. Les sourcils froncés, je pris mentalement note de le tenir à l'œil.

Ma sœur soupira tout bas.

– Je l'ai trouvée changée.

– Quelle précision…

– Tu la croiseras peut-être un de ces jours, et tu te feras ta propre opinion.

– Il y a des millions de gens dans cette ville. Ça m'étonnerait.

– De toute façon, c'est sans doute la dernière personne que tu aies envie de voir. Vous ne vous êtes pas vus depuis…

– Oui, en effet.

Je n'avais aucune envie de revivre le jour où j'avais quitté Maya, surtout sous le regard scrutateur d'Olivia, dont la rancune rivalisait avec la mienne.

– Bon, il faut que je me douche et que je fasse un peu de paperasse. Je te retrouve à la maison pour le dîner, d'accord ?

– OK. J'ai encore deux, trois choses à ranger.

Je la considérai d'un œil méfiant.

– Je ne veux pas que tu classes mes chemises par couleur ni rien de ce genre.

– Pas aujourd'hui, répondit-elle en riant. Mais je t'organiserai un peu, même si je dois y consacrer toute ma vie.

– J'ai mon système de classement personnel. Arrête de tout déplacer.

– Bon. Je te souhaite bien du plaisir pour te dégoter une nana, après qu'elle aura profité de tes talents d'organisateur.

J'agitai négligemment la main puis me dirigeai vers le fond du bâtiment, où un autre mur de miroirs dissimulait mon bureau. Toutefois, les tas de papiers à traiter ne m'inspirèrent aucun intérêt.

Peut-être Olivia avait-elle raison. Réaménager l'appartement de trois niveaux partiellement rénové qui m'avait servi de garçonnière, pourquoi pas ? Mais la gestion de la salle de gym était trop exigeante. Quand ma sœur m'avait proposé de m'aider, je l'avais prise au mot, persuadé qu'elle partageait mon envie de s'éloigner de nos parents. La seule idée de les laisser gérer la moindre facette de ma vie – ce qu'ils tendaient à faire avec elle – et de travailler pour mon père m'était insupportable. Heureusement, ils avaient déjà laissé tomber en ce qui nous concernait, Darren et moi.

J'étais ravi d'offrir un tremplin à Olivia pour qu'elle aborde l'étape suivante de son existence, mais elle n'était pas là depuis quinze jours qu'elle me rendait déjà dingue. Si on ajoutait à ça l'enchaînement récent des nuits blanches, il ne fallait pas s'étonner que je pilote au radar.

La porte s'ouvrit sur Darren.

– Salut, mec, qu'est-ce que tu fais ?

– Pas grand-chose. De la paperasse, a priori.

– Tu veux un coup de main ?

Je considérai la proposition, mais mes pensées étaient trop dispersées pour le moment.

– Non, je vais prendre une douche, et je m'attaquerai à ça demain matin. Je te verrai à ce moment-là.

– OK. Ça va, sinon ?

– Oui, pourquoi ?

Il haussa les épaules.

– Je te trouve un peu grognon. C'est encore les hormones ?

– Va te faire foutre, marmonnai-je.

Il éclata de rire et fourra sa veste dans un casier, avant de remplacer son tee-shirt de pompier par celui de la salle de gym. Je lui avais proposé de se joindre à l'équipe pour aider les entraîneurs et me ménager un peu de temps libre, mais il me le faisait payer par ses sarcasmes peu subtils. Je me demandais souvent comment on pouvait être de la même lignée…

– Et si on allait boire quelques bières, ce week-end ? reprit-il. Ça fait un bail que tu n'as pas mis le nez dehors.

J'hésitai, car mes pensées m'emportaient vers Maya : son nom aurait aussi bien pu être le titre d'une vieille chanson dont j'aurais cherché à me rappeler les paroles. Pourquoi m'infliger une chose pareille ? Je n'avais certainement pas besoin de me tourmenter avec d'autres souvenirs.

– Allez, mec, tu n'es pas sorti depuis une éternité, insista Darren. On dirait un petit vieux. Bois quelques verres, intéresse-toi aux filles, détends-toi un peu.

L'aîné de notre fratrie approchait de la trentaine, mais sa vie sociale surclassait de très loin celle d'Olivia et la mienne. Les femmes se pressaient à la salle de gym dans l'espoir de l'avoir pour coach… et autre chose, bien sûr, mais il avait réussi jusqu'ici à ne pas provoquer de drame au travail.

– Je vais y réfléchir, d'accord ?

– Dis juste oui, mec, répondit-il avec un sourire en coin.

– Bon, d'accord. On ira boire une bière.

– Super.

Je me détendis un peu, content qu'il arrête de se mêler de mes affaires. Puis je pensai à ce que j'allais lui demander, et j'hésitai, avant de me décider enfin :

– Dis donc, tu peux me remplacer quelques heures, demain ? Je risque d'avoir des courses à faire.

– Si tu veux. Je suis de repos toute la journée.

– OK, merci.

Une longue douche mit le point final à ma journée. J'étais à peine sorti de la salle que mes cheveux mouillés gelèrent, mais je n'en décidai pas moins de rentrer à pied, même s'il neigeait encore. On ne savait jamais ce que réservaient les rues de New York – événements, bêtes et gens. Tout était toujours possible, disait-on… et ce jour-là, c'était indéniablement vrai.

À un moment, de retour de l'étranger, j'avais fait une longue escale en ville avant de rentrer chez moi. C'est alors que j'avais décidé de venir vivre dans la Grosse Pomme en quittant l'armée – ce que j'avais fait après quatre ans et trois périodes de service en plein désert. Olivia s'inquiétait, les parents devenaient hystériques… Après mes efforts colossaux pour réduire à néant le souvenir de Maya, le moment était venu de bouger.

Maya. Chaque fois que je croisais une blonde aux cheveux longs, j'y regardais à deux fois. D'après Olivia, elle avait changé. *En quoi ?* La reconnaîtrais-je seulement au passage ? Peut-être nous étions-nous déjà frôlés dans la rue et avais-je été trop absorbé par mon propre univers pour la voir.

Non. Son visage m'aurait arrêté.

Je n'arrivais toujours pas à croire qu'Olivia soit tombée sur elle si longtemps après, preuve que non seulement elle existait toujours, mais qu'en plus elle était dans le coin.

Tout près.

II

MAYA

Je faillis déraper sur le parquet. Une neige fine avait commencé à tomber peu après mon retour au bureau, et mes Manolo n'avaient pas apprécié son accumulation sur le chemin de l'appartement.

Je repris mon équilibre avant de me déchausser, soulagée de me retrouver chez moi, bien au chaud.

– *Home, sweet home,* chantonna Eli à moins d'un mètre de moi, mais depuis le salon, séparé de l'entrée par une simple cloison amovible. Tu veux un verre de vin, ma puce ?

– Volontiers.

Lorsqu'il se leva du canapé, je constatai qu'il arborait son uniforme habituel, jean cigarette noir délavé et tee-shirt souvenir d'un groupe de rock quelconque : son illustre carrière atrocement mal payée de journaliste musical free-lance lui permettait en effet d'assister à d'innombrables concerts. Il disparut dans le placard que notre propriétaire qualifiait pompeusement de cuisine.

Je me rendis dans ma chambre – que j'occupais seule et qui, contrairement au reste de l'appartement, était d'une taille raisonnable. On avait beau mener une existence modeste, Eli et moi, je refusais de dormir serrée comme une sardine. Non seulement je disposais d'un lit *queen size*, mais je pouvais me déplacer tout autour. Débarrassée de mon tailleur, je mis la main sur mon plus vieux jean, délavé et déchiré, dans lequel je me sentais super bien. Un sweat à capuche compléta ma tenue, puis je gagnai à pas feutrés le salon où Eli reparaissait tout juste, deux bons verres de notre vin rouge préféré dans les mains.

– Tiens, beauté, dit-il en m'en tendant un.

– Tu es génial. Merci.

– Je sais, et de rien.

Il reprit place sur le canapé, un petit sourire suffisant aux lèvres.

– Raconte-moi ta journée. Tu as vu Vanessa ?

– Non. On devait déjeuner ensemble, mais son patron l'a envoyée faire une course quelconque.

– Vu votre tête la nuit dernière, je me demande comment vous avez réussi à aller bosser. Vous êtes de sacrées pro.

Je soupirai. Ma pénible gueule de bois du matin n'était même plus un mauvais souvenir.

– Mmm, c'est tout juste si j'ai survécu. Je ne sais pas pour elle, mais à mon avis elle s'en est sortie.

Non seulement Eli et Vanessa étaient mes meilleurs amis depuis que je travaillais à New York, mais Vanessa faisait aussi partie des rares personnes capables de donner à un mardi soir l'ambiance d'un vendredi soir – sans porter aucun jugement sur ma conduite. La plupart des gens se lâchaient pendant leurs études, alors que je m'étais épanouie un peu tard de ce point de vue-là. Et comme Vanessa détestait son travail autant, voire plus, que moi, on se serrait les coudes.

Mon regard se posa derrière Eli, sur les étagères encombrées de livres disparates et de Polaroid encadrés de nos diverses aventures alcoolisées.

– Tu as l'air carrément loin. Qu'est-ce qui se passe ?

Nos yeux se croisèrent à nouveau. J'hésitai. Ma rencontre avec Olivia n'avait aucune importance, simple détail de ma journée, mais je n'arrivais pas à l'oublier.

– J'ai croisé une vieille amie, aujourd'hui.

– Qui ça ?

– Olivia Bridge. Une copine d'université.

Je me mis à tirailler le tissu effiloché de mon jean, toujours incapable de surmonter mon incrédulité. J'avais croisé des tas de gens, à New York. Des centaines. La Grosse Pomme était La Mecque de la jeunesse dorée et éduquée – que je fréquentais maintenant depuis des années –, mais je n'avais pas revu Olivia depuis la fac. Elle n'avait pas changé, ou si peu. C'était toujours la belle fille maîtrisée avec qui j'avais partagé ma chambre d'étudiante.

Les yeux d'Eli s'écarquillèrent.

– Attends voir… Olivia… Pas celle dont le frère…

– Si. La sœur de Cameron.

– Waouh ! Je ne savais pas qu'ils étaient d'ici.

– Ils ne le sont pas. Elle vient d'emménager. On s'est croisées par hasard.

– Ça s'est bien passé ?

Je haussai les épaules.

– Je n'en sais rien. Elle a été plutôt sympa.

Olivia s'était montrée prudente, mais plus avenante que dans mes souvenirs. Après tout, elle m'avait adressé la parole, même si je la soupçonnais d'être toujours aussi furieuse contre moi, malgré les années écoulées. J'aurais voulu m'en moquer, mais je n'y arrivais pas.

– Laisse-moi deviner, reprit Eli. Tu as passé ta journée à penser à Cameron. C'est pour ça que tu déprimes à mort.

Il pencha la tête de côté, ses cheveux d'une noirceur artificielle aussi légers que des plumes sur son front. Il avait raison, évidemment, mais comme je lui avais déjà parlé de Cameron, ça ne me dérangeait pas de reconnaître que mon ex avait refait irruption dans mes pensées après une absence miséricordieuse.

Je soupirai, toujours aussi bouleversée. La réapparition d'Olivia menaçait de ressusciter un volume entier de souvenirs indésirables. Le chapitre de ma vie consacré à Cameron avait beau appartenir au passé, il me suffisait de l'évoquer pour qu'une souffrance familière pénètre la fatigue et l'anesthésie apaisante du vin.

– Franchement, je devrais m'installer médium avec un numéro surtaxé.

Eli nous drapa tous deux dans la couverture posée sur le dossier du canapé.

– Tu as déjà pensé à le recontacter ? À vider l'abcès ?

Je secouai la tête. Si lointains que me paraissent les souvenirs, la rupture avait été trop douloureuse. Perdre Cameron avait failli me briser. Je ne voulais rien revivre de tout ça.

– Peut-être que de son côté il aimerait tourner la page pour de bon, suggéra Eli avec douceur.

– C'est lui qui m'a quittée. Si quelqu'un dans cette histoire a le droit de tourner la page pour de bon, c'est moi. Mais je n'en ai pas besoin, je me suis remise.

Le silence s'installa, et j'allai nous servir un deuxième verre.

– Dis-moi, ça t'arrive de regretter de lui avoir dit non ?

Je levai les yeux au ciel : je savais où nous menait cette conversation, et je n'avais aucune envie d'y aller.

– Les jeunes couples ne s'enfuient plus comme ça pour se marier, ça ne se fait plus, affirmai-je.

Eli haussa les épaules.

– Personne n'aurait dit oui, dans une situation pareille.

– D'accord, mais tu n'as pas vraiment répondu à la question. Ça t'arrive de penser à ce qui serait arrivé si tu avais dit oui ?

J'avais revécu ce jour-là en esprit je ne sais combien de fois, avec je ne sais combien de scénarios dont la fin ne m'obligeait pas à regarder Cameron sortir à jamais de ma vie.

– Tu sais pourquoi je ne pouvais pas, marmonnai-je.

Une vague de colère m'envahit brusquement. Là où Cameron avait fui un statut de privilégié, j'avais dû batailler contre toutes sortes d'entraves, alors que ma survie personnelle n'était pas seule en jeu. Rien n'était aussi simple que le pensaient les autres. Je l'avais expliqué à Eli, mais il s'obstinait à me tarabuster et à ranimer mes remords.

– Tu es dans quel camp, toi ? ajoutai-je, rageuse. Tu parles d'un thérapeute de merde !

– J'ai dit que j'étais médium, pas psy. Et je suis dans ton camp, tu le sais pertinemment. J'ai parfaitement compris tes raisons, mais les choses ont changé. Il y avait un truc vraiment fort entre vous, ça se voit. Alors il s'est peut-être écoulé assez de temps pour que vous repreniez contact et deveniez amis.

Il me tapota la jambe à travers la couverture.

– Tourner la page pour de bon fait du bien à tout le monde, crois-moi. Vous étiez bouleversés, à l'époque, mais il a eu le temps de se calmer. Et toi aussi.

Je secouai la tête en repensant au jour J. À l'émotion

qui m'avait submergée lors de nos retrouvailles, tout ça pour que son amour me soit aussitôt arraché. Jamais je n'oublierais. J'avais passé des semaines à m'endormir en pleurant, torturée par les regrets mais consciente de ne pas avoir eu le choix. Je m'étais fait d'amers reproches pendant des mois, des années, parce que je n'avais pas réussi à donner mon cœur et à fuir ma propre vie, si fort que je l'aie voulu.

Épouse-moi. Ces deux petits mots avaient tout gâché. Aucune proposition de mariage n'aurait pu tourner plus mal.

Après le brusque départ de Cameron, la panique m'avait poussée à appeler Olivia, en vacances chez ses parents : je me disais qu'il l'y rejoindrait, mais non. Il était retourné sur sa base militaire, en renonçant au reste de sa permission.

Les semaines avaient passé sans m'apporter la moindre nouvelle. Il ne m'avait pas donné l'adresse de sa nouvelle base, et Olivia prétendait ne pas l'avoir ; d'après elle, il serait déployé dès qu'il sortirait de l'école technique. Par la suite, on avait pratiquement cessé de se parler. C'était tout juste si elle supportait de me regarder.

– Tu l'aimais, Maya. (La voix douce d'Eli s'immisça dans mes pensées.) Et je sais que tu ne l'as pas oublié. Soit tu continues à porter le fardeau de ce jour-là, soit tu essaies de créer de nouveaux souvenirs.

Je déglutis, malgré ma gorge brûlante. Cette histoire ne m'avait que trop fait pleurer. Cameron et moi n'avions pas vécu une simple amourette : il était tout pour moi, et je croyais être tout pour lui. Il incarnait à mes yeux l'évasion, les espoirs, les rêves : un véritable cadeau des dieux. Une béquille aussi, oui, à une époque où j'en avais désespérément besoin.

Une béquille… Ce seul mot me crispait – et la manière dont Cameron me l'avait assené au pire moment. Voilà ce qu'il croyait être pour moi, à cause de mon incapacité à m'engager, et peut-être avait-il raison ; peut-être était-il mieux loti sans moi.

– Je préférerais qu'on laisse tomber.

Je m'octroyai une rasade de vin, persuadée que la raison l'emporterait quand j'aurais fini mon verre, voire la bouteille. Cameron, mon travail débilitant et ma famille dysfonctionnelle sombreraient dans l'oubli, engloutis par l'insensibilité bienfaisante qui s'insinuait en moi.

Eli soupira, manifestement radouci, s'empara de la télécommande posée sur la table et mit les informations. Un sujet international entreprit de me redonner le sens de la mesure, mais mes pensées s'obstinaient à tourner autour de Cameron. Le regard qu'il m'avait lancé ce soir-là restait gravé dans mon esprit – si aimant, mais si abattu, plus douloureux que je ne l'avais jamais vu.

Je n'avais rien oublié. Et j'avais peur de ne jamais y parvenir si je le revoyais un jour.

* * *

– Hé !

Alex interrompit mon travail sur le tableur, alors que j'étais aussi concentrée qu'un rayon laser. Je lui jetai un coup d'œil rapide. Une tasse de café à la main – la troisième, sans doute –, le sourire aux lèvres, les yeux exorbités, il en avait manifestement une bien bonne à me raconter.

– Quoi ?

Mes yeux se reposèrent sur l'écran. J'étais en mode Maya.

– Bien le bonjour à toi aussi.

Je soupirai, consciente qu'il allait se lancer. Pour un homme, hétéro et de surcroît fiancé, c'était une commère de première. Du seul fait, à mon avis, qu'il s'ennuyait à mourir – ce que je ne pouvais pas vraiment lui reprocher. Nos bureaux manquaient cruellement de culture d'entreprise et d'énergie. Quand je n'étais pas absorbée par mon travail, j'étais en général enchantée qu'il me distraie – et me tienne informée –, car je n'avais pas l'habitude de me faire des amis dans l'entreprise.

Il se pencha dans mon box, la tête baissée vers moi.

– Tu as vu la nouvelle assistante du vice-prez ?

– La jeune ?

J'avais en effet vu la nouvelle aller de son bureau à celui du vice-président. Une beauté au teint mat et au rire rauque dont je me demandais combien de collègues l'avaient invitée au restau depuis qu'elle avait pris son poste, la semaine précédente.

– C'est une certaine Jia. Elle a notre âge, figure-toi. J'aimerais bien savoir comment elle a eu le poste, ils n'ont même pas fait mine de recruter en interne.

– Elle est sympa ?

Je partais du principe que la réponse était négative, puisqu'on ne montait pas aussi vite dans la hiérarchie en étant sympa, mais je n'aurais rien affirmé : la profession avait beau s'être ouverte aux femmes en dix ans, on ne pouvait pas dire qu'une franche camaraderie féminine unissait notre petite troupe. Chacune pour soi, et Dieu pour toutes. Quant à savoir laquelle serait prête à vous descendre si l'occasion s'en présentait… J'avais été témoin de ce genre de choses plus d'une fois, c'était une des facettes de la vie professionnelle auxquelles je n'adhérerais jamais complètement.

– Je ne sais pas, je n'ai pas encore fait sa connaissance, avoua Alex. Mais le cousin de Jason a bossé avec elle avant qu'elle débarque ici, et il dit que c'est une vraie salope. Enfin, si ça se trouve, c'est juste qu'elle n'a pas voulu se laisser sauter.

– Super. J'ai hâte de faire sa connaissance.

Je me retournai vers mon écran en cherchant à me rappeler à quelle case j'en étais.

– Ah, merde, le chef arrive ! À plus.

Alex disparut à la vitesse de l'éclair, tandis que je lui répondais d'un hochement de tête.

Je terminai la tâche interrompue par ses commérages avant d'aller déjeuner, alors que le troupeau avait déjà déserté les bureaux depuis longtemps. Quelqu'un me rejoignit pendant que j'attendais patiemment l'ascenseur.

– Vous êtes Maya, c'est ça ?

– Oui ?

– Moi, c'est Jia.

De près, elle avait une allure impeccable dans son corsage en soie bleue, sa jupe droite noire et ses talons hauts – que je lui enviai aussitôt. Ses cheveux d'un noir de jais étaient tirés en arrière et torsadés serrés. D'énormes boucles d'oreilles en diamant encadraient son visage, souligné par une chaîne en platine toute simple, étincelante contre sa peau mate. Elle était ravissante. Trop ravissante.

– Félicitations pour votre poste.

Après un rapide sourire et une poignée de main, je me retournai vers l'ascenseur et fixai les chiffres changeants des étages en espérant qu'il allait bientôt arriver. Le temps risquait de me manquer pour aller au Delaney's.

– Merci. J'ai vu votre nom sur le tableau de service. Il n'y a pas beaucoup de femmes.

– Vous avez remarqué ?

Son rire dévoila des dents immaculées. Elle n'était pas seulement belle, mais éblouissante. Ses lèvres d'un rouge sombre parfaitement naturel mettaient la touche finale à son charme. Lorsque l'ascenseur arriva, vide, elle y entra avec moi. Je pressai le bouton du rez-de-chaussée, tandis qu'elle s'adossait à la paroi.

– Ça fait longtemps que vous travaillez ici ? s'enquit-elle.

– Quatre ans.

Son seul commentaire fut un hochement de tête : mon incapacité à m'élever dans la hiérarchie à la vitesse folle dont elle faisait preuve ne l'impressionnait certainement pas. Je n'étais pas sûre d'avoir envie de savoir comment elle s'y était prise, mais j'aurais peut-être pu lui piquer un ou deux de ses trucs, puisque abattre le travail de deux personnes ne suffisait manifestement pas.

– On devrait déjeuner ensemble un de ces jours, reprit-elle.

– Volontiers.

Je sentais qu'elle me regardait, ce qu'un regard en coin me confirma. L'examen auquel cette belle inconnue me soumettait de très près me mettait vaguement mal à l'aise, mais j'essayai de me détendre.

– Cette semaine, j'ai des rendez-vous. Alors pourquoi pas la semaine prochaine ? proposa-t-elle.

– Génial. Vous savez où me trouver.

Malgré le pessimisme général que m'inspirait mon évolution professionnelle, ça m'intéressait de mieux la connaître. Peut-être allais-je découvrir ce dont j'avais entendu parler à la fac, lors des réunions de soutien à l'équipe de basket féminine : la fameuse entraide féminine. Peut-être Jia allait-elle me surprendre.

Une fois dehors, chacune de nous partit dans la

direction de son choix. Je n'avais pas fait deux pas pour gagner le Delaney's quand je le vis.

Mon cœur s'arrêta. Une vague de chaleur m'envahit. Lorsque nos yeux se croisèrent, ses lèvres s'entrouvrirent et son souffle se condensa en nuage devant lui. J'oubliai tout le reste. Où je me trouvais, où j'allais, qui j'étais. Une fraction de seconde durant, mon esprit fut envahi par celle que j'étais la dernière fois qu'on s'était vus. Vulnérable, malheureuse, et si folle de lui que j'en étais malade.

J'avais archivé depuis longtemps nos photos de couple, mais le moindre souvenir revenait au galop. Il était tout ce que je me rappelais – voire davantage, car son manteau ne pouvait dissimuler la largeur de ses épaules. Ses pommettes affirmées et son menton volontaire, couvert d'un chaume léger, étaient toujours aussi séduisants. Ses cheveux avaient repoussé, quoique pas assez pour obscurcir ses yeux bleus, les mêmes que ceux de sa sœur. Ils plongeaient en moi leur regard perçant, à l'ardeur indéfinissable.

Lorsqu'il s'approcha, indéchiffrable, je m'aperçus que je ne pouvais plus respirer. Ou, plutôt, que je ne pouvais plus contrôler ma respiration. Je haletais comme une démente, le brouillard en suspens devant moi ne laissait aucun doute.

– Salut, dit-il tout bas.

– Cameron…

Quand son nom tomba de mes lèvres, une faiblesse me prit, impression qu'il m'avait faite bien souvent. Je mourais d'envie de le toucher, de me blottir contre lui, persuadée qu'il me soutiendrait. Eli avait tort. C'était une très mauvaise idée.

– Qu'est-ce que tu fais dans le coin ? demandai-je après avoir dégluti péniblement, perdue dans ses yeux.

– Olivia m'a dit que tu travaillais par ici. Je pensais qu'on pourrait peut-être se donner des nouvelles.

– Se donner des nouvelles ?

Pourquoi une voix aussi désespérée ? Où était passée la Maya professionnelle ? Il avait suffi d'un instant à Cameron pour me réduire à l'idiotie.

Une fraction de seconde durant, il m'apparut exactement tel que je me sentais, moi : bouleversé, égaré, quasi paralysé.

– Tu viens déjeuner avec moi ? reprit-il.

– Avec toi ?

Je n'avais pas encore repris le contrôle de mon cerveau, voilà pourquoi je lui faisais écho. De toute manière, vu le sens que je trouvais à ses répliques, il aurait aussi bien pu parler une langue étrangère.

Un sourire lui monta lentement aux lèvres. Ces lèvres, bon sang ! Elles étaient si belles, et il y avait si longtemps que personne ne m'avait embrassée.

III

CAMERON

Olivia avait raison, Maya avait changé. Et pas seulement dans sa coiffure et sa tenue, il me suffit de quelques minutes pour le savoir, même si je l'avais reconnue sans difficulté.

On s'était installés dans un petit restau, près de son lieu de travail. Tous les hommes étaient en costume, sauf moi, mais ça ne lui faisait manifestement ni chaud ni froid. Heureusement, parce que moi aussi je m'en fichais. Mon père s'habillait comme ça tous les jours, ça m'avait vacciné. Bon, Maya était sans doute trop surprise de me voir sortir de nulle part pour penser à l'allure qu'il fallait avoir dans les bistrots de Manhattan, mais elle ne m'avait pas encore demandé pourquoi j'avais cherché à la voir.

J'avais passé la moitié de la nuit à tourner en rond et à essayer de la chasser de mes pensées, avant d'en arriver à la conclusion que je ne pouvais attendre des semaines, des années, voire une éternité de la croiser par hasard. On se trouvait dans la même ville au même moment… C'était le karma. Je devais faire quelque chose, j'en avais besoin : ouvrir la porte, la franchir, voir ce qui m'attendait de l'autre côté, ne serait-ce que l'amitié. Ou moins encore.

– Bon, de quoi voulais-tu me parler ?

Elle ramena ses cheveux blonds derrière son oreille. Ils étaient aussi longs qu'autrefois, mais les douces ondulations qui encadraient son visage à l'époque avaient été lissées.

– Je ne sais pas.

Je n'avais pas assez réfléchi. J'aurais dû savoir ce que je voulais avant de lui tendre une embuscade, mais comme je ne savais pas à quoi m'attendre de sa part, j'allais devoir improviser au fur et à mesure.

Lorsque la serveuse nous apporta nos plats, je me consacrai au mien, soulagé d'avoir une excuse pour me reprendre. Il devait bien nous rester un terrain d'entente, mais plus les secondes passaient, plus le gouffre ouvert entre nous par des années de silence s'élargissait.

On n'avait pas gardé le contact, parce que certaines ruptures ne peuvent tout simplement pas déboucher sur autre chose. Je n'avais eu aucune envie de la voir s'éloigner de moi, s'attacher à d'autres que moi. On avait coupé les ponts, et j'avais laissé son souvenir pâlir autant qu'il le voulait bien. Sa vie actuelle m'était donc tout à fait inconnue.

– Ça fait longtemps que tu es à New York ? demanda-t-elle avec un sourire crispé mais poli.

– Environ un an. J'ai ouvert une salle de gym à Brooklyn.

– C'est super ! Comment s'appelle-t-elle ?

– Bridge Fitness.

Elle faillit s'en étrangler.

– Waouh !

– Quoi ? Qu'est-ce qu'il y a ?

– C'est tout près de chez moi. Je n'en reviens pas qu'on ne se soit jamais croisés.

– Tu y vas ?

– Non, répondit-elle en riant.

– Qu'est-ce que ça a de drôle ?

Elle haussa les épaules en regardant par la fenêtre.

– Rien. Je n'ai pas vraiment le temps pour ça.

– Tout le monde dit toujours ça. C'est l'excuse que j'entends le plus.

– OK.

– Et sinon, tu te plais à ton travail ?

Son regard s'attarda sur la rue animée avant de se reposer sur son assiette.

– Ça va. Je suis bien payée.

Le gouffre s'élargissait : lui faire la leçon sur le sport n'avait sans doute rien arrangé. J'étais en train de tout foirer. On ne s'était pas exactement quittés bons amis, et on était là, à papoter comme si de rien n'était. Comme de vieux amis qui viennent de se retrouver. On en était pourtant loin.

– Écoute, Maya, je suis désolé d'avoir débarqué sans prévenir.

– Pas de problème. Je veux dire, je suis contente de te voir.

– Je sais bien qu'on n'a pas gardé le contact, mais j'avais envie de te voir. Ça fait tellement longtemps.

– En effet.

Elle ferma les yeux et inspira longuement, à croire que ses pensées l'emmenaient ailleurs, une seconde seulement.

– Apparemment, on a évolué tous les deux, tu te débrouilles bien… c'est super.

Je me raidis.

– Tu as quelqu'un ?

– Comment ça ? s'étonna-t-elle.

– Tu viens de dire qu'on a évolué. J'en déduis que tu as quelqu'un d'autre.

– Mais non.

Quand elle se remit à examiner son assiette, je laissai échapper un souffle que j'avais retenu sans même m'en apercevoir. Pourquoi ne me regardait-elle pas dans les yeux, bordel ?

La main qu'elle tendit vers son verre d'eau tremblait légèrement. Le rouge lui était monté aux joues, et sa poitrine se soulevait sous le fin corsage rose qui mettait ses seins en valeur. Je n'étais pas aveugle aux réactions féminines que je provoquais. Il y avait eu d'autres femmes après elle, mais je ne me rappelais pas avoir jamais remarqué chez elles les subtils changements physiques que j'observais chez Maya. Elle me fascinait.

Je m'arrachai toutefois à cette fascination et me redressai sur ma chaise.

– Je crois que je ne sais pas par où commencer.

Elle resta un instant silencieuse, très occupée à dessiner de petits cercles sur la nappe, avant de se décider enfin :

– S'il s'agit de tourner la page pour de bon, je comprends. Les choses ne se sont évidemment pas terminées de manière satisfaisante entre nous. Il serait normal que tu veuilles en parler.

Tourner la page ? Il me semblait avoir pris un coup de poing dans le ventre.

– Tourner la page, hein ? répétai-je à voix haute, en riant tout bas.

Elle s'adossa et jeta sa serviette sur la salade qu'elle avait à peine entamée, malgré l'attention qu'elle y avait consacrée.

– Je ne sais pas. Ça ne me dérangerait pas de ne pas ressasser en permanence.

Vu sa froideur prosaïque, elle n'avait aucune envie de parler de ce qui s'était passé entre nous. Ça datait de Mathusalem.

– Tu ne penses jamais à notre histoire ? demandai-je.

Longue inspiration.

– Si, ça m'arrive.

– Et ça ne te dérange pas qu'elle se soit terminée comme ça ?

– Qu'est-ce que ça peut faire ? Elle s'est terminée. Voilà. C'est ce qu'on a décidé. (Elle s'éclaircit la gorge.) Ce que *tu* as décidé, en tout cas.

Ces derniers mots me hérissèrent. C'était moi qui étais parti, et elle me le reprochait, évidemment. À ce moment ardent, partir m'avait semblé la meilleure chose à faire – la seule possible.

– Je voulais passer le reste de ma vie avec toi, mais tu n'as pas voulu. À quoi t'attendais-tu, franchement ?

Elle releva enfin les yeux, sa belle bouche tordue par une moue douloureuse.

– On ne se marie pas pendant ses études, Cameron.

– On parlait de mariage en permanence. Et ne viens pas me dire que ce n'est pas vrai.

Je maîtrisais ma voix pour ne pas lui montrer que je souffrais toujours terriblement de son refus. J'avais passé des années à essayer de la chasser de mon esprit, et j'en étais toujours là, bordel. On aurait pu se séparer hier, je n'aurais pas été plus bouleversé.

– Franchement, tu nous imagines mariés, là, maintenant, tout de suite ? me demanda-t-elle. Enfin, quoi, tu nous as vus ?

Mes lèvres se pincèrent, car je cherchais à comprendre la femme assise en face de moi. Que restait-il en elle de celle que j'avais aimée ?

– Non, franchement, je ne l'imagine pas, avouai-je enfin.

Sur le moment, ça m'était en effet impossible.

L'éclair de douleur qui traversa son regard me fit regretter ces mots. Peut-être, après tout, la Maya que j'aimais se cachait-elle quelque part dans cette nouvelle vie, sous ce nouveau look. Elle battit des paupières, les yeux brillants, puis jeta un coup d'œil à sa montre, un gros truc couvert de cristaux étincelants qui dévorait son frêle poignet.

– Il faut que j'y aille. Je n'ai qu'une heure pour déjeuner, et je suis sortie tard, marmonna-t-elle en s'emparant de son sac à main.

– Laisse, je t'invite, dis-je aussitôt.

– Non, c'est moi.

– J'insiste.

Lorsque la serveuse s'approcha, je lui adressai un sourire qui signifiait clairement que l'addition était pour moi.

– Je t'en prie, Cameron, tu n'as pas à me payer à déjeuner, protesta Maya en fouillant quasi frénétiquement dans son sac.

– Je te laisserai faire la prochaine fois.

Je posai quelques billets sur la table puis me levai, la main tendue vers la sienne. Elle fit mine de ne pas s'en apercevoir et me précéda vers la porte, son sac à l'épaule.

Dehors, elle s'arrêta.

– Ne te sens pas obligé de me raccompagner.

– Ça ne me dérange pas, répondis-je, mécontent.

Elle céda sans un mot de plus et marcha à vive allure en louvoyant entre les passants. Chacun de nos pas accroissait la colère que m'inspirait notre maladresse mutuelle. *Et merde !* Le regard qu'elle m'avait lancé un instant plus tôt, ce regard douloureux, je l'avais reconnu. La dernière fois qu'on s'était vus, c'était aussi moi qui l'avais provoqué. Aujourd'hui, elle s'était empressée de le masquer, mais il avait percé malgré tout.

Mon estomac se noua quand les regrets m'envahirent. Cette rencontre trop brève ne ressemblait pas aux retrouvailles dont j'avais rêvé. Je ne pouvais pas quitter Maya de cette manière une seconde fois – convaincue que je la détestais, et sans savoir si elle me détestait.

Elle ralentit et se retourna à quelques mètres des portes à tambour de son immeuble. Sans lui laisser le temps de dire au revoir, je la pris par le bras pour l'attirer à l'écart.

– Mais qu'est-ce que tu fais ? demanda-t-elle, paniquée.

– Maya… (Les mots me fuyaient.) Je suis désolé.

– Hein ?

– Je ne pensais pas que les choses tourneraient comme ça. Même si ce n'est pas une première, avec toi.

– Navrée de ne pas correspondre à tes attentes.

Elle serra les dents, et je le retrouvai, ce regard qui me ratatinait, qui me poussait à lui présenter mes excuses et à essayer d'arranger tout ce qui allait mal entre nous depuis si longtemps.

Lorsqu'elle me tourna le dos pour repartir, je la tirai en arrière contre moi. Elle inspira brusquement puis son corps se détendit entre mes bras. J'effleurai sa joue en me souvenant de sa peau – dont la douceur se réchauffait à mon contact.

– J'ai envie de t'embrasser.

– Hein, quoi ?

Ses yeux s'écarquillèrent, tandis qu'elle se raidissait contre moi.

– Je ne peux pas l'expliquer. J'ai besoin de savoir si ça va me faire quelque chose.

Je suivis du bout du doigt la courbe de sa bouche, dont le frémissement répondait aux battements violents de mon cœur.

– Disons que je tourne la page, ajoutai-je dans un souffle.

– Non, dit-elle, une seconde avant que nos lèvres se touchent.

Elle me repoussa, l'air hésitante mais le geste décidé. Aussi la laissai-je s'éloigner de moi, bien trop loin – un pas en arrière.

Son teint de porcelaine se colora brusquement. Était-elle embarrassée ? Furieuse ? Je n'aurais su le dire. Tout ce que je savais, c'était que je la voulais aussi violemment qu'autrefois, voire plus. Je voulais retrouver son goût, son odeur – désir pressant que je ne dominai que par un immense effort de volonté. Je mourais d'envie de la posséder comme autrefois, mais je n'en avais pas le droit. Pas encore.

MAYA

L'ascenseur me parut mettre une éternité à arriver, au point que j'envisageai de prendre l'escalier. La grimpette viendrait peut-être à bout du raz de marée de désir et d'égarement qui m'avait envahie.

Moi qui me demandais parfois si, après tout ce temps, il resterait entre Cameron et moi quelque chose de magique, je n'avais maintenant plus aucun doute. J'étais littéralement en feu, alors qu'il ne m'avait même pas embrassée. J'en avais eu envie, bien sûr, mais passer tout le déjeuner à faire comme s'il n'était qu'un point de détail de mon histoire m'avait déjà assez ébranlée. Il m'était impossible de le suivre sur ce chemin-là sans savoir si je pouvais raisonnablement m'attendre à survivre aux conséquences émotionnelles d'une passade avec lui. J'étais déjà dans tous mes états.

– Hé ho !

Vanessa se glissa près de moi.

– Je t'ai appelée pour qu'on aille déjeuner.

– Ah bon ? (Je tapotai mes poches, à la recherche de mon portable.) Désolée. J'ai dû éteindre la bête au boulot et l'oublier.

– C'est pas grave. Quoi de neuf ?

– Pas grand-chose, mentis-je.

Je lui raconterais plus tard, quand je me serais fait une idée de ce qui avait bien pu se passer entre Cameron et moi.

– Comment ça va, au boulot ?

– Pff ! Comme d'habitude.

Elle continua tout bas, pendant qu'on s'entassait dans une cabine en compagnie d'une douzaine d'autres personnes :

– Hier, c'était l'enfer. Je suis prête à parier qu'il sait quand je n'en peux plus et qu'il m'en demande encore plus, parce qu'il aime me voir souffrir. Je crois sincèrement que c'est sa manière à lui de prendre son pied.

Il, ou encore David Reilly, son supérieur hiérarchique, un des grands manitous, plus puissant que Jia ou que n'importe qui à mon étage. Il adorait faire de la vie de Vanessa un enfer. Elle avait obtenu son poste grâce à une connaissance, alors qu'elle n'avait pratiquement aucune expérience, et refusait de lâcher pour ne pas nuire à la réputation de son bienfaiteur. Si je n'avais pas moi-même autant tenu à garder mon travail, j'aurais dit ce que je pensais à M. Reilly. Mais avec qui me serais-je ensuite réconfortée ?

– C'est toujours bon, pour ce week-end ? reprit Vanessa.

– Il faudrait au moins une apocalypse zombie pour m'empêcher d'aller faire la fête avec toi un samedi soir, répondis-je. Et tu peux considérer ça comme une invitation permanente.

Elle éclata de rire en me donnant un petit coup de coude affectueux puis, pendant que l'ascenseur montait, attrapa quelques mèches de cheveux roux égarées pour les coincer dans sa barrette.

– Souhaite-moi bonne chance, me demanda-t-elle quand les portes s'ouvrirent à mon étage et que je me préparai à quitter la cabine.

– Ce serait avec plaisir, si ça pouvait y changer quoi que ce soit.

– Touché !

Je pris la direction de mon enfer personnel pendant qu'elle levait les yeux au ciel.

Heureusement, la matinée avait été productive, car mes efforts de l'après-midi pour me concentrer sur mon travail furent vains, du fait que Cameron s'immisçait sans cesse dans mes pensées. La veille, je m'en étais tirée à bon compte, puisque seul son souvenir avait mis mon univers sens dessus dessous. Aujourd'hui, c'était lui en chair et en os, ce qui se révélait beaucoup plus déstabilisant. L'athlète splendide dont je me souvenais et que j'évoquais pendant mes nuits solitaires avait aussitôt cédé la place à l'homme qu'il était devenu. Une demi-douzaine de fantasmes où je redécouvrais son corps m'avait traversé l'esprit pendant le déjeuner, et mon propre corps le réclamait maintenant à grands cris.

Ce désir obsédant n'avait malheureusement rien de simple. Cameron ne se limitait ni à un beau visage ni au corps inouï que j'imaginais sous ses vêtements. C'était un phare du passé qui sortait de l'ombre des émotions dont je m'étais éloignée depuis longtemps et que je n'avais pas particulièrement envie de retrouver.

Cameron… À son regard, à ses yeux d'un bleu transparent et hypnotiques, j'aurais juré qu'il m'aimait encore. Son contact me semblait empli de la tendresse possessive d'autrefois.

Non. Impossible. Il m'avait fait trop mal. Personne d'autre ne m'avait jamais brisée de cette manière. Je ne pouvais l'en récompenser par un baiser ou une deuxième chance.

IV

MAYA

– Debout ! Allez, debout !

Eli me secouait par l'épaule, avivant le mal de tête diffus qui avait pris possession de mon crâne au réveil. La veille au soir, après le travail, j'étais sortie avec Vanessa célébrer le début du week-end. Trop de champagne. Du mauvais champagne, qui ne le cédait qu'au vin en brique dans le domaine des pires gueules de bois, garanties sur facture.

– Va te faire foutre, il est trop tôt, grognai-je dans mon oreiller, en me réfugiant sans énergie sous mes couvertures.

– Arrête, il est presque midi.

Je poussai un nouveau grognement, long gémissement mélancolique censé inspirer quelque pitié à Eli.

– Debout, je te dis, insista-t-il. Ça fait des semaines que tu veux aller à la salle de gym. J'en ai ma claque. Cette fois, *on y va.*

Je rejetai mes couvertures et le fixai d'un regard menaçant. S'il s'obstinait à me secouer, ça allait saigner. Il battit en retraite, prudent, mais ses yeux brillaient de détermination.

– Bon, lâchai-je. Café. Pour commencer.

– Tu es sûre que tu veux verser du café sur tout le champagne que tu as bu hier soir ? Tu ne préférerais pas de l'eau ?

– Je m'en fiche pas mal, du moment que ça me permet de gagner un quart d'heure pour me réveiller. Va-t'en. S'il te plaît.

Lorsque je quittai ma chambre, après m'être douchée, Eli me présenta une tasse de camomille fumante sans me laisser le temps de reprendre mes récriminations. Je m'effondrai sur le canapé, où la tisane apaisa mon estomac tout en me redonnant envie de dormir. Eli s'étant installé près de moi, je me demandai si je devais lui parler de ma rencontre avec Cameron.

Il plissa les yeux comme s'il lisait dans mon esprit.

– Tu me caches quelques chose.

– Mais comment tu fais, bordel ?

– Je te l'ai déjà dit. (Il se tapota la tempe, souriant.) Alors, qu'est-ce qui se passe ?

– Cameron Bridge, voilà ce qui se passe.

– Arrête… Tu l'as vu ? Hier soir ?

– Non. Hier, oui, mais au travail.

Ses sourcils se froncèrent.

– Explique-toi.

– Disons qu'on a créé un nouveau souvenir.

– Eh bien, c'est soit une mauvaise, soit une très, très bonne chose…

Je secouai la tête, ne sachant trop dans quelle catégorie ranger cette rencontre, aussi inattendue qu'intense. Une bonne ou une mauvaise chose… ça ne suffisait pas. Elle était dans une catégorie à part. Autant ignorer la question d'Eli, il y répondrait lui-même quand je lui aurais raconté.

– Il a appris où je travaille grâce à Olivia. Quand je

suis sortie déjeuner, il m'attendait dehors. Ça m'a sciée, mais on a déjeuné ensemble et… discuté.

– De quoi ?

– De choses et d'autres. Sauf qu'à un moment j'ai parlé de tourner la page, et je crois que ça l'a contrarié. Je ne sais pas comment ça se fait, mais on a fini par se retrouver exactement où on en était quand on s'est séparés. En gros, il a plus ou moins dit qu'il ne nous imaginait pas mariés à l'heure actuelle.

– Aïe !

– N'est-ce pas… Je n'avais pas franchement besoin d'entendre une chose pareille.

Rien que d'y penser, j'avais envie de retourner dormir jusqu'à ce que ça arrête de faire mal. Et j'aurais regagné mon lit si j'avais cru une seule seconde pouvoir me débarrasser de cette manière de la souffrance qui entourait ma relation avec Cameron. Ce qui s'était passé la veille m'avait convaincue que la blessure ouverte par notre rupture ne guérirait jamais, malgré le temps et la distance.

– Bon, il s'est conduit comme un crétin. Et après ? Vous en êtes restés là ?

Je terminai ma tisane et reposai la tasse sur la table. Je n'avais aucune envie de parler de ce qui s'était passé après.

– Allez, Maya, crache le morceau, s'il te plaît. Le suspense est insoutenable.

– Il a essayé de m'embrasser.

– Waouh ! Bon. Il a essayé de t'embrasser ?

– Je lui ai dit non, ça a suffi. Je suis partie, et voilà.

– Hein ?

– Je n'allais certainement pas me laisser embrasser ! Il m'a quittée sans un mot d'explication il y a cinq ans… Je ne suis quand même pas censée tomber en pâmoison devant lui comme une fragile violette languissante ?

– Je ne sais pas. (Eli croisa les bras.) Tu as peut-être raison. En fait, oui, qu'il aille se faire foutre. Il ne te mérite pas.

– Ou qu'il n'aille pas se faire foutre, corrigeai-je.

Eli haussa les épaules.

– C'est peut-être un crétin, mais c'est manifestement un crétin sexy, et il n'est jamais trop tard pour tirer un dernier coup. Pour la route, tu vois. Si ça se trouve, ça te ferait du bien.

– Ça m'étonnerait fort.

Je levai les yeux au ciel en m'arrachant au canapé. Faire du sport me tentait brusquement beaucoup plus que consacrer ne serait-ce qu'une minute de plus à Cameron.

– Bon, allons-y.

Je n'avais pas plus tôt mis le pied dehors que je me sentis gelée. Heureusement, il n'y avait plus de neige, ou je me serais vraiment opposée à cette excursion – une fois de plus. Et puis la salle de gym ne se trouvait qu'à quelques centaines de mètres. En y arrivant, je m'arrêtai brusquement.

– Attends. Je n'avais pas compris qu'on venait là.

– J'en ai entendu beaucoup de bien, répondit Eli, perplexe. Ça ne fait pas très longtemps qu'ils ont ouvert.

– C'est Cameron !

– Comment ça ?

– C'est Cameron le proprio. Bridge Fitness… Cameron Bridge… Tu vois ? Je ne peux pas aller là. On risque de tomber sur lui.

Une avalanche de mots se déversait de mes lèvres, déclenchée par le séisme qui me secouait à la seule idée de revoir Cameron. Eli leva les yeux au ciel et me prit par le bras.

– Allons-y.

Je ne bougeai pas, les dents serrées.

– Non.

Incroyable. Comment pouvait-il ne pas compatir ?

– Je te dis que je ne vais pas là.

Il me lâcha, s'écarta de moi et posa les mains sur ses hanches.

– Grandis un peu, Maya. On a bravé le froid glacial pour arriver jusqu'ici. Alors maintenant, on y va.

Je secouai à nouveau la tête, ce qui eut pour seul effet de lui faire prendre la mouche. Il disparut dans la salle de gym.

J'en restai bouche bée : il n'allait quand même pas me laisser tomber comme ça, alors que je pétais visiblement un câble ? Je tirai sur les cordons de mon bonnet, dans l'espoir de dissimuler mon visage au cas où Cameron me verrait, inspirai à fond et entrai, moi aussi.

Les lieux me semblèrent étonnamment accueillants, avec leurs couleurs pastel, alors que les salles de gym me faisaient toujours flipper, peut-être par la faute des gens qui les fréquentaient. Quoi qu'il en soit, je m'y sentais invariablement déplacée, comme si je n'avais rien à y faire. Il en allait de même à Bridge Fitness, qui avait pourtant aussi quelque chose de curieusement apaisant. Je parcourus des yeux la réception et ce que je distinguais du bâtiment au-delà. Cameron n'était pas en vue, ce qui m'arracha un soupir de soulagement.

Planté devant le comptoir, Eli demandait des détails sur les cours de yoga. Quand je le rejoignis, il me jeta un coup d'œil et me prit la main, avant de m'entraîner dans le couloir jusqu'à une salle spacieuse, tapissée de miroirs et parquetée de bois clair. Un système de son global y diffusait des paysages sonores new age.

Après avoir pris deux tapis de gym, on chercha des places libres où s'installer. Eli choisit un emplacement stratégique, à côté d'un ange blond avec qui il engagea la conversation en un clin d'œil, ce qui m'obligea à me rabattre sur le premier rang. L'anxiété me reprit immédiatement, mais il ne m'était plus possible de reculer.

Je m'allongeai sur mon tapis en attendant le début du cours, et la position horizontale, aidée de la musique, faillit me rendormir. Quand la prof prit enfin la parole pour nous dire de nous asseoir, j'obtempérai, désolée de ne pas disposer des cinq minutes supplémentaires nécessaires à une petite sieste revigorante.

Elle se présenta sous le nom de Raina. C'était une brunette de mon âge à l'allure de lutin, mince et tonique, qui se plia facilement les jambes pour adopter la position du lotus. Je baissai les yeux vers mes propres jambes, croisées. *Non. Ça ne va pas le faire.*

Le reste du cours se déroula mieux que je ne l'aurais cru, car Raina avait des exigences raisonnables et nous laissait des choix tels que personne ne se sentait exclu. Lorsqu'il s'acheva, je me sentais à la fois épuisée et rajeunie. Eli papotait avec son nouveau copain, ce qui m'obligeait à l'attendre, mais Cameron brillait toujours par son absence. Je n'en remis pas moins mon bonnet, au cas où.

– C'était super, dis-je finalement à Eli, d'une voix bien plus énergique qu'une heure plus tôt.

– Tu vois ? (Il pencha la tête de côté.) Tu es contente d'être venue. Tu étais tellement puérile avec cette histoire de Cameron. J'ai cru que j'allais devoir te traîner à l'intérieur.

– Maya ?

Je sursautai violemment. Une petite porte de communication venait de s'ouvrir, et Cameron apparut juste à côté de nous, impossible à snober. Mon regard le parcourut malgré moi de la tête aux pieds, dans son tee-shirt et son short de sport.

– Salut, marmonnai-je, après une déglutition pénible.

Un grand sourire se dessina sur le visage d'Eli, qui lui tendit la main.

– Bonjour, je suis Eli, le coloc de Maya.

– Enchanté. (Cameron lui serra la main.) Vous venez vous entraîner ou...

– Au yoga, coupai-je.

– Et tu fais du yoga avec un bonnet ? s'étonna-t-il.

Quand je me découvris, agacée, l'électricité statique me hérissa les cheveux. Je cherchai nerveusement à les dompter, pendant que Cameron poursuivait :

– Ça vous dit, un petit tour du propriétaire ? Je peux même vous offrir une mini séance de muscu, si ça vous intéresse. Je n'ai rien de prévu avant une demi-heure.

– Formidable. Allez-y donc tous les deux, il me semble avoir vu un copain aux tapis de course, répondit Eli, avant de m'adresser un clin d'œil et de s'éloigner.

Je suivis sa fuite d'un regard noir : ma zénitude s'évanouissait à la vitesse grand V.

– Alors, qu'est-ce que ce sera ?

Cameron s'adossa au mur, les bras croisés, attitude qui mit en valeur ses jambes puissantes. Moi qui l'avais trouvé changé après ses premières classes militaires... On était passé à un tout autre niveau ! Arrêter de l'admirer et le regarder en face me demanda un véritable effort.

– Je ne sais pas. Je n'ai pas tellement envie de m'y remettre, je suis vannée.

– Après du yoga ?

Cette fois, je levai les yeux au ciel, peu désireuse de mentionner ma gueule de bois historique.

– J'ai fait la planche je ne sais combien de fois. Elle y va, tu sais !

– Qui ça, Raina ?

Il eut un petit rire, puis son attention se concentra derrière moi.

– Quand on parle du loup…

La brunette nous rejoignit d'un pas élastique, le regard rivé sur lui.

– Salut, Cameron.

Quand elle se haussa sur la pointe des pieds pour lui faire la bise, la jalousie me pinça le cœur. Après tout, il n'était peut-être pas libre, et même s'il l'était, un aussi beau mec ne le resterait pas longtemps. Raina me le prouva d'ailleurs en frottant comme par hasard sa brassière de sport contre un bras viril.

– Salut, lui dit-il. Raina, je te présente Maya.

– Une nouvelle ? demanda-t-elle en posant enfin les yeux sur moi.

– À vrai dire, Maya est une vieille amie, expliqua-t-il. J'allais lui faire visiter les lieux.

La jeune femme me tendit la main, un sourire crispé aux lèvres.

– Enchantée. Le cours vous a plu ?

– Eh bien oui, admis-je.

– J'espère vous revoir, alors ?

Je répondis d'un hochement de tête, car je ne voulais pas m'engager verbalement.

– Super. À plus tard, tous les deux. J'ai un autre groupe dans cinq minutes.

Son départ nous rendit à notre tête-à-tête, Cameron et moi. Sans me laisser le temps de trouver une autre excuse pour ne pas effectuer le moindre exercice en sa présence, il me prit par la main et m'entraîna dans la partie principale de la salle. Un geste hardi, mais dont je fus heureuse, car ce contact me rassura malgré l'anxiété que j'éprouvais toujours dans un endroit pareil. Je parcourus du regard les rangées de clients en pleine forme, manifestement des habitués, dont la présence ne fit qu'accentuer mon impression de ne pas être à ma place.

Cameron s'arrêta devant les poids.

– Les bras, ça ira ? Après les planches et je ne sais quoi d'autre ?

Son rictus moqueur, mal dissimulé, m'agaça assez pour que je relève le défi.

– Donne.

Le rictus se transforma en sourire éblouissant – mille watts, minimum – puis il s'empara de deux haltères, minuscules dans ses mains puissantes, qu'il manipula face aux miroirs pour me montrer les mouvements à effectuer. Il savait manifestement de quoi il parlait, mais je ne l'écoutais pas vraiment, fascinée par son corps. Je n'arrivais toujours pas à m'habituer à sa transformation. Il avait toujours été grand et mince, mais il avait maintenant assez de masse musculaire pour devenir réellement imposant. L'ourlet de son tee-shirt remontait légèrement chaque fois qu'il brandissait les haltères au-dessus de sa tête, m'offrant un aperçu de ses abdominaux. Je m'humectai les lèvres en me mettant au défi de baisser le regard…

– Compris ?

Mon regard se releva brusquement.

– Oui, oui.

Je lui pris les haltères et me raidis face à l'effort nécessaire pour les manier, alors qu'il l'avait fait si facilement.

– Les épaules droites, me dit-il avec calme, à voix basse, en me posant les mains sur les épaules pour les tirer légèrement en arrière du bout des doigts.

Ce simple contact me secoua tout entière. Notre reflet me montra que ses yeux erraient sur ma silhouette, pendant qu'une de ses mains descendait dans mon dos et qu'il me contournait pour se poster à côté de moi.

– Ne bouge plus.

Je me figeai, les haltères en l'air.

– Écarte légèrement les jambes.

Cet ordre tranquille me fit prendre une brusque inspiration.

– Parfait. Si tu es dans la bonne position, tu vas aussi le sentir à ce niveau-là.

Sa main me frôla le ventre. La vague douleur due aux planches et au maniement de ces saletés de poids se mua en une énergie d'un rouge brûlant, palpitation battant au cœur de mon être et entre mes jambes, alimentée par ce contact nettement trop intime.

Je n'ai pas signé pour ça, merde, alors ! Haletante, je rabaissai les haltères, les relevai lentement puis répétai le mouvement. Certains clients étaient sans doute prêts à payer très cher une telle attention… mais peut-être n'avaient-ils pas à le faire. Peut-être Cameron se montrait-il aussi serviable avec tout le monde. N'empêche : mon esprit mal tourné s'obstinait à croire qu'il me touchait par pur plaisir animal.

CAMERON

Il ne m'avait jamais été plus difficile de me concentrer sur des exercices. Les clientes séduisantes ne manquaient pas, elles *adoraient* s'entraîner avec Darren ou avec moi, mais Maya était à part. Son corps avait changé depuis nos années d'étudiants. Malgré ses vêtements, on devinait la rondeur de ses seins et les courbes de ses hanches – bien différentes dans mes souvenirs. Enfin... Au moins, je pouvais la regarder tant que je voulais, vu la situation.

La fin de son travail aux haltères interrompit mon examen attentif de ses complexités corporelles.

– Je ne suis pas sûre d'être de taille, protesta-t-elle quand je l'entraînai jusqu'aux machines tire-câbles.

– Tu te débrouilles très bien.

Le rouge lui monta aux joues, me confirmant qu'elle se sentait mal à l'aise. La moitié de mon travail consistait à mettre les gens à l'aise, malgré les quelques clients qui me payaient juste pour que je les regarde s'entraîner régulièrement. Les affaires sont les affaires, donc je ne m'en plaignais pas. Quand ils comprenaient que ça ne leur apportait rien, la plupart s'en allaient. Voir Darren, parfois.

Maya, elle, avait toujours été têtue. J'étais sûr qu'elle relèverait le défi, même si ça l'obligeait à supporter ma compagnie alors qu'elle n'en avait aucune envie. Après avoir failli l'embrasser, quand elle m'avait laissé planté devant son immeuble, je m'étais senti partagé. On n'avait pas échangé nos coordonnées, et je n'allais certainement pas continuer à lui tomber dessus à la sortie de son bureau.

– Je ne m'attendais pas à ce qu'on se revoie aussi vite, dis-je, dans l'espoir de la faire parler.

– Moi non plus.

– Comment ça ?

Elle fit la grimace en luttant contre la traction des câbles, les biceps contractés par l'effort.

– Eli m'a traînée à un cours de yoga. Je ne savais pas qu'on venait ici.

Lorsqu'elle recula un peu, le temps de souffler entre deux séries, l'exercice lui avait coloré les joues. Le temps passait. Je ne pouvais pas la surmener dans le seul but de rester avec elle.

– Je ne savais pas que tu avais un coloc.

– En fait, tu ne sais pas grand-chose de moi.

Elle se secoua les bras.

– On pourrait peut-être y remédier.

– Ah ?

Son expression était toujours aussi tranquille.

– Je ne sais pas…

Je haussai les épaules avec une désinvolture feinte.

– J'aimerais qu'on devienne amis, je suppose. Si c'est possible, à ton avis.

Elle baissa les yeux. La pointe de son pied explorait les irrégularités du parquet, petite brèche dans son attitude sereine.

– Je ne sais pas.

– Qu'est-ce que tu ne sais pas ?

Soupir.

– Comment on pourrait bien être amis alors que tu… eh bien, tu m'as plus ou moins attaquée par surprise, hier.

– Je sais. Je ne voulais pas. Je suis désolé.

– Il y a eu trop de choses entre nous.

– Surtout des bonnes, non ?

Je m'adossai à la machine, les bras croisés.

Son regard s'adoucit une seconde, puis ses traits se durcirent. Un masque impassible balaya l'émotion que j'avais cru entrevoir un instant plus tôt.

– Et maintenant ? lança-t-elle d'un ton sec.

– Qu'est-ce que tu veux dire ? demandai-je, déconcerté.

– C'est bientôt fini ou quoi ? Je n'en peux plus.

– Un dernier exercice, marmonnai-je en me redressant.

Je réglai la machine avant de lui faire la démonstration du mouvement puis rajustai les poids pour elle. Dès que je m'écartai, elle se lança dans les flexions avec une détermination fiévreuse. Chacun de ses gestes soulevait sa poitrine dans son débardeur. J'expirai lentement, cherchai autre chose sur quoi me concentrer et tombai sur son reflet, qui me permit d'examiner ses fesses dans son pantalon de yoga moulant. *Merde !* Jamais je n'arriverais à dissimuler une érection, dans ce short de sport.

– Une pause après cette série, puis deux séries supplémentaires, ordonnai-je d'un ton sec. Je reviens tout de suite.

Je m'éloignai en évitant son regard, car il me fallait de l'eau. Sauf qu'en fait il me fallait une douche froide, parce que le souvenir de son corps me rendait dingue. J'allai chercher deux bouteilles derrière le comptoir, vidai la première puis inspirai et expirai à plusieurs reprises, longuement, pour me calmer. Je devais sortir Maya de mon cerveau. Voyager dans ma mémoire de cette manière ne me plaisait pas, à moi non plus. Qu'est-ce que j'essayais de faire, bon sang ?

– Ça va ?

Darren s'approchait, les yeux plissés. Merde ! Il lisait en moi à livre ouvert. Pas comme moi avec Maya. Ses pensées restaient un mystère, alors que je les déchiffrais facilement, autrefois.

– Oui, oui. Je venais juste chercher de l'eau pour une cliente.

Elle arriva à ce moment-là en compagnie d'Eli, plus calme et détachée que jamais.

– Bon, je crois que tu m'as assez torturée pour aujourd'hui. Je m'en vais.

Darren se tourna vers elle et s'illumina à sa vue. Je me raidis.

– Bonjour. Darren Bridge, dit-il en lui tendant la main.

Elle la serra, les yeux brillants.

– Vous êtes le frère de Cameron, non ? Maya. Enchantée.

Le sourire de Darren vacilla une seconde. Ils ne s'étaient jamais vus, mais ils avaient entendu parler l'un de l'autre, évidemment. Il me jeta un coup d'œil avant de se retourner vers elle.

– En effet. Et je suppose que vous êtes *la* Maya ?

– Sans doute, marmonna-t-elle, presque trop bas pour être audible, en enfilant manteau et bonnet.

Elle était prête à partir.

– Dis donc, tu viendrais boire un verre avec nous ce soir ? lui demanda alors Darren. Ce cher Cameron portera une cravate. Ce serait dommage de rater ça, hein ?

– Darren… commençai-je.

Il leva la main pour me réduire au silence.

– Non, non. Je serai ravi de faire la connaissance de la fameuse Maya, dont j'ai tellement entendu parler.

– Elle ne raterait une *happy hour* pour rien au monde, intervint Eli, la tête rentrée dans le cou jusqu'aux épaules.

– Ce n'est pas vrai, protesta-t-elle en lui lançant un regard si noir qu'il fit un pas en arrière.

– Personne ne te jettera la pierre pour ça, ne t'en fais pas, assura Darren. Bon, on se retrouve au bar du coin à sept heures. Qu'est-ce que tu en dis ?

Elle le considéra d'un œil féroce : entre le sourire infernal qu'il lui adressait et le commentaire d'Eli, comment aurait-elle pu refuser ? Pour un peu, je l'aurais plainte.

– D’accord, cracha-t-elle en m’arrachant la seconde bouteille..

Lorsqu’elle fit volte-face et passa son bras sous celui d’Eli, il nous sourit, avant de se laisser entraîner jusqu’aux portes de verre. Elles ne s’étaient pas plus tôt refermées que les lèvres de Maya remuèrent à toute allure : elle était furieuse.

Je réprimai un sourire.

V

MAYA

– Tu peux m'expliquer ce que tu croyais faire, s'il te plaît ? demandai-je aussitôt à l'extérieur.

Eli poussa un soupir théâtral.

– Et voilà, c'est parti…

– Tu m'as complètement démolie !

Je me retenais de lui hurler dessus en prenant le chemin de l'appartement.

– Tu es tombée sur ton ex. Ce n'est pas la nouvelle du siècle, d'accord ? Calme-toi un peu.

– Et, en résumé, tu m'as obligée à prendre un cours particulier avec lui.

Une colère noire palpitait en moi.

– Mais ça ne suffit pas, non, je suis en plus censée boire un verre avec lui ce soir en toute sérénité…

– Et alors ? Tu broies du noir depuis que tu sais qu'il vit à New York. Manifestement, tu penses encore à lui. Pourquoi ne pas tenter le coup ?

– Tenter le coup ? Notre histoire est terminée. Je le trouve attirant, oui, mais ça ne veut pas dire que je vais me remettre avec lui. D'ailleurs, ce n'est peut-être pas ce qu'il veut.

– Bon… soupira Eli en levant les yeux au ciel.

– Comment ça, « bon » ? Qu'est-ce que ça veut dire ?

Il se tourna pour me faire face.

– À part quand j'étais moi-même concerné, je n'ai jamais senti l'alchimie opérer entre deux personnes, sauf aujourd'hui. Au moment où vous vous êtes vus, ça a carrément fait des étincelles. Je ne sais pas ce qu'il y a entre vous, mais ça crève les yeux que c'est bien plus puissant que tu veux bien le reconnaître. Je t'ai juste un tout petit peu poussée dans la bonne direction. (Il écarta ses cheveux de ses yeux.) Un jour, tu me remercieras peut-être.

Je m'arrêtai, trop exaspérée pour franchir les derniers mètres qui nous séparaient de notre immeuble.

– Ce n'est pas un jeu, Eli. Pas pour moi. Et tu es censé être dans mon camp.

Je parlais bas, bouleversée. Les retrouvailles avec Cameron m'avaient embarquée dans des montagnes russes émotionnelles où Eli, étonnamment, tenait les rênes.

– Tu n'es toi-même pas dans ton camp, Maya. Tu crois que c'est toujours facile de vivre avec toi et ton syndrome d'échec ?

– Personne ne te force à rester. Ce n'est pas comme si j'avais besoin du loyer que tu ne payes pas.

Ma riposte le laissa bouche bée. Le silence qui s'abattit entre nous était presque douloureux.

– Waouh, lâcha-t-il enfin.

J'allais ajouter quelque chose pour adoucir le coup que je venais de lui porter, mais il me prit de vitesse.

– Je vais acheter de quoi dîner et essayer d'oublier ce que tu viens de dire. À tout à l'heure.

– Eli…

Mon dos se voûta quand il s'éloigna.

Je jurai tout bas en montant l'escalier pour échapper au froid.

Malgré l'énergie que m'avait apportée le sport, je passai l'essentiel de la journée à bouder. Eli et moi ne desserrions pas les dents, alors qu'il se débrouillait pour me faire savoir ce qu'il trafiquait dans l'appartement. J'essayais de l'ignorer chaque fois qu'il claquait une porte un peu trop fort, entrechoquait bruyamment la vaisselle ou poussait un soupir théâtral. En admettant que je sois plombée par le syndrome d'échec, il était quant à lui tout bonnement passif – agressif.

Je laissai tomber le livre qui n'arrivait pas à m'accrocher et regardai par la fenêtre. Des arbres nus encadraient les rues désertes. L'hiver précoce, d'un froid quasi douloureux, me faisait presque oublier pourquoi j'étais venue à New York après mes études. Je n'avais aucune certitude, mais j'aimais à croire que ma mère se trouvait dans le coin – et pourrait me contacter en cas de besoin.

Installée devant mon ordinateur, j'ouvris un nouvel onglet dans mon moteur de recherche, le consacrai à « Lynne Jacobs » et parcourus les résultats, en examinant comme d'habitude ceux qui pouvaient la concerner : rapports de police, informations régionales puis, enfin, nécrologies. Impossible de découvrir où elle se cachait, en admettant qu'elle soit toujours de ce monde.

On avait perdu le contact six mois après ma terrible rupture avec Cameron. Je la voyais peu, depuis le début de mes études, mais on échangeait régulièrement des nouvelles… jusqu'à ce que son numéro de portable cesse d'être opérationnel. J'en avais éprouvé un mélange de fureur et de panique, parce que je n'avais pas pris la peine de lui demander les coordonnées de son nouveau mec, ni même sa nouvelle adresse. Elle déménageait si souvent que je ne suivais plus, persuadée qu'elle finirait toujours par me revenir, où qu'elle aille. Je fermai les yeux en évoquant son visage. Jamais je ne me pardonnerais.

– Tu as trouvé quelque chose ? demanda Eli avec douceur, juste derrière moi, les yeux fixés sur l'écran par-dessus mon épaule.

Je secouai la tête.

– On fait la paix ?

Je refermai l'ordinateur, me levai et le serrai très fort dans mes bras. C'était bien moi qui assumais l'essentiel de nos dépenses, mais notre amitié m'avait si souvent servi de planche de salut qu'elle n'avait pas de prix. Je l'avais attaqué dans un moment de faiblesse, alors qu'il ne le méritait pas.

La réapparition de Cameron m'avait plongée dans un maelström émotionnel sur lequel je n'exerçais aucun contrôle. Il me semblait que le passé et l'avenir se heurtaient de front, mais je n'étais plus celle que j'avais été, sentimentale et éperdument amoureuse. Il m'avait suffi de quelques déceptions supplémentaires pour renoncer au romantisme. Rien n'arrivait à la cheville de ce que j'avais vécu avec Cameron, ce qui m'avait finalement décidée à ne plus perdre mon temps. Je n'avais pas de petit ami, je ne tombais pas amoureuse.

Pourtant, l'impression angoissante me tenaillait que le retour de Cameron dans ma vie représentait un défi sur ces deux fronts.

CAMERON

Je comptais les minutes en l'attendant. Chacune de nos rencontres ressemblait à un pari, une occasion facile à manquer, alors que je ne voulais plus en manquer du tout. Maya exerçait sur moi une violente attraction et, surtout, le vide de mon existence exigeait d'être comblé – plus fort que jamais depuis que je l'avais revue. L'instinct de survie me conseillait de prendre mes jambes à mon cou, mais je savais au fond de moi que j'aspirais aux retrouvailles.

Le problème, c'était que je ne savais vraiment pas ce qu'elle voulait, elle. Peut-être m'étais-je trompé en déchiffrant ses signaux corporels, mais elle ne pouvait quand même pas nier qu'on avait vécu quelque chose qui méritait d'être sauvé – si on oubliait notre rupture et ses conséquences. Il ne s'agissait pas seulement de sexe, si remarquables qu'aient été nos étreintes. Le seul fait d'être ensemble nous avait toujours rendus heureux, alors que je n'avais jamais été aussi à l'aise, aussi fondamentalement bien avec personne. On se sentait bien sans avoir à se parler, bien avec nous-mêmes. Pas comme maintenant. Maintenant, Maya était un beau mystère, alors que je me dévoilais d'une manière alarmante – et franchement négative. Dès qu'elle ouvrait la bouche, j'attendais qu'il en tombe un non – non à mes propositions d'amitié, de rendez-vous ou de choses plus sérieuses que je n'étais pas encore sûr de vouloir.

Je me tournai pour parcourir le bar des yeux, sans cesser de tambouriner sur le comptoir du bout des doigts.

– Cool, mec. Tu me stresses.

– C'est mon ex à moi. S'il y a quelqu'un qui stresse ici, c'est moi.

– Tu crois que tu vas la sauter ? s'enquit Darren en s'arrachant aux télés qui dominaient le comptoir.

Je lui jetai un regard agacé.

– J'espère que tu plaisantes ?

– Ben quoi ? fit-il, les yeux écarquillés.

– Il faut absolument que tu essaies une vraie relation,

un de ces jours. C'est tout juste si j'arrive à discuter avec toi.

Cette fois, il éclata de rire.

– Olivia ne vit chez toi que depuis deux semaines, et tu parles déjà exactement comme elle.

Je m'avachis en soupirant sur mon tabouret de bar. Il n'avait peut-être pas tort, mais il était aussi complètement idiot, suivant son habitude.

– Maya n'est pas le genre de fille qu'on ramène chez soi comme ça, après l'avoir croisée par hasard.

– C'est quel genre, alors ?

– Quelqu'un avec qui j'ai un passé. J'étais prêt à l'épouser. Ça complique les choses, forcément.

– Pourquoi ? Vous ne vous êtes pas vus depuis des années, elle est super sexy. Alors si tu la bottes, où est le problème ? Il faut vraiment te détendre un peu, mec. Ça fait combien de temps que tu n'as pas baisé ?

Je bus une gorgée de bière, bien décidé à ne pas me laisser entraîner dans une de ses conversations idiotes.

– Si longtemps que ça ? Écoute, je vais te faire une proposition. Je te laisse une semaine pour mettre Maya dans ton lit, mais si tu n'arrives pas à sauter le pas, je te présente à une copine. La chasteté, ça ne te réussit pas.

– Je ne suis pas chaste, et si tu penses à payer une pro tu peux aller te faire foutre tout de suite.

– Tu as peur de ne pas emballer en une semaine ? demanda-t-il en riant aux éclats.

Le défi m'électrisa. Maya n'était pas une conquête à mes yeux, du moins pas une conquête d'ordre purement sexuel, mais Darren savait jouer de notre esprit de compétition naturel.

– Ce n'est pas ce qui me tracasse, non.

– Je te parie que tu veux jouer les romantiques et tout ce qui s'ensuit. Pour voir si elle va marcher.

Je levai les yeux au ciel.

– Je vais peut-être te laisser une semaine avant de tenter ma chance, moi aussi, ajouta-t-il pour voir.

Cette fois, je serrai le poing sur mes genoux, car la colère m'envahissait.

– Tu devrais peut-être surtout t'occuper de tes oignons. Je coucherai avec elle quand je serai prêt, et si tu fais ne serait-ce que penser à la toucher, je te bute. Compris ?

Une lueur malicieuse brilla dans les yeux de Darren, dont le regard me dépassa, tandis que son sourire s'élargissait.

– Salut, Maya.

Je pivotai brusquement sur mon tabouret : elle se tenait près de moi, ses yeux chamois brillants sous ses cils sombres. Je ne savais pas ce qu'elle avait entendu de la conversation, mais si elle en avait surpris un mot, j'imaginais parfaitement ce qu'elle en pensait.

– Salut.

Elle restait figée sur place.

– Je vous dérange ?

– Pas du tout. (J'écartai du comptoir le tabouret le plus proche pour qu'elle se joigne à nous.) Je me préparais à traîner Darren dans la rue et à en faire de la pâtée pour chats. Tu arrives juste à temps. Il a été sauvé par le gong.

– Ou par la blonde, en l'occurrence, intervint mon frère, les yeux brillants.

Je me serais giflé de l'avoir laissé organiser cette rencontre, ce qui m'obligerait à supporter ses âneries toute la soirée. Comme si les choses n'étaient pas déjà assez difficiles.

Son commentaire arracha un petit sourire à Maya, qui s'installa sur le tabouret puis passa commande.

J'en profitai pour l'examiner de la tête aux pieds. Elle était ravissante, dans le genre à la fois soigné et décontracté : sa robe-pull bleu marine lui arrivait à mi-cuisses, dévoilant ses jambes gainées de Nylon juste ce qu'il fallait pour me donner envie d'en voir davantage.

– Tu es superbe, Maya, reprit Darren, exprimant ma pensée.

– Merci.

Elle sourit – à lui d'abord, à moi ensuite. Quand elle leva les yeux vers moi, mon environnement tout entier se brouilla, à part elle ; mais Darren interrompit presque aussitôt cet instant de grâce en lançant, à mon intention :

– Je ne comprends pas pourquoi tu ne m'as jamais dit qu'elle était aussi belle…

Ma respiration siffla entre mes dents serrées, tandis que je résistais à l'envie de l'arracher de son tabouret et de le calmer aussi sec.

– Tu ne veux pas aller harceler quelqu'un d'autre, qu'on puisse discuter tranquilles un moment, Maya et moi ?

Il prit sa bière et se laissa glisser à terre.

– Mais si, petit frère. À partir de maintenant, tu peux te débrouiller.

Sur ces mots, il me donna une claque dans le dos, adressa un clin d'œil à Maya puis se dirigea vers deux jeunes femmes, assises à l'autre bout du comptoir.

Je les plaignais sincèrement.

– Je n'ai pas tout bien suivi… déclara Maya, avant de siroter une gorgée de son Martini.

– Darren était juste d'une bêtise crasse, comme d'habitude. Laisse tomber.

– Parce qu'il m'a fait un compliment ?

– Non, bien sûr que non.

Je n'allais pas lui expliquer en long et en large à quel point Darren pouvait être exaspérant, ni qu'il avait pour seul objectif de trouver un coup d'un soir à son petit frère.

– Tu t'es très bien débrouillée, ce matin, préférai-je dire, dans l'espoir de changer de sujet.

– Merci. Le sport n'est pas vraiment ma tasse de thé.

– Tu devrais venir plus souvent. Je te concocterais un bon programme.

– Je ne sais pas.

Haussement d'épaules.

– J'ai de longues journées, au travail, et franchement, quand je sors, j'ai juste envie d'un verre pour me détendre.

– L'exercice est un bon somnifère aussi, crois-moi.

La réponse lui arracha un léger rire.

– J'en doute.

– Prends-moi au mot.

Le défi lui fit arquer un sourcil.

– Donne-moi une semaine, insistai-je. Je t'apprendrai à éliminer le stress et à lâcher la vapeur physiquement. Je t'assure que tu dormiras comme un bébé et que tu seras pleine d'énergie tous les matins.

Le rouge qui lui monta lentement aux joues me fit comprendre que mon petit baratin de coach ne donnait pas tout à fait la même impression quand je m'adressais à quelqu'un avec qui j'avais couché. Malgré ce que j'avais dit à Darren, ça ne m'aurait pas non plus dérangé de lâcher un peu de vapeur physiquement avec elle. Je me forçai à penser à autre chose. Franchement, après avoir entendu la fin de ma conversation avec ce crétin, elle était sans doute déjà persuadée que je voulais juste la sauter. Si seulement il avait existé un moyen plus simple de gérer ça… Bon, il en existait probablement un, mais je manquais trop de pratique pour le trouver.

– Je ne suis pas sûre que ce soit une bonne idée, répondit-elle enfin.

– Pourquoi ?

Les dernières gouttes de son Martini glissèrent entre ses lèvres, puis elle fit pivoter son tabouret pour me regarder en face, le dos très droit.

– Tu veux qu'on devienne amis, c'est bien ça ?

– Oui.

– Est-ce que c'est vrai ? Je suis désolée de casser l'ambiance, mais j'ai besoin de savoir où je vais. Je veux dire, je suis tombée sur Olivia il y a quelques jours, tu es venu m'attendre à mon travail le lendemain, et maintenant on est là. On peut continuer à jouer comme ça quelques semaines, d'accord, mais on peut aussi mettre les choses à plat tout de suite. Si c'est une question de cul et que tu veux juste tirer un coup, dis-le-moi. Je suis une grande fille.

J'expirai brusquement. Elle n'avait jamais été aussi directe, avant.

– Tu veux dire que tu envisagerais de coucher avec moi, si c'était ce que je voulais ?

– Pas forcément, répondit-elle sans frémir, mais au moins je connaîtrais tes intentions. J'ai surpris la fin de ta conversation avec Darren. Il était bien question de coucher avec moi quand tu serais prêt ?

Je fis la grimace, furieux contre ce crétin de Darren.

– Je suis désolé, Maya. Je regrette vraiment que tu aies entendu ça. Il me harcelait et…

Je me passai les mains dans les cheveux, rageur. Mon dialogue avec mon frère était impossible à restituer sans nous faire passer tous les deux pour des connards de première.

– Je n'ai aucune intention cachée, si c'est ce qui t'inquiète.

Elle ferma les yeux et secoua légèrement la tête, tandis que son expression s'adoucissait. Je me détendis un peu ; peut-être l'interrogatoire au sujet de ce dérapage allait-il cesser. Je l'espérais très, très sincèrement. Sinon, Darren allait prendre la raclée de sa vie.

– Franchement, Cameron, je ne suis pas sûre qu'on puisse jamais devenir amis. Après notre séparation, les choses n'ont pas été simples, et je me demande si certains problèmes ne sont pas restés en suspens. Ta présence a réveillé des émotions dont je m'étais débarrassée depuis longtemps, et je n'ai pas vraiment besoin de ça dans ma vie en ce moment.

Je restai une éternité bouche bée. Comme d'habitude, elle avait lâché une bombe, et je n'y étais pas préparé. Ces rendez-vous quasi impromptus n'étaient pas mon fort, mais je ne pouvais pas le lui reprocher. Je l'avais quittée sans prévenir, j'avais coupé les ponts, et on n'avait même pas eu l'occasion de se disputer. Les non-dits l'avaient emporté. Je la regardai dans les yeux en rassemblant autant que possible mes pensées éparses.

– Pour être tout à fait honnête et adulte, je dois reconnaître que quand je te vois je n'ai pas seulement envie de ton amitié. Mais tu n'es pas la seule à te demander si céder à cette envie ne serait pas une très, très mauvaise idée.

Elle hocha la tête, les yeux baissés. Malgré la subtilité de son langage corporel, la légère voussure de son dos et l'aura de tristesse qui entourait son visage me serrèrent le cœur : elle souffrait, à cause de moi qui plus est. Je lui effleurai la joue du bout des doigts.

– Je tiens toujours à toi, Maya. Et ça, ça ne changera jamais.

Son regard d'un caramel chaleureux se releva aussitôt vers le mien, aussi fascinant qu'autrefois. Quand ses lèvres s'entrouvrirent, la peur qui me tordait les tripes s'évanouit face à l'envie violente de la prendre dans mes bras pour lui redonner confiance, une pulsion qui gagnait en force à chacune de nos rencontres. Une énergie inexplicable me poussait vers elle, vers sa bouche et son corps. J'aurais voulu la serrer contre moi au point de nous empêcher tous deux d'avoir les idées claires, mais je ne pouvais précipiter les choses.

– On n'a qu'à se donner le temps de refaire connaissance. Ça peut paraître bizarre, dit comme ça, mais on s'est perdus de vue longtemps, et tu ne m'es plus vraiment familière…

– Je vais t'épargner le suspense, Cameron, je ne suis plus celle que tu as connue. Ma vie est… ma vie a changé.

Elle agita la main puis se frotta anxieusement le front.

– Mon intuition me dit qu'on a peut-être des modes de vie trop différents pour permettre ne serait-ce qu'une simple amitié.

J'acquiesçai, la peur au ventre : peut-être nous étions-nous en effet déjà trop éloignés l'un de l'autre… mais je chassai cette idée. Je ne pouvais renoncer sans même avoir essayé. Ç'aurait été pire que de disparaître de sa vie comme je l'avais fait, des années plus tôt – une erreur que j'avais la ferme intention de corriger, si possible.

– On a tous les deux changé, c'est évident.

– Ce n'est peut-être pas une bonne idée de s'engager dans cette voie en ce moment.

Elle se coinça les cheveux derrière l'oreille.

– Enfin bon, on peut garder le contact. Par Facebook ou l'équivalent.

– Je ne veux pas de Facebook.

– Ah ! D'accord, dit-elle en riant.

– Commence par venir à la salle de gym la semaine prochaine, OK ?

Elle détourna un instant les yeux, comme pour renforcer sa détermination.

– Tu te crois vraiment capable de me faire faire du sport tous les jours ?

– Donne-moi une semaine.

– Privée de cocktails ?

– Privée de cocktails, acquiesçai-je, après une courte seconde d'hésitation.

– Alors que tu viens de boire un demi-litre de bière, commenta-t-elle, la tête penchée de côté.

– C'est exceptionnel. Darren m'a traîné ici. Je ne suis pas vraiment du genre à fréquenter les bars.

– Tu vis comme un petit vieux !

Le petit sourire en coin accompagnant la remarque m'évita de me hérisser en entendant dans sa bouche le surnom insultant que me donnait mon frère.

– Je ne trouve pas spécialement enrichissant de côtoyer des inconnus alcoolisés. Ça fait sans doute de moi un petit vieux, en effet.

– Je ne suis pas une inconnue.

– Non, c'est vrai, dis-je tout bas, les yeux fixés sur la longue frange qui frôlait ses sourcils.

J'avais envie de la toucher, encore une fois, de nous rappeler à tous deux qu'on n'était pas des inconnus l'un pour l'autre, même si, parfois, il me le semblait bien.

– D'accord, je viendrai faire du sport, mais je me réserve le droit de prendre un petit somnifère, décida-t-elle, le doigt levé pour souligner son propos.

– Quoi, tu contreviens déjà aux règles ?

Grimace théâtrale.

– Tu ne vas pas jouer les maniaques ?

– En tant que petit vieux, j'ai une réputation à soutenir. Et puis j'aurai plus de chances de te convertir à l'adhésion payante après une semaine de vie saine.

– Et si je décide que ton coaching ne me convient pas ?

– Il te conviendra.

– Je prends note de ton assurance. Mais tu devrais être condamné à un effort, toi aussi, quand je me serai épuisée et privée pendant toute une semaine, non ?

Je haussai les épaules, en me demandant si elle pourrait vraiment penser une chose pareille quand on en aurait terminé.

– Disons que je suis d'accord pour cette semaine d'enfer sportif, je peux déjà affirmer que ce sera un enfer… mais ensuite on fêtera ça à ma manière, reprit-elle. Je te montrerai comment je lâche la vapeur, et tu me diras ce que tu en penses.

– Et comment lâches-tu la vapeur ? demandai-je, intrigué.

– En dansant.

– Ah, d'accord. Où ça ?

– Dans différentes boîtes de nuit, avec des amis. On boit quelques verres, et on danse toute la nuit. C'est drôlement sportif. Enfin… je suppose que ce n'est pas non plus le genre d'endroits que tu fréquentes.

– Non, en effet, mais je tiens à être juste. Et ça ne me dérangerait pas de te voir davantage. Alors OK, on fera ça.

Elle tendit son nouveau Martini vers ma chope vide, ce qui me sembla convenir à la situation.

– Tu veux trinquer ? demandai-je en riant.

– C'est l'occasion ou jamais, non ? Comme je doute fort que tu me convertisses au sport, ce sera réconfortant pour moi de conclure l'expérience à la vodka.

Je levai mon verre et le fis tinter contre le sien.

– Tchin, alors.

– Aux nouveaux souvenirs.

Elle porta son Martini à ses lèvres.

MAYA

Le serveur nous ayant installées près de la vitrine, la circulation ininterrompue de la rue retint mon attention jusqu'à ce que Jia prenne la parole.

– Alors, qui c'est, ce type ?

– Qui ça ? demandai-je en lui jetant un regard neutre.

– Celui qui t'a coincée contre l'immeuble, l'autre jour.

Ses lèvres s'incurvèrent en un sourire maîtrisé.

– Je déjeunais de l'autre côté de la rue, à ton retour.

J'avais beau ne pas voir mon reflet, je savais que j'étais devenue aussi rouge qu'une betterave.

– Oh ! Je suis navrée, je…

– Pas la peine, coupa-t-elle en riant. Ça avait l'air franchement intense. C'est ton mec ?

– Non, un ex.

– Ah, c'est toujours intéressant. Vous vous remettez ensemble ?

Je me mordis la lèvre et parcourus le restaurant du regard dans l'espoir de voir revenir le serveur, qui m'éviterait d'avoir à divulguer les pensées chaotiques que m'inspirait Cameron.

Repousser ses avances ce jour-là s'était révélé plus facile que contrecarrer ses tentatives de rapprochement subséquentes, parce qu'une véritable intimité s'établissait tout naturellement entre nous. J'en arrivais presque à me bercer de l'illusion qu'on était redevenus jeunes, amoureux, et que rien d'autre ne comptait. Sauf que ça ne m'intéressait pas de tomber amoureuse. Cette seule pensée me terrifiait… mais pas plus que celle de sortir Cameron de ma vie, même si c'était le seul moyen de me protéger des suites potentiellement douloureuses de notre réunion.

D'un côté, il serait imprudent d'accepter sa proposition ; de l'autre, je ne supporterais pas qu'il me quitte une seconde fois. D'ailleurs, si ça se trouvait, nos retrouvailles représentaient le coup de pouce dont j'avais besoin pour remodeler mes fesses. Ce serait sympa de le faire en admirant son corps d'athlète.

Jia attendait ma réponse, je m'en rendis compte en reprenant conscience de sa présence.

– Disons qu'on se redécouvre.

– Je vois, commenta-t-elle, souriante.

– Non, ce n'est pas ça. Ce que je veux dire, c'est qu'on s'est perdus de vue pendant des années et qu'on vient de s'apercevoir qu'on vit dans le même quartier. Je vais voir ce que ça donne de reprendre contact, mais je ne tiens pas à nouer une relation.

– Je comprends. Ce n'est pas comme si le travail n'était pas assez chronophage. Moi aussi, je manque de temps pour une relation. Pour une vraie, en tout cas.

– Tu as l'air de bien te débrouiller dans la boîte.

Elle acquiesça, mais je voulais en savoir davantage.

– Tu es très jeune pour être arrivée où tu es, j'espère que ça ne te dérange pas que je te le dise.

Je regrettai brièvement ces mots, qui exprimaient pourtant ma pensée à la perfection. Mais, après tout,

Jia me posait sans détour des questions personnelles, et c'était elle qui m'avait invitée à déjeuner. Autant que je voie ce qu'elle avait dans le ventre. Le serveur vint prendre notre commande, ce qui l'empêcha de me répondre aussitôt et attisa ma nervosité. Mais il n'avait pas plus tôt tourné les talons qu'elle se lança :

– Ça ne me dérange absolument pas. Tu dis tout haut ce que tout le monde pense tout bas, je le sais pertinemment. Ce n'est pas facile d'être une femme, surtout une jeune, dans notre domaine. Si en plus on est séduisante, le bruit se répand immédiatement qu'on couche pour avoir de l'avancement.

Je me mordis la lèvre. Les collègues à qui j'avais parlé d'elle avaient tous quelque chose à dire de son parcours dans sa boîte précédente, mais il n'était pas question de le lui signaler. Ces gens étaient si superficiels. Avais-je envie de subir ce genre de choses, si jamais je réussissais à me sortir de mon box par une promotion ? Ils se perdraient en suppositions sur les raisons de mon succès…

– Je suis plus jeune que la plupart de nos confrères, c'est sûr, continua-t-elle, mais je ne suis pas ici pour me faire des amis. Il est question de carrière, et j'ai la ferme intention de continuer à monter en grade, quoi qu'il arrive.

– Moi aussi. Je veux juste bosser, mais on dirait que ça ne suffit pas.

– Non, en effet. Il faut aussi jouer le jeu. On ne peut pas en faire l'économie.

Mon cœur se serra. Jia venait de confirmer ce que je pressentais, mais dont je refusais de tenir compte depuis maintenant des années.

– Tu ne trouves pas cette petite cuisine interne pénible ?

Elle haussa les épaules en portant son verre d'eau à ses lèvres.

– Pas vraiment. Je considère que ça fait partie du travail. Il faut savoir ce qu'on veut et, plus important, ce que veulent les autres. C'est ça, le secret.

– Explique-toi…

– Regarde autour de toi, Maya. Au-delà des chiffres. Regarde le paysage de l'entreprise et ceux qui le modèlent. Est-ce que tu connais les gens avec qui tu travailles ? Est-ce que tu connais l'un de tes supérieurs hiérarchiques ?

– Pas vraiment. Je fais mon boulot. C'est ce qu'ils veulent, non ? Il me semblait t'avoir entendue dire qu'on n'était pas là pour se faire des amis.

– Tu écoutes. Parfait.

Elle sourit.

– Mais non, ils ne veulent pas juste que tu fasses ton boulot. Ils sont tous différents, et ils veulent des choses différentes. Si tu sors un peu de ta zone de confort, tu finiras par créer des liens qui t'ouvriront des portes.

– Je vois.

Je pensais aux Dermott et aux Reilly de ce monde, mon boss et celui de Vanessa, des hommes durs, concentrés, quasi inconscients de notre existence à nous, leurs subordonnés, sauf quand ils nous écrasaient par hasard. Je n'étais pas sûre de vouloir ouvrir une porte, s'ils se trouvaient de l'autre côté.

– Considère-moi comme une de ces portes, me dit Jia, à ma grande surprise. Je te trouve sympathique, tu sais. Je serais ravie de t'aider, si tu en as envie.

– M'aider ?

– Je te parle carrière. Je suppose que tu ne dirais pas non à une conseillère, une amie ?

– Euh… non. Enfin…

Elle me proposait son aide de manière si directe que je me demandais comment accepter ou même réagir. Vu son intelligence et son charisme, pouvoir la qualifier d'amie serait une chance unique.

– Parfait.

Un sourire aux lèvres, elle m'effleura le dos de la main du bout des doigts puis s'attaqua à son assiette.

– Je suis ravie qu'on ait discuté.

VI

CAMERON

Je m'étais libéré pour les séances du soir. Maya avait promis de s'entraîner une heure par jour, mais j'avais la ferme intention de lui proposer une sortie juste après.

Darren ronchonnait parce qu'il devait assurer le créneau à ma place, mais je m'en fichais. Il m'était redevable, puisque je l'avais laissé filer tôt un certain nombre de fois pour qu'il se consacre à ses recrues personnelles – c'est-à-dire à l'élue du moment. Cette habitude le rattraperait forcément : si disponible qu'il soit, il ne pourrait pas jouer éternellement à ça sans provoquer un drame.

Maya arriva pendant que je papotais avec la gamine installée à la réception.

– Salut ! lançai-je, souriant, trop conscient de la manière dont sa présence illuminait les lieux.

Peut-être à mes seuls yeux, d'ailleurs. J'avais passé la journée à l'attendre, cette douloureuse évidence s'imposait. Elle portait toujours sa tenue de travail, et sa fatigue bien visible tempéra mon excitation.

– Ça va ? m'inquiétai-je.

– Mais oui, répondit-elle, aussitôt souriante. La journée a été longue, c'est tout.

– D'accord. On ne va pas traîner, alors.

– Comme tu veux. Ne te sens pas obligé de m'épargner.

– Je n'y pense même pas, assurai-je, amusé. Les vestiaires sont là-bas. Retrouve-moi ici dès que tu es prête.

Olivia arriva de l'extérieur avant qu'elle puisse s'éloigner et perdit instantanément son sourire en la reconnaissant.

– Salut ! lança-t-elle pourtant.

Maya lui répondit d'un marmonnement.

Ma sœur me lança un regard noir.

– Je suppose qu'il ne s'agit pas d'une coïncidence, cette fois.

– Si, plus ou moins. Maya est venue à la salle de gym la semaine dernière. Elle vit dans le quartier.

– Étonnant, commenta Olivia, impassible.

– Je vais me changer et je reviens, intervint Maya d'une voix tendue.

Sitôt qu'elle disparut dans le vestiaire des femmes, ma sœur s'en prit à moi, sans toutefois élever la voix :

– Tu veux bien m'expliquer ce qui se passe, je te prie ?

Je croisai les bras en m'appuyant au comptoir de la réception.

– Je n'ai pas à te donner d'explications, Olivia.

– Ben voyons !

Et voilà, c'est parti.

– Tu es allé la voir, hein ?

Je laissai mon regard se perdre derrière elle, car je ne voulais pas répondre. Il était hors de question que je me laisse sermonner par ma petite sœur.

– Rentre à la maison, Olivia.

Elle secoua la tête.

– Je n'aurais rien dû te dire. Je le savais. Je sentais qu'il arriverait un truc de ce genre. Qu'est-ce qui m'a pris, franchement ? Comme si tu n'avais pas fait assez de conneries à cause d'elle…

– Tout va bien. Je voulais la voir, et c'était sympa. Elle est ici aujourd'hui pour qu'on renoue le contact…

– Non, ça ne va pas. Elle a détruit ta vie, Cameron.

– Je pense pouvoir affirmer sans grand risque que tu es un peu excessive.

– Tu aurais pu te faire tuer en mission. Tu n'y penses pas, à ça ?

Sa voix tendue trahissait les inquiétudes qui l'avaient plombée à l'époque difficile dont elle parlait.

– Tu ne vas quand même pas lui reprocher la guerre dans laquelle je me suis lancé de mon plein gré ?

– Bien sûr que si. Arrête de me raconter des craques et de me dire que tu n'es pas resté là-bas à cause d'elle. C'est sa faute, et uniquement sa faute, si tu n'es pas rentré avant.

Je serrai les dents pour ravaler les mots qui me montaient aux lèvres et me contentai d'une courte réplique :

– Cette conversation est terminée. Si tu es ici pour m'aider, aide-moi. Sinon, tu peux t'en aller. Je n'ai pas besoin que tu lui traînes autour pour la mettre mal à l'aise.

– Hein, qu'est-ce que tu dis ?

Je me redressai de toute ma taille. Plus question de traiter les remarques d'Olivia par l'indifférence.

– Je dis que si tu continues à me prendre la tête avec ça, ou si tu dis quoi que ce soit qui déplaise à Maya, tu peux t'en aller à l'instant. On est dans ma salle de gym, et tu vis chez moi. Tu es ma sœur, d'accord, mais c'est moi qui fixe les règles. Tu ferais mieux de t'y habituer.

Elle resta bouche bée, ses petits poings crispés. Sans les clients qui allaient et venaient autour de nous, elle m'aurait certainement insulté.

– Waouh… souffla-t-elle enfin. Bon, je sais ce que je vaux à tes yeux. Au temps pour la famille.

Sur ce, elle sortit d'un pas rageur, sans me laisser le temps de répondre.

MAYA

Assise sur le banc, je laissai ma tête partir en arrière et s'appuyer au mur puis mes yeux se fermer. La fatigue était difficile à combattre. J'aurais volontiers repris mon sac avant de me glisser dehors mais, vu ma chance, Cameron devait toujours monter la garde à la porte – avec Olivia, pas moins.

À en juger par le coup d'œil mauvais qu'elle m'avait jeté, le fin vernis de politesse dont j'avais bénéficié jusque-là s'était évanoui après notre rencontre imprévue. Le regard noir qu'elle avait posé sur Cameron avait aussi contribué à mon malaise. Apparemment, elle lui en voulait autant qu'à moi.

Ma journée de travail avait été épuisante, une fois de plus, mais j'avais réussi à me traîner jusqu'à la salle de gym, où m'attendaient des exercices qui allaient me dépouiller de tout ce qu'il me restait d'énergie. Allais-je en plus subir les mesquineries d'Olivia, après cinq ans de sursis ?

Je me relevai et me regardai dans la glace, bien décidée à ne pas me laisser abattre. Une queue-de-cheval austère, un débardeur de sport noir ajusté et un pantalon de yoga assorti… Je soupirai. Maintenant ou jamais.

Quelques minutes plus tard, je quittais le vestiaire. Mon nez se plissa quand une odeur de sueur et de métal parvint à mon cerveau. À l'autre bout de la salle, Cameron soulevait un long haltère posé sur ses épaules, lesté de poids manifestement inouï. Où trouvait-il l'énergie de faire ça toute la journée ? Je n'avais qu'une envie : dérouler un tapis douillet dans un coin pour faire la sieste.

Lorsque je le rejoignis, il reposa la barre à sa place en m'adressant un sourire éclatant.

– Prête ?

– Toi, tu es à dix ; moi, à deux. Tu crois qu'on a une chance de se rencontrer entre les deux ?

– Je vais voir ce que je peux faire, s'amusa-t-il. Qu'est-ce que tu dis des jambes ?

J'arquai un sourcil.

– J'aime bien.

– Je voulais dire, de travailler les jambes. Tu as déjà pratiqué le squat ?

Je répondis par une grimace non dissimulée. Il posa la main sur la longue barre métallique.

– On va commencer par trois séries de quinze aux haltères.

Lorsqu'il se mit à jongler avec les poids, mes yeux s'écarquillèrent.

– Hé, ho !

Il s'interrompit et se redressa.

– Oui ?

– Ça me fait flipper. Je pourrais peut-être juste utiliser le tapis de course une demi-heure, avant de passer aux exercices pour les bras de l'autre jour ?

– Tu m'as dit de ne pas t'épargner, et je n'ai aucune intention de le faire, répondit-il avec le plus grand sérieux. Le cardio, c'est bien, mais je veux me concentrer sur les poids. Il faut aussi que tu apprennes à faire travailler les différentes parties de ton corps.

– Je me permets quand même de te signaler que ça ne m'intéresse pas d'avoir des jambes de culturiste.

– Tu ne risques rien. Les jambes servent à brûler les calories d'ensemble. Le reste de ton corps doit y être attentif.

Je jurai en mon for intérieur et reniflai.

– OK. Montre-moi ce que je suis censée faire et finissons-en.

Il me fit pratiquer les mouvements étape par étape puis, après négociation sur les poids, on décida à l'unanimité que je commencerais avec la barre seule. Cameron soutenait que je pouvais prendre plus lourd, mais je n'avais aucune idée de ce que je faisais, et ça ne m'intéressait pas de tester mes limites ce jour-là. Après tout, c'était le premier.

Je fis ensuite exactement ce qu'il me demandait, déterminée à rester concentrée. Pas question de me ridiculiser, alors que je m'aventurais aussi loin de ma zone de confort, dans le monde du sport.

– C'est parfait, Maya. Tu es excellente.

Imperméable à ses encouragements et à la douleur qui me brûlait les cuisses, je terminai la dernière série. C'était dur, bordel ! Après avoir soulevé l'haltère une dernière fois, je le remis à sa place.

– Comment tu te sens ? s'enquit-il.

Je m'octroyai une gorgée d'eau, avant de reprendre mon souffle.

– Comme si c'était une idée de merde. J'ai les cuisses en feu, et j'aimerais mourir. On va continuer longtemps ?

– Je t'ai mis le plus intense au début. À partir de maintenant, ça devrait être plus facile. Il reste trois quarts d'heure. Ne laisse pas tomber.

Je répondis par un gémissement, mais il m'entraînait déjà vers une machine en me donnant ses instructions. Le reste des exercices se révéla en effet moins exigeant, ce qui ne m'empêcherait pas d'en souffrir le lendemain matin, je le savais.

Planté devant moi, les bras croisés et les pieds légèrement écartés, il me regarda suer sang et eau pendant ma dernière série de levers de jambes.

– Le spectacle te plaît ?

– Tu es toujours aussi vannée, après le travail ?

– Plus ou moins.

Je comptais en mon for intérieur : presque fini.

– Pourquoi ? C'est le stress, ou le travail en lui-même ?

Penser à ça affaiblissait mes muscles déjà trop sollicités.

– On ne pourrait pas parler d'autre chose ?

– Je croyais qu'on allait refaire connaissance.

– Disons juste que je ne suis pas aussi passionnée que toi par mon travail, et de loin. Je trouve incroyable que tu aies autant de peps, alors que j'ai fini ma journée depuis longtemps.

– Du peps ?

– Tu rayonnes littéralement d'énergie. Ça me rend malade.

Je me laissai aller dans le fauteuil de la machine, soulagée de faire une pause. Vivement la fin du cours !

– C'est peut-être toi qui me fais cet effet-là, plaisanta-t-il. D'habitude, je ne suis pas tellement flambant sur le deuxième poste.

– Je crois que tu prends plaisir à me torturer.

L'ombre d'un sourire incurva de nouveau ses lèvres.

– Allez, on passe à la suite.

Petit coup de tête en direction d'une autre machine.

Je lui jetai un regard noir.

– Quoi ? Tu n'en peux déjà plus ?

– Si tu m'épuises ce soir, je ne reviendrai peut-être pas demain. Là, maintenant, tout de suite, mon canapé et un verre de vin me font furieusement envie.

J'avais en effet envie d'oublier la journée en buvant un verre, une envie que je n'avais pas l'habitude de ne pas satisfaire. Il pinça les lèvres, les yeux plissés.

– Je ne plaisante pas, insistai-je. Je ne fais pas de sport parce que je n'ai aucune volonté, voilà.

– Bon, d'accord. Encore une série et on arrête. Mais demain, on passe aux abdos, et on y va franco.

Je levai les yeux au ciel, persuadée que je n'y survivrais pas.

– Je vais me précipiter ici en sortant du boulot, c'est sûr.

Sitôt la série terminée, je m'enfuis dans le vestiaire avant qu'il change d'avis et m'ajoute d'autres exercices. Une douche prolongée me permit de chasser toute tension de mon corps. Je n'en pouvais plus, et la chaleur commençait à me faire tourner la tête. Après m'être essuyée, je me rhabillai et ressortis sans maquillage, prête à aller me coucher, trop épuisée pour attacher la moindre importance aux apparences.

Cameron m'attendait. Il s'était changé, lui aussi, et portait maintenant un jean et un tee-shirt blanc bien repassé. Une tenue toute simple qui, sur lui, était plus que séduisante. Je n'avais pas oublié qu'il était magnifique, habillé ou pas.

– Je vais te dire à demain, pour mon deuxième jour d'enfer, annonçai-je.

– Tu n'as pas faim ? On peut aller dîner quelque part.

– Ça va. J'ai mangé en venant.

– Demain, alors ?

– Ce serait avec plaisir, mais Eli amène son nouveau copain à l'appartement pour me le présenter avant qu'ils aillent à un concert.

Il se mordilla la lèvre.

– J'ai presque peur de proposer mercredi.

– Ça devrait être possible, acquiesçai-je en dansant d'un pied sur l'autre. À condition que tu me promettes d'y aller mollo. Je ne suis pas sûre d'arriver à me traîner jusque chez moi, ce soir.

– Je vais t'accompagner. Pas question que tu prennes des risques.

Je penchai légèrement la tête de côté, fascinée par les yeux étincelants de Cameron. Une décharge d'énergie me traversa. Je n'étais plus bonne à grand-chose, mais quelques minutes de plus à contempler son beau visage ne me feraient pas de mal.

– Tu sais que tu es un vrai crampon, m'amusai-je.

Lorsqu'il me prit la main, souriant, mon cœur bondit.

– Oui, mais au moins, avec moi, tu sais ce qui t'attend.

Vraiment ? me demandai-je en abordant le court trajet qui allait me ramener chez moi.

– Je suis désolé, pour Olivia, reprit-il.

Je ne me pressai pas de répondre, car je n'avais pas une folle envie de lui signaler que l'ambiance de ma deuxième rencontre avec Olivia ne m'avait absolument pas surprise. Peut-être serait-il capable d'en déduire qu'elle avait passé notre dernière année de fac à me battre froid sans desserrer les dents, ce qui était plus qu'il n'avait fait, lui.

– Ce n'est pas grave, dis-je enfin. Mais si tu préfères que je cesse de venir, je comprendrai. Je ne veux pas que vous vous fâchiez à cause de moi. Ce n'est pas une de mes fans, j'en suis bien consciente.

– On ne va pas se fâcher. Je lui ai parlé.

J'arquai un sourcil.

– Super.

J'imaginais très bien la conversation et le malaise qui en résulterait la prochaine fois que je croiserais Olivia. On avait été amies, et je n'avais pas oublié qu'elle se montrait impitoyable en amitié. En ce qui la concernait, on était soit avec elle, soit contre elle, et j'étais clairement contre, sans aucune chance de redevenir avec. D'ailleurs, je ne demandais pas à rentrer dans ses bonnes grâces. Elle pouvait me jeter ses regards les plus noirs, j'avais ma vie et mes amis à moi.

– Elle ne vient pas le soir, en principe, mais peu importe : tu es la bienvenue quand tu veux, affirma Cameron.

En m'arrêtant devant mon immeuble, je baissai les yeux, en proie à des doutes renouvelés. Est-ce que ça en valait la peine ?

– Hé !

Il me releva le menton pour que nos regards se croisent.

– Je ne la laisserai pas te chasser, d'accord ?

Son pouce m'effleura la lèvre inférieure, où il déclencha un léger chatouillis. J'expirai lentement. Chaque fois qu'il m'avait touchée ce soir, par hasard ou non, ma concentration s'était volatilisée. Peut-être me ferait-il toujours cet effet-là. C'était bien plus terrifiant que les regards furieux d'Olivia.

– À demain, Cameron.

Il acquiesça en me lâchant sans hâte. Pressée de lui échapper pour recommencer à penser clairement, je gravis l'escalier au plus vite et m'engouffrai dans l'appartement.

Un petit salut de la main à Eli sur le chemin de ma chambre, puis je m'écroulai sur mon lit et laissai l'épuisement l'emporter.

CAMERON

La nécessité de me maîtriser en compagnie de Maya se révélait extraordinairement frustrante. Détestable, même. Sa méfiance – justifiée – nous obligeait à progresser au ralenti, en apprenant à mieux nous connaître. Je préférais ne pas imaginer ce que Darren aurait dit de la manière dont je me préparais à ce qui allait suivre ! Franchement, je mourais d'envie de coucher avec Maya... et j'avais l'intuition que c'était réciproque, mais se jeter bille en tête dans une relation physique aurait été imprudent. On en avait trop bavé, tous les deux.

Je rentrai chez moi sur la pointe des pieds, en espérant pourtant qu'Olivia s'était par miracle absentée : je n'étais pas d'humeur à me disputer avec elle pour la seconde fois de la soirée. Puis, comme elle ne se montrait pas, je gagnai la cuisine, où je sortis quelques restes du frigo.

– Tu reviens drôlement tôt, dis donc.

Je refermai le frigo en sursaut. Ma sœur était appuyée au comptoir, les bras croisés.

– Bordel, je t'interdis d'arriver dans mon dos comme ça ! Qu'est-ce que tu veux ?

– Tu me chasses ?

La question me fit réfléchir.

– Tu comptes me donner des raisons de le faire ?

Olivia détourna les yeux, une moue aux lèvres.

– Tu tiens assez à mettre Maya mal à l'aise pour retourner chez les parents ?

– Bien sûr que non. Et je ne cherche pas à la mettre

mal à l'aise. C'est juste que je n'ai aucune envie de te retrouver au trente-sixième dessous, comme la dernière fois. Tu devrais te poser quelques questions avant de la laisser rentrer dans ta vie.

– Je suis un grand garçon, tu sais. C'est gentil de t'inquiéter pour moi, mais je suis capable de me débrouiller tout seul.

– Tu y as réfléchi, ou tu fonces juste sur un coup de tête ? Ça n'a pas franchement bien tourné il y a cinq ans, tu te rappelles ?

– Il n'est pas question de coup de tête. On essaie de refaire connaissance et de devenir amis, avant de décider si on veut aller plus loin.

– Pitié… soupira Olivia.

– Quoi ?

– Oh… rien !

– Est-ce que ça va poser problème ? Je ne m'imagine pas te jeter dehors, mais tu ferais mieux d'éviter de m'en donner envie, d'accord ? Maya est importante à mes yeux.

– C'est tout juste si tu la connais, et tu la places au-dessus de moi ? De ta propre famille ?

– Il n'est pas question de placer qui que ce soit où que ce soit. Je la connais mieux que tu ne la connaîtras jamais, et c'est la dernière fois que je discute avec toi des décisions que je prends quant à ma vie intime. Compris ? Ça suffit.

Elle me jeta un regard noir, voilé par ses longs cils. Je me dirigeai vers l'escalier sans y prêter attention.

MAYA

Eli rentra à plus de minuit, le mardi soir, des cernes de raton laveur sous les yeux et un sourire idiot aux lèvres. Assise en tailleur devant la table basse du salon, entourée de feuilles volantes dispersées, j'arrêtai de griffonner à son arrivée.

– Tu es encore debout ? s'étonna-t-il, d'une voix aiguë et légèrement indistincte.

– Je n'arrive pas à dormir. J'ai remplacé le vin par la caféine, plaisantai-je.

Pour être honnête, je devais bien admettre que Cameron avait raison. Le régime de vie qu'il m'avait prescrit me donnait davantage d'énergie, tout en m'épuisant par moments.

– Comment ça s'est passé, à la salle de gym ?

– Bien.

Mais mes abdos me faisaient un mal de chien.

Eli arqua un sourcil.

– Tu prends les choses de manière super positive.

– Ça ne me dérange pas autant que je le craignais, avouai-je avec un haussement d'épaules.

Je réussissais à remplir ma part du marché, mais renoncer à mon « somnifère » habituel, c'est-à-dire à ma glissade dans une béatitude alcoolisée, m'obligeait à occuper mes nuits autrement. Mes pensées étaient plus aiguisées, mes émotions, plus vives. Affronter mes démons – souvent suscités par la réapparition de Cameron – n'en devenait que plus difficile. Puisque je ne pouvais les faire taire en buvant, je leur donnais une voix, tout simplement. J'avais davantage écrit en une semaine que durant les mois précédents.

– Et le concert, c'était bien ?

– Génial.

Le sourire incroyablement large d'Eli et son pas vacillant en faisaient foi : il avait vécu plus que sa part de folles soirées de concert, mais celle-là avait été exceptionnelle.

– Et le beau blond ?

– Du pur délire.

– Raconte.

Il se laissa tomber à côté de moi, sur le canapé, en poussant un grand soupir.

– Je crois que c'est du sérieux.

– Ah bon ?

– Je ne suis peut-être pas objectif, parce que c'est tout nouveau, mais j'ai l'impression qu'on a beaucoup de points communs. On aime les mêmes musiciens. Il embrasse super bien. Et il est vraiment super bandant.

Je souriais, sincèrement ravie.

– C'est génial ! J'espère que tu vas bientôt me le présenter.

– Moi aussi.

Il se voûta.

– Quel dommage qu'il n'ait pas pu venir dîner ce soir. Tu es allée au restau avec Cameron, du coup ?

– Non, mais on y va demain. De toute manière, il en a sans doute marre de moi, maintenant.

– Ça m'étonnerait.

– Il passe son temps à me torturer, et je passe le mien à me plaindre.

C'était vrai, mais on cherchait manifestement à se découvrir l'un l'autre par la plaisanterie. Les taquineries m'aidaient à trouver mes limites avec lui, et une de mes facettes adorait inventer les insultes astucieuses que je lui balançais sans arrêt.

– Vous ne parlez que de ça ?

– Non, mais on n'a pas de conversation vraiment sérieuse, et ça me va très bien.

Eli se pencha pour jeter un coup d'œil à mon calepin, que je m'empressai de refermer.

– Tu écris ?

– Oui.

Il plissa les yeux.

– Tu lui as montré quelque chose ?

– Pas question. C'est beaucoup trop personnel.

– Il ne sait sans doute même pas que tu écris, hein ?

– Il le savait, autrefois.

– Tu parles de lui, là-dedans ?

J'avalai une rasade de la tisane tiédie que je n'avais pas touchée jusqu'ici.

– Parfois. Enfin, avant, oui, tout le temps.

– Et maintenant.

Je haussai les épaules. Le retour de Cameron dans mon quotidien faisait naître en moi des pensées dont je n'aurais parlé pour rien au monde. Je les avais couchées sur le papier dans le seul but de les chasser, accompagnées des émotions associées. Je m'en étais sortie comme ça la première fois ; et je garderais la tête froide cette fois-ci de la même manière.

– Lis-moi quelque chose.

– Non, Eli. C'est… une sorte de thérapie. Ce n'est destiné qu'à moi seule.

– Allez, je suis à moitié saoul, je ne m'en souviendrai même pas demain matin.

Je restai de marbre.

– Maya Jacobs. Si tu ne me lis pas très vite quelque chose, je vais te voler ton carnet, le photocopier et le passer à tous les mecs que tu ramèneras à l'appart, aussi longtemps que tu me laisseras y vivre gratos.

– Tu n'oserais pas ! protestai-je, estomaquée.

Il m'adressa un sourire diabolique, avant de répondre :

– Non, mais il faut que tu arrêtes de garder toute cette merde pour toi. Je suis épaté que tu arrives à la coucher sur le papier, seulement c'est juste le premier pas.

Battements de paupières.

– Alleeezzz…

Je levai à mon tour les yeux aux ciel, repris mon calepin et le feuilletai, à la recherche de quelque chose de plus ou moins au point. Moi qui n'écrivais jamais dans l'intention d'être lue, je me demandais en survolant mes poèmes quel effet ils feraient à d'autres. Une pensée tout simplement paralysante.

– Je ne sais pas, Eli. C'est très mal dégrossi. Je vais en travailler certains et te les lire demain, d'accord ?

– Tiens. Ça fera parfaitement l'affaire.

Il venait de ramasser une feuille volante par terre. Je cherchai à la lui reprendre, mais il se tortilla pour m'échapper.

– Du calme !

Quand il s'éclaircit la gorge en parcourant la page du regard, je me mordis la lèvre, puis l'ongle. C'était insupportable.

– Ça suffit, Eli. Rends-moi ça. Tu l'as lu, ça y est.

– Je le relis. La paix, femme !

J'inspirai à fond et attendis qu'il en ait terminé. Lorsqu'il releva les yeux, ils avaient retrouvé une certaine netteté.

– Maya, ma puce… Promets-moi d'essayer vraiment, avec lui. Pour ton bien, pour le sien et même pour le mien.

Après m'être à moitié arraché l'ongle, je réunis en liasse le reste des feuilles dispersées puis les fourrai dans mon calepin usé, en sécurité.

Le soulagement et la satisfaction qui m'avaient envahie quelques instants plus tôt, en exposant mon âme sur le papier, laissaient rapidement place à une vulnérabilité terrifiante. À la pensée de ce que j'avais écrit et de ce qu'Eli en déduisait, avec la franchise due à l'ivresse, je sentais un étau me broyer le cœur et le ventre.

– Maya ? reprit-il.

– Quoi ? demandai-je en me levant.

– Promets-moi.

– Bonne nuit, Eli. À demain.

Je me penchai pour l'embrasser sur le front puis me réfugiai dans ma chambre.

VII

CAMERON

On s'était installés au fond du restau, au calme. C'était un établissement assez décontracté pour qu'on puisse y aller en sortant de la salle de gym, ce qui n'avait pas empêché Maya de passer un bon moment à se préparer après ses exercices. Je ne savais pas comment elle avait fait, mais son maquillage était aussi parfait que ses bijoux, au scintillement discret dans la lumière tamisée. Sa tenue noire la rendait super sexy : pull décolleté dévoilant la naissance des seins et jean moulant qui m'avait enfiévré pendant tout le trajet à pied. J'aurais aimé me dire qu'elle les avait choisis en mon honneur, mais je n'en étais pas sûr.

Dès que mes pensées s'égaraient, j'essayais de les reprogrammer : il me fallait garder la tête froide ; on était encore loin de se connaître aussi bien que je le voulais, et c'était tout le but de cette semaine.

– Raconte-moi comment tu as atterri à Wall Street, demandai-je.

Il m'était toujours aussi difficile de l'imaginer jonglant avec les chiffres pour l'Amérique des multinationales.

– Ma boîte recrute dès la fin des études. Je me suis

dit que c'était ma chance de gagner de l'argent, de payer mes crédits, ce genre de choses.

– Qu'est-ce que tu fais au juste ?

Elle haussa les épaules sans répondre.

– Et toi, pourquoi tu as ouvert une salle de gym ?

– Je n'avais pas franchement envie de reprendre l'affaire de mon père, tu sais.

À l'époque où on rêvait d'avenir, elle savait mieux que personne que je voulais échapper aux attentes de mes parents. Diplômes, costumes, projets où figurait toujours une hiérarchie quelconque. Elle avait été bouleversée que j'entre à l'armée, mais elle m'avait soutenu, parce que je prenais ainsi le contrôle de mon existence future.

– Je me rappelle, acquiesça-t-elle en effet. Il t'a aidé ?

– Non, j'ai eu recours à des investisseurs. Je me suis débrouillé tout seul, ce qui a énormément frustré ma famille.

– Je suis fière de toi, déclara-t-elle, le regard adouci par un sourire chaleureux.

– Merci.

– Pourquoi une salle de gym ?

– Il n'y a pas grand-chose à faire dans le désert, alors je me suis mis au sport sérieusement. Ce n'est pas franchement palpitant, hein ?

La remarque l'amusa.

– Tu y as passé combien de temps ?

Rapide calcul mental de mon côté.

– Près de trois ans, sur plusieurs affectations.

Une émotion nouvelle voila l'étincelle d'intérêt qui s'était allumée dans ses yeux.

– C'est terrible.

– Non, je me portais volontaire pour libérer des types qui avaient des bébés en route. Sinon, je n'en aurais pas eu pour plus d'un an ou deux.

– Je ne comprends pas. Tu te portais volontaire pour aller là-bas ?

J'évoquai ma vie de soldat : rien n'aurait pu être plus différent de celle que je vivais à présent. À l'époque, le calme – voire le simple silence – et la sécurité étaient de véritables luxes, alors qu'ils me semblaient maintenant acquis. Ça m'avait semblé logique, sur le moment, mais je me demandais aujourd'hui comment je l'avais supporté. De retour de l'autre côté, je ne voyais qu'une réponse à cette question : le besoin de souffrir, de connaître quelque chose d'aussi violent, d'aussi déstabilisant que la guerre, pour mettre en perspective celle qui faisait rage dans mon cœur.

– Je ne sais pas, mentis-je.

– Tu avais peur ?

– C'était stressant. Je veux dire, j'ai vraiment vu des choses que je n'oublierai jamais, mais on finit par s'y habituer. Il n'y a pas de factures ni de… ah… de banalités sans intérêt. On ne se demande pas où acheter les cadeaux de Noël, par exemple. D'une certaine manière, tout est nettement plus simple. Voilà ce qui m'a retenu là-bas et empêché de revenir. Les jours se suivaient et se ressemblaient, comme dans une sorte de purgatoire où je serais allé de mon plein gré.

Je promenai mon pouce au bord de la table, par-dessus la nappe. Maya se doutait-elle que j'avais servi aux confins de l'enfer à cause d'elle ? Qu'il m'était arrivé d'appeler le danger avec un courage aveugle dans l'espoir de soigner mon cœur malade, qu'elle avait laissé à moitié mort ?

– Le temps semblait s'être arrêté, justement. Je revivais sans arrêt le même jour, et je savais que les suivants allaient être pareils.

– Mais tu y retournais.

– J'avais besoin de ça. Du moins, je le croyais.

Elle se mordilla légèrement la lèvre.

– Et puis tu as quitté l'armée.

– Le moment venu, oui. J'ai terminé ma dernière période de service et je suis revenu, prêt à repartir de zéro.

Le silence s'installa. Quelques souvenirs particulièrement détestables me poignardèrent, visions inoubliables, mais je les écartai en me concentrant sur la femme ravissante qui me faisait face.

– Qu'est-ce qui t'a fait changer d'avis, en fin de compte ? demanda-t-elle tout bas.

– Ma famille s'inquiétait, et je ne pouvais pas le lui reprocher. Tout le monde me demandait régulièrement par mail où j'étais par rapport à ce dont parlaient les infos. Juste pour vérifier que je n'étais pas mort. J'aurais pu rester là-bas quand même, mais je ne voulais pas leur imposer ça plus longtemps.

– Et tu te plais, ici ?

– J'adore. C'est complètement différent, bien sûr, mais la salle de gym représente un vrai défi. Et puis j'aime l'énergie de la ville.

– On ne sait jamais qui on peut croiser.

– La preuve.

Lorsqu'elle sourit, mon cœur bondit dans ma poitrine.

– Vous êtes associés, Olivia, Darren et toi ?

– Non. Darren s'investit à sa manière, mais il est aussi incapable de se consacrer à une entreprise qu'à une femme. Ça ne l'empêche pas d'être d'une aide précieuse. Il me permet d'avoir un peu de temps libre, et c'est un bon coach.

– Vous avez l'air très proches.

Je secouai la tête : sans doute son impression était-elle

fondée sur la manière dont j'avais insulté cet idiot au bar, l'autre jour.

– Oui, bon, c'est mon frère, voilà. Qu'est-ce que j'y peux ? Il est insupportable, mais je suppose que quelque part dans ce crâne épais il y a un petit quelque chose qui pense à moi.

– Veinard !

J'acquiesçai. Olivia, Darren et moi étions également indépendants, chacun à notre manière, mais on se serrait les coudes, et c'était parfois d'une importance vitale.

– Quant à Olivia, elle avait besoin de changer d'air, expliquai-je. Elle travaillait pour la société de capital-investissement de notre père, mais elle commençait à étouffer. Normal. Il en profitait pour essayer de lui dégoter un mec… Alors ça partait d'un bon sentiment, mais Olivia n'avait pas le temps de dire ouf que notre mère commençait à parler mariage et à lui organiser une vie toute tracée.

– C'était pénible, j'imagine.

– Les parents ne voulaient vraiment pas la lâcher. Ils ont fini par renoncer, avec Darren et moi, mais elle, c'est resté leur petite dernière. Et tu la connais. Elle ne voulait pas les décevoir. Mais elle n'en pouvait plus, alors je l'ai invitée à s'installer chez moi un moment, pour m'aider à m'organiser, en attendant qu'elle se sente prête à passer à autre chose. Enfin bref… Et en ce qui te concerne, toi ? Quoi de neuf, côté famille ?

Maya découpa un morceau de son steak qu'elle porta à sa bouche en secouant la tête. Sans doute le sujet ne lui plaisait-il pas plus qu'à moi, car elle ne l'avait jamais abordé que brièvement. Son père avait disparu de sa vie très tôt, sa mère avait apparemment la bougeotte, mais j'avais peine à croire que seuls Eli et Vanessa occupent son existence depuis notre séparation.

– Comment se fait-il qu'une jeune cadre dynamique aussi belle que toi n'ait pas un homme à ses pieds dans cette ville ? insistai-je.

Nos regards se croisèrent.

– Tu veux vraiment savoir, hein ?

– Oh oui ! Tu ferais mieux de tout me raconter tout de suite.

Elle fit tournoyer son verre d'eau en le tenant par le pied. Le prisme liquide arrosa les alentours d'éclats scintillants.

– Ce que tu vas entendre ne va peut-être pas te plaire.

– Alors finissons-en, ripostai-je, crispé. Crache le morceau.

– Je n'ai pas de mec, dit-elle d'une voix tendue, une moue sur ses lèvres roses.

– Jamais ? m'étonnai-je.

– Je ne suis pas entrée en religion, si c'est à ça que tu penses.

Je serrai les dents à la vision fugitive de Maya en compagnie d'un autre. J'aurais préféré qu'elle entre en religion.

– Je n'y pensais pas, non, mais qu'y a-t-il d'autre ? Les coups d'un soir ?

– Exactement. N'importe comment, on en revient toujours au cul, alors autant faire simple. Pas de petits jeux, pas de drame. (Discret soupir.) Pas de souffrance.

Waouh ! Qui était cette femme, et où était passée ma Maya ? Je me frottai le menton, toujours aussi crispé, en essayant d'intégrer ce qu'elle venait de dire.

– Ce n'est pas un peu pessimiste ?

– Je dirais plutôt réaliste.

– De croire que si tu as une vraie relation, tu en souffriras forcément ?

– J'ai mis ma théorie à l'épreuve assez souvent pour être convaincue qu'elle est fondée.

La remarque me réduisit momentanément au silence. J'avais la nette impression que ladite théorie était liée à notre histoire, mais cette indifférence glacée découlait-elle de la fin abrupte de notre relation ? Le reste du repas se déroula en silence.

– Si tu ne veux pas d'un mec, dis-je enfin en jetant ma serviette sur la table, je suppose que le dîner de ce soir n'est pas techniquement un rendez-vous. Tu m'interviewes pour savoir si je serai la prochaine encoche à ton bois de lit ?

J'avais beau poser la question d'un air dégagé, je n'étais pas sûr de vouloir une réponse. Son front se plissa imperceptiblement.

– On essaie de refaire connaissance, non ?

Elle agita entre nous une main négligente, mais nos regards s'affrontaient, de part et d'autre de la table.

– Ça risque de devenir compliqué, ripostai-je.

Elle leva les yeux au ciel.

– Je croyais que tu voulais qu'on devienne amis.

– Oui, mais je t'ai dit aussi que je voudrais peut-être davantage. Tu peux me traiter d'idiot, mais il me semblait que tu y pensais aussi.

– J'ai réussi à éviter les relations amoureuses pendant des années, je ne vais pas faire une exception maintenant.

Je la fixais avec une attention aiguë, à la recherche du moindre signe de doute. Je n'arrivais pas à croire qu'elle était devenue cette femme-là, qu'elle ne ressentait pas au fond plus ou moins ce que je ressentais, qu'elle ne veuille pas ce que j'en arrivais à vouloir pour nous.

– Alors en ce qui te concerne, je suis juste M. Tout-le-Monde ?

Elle ferma les yeux, une seconde de trop.

– Je sais que tu n'es pas M. Tout-le-Monde.

MAYA

On décida de passer par le parc. Le fleuve illuminait Manhattan des milliers de lumières citadines qui dansaient sur ses flots. Le froid ne me dérangeait pas à partir du moment où Cameron était là, près de moi, le bras sur mes épaules, à me réchauffer. Cette soirée ressemblait fort à un rendez-vous romantique, même si je refusais de l'admettre : Cameron était déjà une exception, et ce n'était certainement pas M. Tout-le-Monde. Très loin de là.

Ç'avait été mon premier et mon unique amour, mais je pouvais difficilement lui en vouloir alors que j'aspirais à sa présence, malgré notre passé douloureux. Notre entente avait toujours été facile, naturelle ; elle ne nous avait jamais vraiment demandé d'efforts. Et ça n'avait pas tellement changé, malgré notre longue séparation.

Lorsqu'il me prit la main, je serrai la sienne, par habitude peut-être. Lorsqu'il m'attira contre lui, je m'appuyai à son corps, heureuse de nos contacts légers, sans savoir où ils allaient nous mener. Tout mon être était en accord avec lui, d'instinct. Tout mon cœur… mon âme meurtrie, qui aurait été nettement plus en sécurité loin de lui.

– Je suis content qu'on l'ait fait.

Le bourdonnement bas de sa voix vibrait à travers mon corps.

– Moi aussi. C'était délicieux. Merci.

J'avais bien mangé, au mépris peut-être de ma nouvelle vie saine et sportive, mais surtout parce que j'étais affamée en permanence, après une semaine d'exercices. Je m'étais rempli l'estomac de steak, puis de dessert, au point d'en avoir presque mal.

Mes doigts effleurèrent mes cigarettes, au fond de la poche de mon manteau. Comme je mourais d'envie de célébrer mon petit rituel digestif, je tirai le paquet des plis du tissu et en fis tomber ma drogue d'une secousse.

– Qu'est-ce que tu fais ?

– Je prends une clope. Ça te dérange ?

Il nous arrêta net.

– Oui, ça me dérange carrément.

Sans me laisser le temps de former une pensée, il m'ôta de la main l'objet du délit et le rangea dans le paquet, dont il s'était également emparé. Son audace me laissa bouche bée – brièvement.

– Mais qu'est-ce que tu fais ?

– C'est moi qui fixe les règles.

Une détermination évidente tendait ses traits.

– Il n'y avait rien sur la cigarette, dans notre accord.

– Et depuis quand fumes-tu, d'abord ?

– Je n'en sais rien. Depuis que la vie est stressante, je suppose. Rends-les-moi.

Il s'empressa de mettre hors de mon atteinte le paquet que j'essayais d'attraper.

– Et si je te dis que je te les rends à la fin de la semaine ?

– Tu le feras ?

– Ça ne risque pas, non, avoua-t-il, après une seconde à peine d'hésitation.

Je serrai les dents en me retenant de toutes mes forces de taper du pied.

– Tu commences vraiment à m'énerver, j'espère que tu en es conscient ?

Il me considéra de toute sa hauteur, les lèvres étirées par un petit sourire suffisant.

– Tu es super mignonne quand tu t'énerves.

– Je ne suis pas mignonne !

– Tu es incroyablement mignonne. Arrête de te déprécier.

Je tapai du pied en gémissant, en essayant de dissimuler mon amusement, regardai autour de moi dans l'espoir de ressusciter ma brève colère, ramassai une poignée de neige et la lui collai en pleine figure.

– Putain !

Il fit un bond en arrière puis se débarrassa de la neige, dévoilant un immense sourire.

– OK, c'est bon, tu l'as cherché.

Ce fut à son tour de se baisser, mais pour faire une boule de neige.

– Tu n'oserais pas ! m'exclamai-je, provocante.

– Tu veux parier ?

La prudence m'incita à reculer de quelques pas.

– Tu ferais mieux de courir…

Lorsqu'il se redressa, je pris mes jambes à mon cou et me précipitai derrière un arbre pour m'abriter des boules qui ne tardèrent pas à voler dans ma direction. Malheureusement, aucune de celles que je lui lançai en retour ne le toucha : c'était plus facile quand il ne s'y attendait pas. Pendant que j'en préparais une, cachée derrière le tronc, il arriva dans mon dos et me jeta à terre. Je me retrouvai coincée sous son poids, allongée dans la neige, et me mis à hurler, de crainte de me retrouver barbouillée de blanc.

– Non, arrête !

– Tu regrettes ?

– Oui, je suis désolée. S'il te plaît !

Il hésita, l'air de se demander si mes regrets étaient sincères.

– Ne fais pas ça, s'il te plaît, implorai-je.

– Pas de cigarettes ?

– Pas la moindre taffe. Promis, juré.

Décision plus que difficile, mais je n'avais pas le choix. D'ailleurs, une infime partie de moi – celle qui n'était pas furieuse qu'on me fasse la leçon sur la manière dont je traitais mon propre corps – était heureuse qu'il s'intéresse assez à moi pour me parler.

Il jeta sa dernière boule au loin et se laissa aller contre moi, ses yeux dans les miens. Le brouillard de notre souffle enveloppa nos visages.

Mon sourire s'évanouit quand la réalité de notre position s'imposa à ma conscience. J'avais les fesses gelées, mais le corps pressé contre le mien et la cuisse logée entre mes jambes me réchauffaient rapidement. Sa bouche se posa sur la mienne avant que je puisse faire la moindre remarque pour briser la tension sexuelle.

CAMERON

Ses lèvres étaient merveilleusement douces. Un léger soupir lui échappa, tandis qu'elle se collait à moi comme autrefois et que son odeur m'emplissait les poumons, charriant un torrent de souvenirs.

Il m'en fallait davantage.

Penché sur elle avec avidité, je l'attrapai par les cheveux. Nos langues s'effleurèrent, hésitantes, puis son corps fut traversé tout entier par la vibration d'un gémissement bas qui me poussa à prendre sa bouche plus ardemment. Elle était si suave. Ses mains se crispèrent dans mon manteau, sans se déplacer, alors que les miennes erraient dans ses cheveux, sur son doux visage et jusque sur sa poitrine.

– Maya…

Son nom m'échappa entre deux halètements,

brouillant un instant les années accumulées entre nous comme s'il ne s'était écoulé qu'un instant. Le rêve de notre couple, des amants qu'on avait été autrefois, redevint soudain bien réel.

Je maudissais les vêtements d'hiver qui nous séparaient, car mes mains brûlaient de se poser sur ses seins, et mes lèvres, d'errer sur la moindre parcelle de sa peau. Je brûlais d'éveiller son désir, d'attiser sa passion frémissante, de la sentir s'ouvrir à moi, de l'entendre implorer l'hommage que je brûlais de lui rendre depuis la seconde même où j'avais posé les yeux sur elle.

– Cameron…

Je la réduisis au silence en posant de doux baisers sur ses lèvres gonflées, que j'humectai de ma langue.

– Mais qu'est-ce que tu fais ? ajouta-t-elle en se serrant contre moi, les yeux étincelants et le rose aux joues.

Je battis des paupières, la vue brouillée par le désir, puis l'embrassai de nouveau. Si seulement j'avais pu passer l'éternité comme ça !

– Je te caresse dans une congère, murmurai-je. Rien que de très normal.

Elle sourit sous ma bouche.

Je lui caressai la cuisse puis remontai sous son manteau jusqu'à la ceinture de son jean. Blague à part, j'étais prêt à lui faire l'amour dans cette congère : l'envie de la toucher, de posséder autant qu'autrefois sa peau et son corps, était tout bonnement irrésistible. Mais lorsque j'atteignis son ventre et les courbes douces de sa taille, elle repoussa mon bras dans un petit cri. Mes doigts se détachèrent de sa peau soyeuse.

– Qu'est-ce qui se passe ? demandai-je, figé.

– Tu as les mains glacées.

Elle rit, le regard joyeux.

– Et merde ! Désolé…

– Non, n'arrête pas, reprit-elle, alors que je me préparais à bouger.

Ses doigts s'entremêlèrent à ma chevelure pour m'empêcher de reculer, sa langue glissa le long de ma lèvre inférieure. Il me fallait cette femme, bordel ! Mon cerveau n'avait pas son mot à dire, car peu m'importait que le moment soit bien choisi ou non. Seul comptait le besoin impérieux d'être en elle.

Je raffermis ma prise sur sa hanche.

– Si je t'embrasse une fois de plus, je ne suis pas sûr de pouvoir arrêter, de toute manière.

– Alors embrasse-moi…

Elle m'attira jusqu'à sa bouche en tirant des deux poings sur le tissu de mon manteau, preuve s'il en fallait qu'elle ne voulait vraiment pas que j'arrête. Je n'en avais d'ailleurs pas l'intention.

Le temps se figea. Rien n'avait plus d'importance, excepté notre proximité et le fait que je la tenais entre mes bras. J'embrassai son menton, son cou, sa bouche, à nouveau, jusqu'à nous couper le souffle. Comment aurais-je pu m'arrêter ? Chacun de nos mouvements aiguisait mon désir frénétique, m'emportant un peu plus haut.

La tête me tournait, mon cœur battait à tout rompre. J'avais l'impression très nette de me tenir au bord d'une falaise, sans savoir ce qui se trouvait à son pied. Mais je savais, en revanche, que si on couchait ensemble, je franchirais le point de non-retour. Je l'avais aimée autrefois, et si je retombais amoureux d'elle, jamais je ne m'en remettrais. Mais, malgré mes discours sur le bon moment, cette nuit me semblait aussi bonne qu'une autre. Je voulais montrer à Maya en quoi exactement je n'étais pas M. Tout-le-Monde.

Aiguillonné par l'idée de lui faire oublier les autres hommes qui avaient traversé sa vie, je la soulevai contre ma cuisse sans cesser de l'embrasser, de manière à exercer sur son sexe une friction électrisante. Elle gémit en me rendant mon baiser avec toute la ferveur que je lui témoignais. J'étais d'une dureté inouïe, brûlant malgré le froid, incapable de m'arrêter.

Ses halètements et gémissements me firent oublier qu'on était toujours dans la neige – « détail » d'importance –, jusqu'au moment où me parvinrent des voix lointaines. Brièvement dégrisé, je m'arrachai à ses lèvres et à l'exploration frustrante de son corps trop habillé.

– Putain !

Je repris mon souffle puis me levai à contrecœur, la relevant dans le même mouvement.

La position verticale me fit prendre conscience des sensations mêlées qui s'affrontaient en moi : froid, humidité, chaleur, exaspération… Je n'avais aucune envie de lâcher Maya, mais franchement on ne pouvait pas aller plus loin sans se faire accuser d'outrage à la pudeur.

– Il faut rentrer, dit-elle en époussetant la neige à demi fondue qui collait à son jean.

– Oui, il faut te mettre au chaud.

– Et au sec. Je suis trempée.

Je me contraignis à oublier le double sens du commentaire, la pris par la main et l'entraînai jusqu'à ma voiture, bien décidé à contrevenir à toutes les règles.

MAYA

Le court trajet fut silencieux. Cameron me tenait toujours la main avec fermeté et décision, ses doigts entrelacés aux miens, posés sur sa cuisse. Malgré l'attention qu'il consacrait à la chaussée, ses traits baignés d'une pénombre flatteuse trahissaient la détermination.

Comme je le fixais d'un regard où l'émerveillement le disputait à l'inquiétude, il me serra tendrement la main. Ce simple contact, le seul pour l'instant, était aussi significatif que le fil tendu entre nos cœurs depuis toujours, malgré la séparation. Notre réunion avait rendu sa traction puissante, douloureuse, de plus en plus difficile à ignorer ou à attribuer aux souvenirs. Sa tension croissante signalait en fait la naissance agitée de sentiments nouveaux, mêlés à ceux d'autrefois.

Des sentiments que j'avais écartés de ma vie depuis trop longtemps pour les affronter maintenant avec sérénité. J'avais eu pas mal d'amants, surtout des types bien, pas les démons obsédés par le cul que je me plaisais à décrire. Franchement, une relation authentique aurait pu s'épanouir plus d'une fois sans trop de mal, si je n'avais battu en retraite dès que quelque chose de plus profond menaçait de s'enraciner. Les premières fois, ç'avait été une réaction inconsciente : je plaidais le manque d'intérêt, un défaut ou des attentes imaginaires ; mais je repérais toujours le moment récurrent où la peur s'imposait, parce que ces hommes auraient eu le pouvoir de me faire mal en me quittant et que je ne voulais pas revivre ça. Cameron m'avait dévastée. J'étais prête à rejeter n'importe quel poisson à la mer pour éviter de subir à nouveau une horreur pareille.

Et pourtant, j'étais là, à danser avec le démon qui m'avait définitivement brisée. La peur d'être rejetée se mêlait à une attraction indéniable – l'énergie palpitante qui m'avait toujours entraînée au fin fond des affres de notre amour. Était-ce ce qu'il voulait ? Compte tenu de ce que je lui avais dit le soir même, peut-être avait-il bel et bien l'intention de me prouver qu'il n'était pas M. Tout-le-Monde. Malheureusement, il n'était pas question qu'il devienne important pour moi, ou je n'aurais plus aucun espoir de m'en sortir.

Le silence s'étira pendant que nous montions à mon appartement. Toute parole était inutile. Je l'avais implicitement invité au parc, et il avait accepté d'un regard. Sitôt la porte franchie, il m'emprisonna de nouveau contre lui. Nos manteaux arrachés, ses mains se promenèrent sans entrave sur ma peau, à l'endroit où mon pull retombait sur mon jean puis le long de mes côtes, avant de s'aventurer plus haut. La brusque flambée de mon désir me prit par surprise, accompagnée de la dureté du sien contre moi.

Lorsque je nouai les bras à son cou, il me prit par la taille pour me soulever, plaquée à lui. Le frottement de nos deux corps suffit à me faire perdre la tête. Mon excitation brûlante menaçait ma résolution, mon bon sens et les règles édictées avec soin auxquelles j'avais appris à me fier pour assurer ma sécurité sentimentale.

Sa bouche et ses mains caressantes prenaient possession de moi avec passion, elles qui me connaissaient autrefois si intimement. Aucune hésitation ne ralentissait leurs mouvements, où couvait la promesse du plaisir. Folle de désir, je m'autorisai à le ressentir pleinement, l'acceptant à en être trempée, prête à hurler de frustration.

Lorsque nos lèvres se séparèrent, je repris péniblement mon souffle. Non, pas question de me laisser aller. Pas ce soir. La raison reprenait ses droits. J'attrapai le bras de Cameron pour l'écarter.

– Je vais me changer, balbutiai-je d'une voix haletante, où transparaissaient mes doutes.

La perplexité s'inscrivit sur ses traits, avant que je le repousse avec douceur pour pouvoir m'enfuir. Je n'arrivais pas à penser clairement si près de lui, alors que je devais penser au lieu d'agir sur des impulsions désordonnées.

– Tu peux faire du café ou te servir ce que tu veux, ajoutai-je. Je reviens.

CAMERON

À peine l'avais-je lâchée, à contrecœur, qu'elle s'engouffra dans sa chambre et en referma la porte. La barrière des vêtements d'abord, celle de cette porte ensuite… obstacles mesquins qui nous séparaient à présent, alors que tel n'avait jamais été le cas autrefois. C'était exaspérant ! Les mains au fond des poches, je refusai de m'attarder sur le fait que ces obstacles étaient là par ma faute.

À vrai dire, je me demandais pourquoi Maya m'avait repoussé, mais je n'en parcourus pas moins la petite pièce dans l'espoir de me distraire et d'atténuer ma frustration, attentif aux moindres détails.

Apparemment, elle menait en compagnie d'Eli une vie dont la simplicité m'étonna. Depuis que je l'avais revue à New York, il me semblait qu'elle se donnait un mal fou pour remplir certains critères informulés. Ses tenues et sa maîtrise d'elle-même contrastaient avec le naturel que je lui avais connu, mais voilà que son appartement se révélait incroyablement banal. Meubles dépareillés et usés ; photos d'Eli, d'elle et de leurs amis pour toute décoration… Lorsque je les observai, je ne pus retenir un sourire devant celles où elle prenait la pose en riant. Elle n'avait pas l'air de tellement s'amuser, en général, mais il lui arrivait d'être heureuse. Une douleur sourde me brûlait la poitrine. Je voulais la rendre heureuse, moi aussi.

Je m'assis sur le canapé en m'ordonnant de me détendre. Pourquoi mettait-elle autant de temps, bordel ? Je n'avais qu'une envie : aller la retrouver dans sa chambre, interrompre son changement de tenue, la déshabiller en un tour de main et la serrer à nouveau dans mes bras, mais peau contre peau.

Merde, merde, merde. Non. Je me penchai en avant, les coudes sur les genoux. Il me fallait penser à autre chose, ou j'allais me jeter sur elle comme une bête, alors que je me refusais à courir le risque de la contrarier. La lenteur s'imposait. Je me le dis et me le répétai, tel un mantra, en cherchant de toutes mes forces à m'en convaincre. La lenteur s'imposait, si on voulait avoir la moindre chance d'aller plus loin à long terme – quoi que ça puisse signifier dans la vision tordue que Maya avait à présent des relations amoureuses.

Je pris la télécommande, allumai la télé, le son coupé, reposai la télécommande. Sur la table basse, se trouvait aussi un carnet noir à spirale, près duquel et dans lequel étaient empilés des feuillets arrachés, couverts – pour ceux qui dépassaient – d'une écriture que je reconnus aussitôt : celle de Maya.

J'allais m'en emparer quand elle ressortit de sa chambre, en pantalon de yoga et sweat à capuche. Une inquiétude nouvelle lui écarquillait les yeux. Elle s'approcha de la petite table, s'empressa de fourrer toutes les feuilles volantes dans le calepin puis battit en retraite de quelques pas en le serrant contre sa poitrine, la bouche entrouverte.

– Ça va ? demandai-je.

– Mais oui, répondit-elle sans me quitter du regard.

Sa voix vacillait pourtant. Elle posa le carnet sur une étagère, dans son dos, avant de me rejoindre sur le canapé, mais à l'autre bout, les jambes repliées sous elle, tournée vers la télé.

Un frisson la traversa, et elle se recroquevilla davantage encore. Quelque chose venait de changer entre nous, sans que je sache pourquoi. Je savais juste que j'avais envie de la reprendre dans mes bras.

– Viens ici, murmurai-je, la main tendue.

– Il vaudrait mieux pas… commença-t-elle, un regard hésitant posé sur moi.

Je l'empêchai d'argumenter en l'attrapant par le bras et en l'attirant jusqu'à moi, les jambes posées sur mes cuisses, son corps lové contre le mien.

Aucun de nous ne prononça un mot de plus. Elle se détendit, moulée à moi, ses frissons cessèrent, et seul subsista le bruit de notre souffle. Comme je redoutais d'ouvrir la bouche, au risque d'attirer son attention sur ce qui venait de se passer entre nous, je me contentai de la tenir dans mes bras. Notre séparation avait été si longue que je n'avais pas le droit d'en demander davantage. Ça me suffisait. Pour l'instant.

VIII

MAYA

Je fixais mon écran sans le voir, chiffres et lettres brouillés. Mes pensées se concentraient sur la bouche de Cameron rivée à la mienne, son corps plaqué au mien, l'attirance qui palpitait entre nous. Je l'avais repoussé juste à temps. Une seconde de plus, et ma volonté affaiblie se serait brisée comme une brindille. Si je n'avais pas coupé court, on aurait passé la nuit dans mon lit au lieu de rester blottis sur le canapé, à regarder des nullités à la télé jusqu'à ce que nos yeux se ferment.

D'un autre côté, si Cameron n'avait pas été Cameron, j'aurais couché avec lui sans une seconde d'hésitation. En ce qui concernait les hommes, j'avais tendance à agir sur un coup de tête, tout en restant extrêmement prudente. Ça faisait des années que je ne disais jamais non à un vice ou à un plaisir capables de m'aider à passer d'un moment difficile à l'autre. Cameron se révélait être à la fois un vice et un plaisir des plus dangereux.

J'avais envie de lui, il avait envie de moi, mais pendant que nous montions à l'appartement, la petite voix de la sagesse m'avait rappelé ce qui était en jeu : mon cœur, que monsieur avait déjà détruit en me quittant une première fois. Cette destruction m'avait inspiré des poèmes dont j'espérais sincèrement qu'il ne les avait pas lus. L'idée qu'il ait pu regarder mon univers par cette fenêtre m'horrifiait incomparablement plus que celle d'affronter l'opinion alcoolisée d'Eli.

Je fermai les yeux dans le vain espoir de dompter le torrent de mes émotions. Ma relation actuelle avec Cameron évoquait une danse alanguie. Chaque rencontre nous rapprochait un peu plus l'un de l'autre, nous offrait plus de contacts, plus de rire. Mes efforts de détachement ne l'empêchaient pas de me faire passer en un clin d'œil d'une exaspération colossale à un désir fou, palpitant. Que n'aurais-je pas donné en cet instant même pour être dans ses bras ! Un de ces jours, je m'y retrouverais, à le supplier d'aller plus loin, à étouffer la petite voix de la raison et à foncer la tête la première dans le mur d'une catastrophe inévitable.

Je croisai les jambes en retenant un gémissement, douloureusement consciente de mon excitation ardente. Mon corps se rappelait le sien, indifférent au bon sens. Ma peau s'échauffait au souvenir de son contact. Si on n'avait ni l'un ni l'autre assez de jugeote pour arrêter les frais, je me demandais quand – et non pas si – on coucherait ensemble.

La sonnerie de mon téléphone me fit sursauter. Lorsque je décrochai, la voix évidemment sèche de mon supérieur me parvint par l'écouteur :

– Maya. Dans mon bureau, s'il vous plaît.

– J'arrive.

J'inspirai à fond, pendant que mon esprit bouillonnant s'interrogeait sur les raisons de cette convocation. Kevin Dermott n'avait jamais rien de positif à me dire : depuis mon embauche, il ne m'avait adressé la parole que pour me signaler un manquement ou m'expliquer ce qu'il voulait me voir faire. Le concept de critique positive lui était absolument inconnu.

Je le trouvai très occupé à parcourir des papiers, mais il me fit signe de prendre place sur une des chaises disposées en face de lui. La quarantaine bien entamée, Kevin Dermott était aussi soigné de sa personne qu'on pouvait s'y attendre, avec sa brosse blond foncé et son costume gris qui mettait en valeur ses yeux de la même couleur. Il était plutôt bien de sa personne, ce que j'aurais considéré comme une qualité, s'il n'avait pas été aussi pénible la plupart du temps. L'anneau en platine tout simple ornant son annulaire me rappela que je n'étais pas la seule à être obligée de le supporter.

– Vous êtes revenue du déjeuner en retard.

– Oui, mais je…

– Je veux les rapports dont je vous ai parlé aujourd'hui même.

– Vous les aurez d'ici une heure. Ils sont presque prêts.

– Parfait.

J'avais consacré l'essentiel de ma pause déjeuner à ces fameux rapports, mais peu importait. Il n'aurait servi à rien que je me défende. Monsieur était d'humeur tyrannique, je n'allais pas lui gâcher son petit plaisir. Je me contentai donc d'attendre patiemment qu'il poursuive.

– Nous fêtons les vacances la semaine prochaine. Je suppose que vous serez là ?

– Oui, bien sûr.

Je n'aurais jamais participé à cette petite sauterie si je ne m'y étais pas sentie obligée. Côtoyer en toute sobriété les dizaines de collègues avec qui j'avais le malheur de travailler ne risquait pas de m'être agréable, mais il m'aurait suffi de boire pour leur dire ce que je pensais vraiment d'eux – je le savais, je me sentais prête à le faire tous les samedis, en fin de soirée.

– Les cadres les plus éminents de l'entreprise seront là. Nous allons signer un contrat qui donnera du travail à un certain nombre de gens, et il est possible qu'ils veuillent savoir qui va s'en occuper.

– Dois-je comprendre que vous me demandez d'en faire partie ?

Il s'adossa et me fixa d'un regard évaluateur.

– Oui, malgré votre attitude. Vous êtes une de mes meilleures recrues. Ce serait une occasion en or pour vous… enfin, si vous n'avez rien de prévu pour les vacances. Ça risque de nous occuper jusqu'à Noël.

– Non, je n'ai rien de prévu.

L'idée de travailler pendant les vacances me plaisait presque : ça m'éviterait de penser à mes amis, qui passeraient les fêtes avec leurs proches. Tous les ans, Eli et Vanessa m'obligeaient à décliner leur invitation, car la pensée de jouer les pièces rapportées dans leur famille me semblait encore plus déprimante que la perspective de passer le réveillon seule.

– Parfait. Considérez que vous faites partie de l'équipe. Nous allons attaquer la paperasse dès aujourd'hui… il va falloir rester tard.

La proposition ne me réjouissait pas autant qu'elle l'aurait dû, peut-être parce que Dermott l'avait assortie d'une insulte, même s'il me donnait ma chance en me choisissant parmi le bétail entassé dans les box. Toutefois, je n'avais pas oublié les conseils de Jia : il fallait sauter sur l'occasion et jouer le jeu.

– Pas de problème. Dites-moi juste ce que je dois faire.

Un petit sourire tordit ses traits. Je résistai à la brusque envie de l'envoyer se faire foutre et y répondis au contraire par un sourire soumis, d'une politesse absolue.

– Je n'y manquerai pas. Et j'attends ces rapports.

Il rabaissa le regard vers ses papiers et griffonna quelques notes sur certains.

C'était le signal du départ. À la sortie du bureau de monsieur, je faillis foncer dans Jia.

– Salut. Tu as vu Kevin ?

– Oui.

– Il t'a parlé du contrat Cauldwell ?

– Il ne m'a pas donné de nom, mais je suppose que c'est ça.

– Et tu as dit oui ?

– Bien sûr.

– Super.

L'éclat de son regard me donna à penser qu'elle était peut-être derrière cette proposition.

– Je vais travailler dessus, moi aussi. Je serai enchantée de le faire en bonne compagnie. Et à propos, qu'est-ce que tu fais, ce week-end ?

– Je ne sais pas encore, mentis-je.

Notre relation évoluait à toute allure. Je lui avais déjà parlé de Cameron et du désintérêt que m'inspirait mon job, mais j'hésitais à lui dire que je passais mes week-ends à faire la fête. Ça ne me semblait pas compatible avec ma promotion de fraîche date.

– Moi, samedi soir, j'irai sans doute boire des verres avec des amis, reprit-elle. Tu pourrais te joindre à nous.

– Bonne idée.

– Super. Envoie-moi un mail avec ton téléphone, je te textoterai les détails.

J'acquiesçai puis regagnai mon box, en essayant de donner un sens à l'évolution de la situation. L'empressement de Jia à devenir… une amie ? puis cette occasion de travailler sur un contrat important. Bon… au moins, ça m'empêcherait de me focaliser sur Cameron, qui envahissait ces jours-ci mes pensées avec une ardeur redoublée.

Alex vint presque aussitôt m'interroger sur mon entretien avec Dermott et fut visiblement sidéré que le chef ait décidé de me confier une responsabilité aussi importante. Dès que je me retrouvai seule, je me concentrai sur la tâche en cours, sourire aux lèvres, pleine d'une énergie nouvelle. Sans vouloir me bercer de faux espoirs, je me disais qu'entre mon évolution professionnelle, Cameron et mes nouvelles habitudes saines et sportives, j'allais peut-être reprendre le contrôle de mon existence, après des années en simple mode survie.

Avec un pincement de regret je prévins par texto mon coach personnel de l'annulation de ma séance vespérale, en me disant toutefois que ça ne nous ferait pas de mal de ne pas nous voir ce jour-là. La veille, les choses étaient allées trop loin. Il me fallait du temps pour apprendre à gérer ce qui se passait entre nous.

Le lendemain, Dermott nous laissa partir plus tôt, au seul motif qu'il avait à faire ce vendredi soir.

Lorsque j'arrivai dans le petit bureau, au fond de la salle de gym, j'étais en tenue de sport, pleine d'énergie et curieusement ravie à l'idée d'entamer ma séance de torture. Il y avait près de quarante-huit heures que je n'avais pas vu Cameron, qui brillait par son absence.

– Salut ! lançai-je à son frère. Où est passé mon coach ?

Darren releva les yeux de l'ordinateur, entouré d'un océan de papiers.

– Il avait à faire à l'appartement, mais il m'a dit de m'occuper de toi, ce soir.

– Il aurait pu m'appeler.

– À mon avis, il s'est dit que tu ne viendrais pas.

Je levai les yeux au ciel.

– Quelle andouille…

– Si ça se trouve, il sera de retour avant qu'on ait fini. Tu n'auras qu'à le lui dire.

– Tu n'es pas obligé de t'occuper de moi, tu sais. Je peux sans doute me débrouiller toute seule, aujourd'hui. Mais merci quand même.

– Hé ! lança Darren alors que je tournais les talons, prête à repartir. Qu'est-ce que vous faites, ce week-end ? Cameron m'a dit que vous sortiez.

– Ah… (J'hésitai une seconde.) En effet.

Il me fixait d'un regard neutre, comme s'il attendait des détails.

– En général, je vais au Muse, avec les copains. Mais on peut vous retrouver avant au bar d'en face pour boire un verre.

– On passe vous chercher ?

– Non, il faut que je m'organise d'abord avec Eli et Vanessa. On sera sans doute là-bas vers vingt-deux heures.

– Qui c'est, Vanessa ?

La manière dont il arqua un sourcil eut le don de m'inquiéter.

– Une amie. Tu verras.

– Super, conclut-il en retournant à son ordinateur. Je te rejoins dans une minute, il faut d'abord que je boucle le planning.

Je m'approchai des poids, les mains sur les hanches, pleine d'une impression de force toute neuve. Cinquième jour. J'avais mal partout, mais j'étais une pro, maintenant. Un coach personnel ? Pour quoi faire ?

Après tout, j'étais passée à la catégorie de poids

supérieure, même si je devais bien admettre que je jouais toujours en dernière division. J'avais adopté les haltères de huit kilos, que je levais facilement, à mon grand plaisir. Petite victoire. Raina apparut soudain dans le miroir, vêtue de sa tenue de yoga.

– Salut, Maya, ça va ? demanda-t-elle en me rejoignant.

– Très bien, et toi ?

– La journée a été intense. Je peux me joindre à toi ?

– Bien sûr.

Mon amour-propre en prit un coup dès qu'elle s'empara d'un haltère plus lourd que le mien, qu'elle entreprit de soulever et rabaisser comme si de rien n'était.

– Darren m'a dit que tu étais l'ex de Cameron. C'est vrai ?

Je reposai mon propre haltère le temps de souffler.

– Oui, on peut dire ça.

Ex de Cameron… La définition ne me plaisait pas du tout, avec ses connotations négatives, alors qu'on essayait justement de réinstaurer entre nous une relation positive, Cameron et moi : une amitié, voire plus, comme mon corps en avait indéniablement envie.

– C'est marrant…

– Pourquoi ?

– Eh bien, il n'a absolument jamais parlé de toi.

Qu'est-ce que c'est censé vouloir dire ?

Je ramassai mon haltère, dans l'espoir de dissimuler mon agacement en exécutant une nouvelle série de mouvements sans paraître prêter aucune attention à Raina, que j'observais pourtant en cachette. Son corps au tonus impressionnant m'inspirait une haine croissante : elle aurait formé avec Cameron le couple parfait exhibé sur les couvertures des magazines de fitness, pensée qui sapait mon énergie.

Pourquoi m'aurait-elle dit une chose pareille, s'ils n'avaient pas eu leur propre histoire ? Il n'était pas du genre à parler de sa vie sentimentale à n'importe qui, mais peut-être n'était-elle pas n'importe qui.

Darren fit son apparition avant que mes réflexions ne m'emportent plus loin.

– Désolé de n'arriver que maintenant.

– Ne t'inquiète pas, je discutais avec Raina, répondis-je, non sans une pointe de sarcasme assez évidente.

Je n'allais quand même pas me donner des airs face à une prof de yoga ?

– On travaille les épaules ?

– Si tu veux.

Peu m'importait, du moment que je me rapprochais de la fin de cet entraînement tout en m'éloignant de Raina.

– Alors, qu'est-ce qui s'est passé avec elle ? demandai-je quand je fus seule avec Darren, en essayant de garder mon calme.

– Comment ça ?

– Il y a quelque chose entre Cameron et Raina ?

– Certainement pas, répondit-il en riant, et elle en est d'ailleurs très déçue.

Malgré son sourire contagieux, ma jalousie ne fit que s'aiguiser. Je parcourus la salle des yeux, à la recherche de la jeune femme, parmi la foule des clients. Pourquoi ? Pour lui jeter un regard venimeux ? *Allez, ressaisis-toi.*

Comme je ne la trouvais pas, je terminai ma dernière série avec une détermination méthodique.

– Ça va ? s'enquit Darren, les sourcils froncés par l'inquiétude.

– Mais oui, marmonnai-je.

– Il n'y a rien entre eux, Maya, je peux te l'assurer.

Je réussis à lui adresser un mince sourire.

– Merci, mais de toute manière ça ne me regarde pas. Je ne sais même pas pourquoi j'ai posé la question.

À qui allais-je faire croire une chose pareille ? Certainement pas à ce don Juan, passé maître dans l'art de manipuler la gent féminine. J'avais posé la question parce que je voulais savoir, tout simplement. À ce moment-là, ma seule préoccupation consistait à découvrir si Cameron et Raina avaient eu une liaison.

Je gagnai le vestiaire, où je m'habillai au plus vite, furieuse à l'idée que Raina draguait Cameron – qu'il soit ou non intéressé –, et plus encore à celle qu'elle cherchait à nous éloigner l'un de l'autre en suscitant des problèmes entre nous.

Je ne l'avais pas retrouvé depuis une semaine que je marquais déjà mon territoire. Incroyable.

L'objet de mes pensées arriva à l'instant même où j'allais réussir à m'enfuir. *Et merde.*

– Salut !

Il souriait, les yeux brillants.

– Je suis ravi de revenir à temps pour te voir.

– Eh bien, tu me vois.

J'aurais aimé m'illuminer pour lui, moi aussi, mais j'étais trop en rogne, prisonnière de mes interrogations.

– Je suis désolé d'avoir été retenu. J'avais des ouvriers à l'appart, il a fallu que j'y reste un moment.

– Je comprends.

Raina, qui passait près de nous, lui adressa un sourire suave avant de croiser mon regard.

– Salut ! lança-t-il avec un léger signe de tête.

– Salut, beau gosse.

Les trois petits mots tombés de la bouche de la jeune femme me firent grincer des dents ; mais, franchement, rien ne m'obligeait à y prêter attention. Je n'aurais pas dû. Pas une seconde. J'écartai Cameron de mon chemin pour foncer vers la sortie.

– Hé, où tu vas comme ça ? demanda-t-il en me prenant la main.

– Je m'en vais. Je te rappelle que ce soir ma semaine de torture s'achève. C'était bien ça, le marché ?

– Qu'est-ce qui ne va pas ? s'inquiéta-t-il.

– Mais rien. Je suis fatiguée, c'est tout. La semaine a été longue, tu sais.

Mes forces vacillaient en effet. Le sport m'avait certes donné de l'énergie, Cameron ne s'était pas trompé, mais je me sentais brusquement vidée. Épuisée – et de plus en plus.

– On est vendredi, tu peux te reposer, maintenant.

– J'en ai bien l'intention. J'ai rendez-vous avec un verre. Je crois que je l'ai bien mérité.

J'avais même rendez-vous avec une bouteille, mais je préférais passer ce détail sous silence.

Son regard se fit grave.

– Qu'est-ce qui se passe, Maya ? murmura-t-il en se rapprochant et en m'effleurant la joue d'une caresse. Tu as l'air contrariée.

Je me laissai aller contre lui, et tout mon corps se détendit à son contact. J'aurais aimé qu'il me prenne dans ses bras, comme l'autre jour, comme si j'étais déjà sienne, mais pourquoi ? Pourquoi m'inspirait-il un désir aussi extrême ? J'étais pourtant capable de tenir n'importe qui d'autre à distance.

– Laisse-moi t'emmener quelque part, insista-t-il. Darren n'aura qu'à me remplacer.

– Non, non, ça va, m'obstinai-je. Il faut que j'y aille. Je suppose qu'on se voit demain soir ? J'ai donné quelques précisions à ton frère.

Devant son froncement de sourcils, je lui offris un

petit sourire, dans l'espoir qu'il me laisse tranquille. Les deux jours passés sans le voir m'avaient peut-être apporté un peu de clarté d'esprit, mais je me sentais à nouveau aussi perplexe que lors de notre dernière rencontre.

Il me lâcha et je passai les portes, heureuse de sortir dans le froid. J'avais besoin d'air. Et d'un verre. La semaine avait été sans excès d'aucune sorte, mais la présence de Cameron avait sapé mon équilibre – le peu que j'en avais.

L'honnêteté m'obligeait à admettre qu'au fond je le considérais comme mien. Quand on avait parlé d'une relation plus intense, je m'étais refusée à évoquer franchement cette possibilité, mais c'était bien ce que je voulais. Sauf que j'avais enterré depuis longtemps la Maya dont il était question. Trouver Cameron séduisant, pourquoi pas ; mais mourir d'envie de reprendre une place pareille dans son monde… La manière dont j'avais réagi à la pique de Raina prouvait que j'étais déjà sur la pire des pentes.

CAMERON

– Qu'est-ce que tu lui as raconté, bordel ?

Quand je claquai la porte dans notre dos, les yeux de Darren s'écarquillèrent.

– Mais de quoi tu parles ?

– De Maya. Qu'est-ce que tu lui as raconté ?

Je l'attrapai par la chemise et le poussai contre le mur.

– Je veux savoir, grondai-je, en plein pic d'adrénaline.

Il me repoussa, moins perplexe qu'exaspéré, maintenant.

– Calme-toi un peu, OK ?

– Elle avait l'air dans tous ses états en repartant. Je suis sûr que tu lui as dit quelque chose.

– Et merde !

Il se frotta le front en secouant la tête.

– C'est Raina.

– Quoi, Raina ?

Je reculai d'un pas hésitant, pas franchement persuadé d'en avoir terminé avec lui.

– Maya m'a demandé s'il y avait quelque chose entre vous. Je lui ai affirmé que non, mais je lui ai dit aussi que Raina craquait pour toi. Ça a eu l'air de l'énerver une seconde, pas plus. Après, fini. Fermée comme une huître. Elle ne m'a pas décroché plus de trois répliques pendant le reste de la séance.

Je n'étais que trop conscient de la manière dont Maya pouvait se replier sur elle-même et dissimuler ses pensées, mais je ne voyais pas ce qui avait pu la contrarier à ce point. Je fis les cent pas devant le bureau.

– Vu ta réputation, elle s'est sans doute dit que tu lui racontais des craques pour couvrir mes arrières.

– Ma réputation ? répéta Darren, provocateur, en faisant la grimace.

Je me retournai vers lui.

– On est frères, amis, et on bosse ensemble. Elle ne m'avait pas vu depuis cinq ans, et je ne crois pas qu'elle t'ait vu, toi, ici, une seule fois sans une femme à tes pieds ou vice versa. Elle s'imagine sans doute que je suis du même genre et que je la considère juste comme une conquête de plus.

– Parce que tu la considères autrement ? Tu ne passes pas ton temps à la tripoter dès qu'elle met les pieds ici, peut-être ? Je ne suis pas aveugle, figure-toi.

– On n'est pas pareils, toi et moi, ripostai-je entre mes dents, même si je ne lui en voulais plus vraiment.

– Ah non ? Et pourquoi ? Parce que je n'ai aucune envie de me ranger et de pondre avec la première greluche à baver devant moi après une nuit mémorable ?

On retint tous les deux notre souffle, dans un silence tendu. L'heure et le lieu étaient mal choisis pour parler de la conduite de Darren avec les femmes, car des problèmes nettement plus importants se posaient : quelqu'un – ou quelque chose – avait inspiré à Maya cette froideur nouvelle.

– Désolé, ça n'a rien à voir avec toi, lâchai-je enfin, même si les mots me brûlèrent au passage.

– Excuses acceptées. (Il se redressa de toute sa taille, tandis que son front plissé se déridait.) Tu n'es pas obligé de me croire, mais j'aimerais vraiment que ça marche entre vous. Je n'irais jamais créer des problèmes volontairement. J'espère que tu le sais ?

– Oui, acquiesçai-je. Mais elle… et merde ! Je ne sais pas. Elle souffle le chaud et le froid. Il suffit que je nous imagine tout près de retrouver notre relation d'autrefois pour qu'il se passe quelque chose entre nous et qu'elle s'éloigne, qu'elle m'échappe. Et je ne peux pas l'en empêcher, parce que j'ai peur de la perdre complètement. Ça me rend dingue.

– Ça se voit. (Mon frère lâcha un rire.) Vous n'avez pas couché ensemble, hein ?

Je secouai la tête.

– Tu as peur de tout gâcher en la mettant dans ton lit, c'est ça ?

– Exactement. Je ne veux pas précipiter les choses, lui donner des regrets et la faire flipper.

J'en avais plus qu'envie, mais Maya se montrait tellement réticente. Si on couchait ensemble trop tôt, le retour de flammes risquait de l'éloigner de moi à jamais, ce qui s'était passé l'autre nuit le prouvait.

– Tu es persuadé que je ne comprends rien aux femmes, mais il me semble que Maya est du genre à savoir ce qu'elle veut. Tu crois qu'elle en a envie ?

– Je ne le crois pas, j'en suis sûr.

Elle n'avait pas à me le dire, son corps s'en chargeait. Ses gestes et ses réactions physiques, subtils ou non. J'aurais pu en profiter n'importe quand, mais je m'étais abstenu.

– Alors qu'est-ce que tu attends, bordel ? Tu la laisses se trouver des excuses pour ne pas sauter le pas et pour te repousser, alors que tu as déjà peur qu'elle le fasse.

– Si je voulais juste la sauter, ce serait déjà fait. Non, elle mérite de décider ce qu'elle veut quand elle veut. Il y a cinq ans, je l'ai quittée sans prévenir, sans un regard en arrière. Alors bien sûr, elle se demande si c'est vraiment une bonne idée, nous deux. Moi aussi, franchement.

– Mais pas au point de ne plus l'approcher.

– Touché.

Darren secoua la tête.

– Puisque tu penses tellement à elle, tu devrais y aller et voir comment ça tourne, point final.

Je soupirai, aussi épuisé qu'elle me l'avait semblé ce soir en partant. J'aurais donné n'importe quoi pour la rejoindre chez elle et aller au fond des choses, mais une nuit de réflexion nous permettrait peut-être de découvrir ce que ces tiraillements signifiaient entre nous.

– Je rentre, Darren. Tu peux me remplacer ?

– Bien sûr. À demain.

Je partis à pied, plus sûr que jamais de vouloir reconquérir Maya. La question ne se posait même pas. Et elle voulait me reconquérir, elle aussi, rien n'aurait pu me persuader du contraire. Sur le chemin de l'appartement et d'une nuit qui s'annonçait blanche, j'en arrivai à la conclusion qu'aucun changement au monde ne nous empêcherait de réussir.

IX

MAYA

J'avais passé mes derniers week-ends en boîte, à boire et à m'amuser. Eli, Vanessa et moi, on se faisait une beauté puis on dansait toute la nuit, qu'il pleuve ou qu'il vente. C'était chaque fois l'aventure. Qui allions-nous croiser ? Dans quelle débâcle la vodka allait-elle nous entraîner ? À nous trois, on arrivait en général à tirer de ces soirées quelques fous rires et une histoire sympa. J'aurais préféré en oublier certaines, bien sûr. Au rythme où j'y allais, ce serait peut-être le cas de celle-ci.

La plupart du temps, l'excitation qui m'envahissait pendant mes préparatifs faisait déjà partie du plaisir, mais il n'en allait pas de même aujourd'hui. Une part de moi redoutait d'introduire Cameron dans mon univers : je n'avais pas envie qu'il en devienne le centre, ce qui se produisait toujours quand il était là. Peut-être cette sortie allait-elle lui prouver que je n'étais pas de l'étoffe dont on fait une compagne et le convaincre de laisser tomber. À partir du moment où je commençais à boire, il pouvait arriver n'importe quoi.

– Tu en as encore pour longtemps ?

Eli passa la tête dans ma chambre et me tendit un

verre de vin que je m'empressai de prendre. Je devais me débarasser de mon angoisse, laquelle devenait heureusement de plus en plus floue, même si j'avais encore l'estomac noué.

– Non, je suis presque prête.

– Tu es super sexy.

Il souriait, très séduisant lui-même en pantalon de cuir et tee-shirt noir près du corps. Son gel à cheveux avait été appliqué avec talent et son eye-liner, presque aussi libéralement que le mien.

Je triturai une fois encore mes mèches rebelles. J'avais quant à moi utilisé assez de gel pour avoir l'air ébouriffée par le vent, y compris si je passais toute la soirée à me déchaîner. Minirobe rouge moulante, eye-liner, ombre à paupières et mascara généreusement dosés complétaient mon look – il me faudrait vérifier régulièrement que je n'avais pas des yeux de raton laveur.

– Je suis prêt à parier que Cameron ne t'a jamais vue habillée pour aller en boîte, reprit Eli.

Sans répondre, j'ornai mes oreilles de créoles scintillantes. Il s'appuya à l'encadrement de la porte.

– Qu'est-ce qui se passe entre vous ? Vous faites toujours comme si vous ne mouriez pas d'envie de coucher ensemble ?

– On ne peut pas s'empêcher de se tripoter. Ça va trop vite.

– C'est la première fois que je t'entends te plaindre de ça.

Je levai les yeux au ciel.

– Désolé mais, franchement, je ne t'ai jamais vue te torturer comme ça à cause d'un mec. Jamais.

– Parce que les mecs avec lesquels tu m'as vue ne ressemblaient pas à Cameron. (Je soufflai par le nez en agitant nerveusement mon tube de mascara.) À la salle de gym, j'ai failli péter un câble à cause de la prof de yoga. Elle craque sur lui, et ça m'a fichu un sacré coup. On n'est même pas officiellement ensemble ni rien, mais je suis prête à découper n'importe qui en rondelles. Ce n'est pas possible.

– Quoi qu'il se passe entre vous, le fait que vous ayez déjà été amants ne le rendra que plus intense.

– Je sais, mais je me croyais capable de garder le contrôle. Alors que non, pas du tout. Mes sentiments pour lui se réveillent, et je ne veux pas, pas encore.

– Tes sentiments pour lui ont toujours été là.

– Je n'en ai pas toujours été amoureuse, et j'aimerais bien continuer à ne pas l'être, au moins un moment.

– Tu n'aimerais pas avoir une seconde chance… avec lui, je veux dire ?

– Une part de moi aimerait, oui, je le reconnais. (Je soupirai, le cœur serré par ce que j'allais dire.) Mais si je m'autorise à retomber amoureuse et que ça ne marche pas, il ne restera pas assez de moi pour que je me reconstruise.

Radouci, Eli me prit la main et la serra brièvement. Son silence était éloquent : j'étais déjà en vrac au quotidien, je n'arriverais pas à me tirer une seconde fois d'une désolation pareille. Pas question de laisser Cameron me toucher au cœur ; je ne pouvais pas me le permettre.

– Qu'est-ce que tu vas faire ? reprit Eli.

– Je n'en sais rien. Il y a une telle tension sexuelle entre nous que je n'arrive pas à réfléchir clairement.

– Et donc…

– Je vais peut-être me saouler à mort ce soir, coucher avec lui, et voilà. Me débarrasser de ces interrogations et passer à autre chose.

Penchée vers mon miroir, je me passai un gloss clair sur les lèvres, avant de les pincer. En fin de compte, la semaine écoulée se réduisait à une suite de moments où s'était aiguisée l'attraction de plus en plus vive qui nous poussait l'un vers l'autre, Cameron et moi. La conclusion en semblait inévitable. Si je me retrouvais ivre morte à l'entraîner au lit, tant pis.

– Waouh, tu te rends compte de ce que tu dis ? Tu en parles comme d'un coup d'un soir, alors que ça n'a rien à voir, tu le sais aussi bien que moi. Tu l'as dit toi-même, d'ailleurs.

– Il est peut-être temps que je commence à y penser de cette manière, répondis-je avec un haussement d'épaules. Si ça se trouve, j'ai eu tort de ne pas le faire plus tôt. C'est pour ça que je n'ai pas de copain, Eli. Exactement pour ça. Là, j'ai baissé ma garde, j'ai bien voulu croire à un rapprochement, à cause de ce qu'on avait été l'un pour l'autre, lui et moi, mais franchement je n'arrive pas à gérer. Sans doute vaut-il mieux pour nous deux qu'on en reste au stade de vagues connaissances.

Je fermai les paupières de toutes mes forces, furieuse des émotions qui me secouaient. Impossible d'être objective sur le sujet ! J'avais pourtant réussi cinq ans durant à fermer mon cœur aux hommes.

L'interphone sonna.

– Vanessa, je suppose, dit Eli.

Un dernier coup d'œil au miroir, puis je vidai mon verre en cherchant à me rassurer : *Tout ira bien.* Mais on était samedi soir ; j'ignorais de quoi les prochaines heures seraient faites.

CAMERON

Darren et moi nous étions attribué un canapé d'angle, dans le bar situé en face de la boîte. Pendant qu'on sirotait notre bière en silence, je tournais et retournais dans ma tête ce qu'il m'avait dit la veille. Ça me contrariait de penser du bien de lui, mais c'était exactement ce que j'avais envie d'entendre.

J'ignorais ce qu'il allait se passer ce soir, mais j'étais bien décidé à informer Maya de mes sentiments. Avec un peu de chance, la sortie se terminerait chez moi, où je lui en ferais carrément la démonstration. C'était peut-être risqué, mais nos corps s'exprimaient parfois nettement mieux que nous. Je n'avais jamais regretté les nuits passées dans son lit, et j'étais prêt à parier que rien n'avait changé de ce point de vue-là. Son corps m'obsédait, des visions de sa nudité obscurcissaient mes pensées ; mon sexe tressaillit.

Darren me ramena à la réalité d'un coup de coude : elle approchait, accompagnée d'Eli et d'une belle rousse aux longues jambes. Sans Eli, d'ailleurs, je n'aurais peut-être pas reconnu Maya. Elle était époustouflante, mais dans un genre vraiment nouveau pour moi : très maquillée, coiffée en pétard, moulée dans une robe qui lui arrivait à mi-cuisse. Je la détaillai de la tête aux pieds, parfaitement conscient des types innombrables qui en feraient autant ce soir-là. Mon cerveau n'était déjà plus capable que d'une chose : imaginer que je lui remontais sa robe, avant de nouer ses jambes à ma taille.

Le silence confortable qui nous unissait, Darren et moi, explosa en un babillage volubile. Je me levai pour saluer les arrivants, pris Maya par la taille et l'attirai contre moi afin de lui poser un baiser sur la joue.

– Tu es époustouflante.

– Ma robe te plaît ?

– Elle m'épate. Mais je ne sais pas trop si j'apprécie que le reste du monde te voie dedans.

La réplique me valut un petit sourire. Le corps de

Maya se pliait facilement à mon étreinte, plus détendu que d'habitude.

– Je vous présente Vanessa, ma meilleure amie, lança-t-elle en montrant la rouquine.

Darren s'empressa de lui serrer la main, son sourire de séducteur aux lèvres.

– Ravi de faire votre connaissance.

– De même.

Elle souriait, elle aussi, le rose aux joues. Ses yeux verts oscillèrent entre mon frère et moi, étincelants, avant de s'attarder sur lui.

Maya échappa à mon bras et se laissa tomber sur le canapé d'en face, où elle attira autour d'elle Eli et Vanessa. Vexé de la manière dont elle s'était écartée, je repris place à côté de Darren, ma bière à la main, pendant que les nouveaux venus se penchaient ensemble sur la carte des cocktails.

Mon regard refusait de se détacher de Maya. Maintenant qu'elle était assise, sa robe ne laissait plus beaucoup de place à l'imagination. Je m'imaginai glisser la main le long de sa cuisse, jusqu'à la culotte noire que j'aurais juré avoir vue quelques secondes plus tôt.

Darren poussa un long sifflement bas.

– La vache… J'adore, murmura-t-il, trop bas pour que les autres l'entendent.

Son regard à lui ne quittait pas Vanessa. Je me détendis, soulagé qu'il ne s'intéresse pas à Maya. Sa copine, occupée à passer commande, ne semblait d'ailleurs pas consciente de l'évaluation libidineuse de mon frère. Il risquait de se montrer un coéquipier minable, ce soir, mais je n'en avais pas vraiment besoin non plus, même si sa compagnie me rendait un peu plus supportable l'idée d'aller en boîte. Malheureusement, on commençait déjà à descendre la pente.

– Tu ne pourrais pas éviter de sauter la meilleure amie de Maya et de me compliquer les choses, s'il te plaît ? lui demandai-je dans un murmure.

– Tu veux vraiment essayer de m'en empêcher ? répondit-il, visiblement agacé, sans cesser de détailler Vanessa. Mmm… Tu crois qu'elle a beaucoup d'amies ?

– Cherche-toi une autre proie. Il doit bien y avoir une pauvre fille assez saoule pour coucher avec toi.

– Va te faire foutre, mec. (Cette fois, il avait l'air franchement vexé.) Je ne suis ni superficiel ni désespéré à ce point-là.

Je nous voyais parfois comme les deux faces d'une même médaille : ses nombreuses conquêtes sans importance me laissaient froid, et il ne comprenait pas ma détermination à sauver la seule relation amoureuse à laquelle j'aie jamais tenu.

– Bon, OK, je serai sage, ajouta-t-il, sans quitter des yeux les jambes musclées de Vanessa.

– C'est-à-dire ? (Je ne voyais pas trop à quoi il s'engageait.) Tu vas te faire passer la brosse à reluire, avant de laisser tomber mademoiselle comme une vieille chaussette sous prétexte que je t'interdis de la sauter ?

– Mais non. Je vais me montrer aussi charmant que d'habitude, et on va tous s'amuser gentiment entre amis. C'est assez vertueux pour toi, le petit vieux ?

Mon scepticisme ne fit que croître : à ma connaissance, Darren ne côtoyait les femmes que dans un but bien précis.

– Je vais rester correct, je t'assure, insista-t-il. J'ai compris. Je n'aime pas tellement les drames non plus, et si tu t'obstines à fréquenter Maya, je n'ai aucune envie de créer des tensions.

Il s'interrompit pour que je lui donne mon feu vert, ce dont je me gardai bien.

– Je suis capable de discuter avec une femme sans essayer de la sauter, tu sais.

Et voilà, il était vexé. Tant mieux. Autant qu'il ait conscience du sérieux de la situation.

– Bon, acquiesçai-je.

Pourvu qu'il tienne parole…

Quand les trois autres eurent terminé leurs cocktails et une tournée d'alcools forts, je savais ce qui n'allait pas chez Maya : elle était saoule. Elle s'appuyait en permanence contre Vanessa ou Eli, confortablement coincée entre eux, et elle riait trop fort. Un rire adorable, de même que l'éclat de ses yeux, mais qui ne dissipait en rien l'inquiétude protectrice qu'elle m'inspirait.

– On devrait peut-être y aller ? proposai-je, dans l'espoir de l'aider à se ressaisir, plus tard.

Après tout, elle m'avait dit qu'elle aimait passer la nuit à danser.

– Oui, oui, allons-y ! acquiesça-t-elle en se levant d'un bond.

De l'autre côté de la rue, une longue queue s'était formée à l'entrée de la boîte de nuit. J'étouffai un gémissement : rester plantés dehors pendant des heures ne laissait pas augurer une bonne soirée.

– Heureusement qu'on n'est pas pressés !

– Ne t'inquiète pas, ce n'est pas pour nous. Viens.

Maya réussit à attirer l'attention d'un des videurs postés sur le seuil. Il lui fit signe, et elle alla se jeter dans ses bras le temps de lui faire la bise.

– Salut, Paul.

– Salut, ma puce. Ça va ?

– Très bien.

Quand je m'approchai, il me salua d'un hochement de tête en me tendant la main – que je serrai dans le seul but de l'empêcher de tripoter Maya.

– Bonsoir. Cameron.

Mon laconisme s'expliquait par mes dents serrées.

– Enchanté. Un pote de Maya, hein ?

Ce fut à mon tour de hocher la tête. Un pote, oui. Plus ou moins.

– OK, allez-y tous.

– Merci, Paul.

Elle lui glissa un billet dans la main sans cesser de sourire. Le vacarme de l'établissement l'engloutit.

Je la suivis au cœur du fracas, bien décidé à ne pas la perdre de vue, jusqu'à une salle qui se remplissait rapidement. Elle nous entraîna aussitôt jusqu'à un coin salon assez vaste pour notre groupe, où Darren s'installa sans hésiter entre Vanessa et Eli – lequel dut deviner ce qu'il mijotait, car il disparut quelques instants plus tard parmi les danseurs.

Une serveuse s'approcha et se pencha vers Maya pour prendre sa commande.

– Qu'est-ce que tu bois ? me demanda-t-elle.

– Un Coca light, ça ira.

– Deux Jack Daniel's Coca et un Jägermeister, lança-t-elle à l'employée.

– Tu démarres fort, constatai-je.

– Je ne vais quand même pas te laisser boire du soda.

On s'installa confortablement, l'un à côté de l'autre, mon bras sur ses épaules, ma main effleurant son bras nu. Elle se laissa aller contre moi et se mit à tracer de petits cercles sur mon pantalon, au niveau du genou. Son énergie éclatante vacillait.

Je resserrai mon étreinte pour la rapprocher de moi.

– Qu'est-ce qui peut bien se passer dans ta petite tête ? commençai-je.

Mais je n'eus pas le temps de poursuivre : ses yeux se

posèrent sur Vanessa et Darren, à présent collés l'un à l'autre, l'une hilare, l'autre lui chuchotant à l'oreille. Pas de doute, il restait correct.

– Qu'est-ce qui leur arrive ? s'enquit Maya.

Je me frottai le menton.

– Rien, j'espère. Il m'a promis d'être sage.

Le retour de la serveuse l'empêcha de me répondre. Maya vida d'un trait le petit verre de Jägermeister puis me tendit un des whiskys-Coca. C'était tout juste si elle m'avait regardé en face depuis notre arrivée en boîte. Je n'allais pas tenir comme ça toute la nuit.

– Quelque chose t'a contrariée ? demandai-je.

Ses lèvres frémirent.

– Non, je m'amuse. C'est ma manière à moi de m'amuser.

Mon verre était encore plein que le sien était déjà vide. Ses yeux erraient à travers la salle sans jamais se poser vraiment sur rien ni personne. Je l'attrapai par le menton pour tourner son visage vers moi. Son regard étincelait, sa peau empourprée était brûlante.

– Je ne sais jamais à quoi tu penses.

– Arrête d'essayer d'entrer dans ma tête, répondit-elle en repoussant ma main. Tu ne t'y plairais pas, de toute manière.

– Je suis sûr que si.

Elle baissa les yeux vers ses propres mains, qui tripotaient le tissu gaufré de sa robe.

– Personne d'autre n'a jamais autant essayé. Je ne comprends pas ce qui te pousse.

– Je ne suis pas M. Tout-le-Monde, je croyais que tu le savais, depuis le temps.

– Ce n'est peut-être pas ce que je veux.

– Qu'est-ce que tu veux, alors ?

Elle se mordilla la lèvre en soupirant.

– Il vaudrait mieux rester cool pour éviter de se faire du mal.

– Ta coolitude, ça consiste à traiter notre relation par-dessous la jambe, c'est ça ?

Lorsqu'elle releva la tête, son regard pénétrant me paralysa littéralement.

– C'est toi qui l'as traitée comme ça autrefois, alors pourquoi n'en ferais-je pas autant maintenant ?

Un coup de poing dans le ventre n'aurait pas été pire. Je serrai les dents avant de répondre :

– Je pourrais te renvoyer la balle. Tu n'as pas été seule à souffrir, tu sais.

– Je vais me chercher à boire, dit-elle en se levant.

– Tu devrais peut-être y aller mollo.

– Tu devrais peut-être te mêler de tes affaires.

Sur ces mots, elle se fondit dans la foule.

MAYA

Accoudée au bar, Jia attendait que le serveur lui apporte son Martini. Je lui avais envoyé un texto dès que j'avais laissé tomber Cameron, et elle était arrivée peu après, grâce au traitement de VIP que lui avait réservé Paul. Heureusement : elle allait me tenir compagnie, puisque ma relation avec Cameron s'était sensiblement dégradée au fil de la soirée. Peut-être d'ailleurs aurais-je dû m'en réjouir. Eli vaquait à ses propres affaires, Vanessa était tombée entre les griffes de Darren, mais une ivresse non négligeable m'y rendait de plus en plus indifférente. Cette nuit m'appartenait, et personne, pas même Cameron, n'allait me la gâcher.

– Tu es toute seule ? demandai-je.

– Oui, ma copine a déclaré forfait. Peu importe. Ça a l'air super, comme endroit ! Tu viens souvent ?

– La boîte fait partie de mon circuit.

– Tu es ravissante.

Souriante, Jia passa le doigt sur le ruché de ma robe.

– Merci. Toi aussi.

Corsage sans manches, jean moulant, cheveux flottant librement : son allure décontractée me déconcertait énormément. Mais, à vrai dire, je trouvais tout aussi déconcertant de lui apparaître en tenue du week-end. Il me semblait me dévoiler ainsi à un monde qui ne me voyait jamais sous ce jour-là. Un monde qu'elle représentait toujours, malgré la vague amitié qui naissait entre nous.

– Chaque fois que je croise des collègues en dehors du travail, ça me fait franchement drôle, avouai-je. Quelque part, j'ai sans doute l'impression qu'ils dorment en costume ou tailleur.

– Je n'en doute pas, s'amusa-t-elle. Mais tu serais surprise si tu savais ce que cache tout ce sérieux.

Elle arqua un sourcil, un petit sourire aux lèvres, et je ne pus me retenir de rire. Personne au bureau ne m'intéressait le moins du monde. La seule pensée de voir ce qui se cachait sous le sérieux d'un type comme Kevin Dermott me donnait la nausée, tant je détestais ce salopard.

– Tu es avec ton fameux ex ?

Je levai les yeux au ciel en gémissant, telle une adolescente en pleine crise existentielle que sa mère aurait accompagnée au centre commercial. Heureusement, la musique tonitruante couvrit mon gémissement. Une partie de moi regrettait d'avoir entraîné Cameron en boîte ; à l'autre bout de la salle, il regrettait sans doute de s'y être laissé entraîner.

– Il est là, oui.

– Ça n'a pas l'air de t'enchanter.

– Disons que je ne délire pas d'enthousiasme.

– J'en déduis que vos retrouvailles ne se passent pas bien.

– Je ne sais pas, avouai-je en secouant la tête. C'est compliqué.

Je n'avais aucune envie de donner à Jia des explications détaillées. Pas maintenant.

– Mais je ne veux pas y penser. Ce soir, je ne veux penser à rien. (J'agitai la main pour souligner mon propos.) La semaine a été longue. Tout ce que je veux, c'est m'amuser.

– Buvons à cette bonne résolution.

Elle leva son verre, contre lequel je fis tinter le mien, avant de boire d'un trait une dose supplémentaire de paradis.

Ensuite seulement, je parcourus les lieux du regard. Le bar illuminé de bleu était entouré de clients qui discutaient gaiement. La musique tonitruante vibrait jusque dans le moindre recoin de pénombre. Je m'aperçus soudain que je souriais, malgré ma prise de bec avec Cameron ; voilà, il était arrivé, l'instant parfait où la nuit recelait tous les possibles, celui que j'aurais voulu prolonger à jamais. Bonheur liquide, excitation, perspective de me perdre tout entière dans les rythmes hypnotiques et le cours inéluctable des événements. Telle était ma liberté.

– Allons danser ! criai-je à Jia.

Elle acquiesça, souriante, vida son verre, me prit par la main et m'entraîna sur la piste, où on joua des coudes dans la foule hétéroclite jusqu'au moment où sa résistance s'évanouit. La pulsation profonde d'un morceau de Lady Gaga s'installa, la chanteuse disant à un type quelconque de faire ce qu'il voulait de son corps. Je me mis à fredonner, séduite. Peut-être entraînerais-je

Cameron au lit, malgré tout. Qu'est-ce que ça pouvait bien faire ? Raina en aurait pour son argent, et il garderait quant à lui le souvenir de nos retrouvailles, parce qu'il ne serait plus question de se revoir, après. Autrement, je retomberais amoureuse. Sûr et certain.

La tête me tournait ; je me sentais plus légère que depuis bien longtemps, de corps et d'âme. Oui, bien longtemps… Les yeux clos, je me tendis vers le ciel et laissai mes hanches onduler au rythme du pouls musical dévorant.

Quelqu'un me heurta par-derrière, interrompant l'instant parfait, me propulsant contre Jia. Je ne perdis pas l'équilibre, mais elle passa autour de ma taille un bras protecteur et ne me lâcha plus, comme pour me garder à son côté. Nos corps se frôlaient, nos jambes se mêlaient maladroitement, animées par un même rythme, sa main libre glissait sur ma robe, dessinant ma cuisse d'un geste délicat.

Son regard rivé à moi me donnait cette impression haletante qui m'empoignait quand il allait se produire quelque chose de fort.

– Vas-y, embrasse-la !

Le type était là, juste à côté de moi. Jeune, chemise blanche au col déboutonné et pantalon de costume, sourire stupide d'ivrogne. Pas mal, mais en nage, et entouré d'un troupeau de ses semblables. Fasciné par notre numéro.

Jia me tourna à nouveau la tête vers elle, puis son doigt léger descendit le long de ma joue jusqu'à se poser sur ma lèvre inférieure. Lorsqu'elle humecta la sienne de manière suggestive, je compris. Elle allait m'embrasser. Et j'allais la laisser faire. La nuit m'appartenait, et l'occasion se présentait, à la fois déstabilisante et séduisante – assez séduisante en tout cas pour que je ferme mes oreilles aux inconnus qui scandaient « Vas-y, vas-y, vas-y » autour de nous tandis que nos bouches se touchaient.

J'inspirai brusquement. Son parfum coûteux imprégnait le musc brûlant de la foule alentour. Une de ses mains me frôla la poitrine, pendant que l'autre relevait de quelques centimètres l'ourlet de ma robe pour permettre à ses doigts d'escalader ma jambe. Le geste déclencha des hurlements de loups. Je souris sous le baiser : un rire idiot enflait en moi à la pensée du spectacle époustouflant qu'on donnait à nos nouveaux admirateurs. Mon excitation s'évanouit pourtant dès que des mains moites se posèrent maladroitement sur mes cuisses, tandis qu'une érection brutale se pressait contre mes fesses.

Mes yeux se rouvrirent aussitôt, mais le butor hurla avant même que je puisse le repousser, puis ses copains lui firent écho en s'écartant de moi.

CAMERON

Je me contraignis à ne pas oublier ma force en décollant ce petit salopard de Maya. Ses potes et lui firent brièvement mine de résister, le temps sans doute de se rendre compte que le plus costaud d'entre eux pesait vingt kilos de muscles de moins que moi. À eux tous, ils auraient pu me poser problème, mais pas représenter un réel danger.

Restait la fille enchevêtrée à Maya avec indécence, mais elle n'avait pas l'air abrutie par l'alcool, au contraire : l'intelligence brillait dans ses yeux sombres, qui me parcouraient de la tête aux pieds d'un regard évaluateur. Lentement, elle s'écarta de Maya, que j'attrapai par le poignet pour la faire pivoter vers moi sans douceur.

– Mais qu'est-ce que tu fous, bordel ?

Une rage noire m'avait envahi quand j'avais vu dans quelle situation elle s'était fourrée : elle venait quand même de se faire tripoter par un paquet d'inconnus, ce qui était inacceptable !

– Je peux te poser la même question.

Elle regardait son poignet, serré dans mon poing. Je le lâchai dès qu'elle le tordit pour le libérer, mais mon corps vibrait toujours d'adrénaline.

Une inspiration puissante me souleva la poitrine. Le tsunami de fureur avait laissé en se retirant des flaques clapotantes.

– Je voudrais te parler.

– Je danse, là. Je te rejoins à notre table d'ici un moment.

La voix sèche et les traits crispés de Maya trahissaient son agacement naissant, mais je n'allais certainement pas m'en aller.

– Très bien, dansons, alors.

Je lui posai sur la hanche une main protectrice pour l'attirer à moi.

Son mécontentement céda devant une émotion que je n'aurais su définir, tandis qu'elle hésitait manifestement à accepter ma proposition. Ses admirateurs s'étaient dispersés, après quelques regards noirs et gestes insultants.

Elle me tourna le dos, le temps de dire quelque chose à la fille, qui acquiesça et me jeta un dernier regard parfaitement calme avant de se perdre dans la foule. J'en profitai pour attirer Maya contre moi – plus près qu'elle ne l'avait été de sa copine.

Tu es mienne.

Les bras posés sur mes épaules, elle me passa les doigts dans les cheveux. Nos mouvements d'une extrême lenteur transformaient la house music en un slow que personne d'autre n'avait l'air d'entendre.

Je l'étreignis et approchai la bouche de son oreille pour demander :

– Qui était-ce ?

– Ça n'a pas d'importance.

Il me sembla distinguer une ombre d'embarras dans ses yeux avant qu'elle les détourne. Mes dents se serrèrent, car la possessivité se déchaînait en moi. Puis son regard revint au mien, tandis que ses mains descendaient sur mon torse.

– Tu es pleine de surprises, en tout cas, permets-moi de te le dire.

– Tu es jaloux ?

Son sourire insolent eut le don de m'exaspérer. Je l'aurais bien effacé d'un baiser.

– Je devrais ?

– Non, tu n'en as pas le droit.

Elle relevait la tête d'un air décidé. La petite maligne.

– Je voudrais l'avoir.

– Il va falloir t'habituer à être déçu.

– Et si je te fais changer d'avis ?

Je repoussai les cheveux qui lui tombaient dans le cou avant de promener mes lèvres sur sa peau brûlante. Je pouvais jouer à ce jeu-là aussi bien qu'elle.

– Tu ne peux pas, répondit-elle en s'affaissant un peu contre moi.

Sa voix vacillante me fit sourire.

– Mets-moi à l'épreuve.

La bouche ouverte dans son cou pour la savourer du bout de la langue, je lui serrai les fesses à deux mains en la plaquant fermement contre ma cuisse. Un gémissement fit vibrer tout son corps.

Ses seins se soulevaient et retombaient au rythme

d'un souffle rapide, ses mains erraient sur mon torse… Incapable de me retenir, je m'emparai de sa bouche en rassemblant toute ma possessivité pour l'embrasser à perdre haleine. Ses poings se crispèrent sur ma chemise, pendant que sa danse langoureuse se muait en ondulations qui collaient son corps mince et souple au mien. Quel dommage de se trouver dans une salle bondée ! Nous aurions dû être dans mon lit. Pas question d'attendre davantage ni de quémander.

– Je t'emmène chez moi.

X

MAYA

Cameron me lâcha pour ouvrir la porte de son appartement. Je m'avançai en titubant, mais mes hauts talons me firent trébucher sur le seuil et tomber à l'intérieur, où je roulai sur le dos, pendant que mon rire alcoolisé résonnait dans l'obscurité. Le sol frais était parfaitement lisse, et ça sentait le neuf, peut-être la peinture.

– Où est-ce qu'on est ?

Ma voix débordait d'émerveillement, comme si on venait d'arriver en un lieu aussi mystérieux que fabuleux. Pourquoi pas, d'ailleurs ? Je n'en savais rien, vu que j'avais basculé durant le trajet en taxi : je n'étais plus follement excitée et excitable, mais incroyablement saoule, tout juste capable de tenir debout grâce à l'appui offert par le corps puissant de Cameron. Eh bien, tant pis. En fait, j'étais toujours follement excitée.

– Au troisième étage de mon immeuble. Olivia vit au deuxième. C'est encore en travaux, alors ne fais pas attention au désordre. Allez, viens.

Je n'y voyais rien, derrière mes paupières closes,

mais peu m'importait. Le sol était plus confortable que je ne l'aurais cru. *Je suis vannée, bordel.*

Cameron me prit par la main pour me hisser sur mes pieds, me serrant si fort contre sa poitrine que je ne touchais presque plus terre. Je ne pouvais presque plus bouger non plus.

– Tu vas arriver à marcher ?

Je gloussai, la tête posée sur son épaule. Ce serait super de me retrouver coincée avec lui – avec sa chaleur et sa force inouïe. Il me portait si facilement que je me sentais légère comme une plume. Son étreinte se relâcha quand il me glissa l'autre bras sur les hanches, me réchauffant le creux des reins.

– Ça va aller ? insista-t-il en posant un baiser tendre sur mon épaule.

Je répondis d'un fredonnement, attentive au tiraillement familier que son contact éveillait en moi ; mais comme je ne pouvais me rapprocher davantage de lui, je levai juste la tête pour l'embrasser. Toutefois, quand j'essayai de forcer le barrage de ses lèvres, il s'écarta.

– Tu ne m'as quand même pas amenée ici juste pour me border, si ?

Au lieu de répondre, il me serra à nouveau contre lui. Le visage enfoui dans son cou, engloutie par son odeur d'épices et de santal, je promenai en ronronnant la langue sur sa peau puis le mordis avec force.

Il me repoussa par les épaules pour s'éloigner de ma bouche vorace.

– Il faut que tu dormes, Maya. Tu as trop bu.

– Tout le monde s'en fout, non ?

– Moi pas.

– Est-ce que par hasard tu essaies de me dire qu'en sortant avec moi ce soir tu n'avais pas l'intention de me mettre dans ton lit ?

– Je ne savais pas du tout à quoi m'attendre ce soir, répondit-il en secouant la tête, mais je préfère éviter de coucher avec des femmes quasi inconscientes.

– Bien sûr.

Les yeux au ciel, je m'écartai légèrement de lui.

– Tu ne me crois pas ?

– Peu importe. (J'agitai la main, écoeurée par cette rebuffade et tout l'alcool que j'avais bu.) Tu n'es pas intéressé. Je comprends.

Ses yeux bleus étincelants s'écarquillèrent.

– Oh, je suis intéressé, crois-moi.

– Peut-être Raina est-elle encore debout. Cette petite merveille t'attend sans doute patiemment. Je ne doute pas que tu la gardes au chaud, au cas où.

– Tu es jalouse ? s'enquit-il, un grand sourire aux lèvres.

– Absolument pas.

Et voilà. Il prenait l'avantage.

– Tu es libre de coucher avec qui tu veux, et moi aussi.

Son sourire disparut, tandis que son regard gagnait en sérieux.

– Tu me l'as prouvé on ne peut plus clairement ce soir même. Qui était cette fille, d'ailleurs ? Tu la connais, au moins ?

– Elle s'appelle Jia. On bosse ensemble.

La prétendue justification de ma conduite exhibitionniste flotta jusqu'à Cameron avant de me revenir, aussi idiote à mes oreilles qu'elle avait dû le paraître aux siennes.

– Waouh ! souffla-t-il en se passant la main dans les cheveux.

Sa réaction m'arracha un bref éclat de rire, puis je fis un pas en arrière sur mes dangereux talons hauts et clignai des yeux dans l'espoir de mieux distinguer ce qui m'entourait. Il n'y avait rien de pire que ces ivresses vertigineuses ! Comment en étais-je arrivée là, une fois de plus ? *Merde merde merde.*

– Je ne suis plus une jeune vierge, Cameron, repris-je après m'être éclairci la voix. Alors finissons-en. Je suis navrée que tu aies assisté à ma déchéance, mais que dire ? Je suis pleine de surprises, pour reprendre tes propres termes.

– Tu ne veux pas arrêter un peu ? Tout ce que je dis, c'est que tu devrais avoir un peu plus d'estime de toi-même. Tu es là, sur la piste, super sexy, avec tous ces inconnus qui essaient de te tripoter… Tu aimes vraiment jouer les allumeuses ?

– Toi aussi, tu essayais de me tripoter. Qu'est-ce que ça nous apprend sur toi ?

Je lui tapotai le torse à travers sa chemise. Ses muscles d'acier arrêtèrent mon doigt.

– Je ne suis pas un inconnu libidineux. Je t'ai tenue dans mes bras, Maya. Je t'ai aimée. Tu ne crois pas que ça me donne le droit de te toucher, surtout quand tu en as envie ? Tu ne préfères pas que ce soit moi, plutôt que quelqu'un que tu ne connais ni d'Ève ni d'Adam ? À moins que ça ne fasse partie de ta routine du week-end ? Partir en boîte à la recherche d'un plan cul, homme ou femme ?

La tristesse de son regard sur ces derniers mots me serra le cœur, mais je ne voulais pas du jugement de quelqu'un qui n'avait aucun droit de me juger. Des larmes me piquèrent les yeux, tandis qu'un mélange atroce de honte, d'embarras et de fureur me soulevait.

– Je préfère une succession de plans cul qui prennent ce qu'ils veulent, me donnent ce dont j'ai besoin et ne portent aucun jugement sur moi le lendemain à un type qui me regarde de cette manière, comme s'il fallait être une pute pour danser et aimer ça. Va te faire foutre, avec tes discours de curé !

J'avais parfaitement le droit de me conduire en femme libérée, si ça me chantait ! C'était le principe auquel je me cramponnais dans l'espoir de ranimer mon estime de moi-même, tombée plus bas que terre. Ma tirade terminée, je fis volte-face, vaguement consciente d'avoir lâché mon sac à main en entrant, alors que j'en avais besoin pour repartir. Rien.

– Je m'en vais.

On se trouvait maintenant dans une chambre spacieuse, dont j'entrepris d'examiner le moindre recoin. Une petite lampe de chevet jetait une lumière chaude sur le lit blanc, les murs immaculés, le parquet chaleureux et les quelques meubles anciens. Voilà où dormait Cameron. Je fermai une seconde les yeux à la pensée des centaines de nuits qu'il avait passées ici, plus près de moi que je ne l'aurais jamais cru.

– Pas question. Tu es saoule. Tu te couches, je te ramènerai chez toi demain, répondit-il d'une voix rauque.

Je me retournai brusquement, sitôt récupéré mon minuscule sac à main.

– Je ne suis pas trop saoule pour prendre un taxi, ripostai-je sans élever la voix.

Heureusement, la colère m'éclaircissait l'esprit.

– À une heure pareille, un samedi soir, si. La discussion est close. Tiens.

Il prit dans un placard quelque chose qu'il lança sur le lit. Un tee-shirt blanc.

– Ta chemise de nuit.

Sa tranquillité et son assurance – il s'imaginait vraiment que j'allais rester du seul fait qu'il l'exigeait – prêtaient à rire.

– Tu ne peux pas me garder en otage, espèce de connard prétentieux.

Il croisa les bras sur sa poitrine musclée, les dents serrées, mais une ombre de sourire aux lèvres, provocant. C'était bel et bien un connard prétentieux !

Mon exaspération croissante m'avait dessaoulée, mais la tête me tournait toujours pendant que j'examinais son grand lit. Franchement, l'idée de rentrer chez moi ne me tentait pas – encore moins peut-être que celle de satisfaire ses exigences. Plantée très droite sur mes hauts talons, afin de ne pas perdre l'équilibre, je réfléchis au problème.

– Et toi, où tu dors ? m'enquis-je enfin, du ton le plus indifférent possible.

– Ici, avec toi, répondit-il en montrant le lit du menton.

J'éclatai de rire.

– Ben voyons ! Je vais prendre le canapé, alors.

Je me débarrassai de ma robe puis de mes escarpins, trop ivre et trop exaspérée pour me soucier de ma nudité. Ce fut vêtue seulement de mon minuscule string noir que je contournai le lit en direction du tee-shirt, mais Cameron le ramassa avant moi et le rebalança dans le placard.

– Mets-toi à l'aise.

– Tu me donnes ce foutu tee-shirt, ou tu m'obliges à m'exhiber dans tout ton appartement comme une marionnette ?

Sa bouche se courba et il pinça les lèvres.

– Tu veux bien te calmer, s'il te plaît ?

– Non.

Je passais près de lui pour accéder au placard, quand il m'attrapa par la taille et me jeta sur le lit. Alors que je me redressais sur les coudes, prête à protester, les mots se bloquèrent dans ma gorge devant le spectacle : Cameron ôtait sa chemise, dévoilant les détails impressionnants d'un torse que j'avais maintes fois cherché à me représenter.

Waouh.

Ses pectoraux parfaitement sculptés jouaient sous sa peau tendue. *Mmm, si seulement je pouvais l'embrasser partout…* Mon vagin se contracta quand je m'imaginai promener mes lèvres sur son corps en me régalant du moindre centimètre carré exploré. Car même le moindre en était délicieux, je le savais d'expérience. Ses abdominaux contractés menaient au V le plus prononcé que j'aie jamais vu. Ce n'était pas possible, une merveille pareille n'existait pas – pas dans la vraie vie.

Mon cœur battait à tout rompre quand Cameron me rejoignit sur le lit avec la calme détermination d'un homme décidé à obtenir ce qu'il voulait, souleva ma jambe et l'embrassa lentement du mollet au genou, puis inversement.

Je refermai brusquement la bouche pour ravaler l'exclamation étouffée que ses baisers avaient failli m'arracher. Mon ébriété ne me permettait malheureusement pas de trouver les mots adéquats pour l'arrêter, ou de prendre un air indifférent. Je pouvais certes lui dire d'aller se faire foutre, mais ça risquait fort de se retourner contre moi. Sans compter que la manière dont il procédait, en fauve traquant sa proie, m'avait déjà réduite à l'état de pauvre petite chose tremblante. J'étais dans une colère noire, mais je ne l'en désirais pas moins. Plus que jamais, peut-être.

Il poursuivait son chemin, toujours plus haut, avec des baisers brûlants. Lorsqu'il aspira avec force la peau douce de ma cuisse, à quelques centimètres de mon sexe palpitant, je laissai ma tête retomber en arrière, gémissante. Sa main passa lentement sur ma hanche et mon ventre, avant de remonter entre mes seins. Je relevai les yeux vers lui. Les siens étaient si sombres, si sérieux que j'en eus le souffle coupé. Une légère pression lui suffit pour m'allonger de tout mon long, après quoi il me dépouilla en un clin d'œil du dernier rempart négligeable de mes vêtements.

CAMERON

Je m'attardai une seconde de trop au bord du lit pour la regarder. Elle risquait évidemment de protester ou de s'enfuir, mais j'avais absolument besoin de fixer cet instant dans mon esprit, au cas où je la perdrais une seconde fois. Elle était aussi parfaite que dans mes souvenirs, petite et pâle, minuscule créature à présent brisée. Il n'était pas question de lui faire l'amour maintenant, pas comme ça ! Je devais dominer l'animal en moi, qui ne pensait qu'à l'allonger sous lui et à la posséder sans répit jusqu'au matin. Passer des heures en elle ne me suffirait pas. Lorsque j'y serais, lorsqu'elle serait là, serrée autour de moi, je ne voudrais plus jamais me retirer. La soirée s'achevait d'une manière absolument inattendue, mais Maya en garderait un souvenir saisissant, j'y veillerais. J'assouvirais son désir, en me cramponnant de toutes mes forces à ma résolution.

Ses halètements soulevaient tumultueusement ses seins gonflés aux mamelons durcis, dont les boutons de rose imploraient mes caresses.

– Qu'est-ce que tu fais ? balbutia-t-elle d'une voix hésitante, bien assortie à sa nudité, livrée à ma merci.

Je m'humectai les lèvres, fasciné par la chair humide que je devinais entre ses jambes.

– J'ai faim.

– Je croyais que tu ne voulais pas de moi.

– Au contraire. Non seulement je te veux, mais en plus j'ai la ferme intention de te prendre.

– Tu ne t'es pas déshabillé…

Quand ses orteils remontèrent le long de ma cuisse, je pris conscience de l'érection emprisonnée dans mon jean – où elle resterait confinée tant que je n'aurais pas pleinement satisfait ma compagne : je me méfiais de moi-même.

J'attrapai le petit pied voyageur et le reposai sur le lit.

– Je veux te voir, mon ange…

Elle eut un instant d'hésitation mais leva et écarta les genoux pour se dévoiler à moi. À peine m'étais-je penché sur elle que son odeur m'enivra, alors que je ne l'avais même pas encore goûtée. Les souvenirs m'envahirent. Un gémissement me monta dans la gorge quand mes lèvres, puis ma langue, rencontrèrent la chaleur moite de son sexe. *Oh, bordel !*

Je me contraignis à la lenteur en lui prodiguant des caresses dosées pour l'empêcher de basculer trop tôt, car je voulais prolonger ce moment malgré ma résolution vacillante. Lorsque je taquinai son clitoris, elle se cambra sur le matelas en gémissant.

Ses doigts s'enfoncèrent dans mes cheveux puis les tirèrent, mais la douleur ne fit qu'aiguiser mon avidité. Quand elle se cabra contre moi, manquant me faire tomber sur elle, je commençai à la lécher impitoyablement, oublieux de ma stratégie. Je plongeai deux doigts en elle, immergés dans sa moiteur pour masser le point sensible qui n'allait pas manquer de déclencher son orgasme. Elle se contracta autour de moi à m'en faire mal, les cuisses raidies sur mes épaules.

– Oh, Cameron, je vais jouir. Surtout, ne t'arrête pas !

Un grognement roula dans ma poitrine puis s'échappa

de ma bouche contre sa chair frémissante. J'attrapai de ma main libre une de ses hanches houleuses pour l'obliger à se rallonger. L'étau de son sexe palpita sous mes doigts au rythme des frissons et des cris qui la secouaient tout entière. Que n'aurais-je pas donné pour être en elle autrement, au cœur du paradis brûlant enfoui entre ses cuisses !

Incapable de me détacher d'elle, je piquetai de baisers ses hanches, la courbe de son ventre, ses seins, sa clavicule… Quelques secondes plus tard, elle se tortilla à nouveau contre moi en tiraillant maladroitement ma ceinture.

– Enlève-moi cette saleté !

Je dissimulai un sourire en caressant l'idée de la laisser poursuivre ses efforts ou de me débarrasser moi-même de l'obstacle. Il serait si facile de la posséder. Elle était plus que prête, et ce serait tellement bon, qu'elle soit ivre ou non. Nos étreintes avaient toujours été extraordinaires, parce qu'on se correspondait parfaitement, depuis le début. Et puis lui donner du plaisir m'était devenu au fil du temps de plus en plus nécessaire – ce qui expliquait mon incapacité présente à cesser de la caresser. J'aurais pu continuer toute la nuit, jusqu'à nous rendre dingues tous les deux.

– S'il te plaît, Cameron ! Je n'en peux plus d'attendre, balbutia-t-elle.

– Mais si.

Je l'embrassai au creux de la gorge, où je recueillis le sel de son épuisement, puis je fis aller et venir mes doigts en elle, furieux contre moi-même de vouloir qu'elle soit lucide pour le grand moment : pas question de me conduire comme les brutes égoïstes qui m'avaient succédé dans son lit. Moi, je la révérais, je l'aimais, et je voulais qu'elle en soit consciente tout du long.

– Mais qu'est-ce que tu attends ? protesta-t-elle. Prends-moi maintenant !

Elle se cambra contre moi, tenue en échec par ma ceinture.

L'odeur enivrante de son corps se mêlait à l'arôme floral de ses cheveux, cocktail explosif dont la dernière bouffée faillit anéantir ma maîtrise.

– Je meurs d'envie de te faire l'amour, Maya.

– Alors fais-le ! Je n'en peux plus.

– Je veux que tu sentes tout ce qui se passe. Que tu t'en souviennes.

Elle me prit le visage entre ses deux mains frêles. Le désir voilait ses yeux vitreux. Je serrai les dents pour résister à l'envie de l'embrasser puis, lentement, cramponné au dernier lambeau de volonté qu'il me restait, je m'écartai d'elle.

XI

MAYA

Je me réveillai après quelques heures à peine – du moins me sembla-t-il. Quoi qu'il en soit, je n'avais pas assez dormi, et de loin, pour réparer les dommages que je m'étais infligés. Une lumière tamisée traversait les rideaux beiges. Cameron avait disparu. Son absence aurait dû me faire comprendre qu'il valait mieux m'en aller, mais je n'étais pas en état de rentrer chez moi.

Épuisée et en proie à la gueule de bois suprême, je m'agitai dans le lit, les jambes prisonnières des couvertures blanches soyeuses qui représentaient ma seule protection contre de violents frissons, en proie à des vagues de chaleur brûlantes. Je m'en voulais amèrement de m'être infligé pareille torture. J'avais trop bu, une fois encore, mais autant cesser de me le reprocher. Le sommeil viendrait à bout de mon malaise, si je dormais assez longtemps. Malheureusement, je n'arrivais à oublier ni mon estomac crispé sur son propre contenu, ni l'instinct qui poussait mon corps à vouloir expulser tout cet alcool.

Des images de la soirée me traversaient l'esprit, rappels malvenus de ma stupidité. Brûlante de honte, je repoussai de nouveau les couvertures et pris enfin conscience de ma nudité. Cette nuit… La bouche de Cameron sur moi. Ses paroles, seuls moments de netteté d'une soirée par ailleurs floue, toute de gaieté et de décisions idiotes. Que pouvait-il bien penser de moi, maintenant ? J'aurais voulu rentrer sous terre, quand une nouvelle nausée me saisit. Et merde !

Je bondis du lit, ramassai par terre le tee-shirt de Cameron, l'enfilai, me précipitai dans la salle de bains attenante et me laissai tomber à genoux devant les toilettes. Mon corps n'eut guère besoin d'encouragements pour expulser l'alcool de la nuit. Si seulement il avait emporté mes regrets avec lui ! Je me redressai, essoufflée et tremblante. Un tiroir me livra une brosse à dents sous emballage, dont je me servis pour éliminer l'horrible goût métallique que mes excès m'avaient laissé dans la bouche. Je les reprochai à mon reflet en essuyant le mascara qui m'avait coulé sous les yeux. *Une véritable épave.*

De retour dans la chambre, je considérai une seconde le grand lit douillet puis me blottis à nouveau sous les couvertures, incapable d'en quitter l'abri pour affronter le monde extérieur. Pourvu que Cameron ne rentre pas trop tôt ! Roulée en boule, le visage pressé contre un oreiller où s'attardait son odeur, j'en serrai un autre dans mes bras en regrettant sans remords que ce ne soit pas lui. Longue inspiration : relents musqués et odeur fraîche de savon. Si je ne m'étais pas sentie aussi mal, j'aurais pu me croire au paradis. Mon corps se détendit aussitôt, et je sombrai dans un sommeil sans rêve.

Lorsque je me réveillai pour la seconde fois, le bras de Cameron était passé autour de ma taille et son corps, serré sans excès contre le mien, dans mon dos. La lumière qui traversait les rideaux et un vague petit creux m'apprirent que l'après-midi s'achevait sans doute. Je clignai des yeux pour chasser la brume du sommeil, ce qui rendit sa netteté à la chambre. Blanche et nue, meublée de manière minimaliste, banale comparée à la salle de bains étincelante, au marbre omniprésent – sol, lavabo et bac à douche.

La soirée ne m'avait laissé que des souvenirs flous, excepté le moment où Cameron me caressait en me regardant, pensée qui me fit courir des fourmillements dans tout le corps. La nuit avait par ailleurs libéré les impressions les plus fortes gravées dans ma mémoire, car mon esprit revenait encore et toujours à notre entente physique d'autrefois, alors que j'essayais de la déloger de mon cerveau en secouant machinalement la tête.

Le bras de mon compagnon se resserra autour de ma taille, tandis que son érection se tendait contre mes fesses. Si prometteuse soit-elle, je devais m'en aller et entamer mon chemin de croix jusque chez moi, avant que la proximité de Cameron n'altère mon bon sens. Je me tortillai pour m'écarter de lui, centimètre par centimètre, mais il poussa un petit grognement en m'attirant plus près de lui encore.

– Salut, murmura-t-il, le nez enfoui dans ma nuque, où il posa un baiser.

Mes mamelons durcirent instantanément, tandis qu'un frisson courait sur ma peau. Je me mordis la lèvre, exaspérée par la réaction rebelle de mon corps.

Il tourna ma tête vers lui et se hissa sur un coude, la bouche étirée par un sourire endormi. Il venait juste de se réveiller, mais ses abdos impressionnants étaient parfaitement dessinés. Comment une femme saine d'esprit aurait-elle pu lui résister ? Sa pure beauté me coupa un instant le souffle. Je n'avais aucune envie de partir, mais il le fallait vraiment, ou j'allais faire quelque chose d'idiot. Or j'avais déjà dépassé mon quota du week-end, et je n'avais plus l'excuse de l'ivresse.

– Ça va ? s'inquiéta-t-il. Tu as dormi un bon moment, tu sais.

– Ça va mieux, répondis-je.

L'énergie sexuelle qui palpitait en moi avait apparemment effacé les derniers restes de ma gueule de bois. Cameron occupait à présent la moindre de mes pensées, et mon corps se ranimait, comme si j'avais attendu toute ma vie l'hommage d'un désir aussi impérieux que le sien – je le lisais dans ses yeux.

– Je ferais mieux d'y aller, ajoutai-je, haletante. Il se fait tard.

– Il faut qu'on discute, Maya.

Sa main parcourut paresseusement ma cuisse, dans un sens puis dans l'autre, m'affolant littéralement sans que je puisse dire s'il cherchait ses mots ou prenait juste son temps. Je n'avais toujours pas de culotte et n'étais que trop accessible à ses caresses.

– Tu ne m'as pas dit ce qui t'avait contrariée, l'autre soir, reprit-il enfin.

– Je n'étais pas contrariée, mentis-je.

– À un moment, tu as parlé de Raina. Darren ne t'a pas menti, tu sais. Il n'y a rien entre elle et moi, je tiens à ce que tu le saches.

– Tu es libre de fréquenter qui tu veux, je n'ai aucun droit sur toi.

– Si. (Malgré sa voix douce et son air serein, il était extrêmement sérieux.) Tu es la seule à en avoir jamais eu.

Sa main me frôla la joue, léger contact qui m'en fit désirer davantage. Vu la chaleur qui m'envahissait sous son regard, je devais être toute rouge, à présent. Je serrai les poings pour me retenir de le toucher.

– J'avais tellement envie de toi, cette nuit. J'ai cru que je n'arriverais pas à me retenir, mais je ne supportais pas l'idée que tu regrettes, au matin, une fois dessaoulée. Ou, pire, que tu ne te rappelles rien.

– Je me rappelle.

L'essentiel. Je me mordis la lèvre à la vision floue mais grisante qui s'imposait à moi : la chevelure noire de Cameron entre mes jambes, ses yeux bleus perçants fixés sur moi. J'étais partie comme une fusée, et le plaisir m'avait tellement affaiblie que je l'avais supplié de m'en donner davantage, de me prendre tout entière.

– Moi aussi. Mais maintenant, ça ne me suffit plus.

Sa voix rauque annihila ma moindre pensée de fuite. Sa bouche s'entrouvrit, sa langue humecta sa lèvre inférieure… Mon cerveau péta un plomb, tandis que ma volonté faiblissait.

Il scella l'instant et dissipa mes dernières hésitations par un baiser exigeant, quoique tendre, auquel je ne pus m'empêcher de répondre, si consciente que je sois de signer ma chute.

Sa détermination transparaissait dans la manière dont il m'écarta les jambes avec douceur, s'installa entre mes cuisses puis fit passer son tee-shirt par-dessus ma tête. Je me retrouvai nue en un clin d'œil, exposée à son regard.

Les lignes nettes de son visage se tendirent, fascinantes, tandis qu'il me détaillait de la tête aux pieds. Calme mais décidé, il prit une fois de plus ma bouche en promenant ses mains sur moi pour se réapproprier la moindre parcelle de mon corps, qu'il connaissait autrefois intimement. Autrefois…

Nos lèvres ne voulaient plus se séparer. Son érection palpitait dans son boxer, contre mon ventre. Sa poitrine se soulevait et retombait au rythme anxieux de mon propre souffle. Le désir brûlant qui me chauffait la peau dissipait la moindre velléité de timidité.

Le doute ne s'en immisçait pas moins dans ce moment, que j'aurais voulu tout entier consacré à un abandon déchaîné.

– On ne devrait pas.

Il se figea.

– Pourquoi, Maya ? Tu me repousses, mais tu ne me dis jamais pourquoi.

J'ouvris la bouche mais ne pus émettre le moindre son. Les mots restèrent bloqués dans ma gorge. Il fallait pourtant que Cameron sache ce qui entrait en jeu de mon côté.

– Tu es trop important pour moi, chuchotai-je.

Lorsque la compréhension adoucit son regard, ma gorge se serra. Je fermai les yeux de toutes mes forces, incapable de dire ce qui devait être dit en le regardant en face.

– Tu m'as brisé le cœur. Je… je voudrais bien être plus forte et faire comme si de rien n'était, mais le fait est que ça m'a détruite. Je ne peux pas revivre ça. Je tiens toujours à toi, mais…

– Maya. (Il prit mon visage entre ses mains pour me faire taire.) On va y arriver, cette fois-ci.

Je tentai de détourner la tête, mais il m'en empêcha.

Il me semblait qu'il demandait l'impossible, vu ce qu'on avait traversé tous les deux. J'aurais aimé y croire, moi aussi, mais la réalité de la situation m'en empêchait. Moi qui m'étais crue capable d'entretenir avec lui une camaraderie superficielle, de céder à l'attirance, peut-être même de revisiter quelques émotions d'autrefois – les bonnes, les « gérables » –, je devais bien admettre que la semaine écoulée avait libéré des sentiments qui n'avaient rien de gérables ni de superficiels. Si je m'investissais dans notre relation et qu'il me quittait de nouveau, un miracle ne suffirait pas à me sauver. Comment aurais-je pu lui donner cette chance ?

– Les choses sont trop différentes. On a changé.

– On a changé, c'est vrai, mais il ne s'est pas écoulé un jour sans que je pense à toi ou que j'aie envie de ta présence. La plupart du temps, je regrettais de t'avoir jamais connue, parce que tu ne m'aurais pas manqué aussi atrocement. Je ne veux pas revivre ça non plus, je t'assure, mais je n'arrive pas à te chasser de mes pensées. (Il hésita, laissant s'attarder ses derniers mots.) Je t'aime, Maya. Je n'ai jamais cessé de t'aimer.

Mon pouls battait à un rythme pesant. La pression de ce grand corps contre le mien m'empêchait brusquement de respirer. L'aveu de Cameron résonnait dans le gouffre profond où j'avais enfoui ma capacité à me donner corps et âme, en me disant que l'élu de mon cœur le chérirait et le protégerait. J'avais pris assez de décisions idiotes dans la vie. Autant ne pas ajouter à la liste celle de coucher maintenant avec Cameron, même s'il m'était difficile de me refuser ce dont j'avais tellement envie – car rien ni personne ne m'avait jamais fait aussi envie.

– La question, c'est de savoir si tu as envie de moi. Si tu as envie de faire l'amour… avec moi…

L'ombre d'un doute obscurcissait son regard.

– J'en ai envie, avouai-je, mais j'ai peur.

J'ai peur de retomber amoureuse de toi. Et de me faire plaquer une seconde fois.

La fierté m'empêcha de faire cette confession à voix haute, mais mon cœur palpitant se serra douloureusement, preuve de la profondeur de mes sentiments. Le doute teintait, hélas, l'amour auquel j'avais succombé plus jeune.

L'élan qui me portait n'en était pas moins intense.

Au fond, tout au fond, je n'avais qu'une envie : me perdre dans cet amour, qui m'apparaissait comme un objet tangible, hérissé des éclats coupants de nos cœurs brisés, mais auquel je me cramponnais malgré ses arêtes aiguisées. Sa force d'attraction était irrésistible, alors qu'il me viderait de mon sang si je laissais Cameron passer outre mes défenses et me blesser encore une fois.

– Moi aussi, j'ai peur, dit-il, mais j'ai plus besoin de toi que je ne crains de te perdre.

Ses yeux rivés à mon visage ne me laissaient pas une seconde pour m'interroger sur ses intentions – les yeux qui avaient transpercé mon âme quand il m'avait demandé de l'épouser.

Je fermai les miens de toutes mes forces pour retenir mes larmes. Comment faisait-il ? Comment arrivait-il à ouvrir mon âme avec des mots ? Et je tombais si facilement…

– Dis-moi oui, murmura-t-il, souffle dansant sur mes lèvres.

Il entrelaça ses doigts aux miens et leva mes bras tandis que je restais allongée sous lui, impuissante, prisonnière de mes aspirations. La douleur aiguë qui avait englouti mes sens et ma lucidité la nuit précédente était de retour, plus vive que jamais. L'étreinte possessive de Cameron m'affaiblissait, la chaleur de son corps m'alanguissait.

J'avais beau mourir de peur, la moindre de mes cellules le réclamait… maintenant : les lentes caresses de ses lèvres sur ma peau, sa vigueur fougueuse plongée en moi… Je m'embrasais. Le désir l'emportait.

– Oui.

Déjà, sa bouche ardente prenait la mienne, qui fit preuve d'autant de passion, en accord complet avec ma décision. Un picotement s'empara de mes lèvres gonflées par ses attentions.

Mon corps se réveilla au fil des baisers qu'il dispersa sur mon épaule puis dans mon cou, de ses suçons et de ses mordillements. Haletante, je me cambrai contre lui, pendant que nos corps brûlants glissaient l'un contre l'autre. Une fièvre dévorante s'insinuait dans ma chair là où elle touchait la sienne. J'avais envie de lui à en avoir mal, une douleur sourde, profonde, que lui seul pouvait soulager.

Il me caressa un sein puis le serra tendrement, en suça la pointe, passa à celle de l'autre… Je m'agitais anxieusement sous lui, toujours prisonnière de son corps.

Une de ses mains descendit jusqu'à mon sexe, dont il explora les plis du bout des doigts. Je me cabrai pour lui faciliter le mouvement et l'inviter à un contact plus intime.

– Tu es déjà prête.

Le désir voilait ses yeux bleus, aux pupilles dilatées. Je me contractai autour du doigt qui explorait et agaçait ma chair.

– J'ai besoin de toi ! balbutiai-je.

C'était bel et bien un besoin, car j'avais dépassé le stade du désir. J'avais besoin de le sentir en moi, quitte à en être brisée. Ça en valait la peine, quelle qu'elle soit.

Je descendis son boxer pour dévoiler son épaisse érection, me mordis la lèvre et laissai glisser mes doigts sur sa hampe brûlante. Lorsque je la serrai doucement, le désir m'envahit, promesse du plaisir qui allait suivre. Il se débarrassa de son short, fouilla dans la table de nuit, déchira fiévreusement la pochette d'une capote puis l'enfila. Je regrettais qu'il subsiste une barrière entre nous, mais le moment aurait été mal choisi pour discuter de nos parcours sexuels respectifs.

Déjà, il était là, son gland pressé contre moi – exactement ce que je désirais depuis une semaine.

J'ondulai pour lui faciliter la pénétration, mais il m'immobilisa à nouveau les bras, ses doigts entrelacés aux miens. J'eus beau me cambrer afin de l'attirer plus avant, folle d'impatience, les talons appuyés à l'arrière de ses cuisses, il me fut impossible de le faire progresser de plus de quelques centimètres.

– Ça fait tellement longtemps… (Il exhala en jouant des hanches.) Tellement longtemps que j'attends ça…

– Plus fort !

Le souffle coupé par le désir, je tordis mes doigts entre les siens. Il s'enfonça en moi lentement, méthodiquement, sans jamais me quitter du regard.

– Je veux te sentir autour de moi. Ça fait trop longtemps…

Le grondement de sa voix vibrait dans mon corps.

– Cameron…

C'était presque une prière, car il me tenait en son pouvoir… j'étais en son pouvoir. Lorsqu'il fut tout entier en moi, j'avalai ma salive pour chasser une brusque envie de pleurer. Quelque chose dans le lien profond qui unissait nos deux corps à cet instant me bouleversait. J'aimais cet homme, même si je ne pouvais le lui dire maintenant. Je l'aimais tant que j'en avais le souffle coupé.

Il se pencha, unit nos lèvres en un baiser possessif, se retira lentement puis me reprit d'une poussée. Je frissonnais à la sensation exquise de son sexe m'emplissant tout entière, encore et encore. Mon corps s'étirait pour l'accueillir, plaisir doux-amer que j'en étais venue autrefois à adorer, à attendre avidement.

Il me souleva par la hanche et m'inclina de manière à me pénétrer plus profond, ce qui me permit de lui passer la main dans les cheveux, sur le torse puis la taille, à laquelle je me cramponnai tandis qu'il allait et venait vigoureusement. Son corps s'écrasait régulièrement contre le mien pendant qu'il me possédait de la manière la plus intime qui soit.

Son gland frottait en moi le point le plus sensible, car son sexe m'emplissait si complètement qu'il ne pouvait le manquer. Un éclair de plaisir me traversait chaque fois, soulagement de ma suave souffrance.

Chacun de ses mouvements me rapprochait du basculement, par la friction rythmique que sa chair infligeait à la mienne. L'arrivée de l'orgasme déclenchait les contractions de mon sexe autour du sien, ce qui rendait sa moindre poussée plus excitante encore. Un cri m'échappa, tandis que ma tête partait en arrière sur l'oreiller.

– Oh, merde !

Il posa le front sur les draps, juste à côté de moi, souffle chaud dans mon cou.

– Tu es tellement sensible…

– Je n'y peux rien, tu es incroyable, balbutiai-je, haletante, l'esprit obscurci par le désir. Ne t'arrête pas, s'il te plaît.

Je l'emprisonnai étroitement entre mes cuisses, décidée à connaître toute sa force quand il se lâcherait.

– Vas-y fort. Je te veux tout au fond de moi.

Un grondement roula contre mon oreille, dont il mordilla le lobe.

– Je vais te faire mal.

– Alors fais-moi mal. Je n'en peux plus d'attendre. J'ai besoin que tu me prennes tout entière.

Lorsqu'il trouva ma bouche, l'intensité du baiser préluda à ce qui allait suivre. Électrisé par mes exigences, Cameron se fit plus brutal pendant que je me cramponnais à lui, périlleusement enroulée autour de son corps puissant. Ses muscles ondulaient sous sa peau au rythme de ses poussées sauvages.

J'aurais voulu hurler, mais je ne me contrôlais plus, la voix et les membres paralysés par un orgasme qui me souleva tout entière. Quand le cœur de mon être explosa, mes poumons se remplirent enfin, et un cri vacillant me fut arraché en même temps que les derniers lambeaux de ma résistance.

Malgré l'ivresse du plaisir, je restai attentive à Cameron, car je voulais le voir jouir à son tour. Ses dents se serrèrent, ses yeux se fermèrent, il jura. Son sexe plongea une dernière fois en moi jusqu'au plus profond de mon corps, puis il se figea.

– Maya…

Un gémissement guttural lui échappa avant qu'il s'effondre sur moi, la verge palpitante des répliques qui nous secouaient tous deux.

Il me serra dans ses bras, le cœur battant contre ma poitrine, preuve de la folle énergie qui courait en nous mais qu'il cherchait à apaiser en dispersant sur ma peau des baisers haletants. Mes doigts jouaient avec ses cheveux humides. Le moindre contact était aussi bienvenu que bienfaisant.

Baignée de béatitude, d'un contentement enivrant, je fermai les yeux pour traquer le souvenir du plaisir puis les rouvris en sentant Cameron bouger. Il s'était accoudé au matelas, le visage éclairé par un sourire paresseux, auquel je répondis.

– Oui, quoi ?

– Rien de tel qu'une petite partie de jambes en l'air élaborée pendant cinq ans pour se réconcilier.

Le rire me prit. La pesanteur de l'épuisement s'évanouit en moi, me laissant accueillir la chaleur de mon compagnon et un bonheur tout simple. Je me sentis plus légère, momentanément dépouillée de mes défenses. Les sobres souvenirs de notre passé s'éclaircirent, comme si le soleil perçait les nuages. Je me rappelais parfaitement cette impression. C'était notre amour.

CAMERON

On passa un bon moment au lit à somnoler. Je n'avais aucune envie de me lever, si ça revenait à mettre entre nous plus de distance que nécessaire. Maintenant que je la tenais, il n'était plus question que je la lâche.

Son dos contre mon torse, quasi découverte, elle dormait – je le savais au souffle régulier qui soulevait sa poitrine. Ça paraissait impossible, vu ce qui s'était passé la nuit précédente et cet après-midi même, mais je n'avais pas encore remarqué le tatouage imposant qui ornait son dos. Je repoussai les couvertures pour le dévoiler en entier puis suivis du bout du doigt les tracés de l'encre noire, légères crêtes de chair évoquant des cicatrices. Que pouvaient bien signifier le vol d'oiseaux charbonneux qui décollaient sur le flanc de Maya et les branches anguleuses qui prenaient naissance au creux de ses reins ?

Autant qu'elle ait changé, elle n'avait pas l'air du genre à marquer son corps par caprice. En fait, elle n'avait pas l'air du genre à se faire tatouer, mais elle était vraiment pleine de surprises. La nouvelle Maya restait extrêmement mystérieuse.

Une brusque envie de l'embrasser me saisit. Je pressai mes lèvres sur son épaule puis descendis le long de son bras, lentement, tendrement, pour ne pas l'effrayer si elle se réveillait. Chaque baiser me permettait aussi d'inspirer sa chaleur et son odeur. Sa peau m'enivrait, d'une douceur veloutée que je n'avais jamais trouvée chez une autre. Son corps voluptueux me fascinait davantage que tout autre. Les doigts me démangeaient de l'envie de m'en emparer, de l'attirer à moi, sur moi, avant d'enfouir mon sexe dans la chaleur du sien. Mon désir se réveillait déjà. Des heures ? Ça ne suffirait certainement pas !

Elle s'était donnée à moi. Jamais je n'avais éprouvé un besoin aussi impérieux de posséder quelqu'un physiquement. On avait passé la semaine à esquiver l'attirance mutuelle qui nous liait, et je n'avais franchement pas apprécié les conseils de Darren, pourtant inspirés, quand il m'avait dit de faire ce qu'on avait envie de faire. Maintenant, on allait voir ce que ça allait donner. Au départ, il n'entrait pas dans mes intentions de dire à Maya que je l'aimais – je ne l'avais peut-être pas encore admis en mon for intérieur ; mais quelque chose avait changé entre nous, et les mots étaient sortis tout seuls.

C'était toujours comme ça, avec elle. Une impulsion familière, une avidité à laquelle j'étais trop idiot pour résister, parce que je l'avais satisfaite autrefois. Mon corps et mon esprit refusaient de se passer du paradis qu'ils avaient connu, l'incarnation de l'amour.

Je promenai paresseusement le doigt sur un minuscule oiseau noir aux ailes déployées. Maya remua puis regarda par-dessus son épaule de ses beaux yeux bruns.

Ma poitrine se contracta presque douloureusement, comme si un coup de poing venait de me couper le souffle.

– Tu es magnifique, murmurai-je.

Elle se retourna, les sourcils froncés, les lèvres étirées par un sourire hésitant.

– J'en doute.

Quand elle tira sur les couvertures pour se couvrir les seins, je les tirai dans l'autre sens, plus bas encore qu'à l'origine, puis la caressai, fasciné par ses courbes et contours.

– Tu n'as jamais été plus belle. J'adore. Pas de maquillage, coiffée en pétard… Tu as l'air de sortir d'une folle nuit d'amour, et ça te va bien.

– Ah, d'accord… (Elle secouait la tête, amusée.) Je suis hideuse, c'est ça.

– Tu es belle.

Je l'embrassai en suivant à tâtons la courbe des branches, dans son dos.

– Qu'est-ce que ça veut dire ?

– Quoi donc ?

– Le tatouage.

Elle hésita, le regard plus vif, me noua les bras autour du cou et se rapprocha de moi.

– C'était stupéfiant, tout à l'heure. Je me demande comment j'ai réussi à me passer de ça aussi longtemps.

Son souffle me réchauffa la bouche. Elle tira un bout de langue pour le passer le long de ma lèvre inférieure, avant de l'attraper entre ses dents avec douceur. Un gémissement m'échappa quand elle humecta ensuite le fourmillement laissé par sa morsure. Mon sexe se réveilla, prêt à l'honorer. Je l'attrapai par les hanches en refoulant, non sans peine, la brusque envie de m'enfouir en elle sans plus attendre.

Mais qu'est-ce qui se passe ? Le tatouage. Mon cerveau passa la marche arrière. Maya cherchait à éviter le sujet, mais je n'en insistai pas moins :

– J'aimerais bien que tu m'en parles. Tu l'as depuis quand ?

Elle se laissa aller sur le lit, détendue, les yeux assombris comme par un souvenir désagréable.

– Depuis longtemps.

– Mais encore ?

Un soupir m'apprit qu'elle renonçait à feinter.

– C'était une très mauvaise période pour moi. Tu n'étais plus là et… il y avait autre chose…

– Alors tu as décidé de commémorer ça par un tatouage ? demandai-je, plein de curiosité.

Elle détourna les yeux, les sourcils froncés.

– Non, ce n'est pas comme ça que ça se passe. Je suppose que c'est difficile à comprendre…

Son corps se raidit dans mon étreinte, tandis qu'une certaine froideur s'insinuait entre nous. Je la pris par le menton pour tourner son visage vers moi.

– Je ne comprends pas, mais j'aimerais bien. Aide-moi, Maya.

Ses lèvres pincées m'avertirent que la résistance s'était remise en place.

– S'il te plaît.

Je caressai la courbe de sa bouche. Elle inspira lentement.

– Pour moi, il y a dans cette encre quelque chose de purifiant, de presque cathartique. Il faut prendre la décision, puis subir la douleur et attendre la guérison. Pas seulement au niveau de la peau, physiquement, mais aussi intérieurement. Ça m'a aidée à guérir. Je me rappelle le jour où j'ai touché le dessin et où j'ai senti l'esquisse d'une cicatrice. Je m'étais décidée sur un coup de tête, mais quelque chose dans le tatouage m'a donné la force dont j'avais besoin à ce moment-là.

– Il est immense. Ça a dû faire un mal de chien.

– Je m'y attendais. (Elle haussa les épaules.) Et je ne suis pas sûre que j'aurais ressenti le même apaisement si je n'avais pas eu mal.

J'acquiesçai en essayant d'intégrer ce qu'elle venait de m'expliquer. Moi, j'avais pris des risques pour venir à bout de mes démons, pas pour les commémorer.

– Ça te paraît sans doute étrange, reprit Maya, mais ç'a été une sorte de rite de passage. Ce tatouage me rappelle où j'en étais à l'époque, sans que ça n'ait rien de triste. Il signifie que je suis une survivante, que je me suis sortie d'une période difficile en un seul morceau.

Ses lèvres tremblaient, et elle triturait le bord des couvertures. C'était la première fois qu'elle se montrait aussi ouverte avec moi, depuis toujours peut-être. Ma vision d'elle, de son âme, se fondait de plus en plus dans celle de mes souvenirs : l'ange blond aux yeux bruns que j'avais aimé s'était transformé, sa flamme avait gagné à la fois en intensité et en noirceur, comme si son chemin l'avait obligé à traverser une grande ombre glacée qu'il essayait de distancer depuis quatre ans.

– Il y a des moments où tu n'as pas l'air heureuse du tout. Je manque d'éléments de comparaison, mais tu étais vraiment plus malheureuse, à l'époque ?

– Oui, nettement. Je t'avais perdu et…

Elle déglutit avec difficulté puis se mordit la lèvre, ce qui en rougit la pulpe rose vif. Bouleversé par le souvenir de notre séparation, je l'embrassai sur l'épaule, dans l'espoir d'oublier au plus vite cet épisode. Sa peau chaude, d'une douceur de fleur, embaumait un parfum subtil. Ce corps brûlant et passionné, marqué de symboles sombres, abritait l'âme de Maya mais recelait aussi les secrets de son passé. Quelles autres vérités me révélerait-il, quand elle consentirait à ne plus m'écarter de ses pensées les plus profondes ?

Je résistai à l'envie de laisser ma bouche errante lui arracher les cris qu'elle m'avait offerts un peu plus tôt. Il restait bien des mystères enfouis en elle, je ne pouvais m'en désintéresser.

– Tu as dit qu'il y avait autre chose… Quoi donc ?

Elle me donna une légère poussée et je m'écartai, lui

laissant la place de s'asseoir. Elle se leva sans me laisser le temps de l'attirer à nouveau contre moi, ramassa sa robe par terre et l'enfila. Le tissu la moulait à la perfection.

– Où vas-tu ?

– Je rentre. Eli doit se demander où je suis passée.

Bon argument… À vrai dire, je me demandais pourquoi son téléphone ne sonnait pas frénétiquement. Elle avait passé la journée chez moi, alors qu'on n'avait prévenu personne de notre départ de la boîte. Elle aurait pu se trouver n'importe où, avec n'importe qui. Peut-être les autres s'étaient-ils dit la nuit dernière qu'on la terminerait ensemble – ou alors elle découchait souvent.

Les souvenirs de la veille dansaient dans mon esprit. Celui où l'inconnue l'embrassait s'imposa brusquement. Je serrai les poings, furieux de la manière dont elles s'étaient exhibées ; j'avais failli casser la figure aux voyeurs.

– Ça t'arrive souvent de disparaître, le samedi soir ?

La question était sortie avant que j'en imagine les implications ou même songe à tempérer la déception et les sous-entendus dont était chargé le moindre mot.

Maya me jeta un regard froid, sans bouger un cil. Le regret se planta dans mes tripes. Elle ramassa son sac à main et enfila son manteau.

– Au revoir.

XII

MAYA

Je rentrai à l'appartement en taxi, pressée de fuir Cameron.

Son ton moralisateur m'avait exaspérée, surtout après une journée pareille. Je m'étais mise à nu, du point de vue émotionnel autant que physique. Résultat : il m'avait balancé ma mauvaise conduite à la figure.

Je passai le reste de la journée à mijoter dans mon jus, car mon téléphone gardait un silence menaçant. Maintenant que Cameron m'avait sautée, peut-être allions-nous revenir à la réalité. La colère enrobait en moi la vulnérabilité brute dont il était la cause. J'aurais aimé balayer cette faiblesse, l'enfouir très profond ; mais comment l'aurais-je pu, alors qu'il m'avait capturée, dépouillée grâce à sa propre franchise ? Il avait dit qu'il m'aimait. Je ne l'aurais pas cru s'il n'avait pas été qui il était, mais je le croyais. Je ne doutais pas que sa chute soit aussi brutale et rapide que la mienne.

N'empêche, son silence me déstabilisait. Je me demandais à quoi il pensait, et je détestais me sentir sur la défensive. Il me fallait m'accommoder d'un éventuel rejet et forger lentement mon assurance pour ne pas être rattrapée par le passé. Cette fois, je ne laisserais pas piétiner mes sentiments. Je l'aimais, indéniablement, mais j'allais tester l'eau de la pointe du pied avant d'y plonger. Il m'était encore possible d'échapper à la noyade.

Il m'appela le lendemain matin, pendant que je me rendais à mon travail. Je ne décrochai pas et ne répondis pas davantage aux quelques textos qui suivirent : il m'avait laissée un peu trop longtemps seule avec ma rancune. Mais quand mon téléphone bipa de nouveau, à près de midi, je me jetai dessus, prête à jouir des questions pressantes de Cameron. C'était Jia.

« Passe à mon bureau avant de sortir. »

Une chaleur nerveuse me picota la peau – honte et embarras mêlés, crainte de perdre mon poste à cause de ma conduite. Les trente minutes qui me séparaient encore de mon déjeuner avec Vanessa passèrent au ralenti, sans que j'arrive à me concentrer sur mon travail. Incapable d'en supporter davantage, j'allai frapper discrètement à la porte de Jia. Lorsqu'une voix étouffée s'éleva de l'autre côté du battant, je l'ouvris, hésitante. La jeune femme tapait sur son clavier à toute vitesse, mais elle s'interrompit à ma vue.

– Entre, et ferme la porte.

J'obtempérai, avant de prendre place sur une des chaises disposées en face d'elle. Le décor n'avait rien à voir avec l'opulence entourant Kevin Dermott ; mais Jia bénéficiait tout de même d'un bureau individuel, avec coin salon où installer ses visiteurs, à mille lieues des masses téléguidées parquées dans l'enclos commun.

Son mail terminé, elle releva les yeux. Je tournai et retournai dans ma tête un certain nombre d'excuses, sans trop savoir lesquelles choisir, car j'ignorais à quel niveau se situait le scandale du samedi sur son échelle des comportements à éviter. Autant me jeter à l'eau…

– Je suis désolée, Jia. Pour l'autre soir. J'étais saoule, je ne pensais plus clairement…

– Tu crois que je t'ai convoquée pour ça ? s'étonna-t-elle.

– Euh… oui. Je veux dire…

– N'y pense plus, Maya. Sérieusement. On s'amusait. Moi, en tout cas, je me suis éclatée. Je n'irais pas le crier sur les toits pendant la sauterie de Noël, évidemment, mais il n'y a pas de quoi fouetter un chat.

– Bon. Merci… de la discrétion, je suppose.

– De même.

Pendant qu'elle redisposait les papiers qui couvraient son bureau, un petit sourire prétentieux aux lèvres, un malaise inattendu éclipsa mon soulagement. Comment pouvait-elle être aussi indifférente à une inconvenance pareille ? J'avais embrassé l'assistante du vice-président de l'entreprise sous le nez d'une bande d'inconnus libidineux ! Ce n'était pas franchement correct ; c'était même le genre de comportement impulsif que seul mon moi ivre osait tenter. Je ne l'aurais jamais reconnu, mais malgré l'alcool dont j'étais imbibée à ce moment-là, je savais que je n'aurais pas dû. J'étais encore assez maîtresse de mes pensées pour avoir un minimum de jugeote et me conduire autrement. La nonchalance de Jia me sidérait.

– Pourquoi voulais-tu me voir, alors ? demandai-je, après un silence.

– Pour le contrat. Il va sans doute falloir travailler tard toute la semaine. J'espère qu'on en aura terminé avant les vacances, mais rien n'est moins sûr. Ça te va quand même ?

– Mais oui, acquiesçai-je, pas de problème.

– Super. Je voulais vérifier, parce que Kevin risque

de s'énerver si tu n'es pas assez disponible. Je trouverai quelqu'un d'autre au cas où, tu sais.

– Je n'ai pas de petite famille pour m'attendre à la maison. Rien ne risque de m'empêcher de terminer ce qui doit l'être.

Je regrettais d'avoir à reconnaître ma solitude, mais la franchise la plus basique allait sans doute, en l'occurrence, m'avantager. À cette époque de l'année, les obligations familiales constituaient l'excuse numéro un. Autant assurer à Jia que ce n'était pas un problème en ce qui me concernait.

– Parfait. Voilà qui est réglé. (Elle s'adossa à son fauteuil, un stylo appuyé à ses lèvres pleines.) Comment ça s'est passé avec ce type, alors ? Vous avez disparu super vite.

– Cameron ? Euh… bien.

Un sourire séducteur incurva sa bouche. Ses yeux brillèrent.

– Il est du genre jaloux, hein ?

– Apparemment.

J'étais mal placée pour critiquer cette tendance-là.

– Eh bien, j'espère que ça va marcher.

La voix douce de Jia était un peu plus hésitante, à présent. Sans doute l'angoisse qui s'emparait de moi à la seule évocation de Cameron ne lui avait-elle pas échappé.

– Tu as prévu quelque chose pour ce midi ?

– Oui, avouai-je en jetant un coup d'œil à ma montre. Demain, peut-être ?

Elle acquiesça en me libérant d'un geste. Sitôt en possession de mon sac à main, je me précipitai aux ascenseurs avec le bétail des box puis descendis dans le grand hall du rez-de-chaussée, où une rouquine manifestement stressée me rejoignit.

– Tu as l'air de mauvais poil, fis-je remarquer à Vanessa.

– J'en ai marre de ces conneries, cracha-t-elle.

Je la comprenais si bien ! Moi, au moins, je pouvais maintenant espérer que ma situation s'améliore, alors qu'elle restait prise dans la ronde sans fin des caprices de Reilly, lequel exigeait en plus qu'elle garde le sourire.

On franchit la porte à tambour en silence, et je n'avais pas plus tôt mis le pied sur le trottoir que mes yeux se posèrent sur Cameron, adossé à un panneau, les chevilles croisées. Mais pourquoi avait-il toujours aussi fière allure ? Je gémis en mon for intérieur pendant que nous approchions de lui.

Il souriait en me faisant la bise, alors que je m'étais raidie, consciente d'être dans un lieu public… et toujours furieuse de ses insinuations.

Je m'écartai aussitôt d'un pas pour me placer en sécurité.

– On allait déjeuner, avec Vanessa. Qu'est-ce qui t'amène ?

– Je peux me joindre à vous ? Je vous invite.

La proposition s'accompagnait d'un sourire séducteur qui me court-circuita le cerveau. J'aurais vraiment aimé continuer à lui en vouloir, mais il ne m'aidait pas. Le coup d'œil interrogateur que je lançai à Vanessa ne me valut pour toute réponse qu'un haussement d'épaules. Je soupirai, et Cameron nous emboîta le pas en direction d'un bistrot.

– Alors, mesdemoiselles, comment se porte l'élite de la finance américaine, aujourd'hui ? s'enquit-il pendant qu'on s'installait à table avec nos sandwichs.

– Tu t'en charges ? proposai-je à Vanessa.

– Résumons-nous : elle en a marre, dit-elle. Reilly s'imagine manifestement qu'il est de mon devoir d'organiser de A à Z cette saleté de soirée de Noël.

– Je regrette franchement d'être obligée d'y aller, avouai-je.

Cette seule pensée m'était pénible.

– Tu as intérêt à y être, parce que je vais me casser le cul dessus, prévint-elle, menaçante.

– J'y serai. Kevin a insisté.

– Qui ça ? intervint Cameron.

– Mon supérieur. Un connard. Presque aussi haut placé que celui de Vanessa, lequel se trouve au sommet des connards de la boîte.

– Vous avez vraiment l'air de vous éclater, toutes les deux.

Ni Vanessa ni moi n'avions rien à répondre à ça. C'était la vie.

– C'est quand, cette fête ?

– Jeudi soir. (Vanessa avait été plus rapide que moi.) Tu devrais accompagner Maya. Ce serait sans doute un peu plus supportable.

Je résistai à l'envie de l'enguirlander. Elle était à cran, et elle n'avait pas la moindre idée de ce qui se passait entre Cameron et moi.

– Avec plaisir. Si Maya veut bien de moi, évidemment.

– Je ne suis pas sûre de faire grande impression en y allant avec un de mes ex.

La grimace de Monsieur m'apprit que ma remarque avait porté. Peut-être n'aimait-il pas être traité d'« ex », lui non plus. Un regret me pinça le cœur, mais Vanessa reprit la parole sans me laisser le temps d'adoucir mes propos.

– On y gagne à être en couple, tu sais. Il me semble avoir lu quelque part que les gens mariés avec enfants étaient perçus comme plus stables quand il était question d'avancement.

– Dommage, dis-je en levant les yeux au ciel. Je ne suis pas sûre d'arriver à me marier et à faire des enfants à temps pour cette petite sauterie. Mais merci du renseignement.

Cameron lâcha un rire. Nos regards se croisèrent une seconde, et ce que je lus dans le sien ne me plut pas : possibilités, promesses, rêves auxquels on avait renoncé. Le téléphone de Vanessa sonna, interrompant cet instant de connivence.

– Allô ?

Son attitude avait complètement changé : elle se tenait très droite, les épaules raidies, les yeux fixés au loin, attentive à son interlocuteur.

– Oui, je suis sortie déjeuner.

Une voix masculine étouffée se déversa de son portable. Elle serra les dents, leva les yeux au ciel, articula en silence « Et merde et merde et merde ! », avant de plaquer sur ses lèvres un sourire exaspéré.

– D'accord, je m'en occupe tout de suite.

Le coup de fil terminé, elle reprit son sac à main.

– Désolée, vous deux. Il faut que j'y aille, j'ai une course à faire pour la huitième Merveille du monde.

– Reilly ? s'enquit Cameron.

– Gagné.

Elle se leva, les épaules voûtées, puis s'éclaira quelque peu.

– On se voit à la fête, alors ?

Quand il me jeta un coup d'œil interrogateur, je tapai nerveusement du pied, agacée d'être prise au piège par le cours inattendu des événements : il m'était impossible de refuser sans provoquer un malaise.

– D'accord.

– J'y serai, assura-t-il, souriant.

Vanessa partit sur un au revoir rapide, en jetant sa

moitié de sandwich restante à la poubelle, et je tripotai nerveusement ma montre : pour une fois, j'aurais voulu que la grande aiguille soit plus rapide. À regret, je mordis dans mon propre sandwich : j'aurais préféré aller toute seule au Delaney's. Un verre m'aurait fait du bien.

– J'ai appelé, finit par dire Cameron.

– Je sais.

– Et envoyé des textos.

Je hochai la tête en évitant son regard.

– Tu veux bien m'expliquer pourquoi tu m'évites ?

– Ce n'est pas parce que je ne saute pas sur mon téléphone chaque fois que tu veux me parler que je t'évite. Je vis juste ma vie. Ne va pas croire que je suis ta petite copine au motif qu'on a couché ensemble.

– Tu joues les glaçons avec tous les gens qui partagent ton lit, ou j'ai droit à un traitement de faveur ?

Je soupirai. Où qu'on aille à partir de là, ça n'allait pas me plaire. J'avais sous-estimé le malaise qui allait s'installer entre nous… et qui expliquait mon refus d'aller au-delà d'une nuit de baise en « fréquentant » qui que ce soit : ça m'évitait de justifier ma froideur. Mais, évidemment, Cameron contrevenait à toutes les règles – du seul fait qu'il était Cameron.

– En principe, je n'ai pas à le faire, parce que la situation est claire dès le départ.

– Et quelle est la situation ?

– Franchement, je n'en sais rien. Elle évolue en permanence. On était censés être amis puis…

– Attends, attends. C'est ça, l'amitié ?

Il se pencha vers moi, interrogateur, en agitant la main entre nous.

– Moi, je ne crois pas que des amis se conduisent comme ça.

– Voilà pourquoi c'est une mauvaise idée.

Je levai les mains, agacée, puis m'adossai à mon siège. Si seulement j'avais pu lui faire comprendre mes doutes…

– Pourquoi éprouves-tu le besoin de m'éloigner de toi ? Où est la Maya que j'ai connue autrefois ? On n'a jamais, jamais été comme ça.

– Je suis désolée de devoir t'annoncer la nouvelle, répondis-je en ricanant, mais la Maya que tu as connue autrefois est morte. Si tu t'attends à la retrouver dans cette histoire, ne te donne pas cette peine.

– Je ne te crois pas. Tu te la caches à toi-même, mais ce que tu caches n'est pas mort.

Je croisai les bras, exaspérée par cette affirmation. Jusqu'au moindre mot.

– Depuis quand es-tu aussi butée, bordel ?

Je serrai les dents en le couvant d'un regard noir, décidée à ne pas céder d'un iota. N'empêche qu'il avait raison. On ne s'était jamais disputés comme ça avant. Il nous arrivait de ne pas être d'accord et de nous chamailler, mais on n'était pas vraiment antagonistes. Alors que maintenant nos souvenirs communs alimentaient soit notre désir, soit nos déchirements. Notre relation s'était transformée en guerre, et je mourais de peur de la perdre. Cameron cherchait trop profond en moi une de mes facettes que je refusais de laisser voir.

– Ce n'est pas ce que je veux, affirmai-je.

Il resta un instant silencieux, les yeux fixés sur moi, tandis que je me préparais au round suivant.

– Sans vouloir te vexer, tu n'as aucune idée de ce que tu veux avant que je t'embrasse, et à partir de là je peux te garantir qu'on veut tous les deux la même chose.

– Ce n'est pas la question. Mais j'aimerais bien que ça se limite au cul, je t'assure.

– Vraiment ? demanda-t-il d'une voix trop douce, parfaitement figé.

– Ça ne peut pas être aussi simple.

– Pourquoi essayer d'en faire quelque chose de simple, alors ? Je ne rentrerai jamais dans les petites cases complètement aberrantes où tu ranges les hommes.

Je me penchai vers lui, brusquement furieuse.

– On parle de moi, là. De ma vie. Tu ne peux pas arriver comme ça, tout fanfaron, et me dire qui je suis censée être ou aimer. Autant arrêter les frais et éviter de souffrir.

– Il faut un cœur pour souffrir, non ?

La chaleur qui m'envahit me rendit les mains moites. On aurait dit que la température venait de monter d'un coup.

– Tu as entièrement raison. Je ne suis pas sûre d'en avoir un. Tu l'as brisé en mille morceaux il y a cinq ans.

Cela dit, je jetai ma serviette sur la table. Quelque chose se tordit dans mon ventre, annihilant ce qui restait de mon appétit. Je ramassai mes affaires, fonçai vers la porte et repris le chemin du bureau d'un pas vif, pressée de regagner mon box. Cameron me rattrapa quelques secondes plus tard.

– Attends, Maya.

Il me prit par le coude pour me faire pivoter vers lui puis m'attira à l'écart du flot des piétons sans que je cherche à me dégager : au fond, ce n'était pas tant la distance physique qui m'importait que l'espace émotionnel. Quant à lui, inquiétude et frustration se lisaient sur ses traits.

– Pourquoi passes-tu ton temps à me fuir ?

– Et toi, pourquoi es-tu là ?

Ma voix faiblissait. Je repoussai sa main, mais il me rapprocha de lui au point que nos torses se touchent puis passa un bras autour de ma taille pour m'attirer contre lui.

– Je suis là parce que tu me manquais. J'avais besoin de réfléchir un peu, mais je sentais que tu m'échappais, encore une fois. Je ne voulais pas attendre je ne sais combien de temps avant de te parler et de savoir où on en était tous les deux.

Il passa ses doigts écartés dans mes cheveux, le pouce sur ma joue.

– Tu crois vraiment que ça en vaut la peine ? demandai-je. Franchement ? On n'en a pas assez bavé ?

Lorsqu'il leva mon visage vers lui, son regard brûlant plongea dans le mien, dur et décidé.

– Arrête avec ces âneries, Maya. On en vaut la peine. Tu en vaux la peine, toi. Ce qu'il y avait entre nous… sauver une partie de ça en vaut la peine, oui. J'en suis sûr.

– Moi pas, avouai-je en secouant la tête.

– Les doutes, ça suffit.

La dureté de sa voix me surprit.

– Les conneries, ça suffit. Fais le tri dans ta tête, maintenant, parce que je ne vais pas m'en aller. Et si tu essaies de te sauver, je te préviens que je serai juste derrière toi.

– Mais…

– Il n'y a pas de « mais » qui tienne. On y va. Je ne peux pas te promettre que ce sera facile, mais j'ai vécu l'enfer sans toi, ça ne peut donc que s'arranger. Pas question que je te lâche, cette fois-ci.

Il me fallait reprendre mon souffle et trouver les mots justes. Cameron ne me laissait pas la moindre marge, au contraire : il me tenait dans ses griffes, aussi bien émotionnellement que physiquement. Je me raidis contre la tornade de doutes et de passions qui se déchaînait en moi. Mes lèvres frémissaient, je tremblais, mais le froid n'y était pour rien.

– Il m'est impossible de défaire ce que j'ai fait, reprit-il d'une voix radoucie. Mais je tiens à ce que tu saches que je t'aime. (La tristesse brilla dans les profondeurs bleues de ses yeux.) Tu ne peux pas savoir combien je regrette ce qui s'est passé entre nous. Ce que ça nous a fait à tous les deux. S'il faut que je passe le reste de ma vie à te demander de me le pardonner, je le ferai.

J'ouvris la bouche pour répondre. Rancune, regrets, amour – un amour profond, déchirant… un torrent d'émotions m'avait emportée à ses mots. Le barrage céda, et les larmes coulèrent, trop rapides pour que je les arrête. Mes défenses s'effondraient. Mes angoisses bouillonnantes remontaient à la surface.

– Et si ça ne marche pas ?

– Ça marchera.

– Tu ne peux pas en être sûr.

– Tout ce dont je suis sûr, c'est que je t'aime. Il va falloir que ça suffise.

– Arrête, l'implorai-je.

Chacune de ses paroles ouvrait en moi une nouvelle blessure, exposait une émotion brute depuis longtemps enfouie, mais je me cramponnais à ma colère. Ça ne me plaisait pas qu'il se désole, je le voulais méchant, prétentieux, pour continuer à le détester et à dissimuler mon cœur en lieu sûr.

– Je le dis parce que c'est vrai. Et je sais que tu m'aimes encore, toi aussi.

Il resserra son étreinte, sa voix rauque trahissant l'intensité de ses sentiments.

– Tu n'es pas obligée de le dire, je le lis dans tes yeux. Je le vois par instants, quand tu n'essaies pas de faire semblant de ne rien éprouver.

De petits sanglots m'échappaient, et peu m'importait qui me voyait dans tous mes états sur ce trottoir new-yorkais bondé, comme le genre de fille que j'aurais juré ne plus être. Comment ce type pouvait-il me faire un effet pareil ?

Il me réduisit au silence en m'embrassant tendrement, un baiser qui sapa mes forces et me coupa le souffle, mais auquel je répondis.

– Tout ira bien, je te le promets, murmura-t-il.

Je l'attrapai par son manteau pour l'attirer au plus près de moi. Après cette crise, viendraient le soulagement et l'acceptation de l'amour qu'il m'inspirait. Je le savais, au fond de moi. L'homme que je cherchais désespérément à fuir était le seul être au monde capable de me rendre mon intégrité.

XIII

CAMERON

– Ton appart s'améliore vraiment. Tu devrais peut-être continuer à héberger Olivia, en fin de compte.

Darren faisait tranquillement le tour de la pièce, les mains dans les poches, pour évaluer les progrès de la journée. Olivia lui jeta un coup d'œil agacé en rejetant dans son dos les mèches sombres de sa queue-de-cheval puis continua à promener sur le mur son rouleau plein de peinture.

Je dissimulai un sourire. On ne se lassait jamais de la taquiner, Darren et moi.

– C'est vrai que ça commence à ressembler à quelque chose, admis-je. Je vois enfin le bout du tunnel.

Le réagencement avait bien avancé, ces dernières semaines, parce que Olivia s'activait, s'occupait des bricoles, m'asticotait et, pour finir, m'aidait à gérer les détails les plus subtils afin de transformer mes bonnes intentions en actes. Les parquets, les fenêtres, les moulures et la cuisine du deuxième niveau étaient terminés. Restaient la peinture et les finitions.

– La semaine prochaine, on passe au troisième niveau. Tout devrait être parfait pour Noël, dit-elle.

– OK, acquiesça Darren. Et on prendra le petit déj ici ? Moi, je n'ai pas été très sage, ça m'étonnerait que le père Noël m'apporte quelque chose.

Sans répondre, Olivia passa au rouleau la dernière portion du mur.

– Tu as quelque chose de prévu, toi ? lui demandai-je.

– En fait, je crois que les parents vont venir. Ça leur fera sans doute plaisir de voir l'appart terminé.

J'échangeai un coup d'œil avec Darren : *Oh, supeeer !* On croisa tous les deux les bras, tandis qu'il laissait échapper un rire bref mais dénué d'amusement.

– Génial. Merveilleuse annonce. Ça fait longtemps que tu as ça dans les tuyaux, Olivia ?

Elle haussa les épaules sans répondre.

– Tu te rends bien compte qu'on parle de ce week-end ? demandai-je d'une voix qui trahissait mon irritation croissante à la pensée de cette visite.

– On aura fini, d'ici là.

Elle nous rejoignit, un sourire joyeux plaqué sur les lèvres.

– Il faudra juste acheter quelques meubles et arranger un peu tout ça. Maman a beau être une maniaque finie, je suis sûre qu'elle sera impressionnée.

– Je me fous de l'état de l'appart et des gens qu'il impressionne ou pas, coupai-je. Je veux juste savoir ce qui t'a fait penser que tu pouvais inviter quelqu'un ici sans m'en parler. On est chez moi, figure-toi.

– Tu me le répètes assez.

Son ton sec faisait écho au mien.

– Je sais que tu as un problème avec eux, mais ce sont quand même nos parents. On ne peut pas les éliminer de notre vie.

– Tu plaisantes ? ripostai-je en riant. C'est bien toi qui étais prête à partir de chez eux en courant, non ?

Ça ne fait que quelques semaines, et ils te manquent tellement que tu éprouves le besoin de les inviter ?

– Je ne les ai pas invités, d'accord ?

Il me fallut quelques secondes pour tenter d'imaginer un autre scénario.

– Eh bien, moi non plus, c'est sûr. Ils connaissent parfaitement ma position.

Elle baissa les yeux vers ses pieds nus et se mordit la lèvre.

– Je me demande si je n'ai pas dit en passant que tu revoyais Maya. Maman doit s'inquiéter.

Les mots s'enfoncèrent dans mon esprit, accompagnés de l'incrédulité absolue qu'ils suscitaient.

– Dis-moi que c'est une blague.

Olivia releva la tête, les yeux écarquillés, l'image même de l'innocence.

– De toute manière, elle avait envie de nous voir. Et une fois sa décision prise, impossible de l'en faire démordre. J'ai essayé, pourtant. Quoi qu'il en soit, ils se sont organisés, alors autant s'y faire et en profiter.

Je me passai rageusement les mains dans les cheveux et me mis à tourner en rond dans la pièce. Quelle idée d'avoir proposé à Olivia de venir vivre ici ! N'importe quoi. Darren avait beau être une plaie, il ne lui arrivait pas à la cheville.

– Ne t'énerve pas, s'il te plaît, implora-t-elle.

– Comment veux-tu que je ne m'énerve pas ? D'abord tu saoules Maya avec tes manières de nounou, et ensuite il faut que je les supporte, eux ? J'ai passé trois ans à esquiver les balles et à croiser les doigts pour ne pas me faire tuer ou mutiler par une bombe, mais tu t'imagines que j'ai besoin d'anges gardiens ? Tu crois vraiment que vous allez me protéger ? Parce que dans ce cas il faut que tu comprennes bien une chose : ma relation avec

Maya, et les risques qu'elle implique, sont très, très loin des dangers que j'ai affrontés là-bas. Tu ne sais pas de quoi tu parles.

J'inspirai à fond. Olivia paraissait toute petite, face à ma colère, mais elle serrait les lèvres avec détermination.

– C'est à cause d'elle que tu es parti, dit-elle tout bas.

Je serrai les dents et me contraignis à laisser passer quelques secondes avant de répondre, de crainte d'être trop brutal. Lorsque enfin je le fis, ma voix était calme et nette.

– C'est là où tu te trompes. Je suis entré à l'armée pour leur échapper, à eux, et me forger une vie qui ne dépendait pas des portes qu'ils ouvraient, eux.

– On en est là tous les deux, intervint Darren en avançant d'un pas.

S'il y avait bien quelqu'un qui connaissait ma trajectoire, c'était lui. J'allai me planter devant Olivia.

– Écoute-moi bien. L'appartement ne sera pas prêt à Noël. Mais le plus important, c'est que je ne suis pas prêt, moi. Les parents et moi, on se reverra quand je le serai. En attendant, c'est toi qui vas t'occuper d'eux. Tu as foutu le bordel, tu le gères. Dis-leur qu'on est pris ailleurs, Darren et moi, ou quelque chose comme ça. Franchement, je me fiche de ce que tu leur racontes, mais je ne les verrai que quand j'en aurai envie et que j'y serai préparé.

– D'accord, mais quand ? Ça fait presque un an.

– Je te préviendrai.

MAYA

La semaine me parut à la fois très courte et très longue. Les jours se télescopaient. Je ne me rappelais pas avoir jamais subi une pression aussi forte, sauf peut-être pendant mes dernières semaines de fac.

D'une certaine manière, pourtant, travailler en permanence me donnait de l'énergie. Faire équipe avec Jia m'avait ouvert les yeux. J'avais découvert un côté plus doux de sa personnalité, mais du point de vue professionnel elle était impitoyable. Malgré sa politesse, surtout vis-à-vis de ses pairs et de ses supérieurs, comme Kevin, elle ne perdait pas son temps en mondanités. Elle avait pris en main les aspects du contrat qu'on nous avait confiés, mais à peine en était-on venues à bout qu'elle avait étendu notre champ de travail et notre domination, jusqu'au moment où il était clairement apparu qu'on représentait à nous deux le pivot de l'accord.

Les tendances tyranniques de Kevin s'étaient nettement amenuisées. Jia lui jetait parfois des coups d'œil entendus, qui m'incitaient à croire que le changement ne lui avait pas échappé. Peut-être même l'avait-elle anticipé, douée comme elle l'était. Je détestais toujours ce salopard, mais je le trouvais beaucoup plus supportable depuis qu'on passait du temps ensemble.

Si excitantes que soient ces nouvelles possibilités professionnelles, j'étais épuisée. Ce soir-là, une longue journée empiétait une fois de plus sur la nuit. Je mourais de faim, les yeux fatigués par les heures passées à contempler l'écran de l'ordinateur et les colonnes de chiffres. J'avais d'ailleurs envoyé un texto à Cameron un peu plus tôt pour le supplier de m'apporter à manger quand le groupe se séparerait, à l'heure du dîner.

– Allez ! lança enfin Kevin, on fait une pause le temps de manger.

– Super, dit Jia en se levant. Tu as faim, Maya ?

– J'ai l'estomac dans les talons, mais Cameron doit passer. Il attendait qu'on fasse une pause.

– Ah, d'accord. Tu veux qu'on te rapporte quelque chose ?

– Non, merci. Il s'en charge.

– Vous pouvez aller dans mon bureau, si vous voulez, murmura-t-elle en se penchant vers moi pour que je sois seule à l'entendre.

J'ouvris de grands yeux.

– On en a au moins pour une heure. J'y veillerai.

Sur ces mots, elle m'adressa un clin d'œil puis fit signe aux autres de lui emboîter le pas et sortit de la salle de réunion.

J'attendis quelques minutes pour être sûre de leur départ puis gagnai la réception, où je trouvai Cameron plongé dans un des ennuyeux magazines financiers laissés à disposition. Un pull noir à col en V soulignait les lignes vigoureuses de ses bras et de son torse, sous le creux émouvant de son cou. Je dus maîtriser une folle envie d'y poser un baiser, de remonter et… Un pincement familier me tordit le bas-ventre, tandis que mon regard descendait de plus en plus bas – le jean tendu par les cuisses puissantes, les jambes allongées devant le fauteuil…

Renonçant à m'interroger sur le nom des muscles dissimulés par ses vêtements, je plongeai dans ses yeux bleus lumineux. Mon estomac se contracta, mais la fatigue et la faim n'étaient pas seules en cause : il m'avait vraiment, vraiment manqué.

Notre dernière rencontre avait été si bouleversante que je voulais à présent émousser les arêtes coupantes de la conversation. Chacun de nous avait jeté des mots blessants à la tête de l'autre ; il m'avait fait mal, et je n'avais pas été tendre non plus – peut-être d'ailleurs s'était-on dit des choses qu'on avait envie de se dire depuis longtemps. Maintenant que c'était fait, il voulait toujours de moi, malgré mes défauts, et je voulais toujours de lui, malgré notre histoire douloureuse. Mais, au moment même où j'étais prête à prendre un nouveau départ, le travail avait envahi la moindre minute de mon existence.

Le voir ce soir constituait un bonheur d'une intensité exceptionnelle, et le sentiment renouvelé qu'il était mien fit monter un sourire à mes lèvres. Il se leva à mon approche, m'obligeant à me hisser sur la pointe des pieds pour l'embrasser. Comme à un signal, mon estomac gronda.

– Rassure-moi, tu m'as apporté à dîner ?

– Oui.

Il brandit un sac en papier brun que je considérai d'un œil soupçonneux, car il ne comportait ni logo de fast-food ni taches de gras.

– Viens, on peut aller dans le bureau de Jia.

– Jia ? répéta-t-il, les sourcils froncés.

Repoussant le souvenir embarrassant de la boîte de nuit, je passai mon bras sous celui de Cameron pour l'entraîner jusqu'à la petite pièce, dont je fermai la porte à clé derrière nous.

– Qu'est-ce que tu m'as pris ? J'espère que c'est bon.

– Un sandwich qui va te changer la vie. Entièrement bio.

Je levai les yeux au ciel, gémissante.

– Pitié ! Tu veux me tuer, avoue.

– Arrête de te plaindre, je suis sûr que tu vas aimer.

Il s'assit sur le canapé du coin salon, où je le rejoignis.

Aucun sandwich n'avait la moindre chance de me changer la vie, et le bio ne me plaisait jamais autant que les cochonneries industrielles pleines de gras, mais mon estomac gronda une fois de plus pendant que mon compagnon sortait du sachet deux paquets enveloppés de papier d'aluminium. Trop affamée pour discuter, je lui en pris un, déballai mon sandwich sans autre forme de procès et mordis vigoureusement dedans.

– Waouh ! OK, je reconnais qu'il est vraiment bon, avouai-je d'une voix étouffée par la mastication, avant de penser à me couvrir la bouche de la main.

Poulet et avocat, accompagnés d'une sauce extraordinaire mais que je n'aurais su définir. Je n'y connaissais pas grand-chose en cuisine.

– Tu vois.

Cameron souriait. Clairement, il aimait avoir raison.

– Alors, comment avance le travail ?

– Bien. De toute façon, il faut qu'on termine tôt demain, à cause de la fête. Ça nous fera du bien. Tu viens toujours ?

– Tu me demandes de te fréquenter ?

– Oui, admis-je, amusée. De toute manière, il me faut du renfort.

– Tu veux que je brutalise quelqu'un ? s'enquit-il.

Je terminai mon sandwich en riant puis le fis descendre avec un des jus de fruits qu'il avait apportés.

– J'espère que ce ne sera pas nécessaire. On devrait s'en tirer sans ça. Mais si Reilly s'en prend encore à Vanessa sous mon nez, je te jure que je l'étends.

– Terrifiant. J'imagine très bien la scène. Tu es devenue tellement teigneuse.

Le rouge me monta aux joues. Son regard me rappelait que j'avais été différente : jeune, innocente, effrayée par le monde. Une vague de fatigue m'engloutit, et je me renversai en arrière, les yeux clos, en laissant ma tête rouler sur le dossier du canapé.

– Eh, ho, tu es là ? appela-t-il.

Je rouvris les yeux.

– Je plaisantais, mais te voilà muette. J'ai encore

dit quelque chose de monstrueux sans m'en rendre compte ?

– Non.

Je lui pris la main.

– Je ne sais pas. Quand on est ensemble, il m'arrive d'avoir des flashs de ma vie d'autrefois. On change, c'est inévitable. Mais par moments ça m'attriste.

– Pourquoi ?

– À l'époque, j'étais naïve, je ne connaissais pas grand-chose, mais tout me semblait possible. De mon point de vue, le monde entier nous était ouvert, tu comprends ? La vie n'était pas toujours parfaite, mais par certains côtés, si.

– Ça me fait cet effet-là aussi.

– Et si on n'arrive pas à retrouver cette magie ?

Je traçais de petits cercles dans ses mains, sur les cals rugueux de ses paumes.

– Si je ne suis pas celle que tu veux, au fond, parce que j'ai changé ?

Il me prit par la taille pour m'attirer sur ses genoux puis tripota une de mes mèches égarées.

– Tu es exactement celle que je veux, d'accord ? Tu me surprends, et ça me plaît. Ce n'est pas parce qu'on a changé qu'on est moins faits l'un pour l'autre. On a tous les deux vécu beaucoup de choses depuis cette époque. Laisse-nous le temps de les digérer avant de te mettre à redouter le pire, OK ?

Mes mains voletèrent sur son torse et les courbes amples de son corps musclé. La fascination qu'il exerçait sur moi était aussi complète qu'autrefois. J'en avais assez vu et assez vécu depuis cinq ans pour me persuader que personne ne me toucherait plus au cœur, mais je m'étais trompée comme jamais.

CAMERON

Sa main m'enveloppa la nuque, tandis que sa langue m'humectait les lèvres. Chacune de ses caresses légères me transmettait son désir, chacun de ses effleurements humides et de ses mordillements alimentait le mien, flamme éclatante qui avait crû en ardeur depuis notre dernière rencontre.

Mes bras se resserrèrent autour de sa taille. Ma bouche écrasa la sienne. Elle gémit tout bas, et ses doigts se crispèrent dans mes cheveux. Je laissai mes mains errer sur ses fesses, ses cuisses, le tissu satiné de son corsage, sous lequel ses mamelons se dressaient. Quand j'emprisonnai un de ses seins à travers la fine barrière de ses vêtements, la pointe en glissa sous ma paume. Maya remua sur mes genoux, ce qui ne fit qu'augmenter la pression de ses fesses sur ma verge.

Déjà, des visions d'un érotisme torride me traversaient l'esprit. J'avais beau avoir une vague conscience de l'impossibilité d'aller plus loin dans un lieu aussi inapproprié, elle me manquait tellement que j'en avais mal.

Mon corps la désirait douloureusement, bien sûr. Mais il arrivait aussi quelque chose à mon cœur quand on était ensemble comme ça, serrés l'un contre l'autre. Sans doute des composés chimiques libérés par mon cerveau me rappelaient-ils ce qu'était le bonheur, le vrai : le bonheur – j'aurais même pu parler de béatitude – parvenait jusqu'à moi en sa présence, dans les moments de calme où on ne se disputait pas, où on ne se rendait pas fous à force de ressasser le passé et les conditions d'un avenir commun. Je lui avais bien dit qu'en ce qui me concernait notre relation n'était pas négociable. Avec un peu de chance, ça nous permettrait de faire la paix, au lieu de poursuivre la lutte acharnée à laquelle elle m'avait condamné pour retrouver le chemin de son cœur.

Mes doigts pressants se glissèrent dans son entrejambe, où ils trouvèrent l'endroit sensible à travers son pantalon. Lorsque je le frottai, une petite exclamation étouffée lui échappa. Ses lèvres, entrouvertes sur un souffle haletant, quittèrent soudain les miennes. Elle attrapa de ses mains fébriles le bas de mon pull.

– Enlève-moi ça.

– Tu es sûre ? demandai-je, la clarté de mes pensées sérieusement affectée par son ardeur.

– Allez !

Le temps que je sorte la tête des plis du pull, elle s'était laissé glisser à genoux par terre, devant moi. Ses mains remontaient à l'intérieur de mes cuisses, enveloppaient ma semi-érection à travers mon jean. J'expirai lentement, en cherchant à reprendre le contrôle de mon cerveau et de mon bon sens.

– Je ne crois pas que ce soit une bonne idée. Quelqu'un risque d'entrer.

– J'ai fermé à clé. Et le sandwich était un peu léger.

Elle se lécha les lèvres, séductrice. Mes testicules se contractèrent douloureusement.

– Mais qu'est-ce que tu racontes ?

– Je veux te prendre dans ma bouche. J'y pense depuis ce matin. Fais ça pour moi.

– Si tu me le demandes de cette manière, comment veux-tu que je dise non ?

– Je ne veux pas.

Baissant la tête, elle posa à travers mon jean, le long de mon sexe, une succession de baisers haletants et brûlants. Je serrai les dents en sentant ma résolution vaciller.

Une seconde plus tard, Maya avait débouclé ma ceinture, ouvert ma braguette, et je me levais à demi le temps qu'elle tire sur mon pantalon pour libérer ma verge. Elle l'entoura d'une main et la caressa avec douceur, pendant que son autre main courait sur mon ventre, dont les muscles se contractaient par anticipation du plaisir.

Sa langue joua sur mon gland. Le sang lui était monté aux joues, ses lèvres humides luisaient. Si dur que fût déjà mon sexe, il grossit encore en disparaissant dans la chaleur soyeuse de sa bouche.

J'expirai brusquement en me retenant de jurer, tant la sensation était intense.

Elle me prenait de plus en plus profond, par caresses de plus en plus fermes de sa bouche ardente. Chacun de ses gestes, chacun des frétillements experts de sa langue me rapprochaient de l'orgasme.

Puis elle me libéra brusquement pour me prendre cette fois dans sa main. Ses lèvres gonflées, son souffle court et ses yeux brillants exprimaient notre désir commun.

– Ça va ? m'inquiétai-je.

– Tu es tellement impressionnant. Ton corps, tout.

Un sourire idiot me fendit le visage, puis je ris tout bas.

– Je me demande ce qui enfle le plus vite, mon sexe ou mon ego…

– Je crois que je sais…

Lorsqu'elle baissa de nouveau la tête, son visage disparut derrière ses cheveux. Elle se fit omniprésente, main caressant la base de ma verge, bouche en abritant toute la longueur, langue se livrant à une petite danse époustouflante. Le lent effleurement de ses dents m'électrisa, puis elle aspira fortement, à plusieurs reprises. Je n'allais pas supporter ça longtemps…

– Oh oui, comme ça !

Un grognement m'échappa, tandis que mon poing se refermait dans ses cheveux pour guider ses mouvements. J'avais envie de rejeter la tête en arrière, les yeux clos, afin de jouir des sensations aiguës qu'elle me dispensait, mais elle me fascinait tant que je préférai écarter ses cheveux de son visage. Comment aurais-je pu renoncer à la regarder, alors qu'elle me donnait du plaisir avec tant de générosité et de sensualité ?

Lorsque ses ongles me griffèrent la cuisse, je me cambrai contre sa bouche. Mon gland heurta le fond de sa gorge, et je perdis toute maîtrise de moi-même. Mes abdominaux et les muscles de mes cuisses se contractèrent de manière quasi douloureuse. Un sursaut agita mes hanches. Je me répandis dans sa bouche, à présent suave et douce puis me laissai aller en arrière, la tête dans les mains, étourdi au creux de cette soudaine obscurité. Sa langue glissa tendrement sur mon gland, caresse légère qui suffit à me secouer d'une véritable décharge électrique.

Je me penchai vers elle, la pris par les bras et l'attirai près de moi sur le canapé, mais elle n'en resta pas inerte pour autant : des baisers légers me parcoururent l'épaule et le cou, effleurements d'une langue toujours aussi excitante.

Je m'écartai, car j'avais le tournis.

– Arrête. Sérieux. Je n'en peux plus. Tu me rends dingue.

– La meilleure pipe de ta vie ? demanda-t-elle tout bas, amusée.

Je reposai la tête sur le dossier du canapé, encore haletant.

– Incontestablement. Tu es la meilleure !

Un sourire de satisfaction étira ses lèvres, tandis que la joie brillait dans ses yeux. On aurait dit un chat content de lui. Je l'attirai contre moi, nos lèvres se frôlant, et glissai à nouveau la main entre ses cuisses, mais elle la chassa.

– Laisse-moi faire, implorai-je. Je veux te voir jouir.

– Demain, dit-elle en me posant le doigt sur les lèvres.

– Je ne peux pas attendre jusque-là.

– Mais si. Demain, promis, tu me fais jouir tant que tu veux.

XIV

CAMERON

C'était un mensonge. « Demain » fut englouti par une longue journée de travail qui me vola Maya. On s'était donné rendez-vous à la fête de Noël organisée par sa boîte, mais je décidai au dernier moment de ne pas la retrouver là-bas. J'avais besoin de la voir avant de partager son attention avec tout un tas d'inconnus collet monté.

Quand Eli m'ouvrit, la surprise lui écarquilla les yeux.

– Salut, Cameron. Elle finit de se préparer.

Il montrait du doigt la chambre de Maya, où je me rendis avec une satisfaction tranquille : enfin ! Elle se tenait devant un miroir mural en pied, vêtue d'une robe cocktail tout juste enfilée.

– Tiens, qu'est-ce que tu fais là ? s'étonna-t-elle en me voyant apparaître dans la glace, au moment où elle mettait ses boucles d'oreille. Je croyais qu'on se retrouvait là-bas ?

Je lançai mon manteau sur le lit et allai me planter derrière elle.

– Ce n'est pas mon genre. Et puis je ne voudrais pas

que les gens me prennent pour un simple copain, censé t'aider à obtenir une promotion en faisant semblant d'être ton mec.

Un sourire courba ses lèvres rouges.

– Voilà qui pose la question. Comment dois-je t'appeler ? Je vais sans doute te présenter à quelques personnes.

Je passai l'index dans son dos, notamment sur l'agrafe de son soutien-gorge, à moitié tenté de l'ouvrir. Après tout, j'étais en avance.

– Voyons voir… Et si tu disais M. l'Impressionnant ? Ça me plaît bien. Évidemment, le mot est tombé de tes lèvres à un moment où elles me faisaient beaucoup d'effet.

Lorsque je me penchai pour l'embrasser au creux de la nuque, son pouls s'emballa contre mes lèvres. Son parfum floral m'emplit les poumons, arôme enivrant charriant un flot de souvenirs. Elle frissonna sous la caresse, réaction qui ne fit qu'aiguiser la tentation.

Je me redressai néanmoins : il ne fallait pas que je me laisse emporter.

– Tu veux que je monte ta fermeture ?

– S'il te plaît.

Je fermai sa robe, désolé que les choses n'évoluent pas plutôt dans l'autre sens. Lorsqu'elle se tourna vers moi, son regard me détailla de la tête aux pieds, tandis que ses lèvres s'entrouvraient.

– Toi aussi, tu es superbe, murmurai-je, très conscient ce soir de notre admiration mutuelle. Délicieuse, même.

Je me penchai à nouveau pour l'embrasser, mais elle m'esquiva.

– Arrête, tu vas me mettre dans tous mes états avant même qu'on sorte.

– Ça ne me pose aucun problème, assurai-je,

incapable de m'empêcher d'explorer les courbes de son corps à travers le satin de sa robe.

Elle attrapa mes mains errantes, mais je l'attirai contre moi, lui ôtant tout doute éventuel sur l'effet qu'elle me faisait.

– Non, sérieux, comment je te présente ? insista-t-elle d'une voix hésitante.

Je traçai une ligne imaginaire sur sa joue, puis son menton.

– Comme ton compagnon. Ça devrait aller, pour l'instant.

Mes yeux se posèrent sur sa bouche rose pulpeuse, capable de tant de choses, dont je suivis du doigt la courbe inférieure. Lorsque sa langue l'humecta, je glissai impulsivement l'index entre ses lèvres, qui se refermèrent autour, avant qu'elle en lèche la pulpe sensible puis le suce brusquement.

Ma main se crispa sur sa taille, tandis que mon érection se pressait contre sa hanche.

– Ça va être long, cette sauterie ?

Elle fredonna tout bas, souriante, pendant que je retirais mon doigt.

– Quelques heures, pas plus.

– Je vais compter la moindre minute avant que tu sois sous moi.

– Que d'empressement…

– Ce n'est absolument pas le mot juste.

– On est fébrile ?

– Peut-être.

– Et d'où vient cette fébrilité ? chuchota-t-elle, provocante, en me frôlant les lèvres d'un baiser.

Bien décidé à lui faire regretter la question, je pris sa bouche avec autant de passion que je voulais en mettre à la prendre tout entière.

– Je vais te le dire. De l'idée de te caresser jusqu'à ce que tu sois trempée et que tu jouisses à ne plus en pouvoir.

– Oh… souffla-t-elle, haletante.

– Là, tu me supplieras de te pénétrer.

Elle ferma les yeux et se mordit les lèvres. Ses hanches ondulaient, à présent.

– Fort. Encore et encore, grondai-je. L'autre jour, je n'ai eu qu'un avant-goût de toi. Il me reste du temps à rattraper.

Elle expira brusquement. Le désir animal qui palpitait en moi embrumait aussi son regard.

– Promis ? chuchota-t-elle, les lèvres frémissantes.

– Je te promets que je te prends ici et maintenant si on ne sort pas tout de suite de cette chambre et que tu ne m'empêches pas de succomber à mes envies.

MAYA

Il conduisait d'une main négligente, l'autre fermement posée sur ma cuisse, dont il caressait la peau sensible au-dessus du genou.

Je frottai nerveusement mes doigts contre le cuir lisse de mon siège et tentai de me concentrer sur la route, le flux et le reflux de la circulation. Le spectacle ne suffisait pas à écarter les visions suscitées par les promesses lascives de Cameron. J'avais tellement envie de lui que j'en tremblais, mais il avait eu assez de volonté pour m'entraîner dehors.

Son arrivée avait suffi à me couper le souffle. Je le trouvais aussi irrésistible que d'habitude, dans son costume noir, mais d'une manière différente. Maintenant, une petite voix me chuchotait de lui faire faire demi-tour, d'oublier la soirée et d'aller tout droit au lit. Sauf que Kevin Dermott me clouerait au pilori et que je ne pouvais pas laisser tomber Jia, après ce qu'elle avait fait pour moi.

– Tu es nerveuse, non ?

– Un peu.

Jusqu'ici, j'étais allée à ce genre de soirées dans l'intention de papoter avec les quelques personnes que je connaissais déjà. Jamais je n'y avais vu une occasion de me créer un réseau et de faire progresser ma carrière.

– Ça t'ennuie que je t'accompagne ? reprit Cameron.

– Non, au contraire, je suis contente que tu sois là. Je ne rigolais pas en disant qu'il me fallait du renfort.

Sa présence me rassurait, même s'il allait sans doute se sentir encore moins à sa place que moi.

– Tu te débrouilleras très bien, assura-t-il en me pressant brièvement le genou.

Lorsqu'il s'arrêta sous la marquise de l'hôtel, le voiturier ouvrit nos portières. On gagna la grande salle, où je cherchai des yeux un visage avenant parmi les centaines d'invités et repérai Vanessa, en grande discussion avec un employé de l'établissement.

À notre approche, son attitude se fit plus amicale.

– Vous voilà enfin !

Elle m'étreignit brièvement, avant de faire la bise à Cameron.

– Tout va bien ? m'enquis-je.

– Jusqu'ici, oui.

Je n'eus pas le temps d'en demander davantage, car Jia arrivait.

– Maya ! (Elle m'effleura la joue d'un baiser.) Tu es époustouflante.

Le soulagement qui m'avait envahie quand je l'avais repérée dans la foule s'évanouit à la pensée de ce qui s'était passé la seule fois où Cameron nous avait vues ensemble. Leurs regards conjoints me mettaient mal à l'aise. Elle lui jeta un coup d'œil interrogateur – il nous dominait de sa haute taille, et le costume le rendait encore plus imposant, plus impressionnant, même si je savais au fond que ce n'était pas son genre.

Je me raclai la gorge dans l'espoir de retrouver ma voix.

– Jia, je te présente Cameron. Mon, euh... compagnon. Cameron, je te présente Jia, l'assistante du vice-président de l'entreprise.

Cette information ne s'imposait pas, mais je voulais donner une tournure formelle à ce petit rituel. Je me sentais franchement embarrassée.

– Enchantée de faire votre connaissance.

Jia serra la main tendue de Cameron, qui hocha la tête sans mot dire.

– Je peux vous emprunter Maya une minute ?

Il arqua un sourcil, tandis qu'elle passait son bras sous le mien, souriante.

– On a quelques personnes à saluer.

À voir le regard qu'il me jeta, on aurait dit qu'il lui fallait mon feu vert pour me confier à la garde de Jia. Je répondis par un sourire rassurant à sa question muette.

– Je serai au bar, me dit-il enfin.

Je lui serrai brièvement la main avant de laisser Jia m'entraîner loin de lui et me propulser dans l'animation de la soirée.

– Champagne ? me proposa-t-elle en prenant au passage une flûte sur un plateau.

– Non, merci, ça va.

– Tu es sûre ? Tu as l'air un peu nerveuse.

– Je le suis, mais ça va.

Un verre m'aurait aidée à me détendre, mais il me fallait garder la tête sur les épaules. Heureusement, la volonté était là, et j'avais Jia pour m'aider.

– Alors, Cameron… C'est officiel ?

Je jouai nerveusement avec ma pochette.

– Oui, je suppose. On tâtonne un peu.

Elle sirota une gorgée de champagne en jetant un coup d'œil au bar, où il se tenait, son large dos tourné vers nous. Je soupirai en mon for intérieur : ah, retirer ce costume et dévoiler l'homme qu'il dissimulait…

– Il a l'air plutôt passionné, reprit-elle.

– Il lui arrive de l'être.

Et, à vrai dire, j'appréciais. J'adorais, même. Quand il me regardait comme s'il plongeait jusque dans mon âme, rien d'autre n'avait plus d'importance. Personne ne m'avait jamais vue telle qu'il me voyait ; personne ne m'avait jamais connue telle qu'il me connaissait. Personne.

CAMERON

Maya passait de groupe en groupe, accompagnée de Jia. Cet univers m'était étranger, et j'espérais sincèrement pour Maya que tout allait bien. Son travail n'avait pas l'air de lui plaire, mais les choses changeraient peut-être si elle établissait les bons contacts. Dommage que Jia en fasse partie. Cette fille avait quelque chose qui ne me revenait pas. Chaque fois qu'elle me regardait, ses yeux bruns aigus prenaient discrètement ma mesure, comme si elle cherchait à me situer. Maya avait le bon sens de rarement parler d'elle, mais je savais qu'elles se voyaient beaucoup au bureau.

– Cameron ! lança derrière moi une voix féminine sensuelle.

Lorsque je me retournai, Jia me gratifia d'un sourire oblique.

– Tiens, Jia, répondis-je sans chaleur. Où est passée Maya ?

– Elle discute. J'ai décidé de la laisser se débrouiller toute seule un moment.

Quand elle pencha la tête vers moi, mes poils se hérissèrent. Peut-être n'aurais-je pas dû éprouver pour elle une antipathie pareille, mais bon, la première fois que je l'avais vue, elle roulait une pelle à la femme de ma vie.

– Maya est très en beauté, ce soir, ronronna-t-elle en jetant un coup d'œil par-dessus son épaule.

Rien n'était plus vrai : le satin noir de sa robe mettait merveilleusement en valeur la peau laiteuse de Maya. Jia m'examina ensuite de haut en bas d'un air suggestif, pendant que je dansais d'un pied sur l'autre en regrettant d'avoir à subir sa présence : je ne connaissais personne d'autre, mais ce n'était pas franchement une amie.

– Toi aussi, tu es superbe, Cameron.

Lorsqu'elle suivit du doigt la couture de ma veste, je m'emparai de mon verre pour y boire une longue gorgée d'ambre liquide, alors que je mourais d'envie de repousser sa main. Maya n'avait pas besoin d'action, ce soir. Je lui avais promis de la soutenir.

– Tu t'es bien amusé, en boîte ? reprit Jia.

– Je ne suis pas pressé de recommencer, répondis-je avec un haussement d'épaules.

– Vraiment ? Vous êtes partis tôt. Ça n'a pas dû être si mal.

Je me refusai à croiser son regard et à mordre à l'hameçon.

– On devrait sortir à trois, un de ces jours. Ce serait sympa.

Elle s'humecta la lèvre inférieure en m'adressant un sourire séducteur, qui ne fit qu'alimenter mon agacement croissant.

– Qu'est-ce que vous faites, plus tard ?

J'inspirai à fond. Combien de temps allait-elle continuer, avec ses questions ?

– On rentre à la maison, je pense.

– Je vis dans le coin. Vous devriez venir prendre un verre.

– Non, merci.

Lorsqu'elle se pencha vers moi, son parfum m'enveloppa.

– Pas la peine de faire semblant, avec moi, murmura-t-elle en me frôlant de la hanche.

De l'extérieur, son attitude avait sans doute l'air normale, voire détendue, mais le moindre de ses gestes me semblait plein de sous-entendus.

– Je ne sais pas à quoi tu penses, Jia, mais ça ne m'intéresse pas, et Maya non plus, je peux te l'assurer.

Elle haussa un sourcil en jetant un nouveau coup d'œil par-dessus son épaule.

– Je n'en suis pas si sûre. Elle est peut-être un peu plus curieuse que tu veux bien le croire. Ce serait marrant.

Je me raidis. Les orientations sexuelles d'autrui me laissaient d'habitude indifférent, mais il n'était pas question que je partage l'amour ou le corps de Maya ! Jia avait beau peindre un tableau aux couleurs des fantasmes de M. Tout-le-Monde, Maya n'inviterait personne d'autre que moi dans son lit.

Mon interlocutrice fit glisser sa main sur mon bras puis le serra légèrement.

– Eh, détends-toi. Tu réfléchis trop. Tu ferais ce que tu voudrais. Nous prendre toutes les deux ou juste regarder. Ça ne te plairait pas de voir une amie la faire jouir ?

La pensée qu'une autre femme fasse des avances à celle que j'aimais me parut si bizarre que je restai sans réaction – heureusement pour Jia, ou je l'aurais traînée dehors par les cheveux. J'inspirai lentement, afin de garder mon calme et de ne pas céder à ma seule envie : la repousser, avant de ramener Maya à la maison pour lui montrer très précisément que je serais désormais le seul à lui donner du plaisir.

– Je te remercie de ta proposition, Jia, mais avec tout le respect que je te dois, ça n'arrivera jamais.

– Je ne suis pas une menace, tu sais, s'amusa-t-elle. Tu prends les choses bien trop au sérieux.

Je me redressai de toute ma taille et lui fis vraiment face, décidé à lui prouver que ses petites ruses mesquines ne me faisaient ni chaud ni froid.

– Tu veux coucher avec ma compagne. Je le prends effectivement au sérieux. Mais elle te considère comme une amie, donc je vais te le dire poliment, une fois. Laisse tomber, sinon…

– Sinon quoi ?

J'expirai entre mes dents pour étouffer un grondement.

– Je ne doute pas que des tas de gens ici s'intéressent à ce que tu essaies de faire.

Ses yeux se plissèrent, tandis que son attitude sensuelle se raidissait un peu.

– Les menaces en l'air sont inutiles. J'ai compris.

Sa gorge se tendit quand elle avala une gorgée de champagne, sans me quitter des yeux.

– Tu es possessif, ce qui est bien compréhensible. Elle est ravissante. Et je vois que tu tiens à elle.

– Je tiens énormément à elle. Et je ne fais pas de menaces en l'air.

– C'est quoi, cette histoire de menaces ?

Le retour de Maya détourna mon attention de Jia et des explications que je lui donnais. L'arrivante nous examina tour à tour, perplexe. Nous n'avions l'air enchantés ni l'un ni l'autre, mais elle ne savait évidemment pas pourquoi.

– Tiens, je demandais justement à Cameron s'il voulait passer boire un verre plus tard, mais il semble que vous ayez d'autres projets, lança Jia en lui adressant un sourire plus franc. Remarque, ce n'est peut-être pas plus mal : il y a quelques personnes que je n'ai pas vues depuis un moment. Amusez-vous bien, tous les deux. À demain, Maya.

Elle déposa un baiser sur la joue de ma compagne en me jetant un coup d'œil narquois, avant de disparaître dans la foule.

Je serrai les dents et refoulai la brusque envie de prendre Maya dans mes bras, seul endroit où elle serait à l'abri des hypocrites qui faisaient mine de lui vouloir du bien.

– Mais enfin, qu'est-ce que c'était que ça ?

– Allons-nous-en. Tu es venue. Ils ne s'attendent quand même pas à ce que tu socialises toute la nuit, hein ?

Je voulais partir avant de faire un scandale. Ça me surprenait réellement d'être disposé à aller aussi loin pour son bien, et, malgré mon envie de la protéger, j'étais dangereusement près de ruiner l'avancée professionnelle dont elle rêvait. Alors que je ne voulais surtout pas la handicaper de ce point de vue-là – ni d'aucun autre.

– Oh, on peut y aller, oui. Mais tu veux bien m'expliquer ?

Soucieuse, elle effleura du bout des doigts les rides

gravées dans mon front. J'inspirai longuement, afin de me détendre, lui pris la main, la retournai et en embrassai tendrement la paume, avant de la garder dans la mienne.

– On en parlera en rentrant.

Je n'avais aucune envie de lui donner les détails de la proposition de Jia, mais ma colère ne fit que croître au fil du trajet. À notre arrivée chez Maya, les mots qui m'échappèrent furent plus brutaux que prévu.

– C'est une salope.

Maya sursauta et se figea, pendant que je continuais à faire les cent pas au pied de son lit.

– Qui, Jia ?

– Oui.

– Tu lui en veux de nous avoir invités à boire un verre ?

– Elle ne voulait pas boire un verre, elle voulait organiser une petite orgie à trois, et ça ne m'intéresse pas. Méfie-toi d'elle, et garde tes distances.

– Ah… dit Maya tout bas – trop bas.

Je m'approchai pour lui prendre la main comme s'il s'agissait d'une planche de salut, d'un moyen de lui faire comprendre la situation sans qu'elle m'en veuille.

– C'est une manipulatrice. Il ne faut pas lui faire confiance.

– Qu'est-ce que tu en sais ? demanda-t-elle en s'écartant de moi, mais sans me quitter des yeux.

Je secouai la tête en me passant les mains dans les cheveux. Si seulement elle avait vu la tête de Jia au moment où elle m'avait fait sa proposition…

– Je le sais, c'est tout.

Maya frissonna et recula, le regard rivé sur ses chaussures.

– Qu'est-ce qu'il y a ? Tu as froid ?

– Tu devrais y aller.

– Pourquoi ça ?

– Je vais avoir une longue journée, demain. Il faut qu'on en finisse avec ce contrat avant les vacances, si possible.

– Le contrat dont s'occupe Jia.

Elle prit mon manteau sur la chaise et me le tendit.

– Maya…

– Merci de m'avoir accompagnée ce soir. Je te suis reconnaissante de ton soutien. Vraiment.

Je balançai le manteau de côté et me rapprochai d'elle au point de sentir contre moi la chaleur de son corps. Elle se retrouva coincée contre le mur, irradiant la frustration, mais aussi une tension sexuelle quasi palpable.

– Tu n'as pas à me dire quoi faire, reprit-elle d'une voix à peine moins tranchante.

– Ah non ?

En ce qui concernait Jia, je n'étais pas de cet avis.

– Depuis qu'on se revoit, tu passes ton temps à me donner des ordres, et maintenant tu veux en plus décider de mes fréquentations. Tu crois vraiment que j'ai besoin de quelqu'un comme ça dans ma vie ?

– Tu as besoin de quelqu'un comme ça dans ta vie, parce que personne ne te dit la vérité. Et quand tu fais des conneries, j'ai bien l'intention de te mettre le nez dessus. Si tu estimes que je te donne des ordres, tant pis. Et à part ça, je ne m'en vais pas, je suis sûr que tu le sais déjà.

Lorsque son regard vacillant croisa le mien, je lus en elle toute sa vulnérabilité ; mais la douce jeune fille effrayée ne resta là qu'une fraction de seconde avant d'être balayée par l'impassibilité.

– Tu oublies à qui tu parles, dit-elle.

– Ça y est, tu recommences.

– Quoi donc ?

– Tu te caches.

Je promenai le doigt sur la ligne dure de son menton et le pouls qui battait dans son cou puis posai la main au creux de sa nuque, mais elle l'en arracha, les yeux étincelants. J'attrapai sa main et la pressai fermement contre le mur, avant d'en faire autant de l'autre quand elle voulut me repousser.

Elle me fixait à présent d'un regard noir, les narines palpitantes. Je réprimai un sourire. C'était si facile de l'énerver ! Malgré le pincement de sa bouche d'un rose parfait, sa poitrine se soulevait et retombait violemment, elle ne pouvait s'empêcher d'observer mon corps, nos lèvres se touchaient presque. Ma rage, alimentée par la frustration et le besoin de la posséder, valait bien la sienne. Je soutenais son regard furieux, la défiant de le détourner pour se cacher, une fois de plus.

– Quelle rebelle…

– Tu ne t'y attendais pas, hein ?

– Non. Je ne m'attendais pas non plus à ce qu'une dispute m'excite, d'ailleurs.

Je m'humectai les lèvres avec l'envie de goûter les siennes mais me contins, prolongeant la pause sur ce terrain neutre périlleux.

– Si vraiment les disputes t'excitent, on a un sacré problème.

Souriant, je laissai mes mains glisser le long de ses flancs avant de les plaquer sur ses fesses.

– Je suis bien d'accord. Mais, d'un autre côté, tu pourrais faire bon usage de cette étincelle.

Je la rapprochai de moi.

– Tu devrais y aller, souffla-t-elle, les yeux mi-clos.

Vu la conviction qu'elle y avait mise, elle aurait aussi bien pu me demander de la prendre.

– Je t'ai fait des promesses que j'ai la ferme intention de tenir.

Je l'empoignai par la cuisse, posai ma jambe sur ma hanche et la plaquai contre le mur avec un choc sourd. Une petite exclamation étouffée lui échappa, tandis que ses poings se crispaient dans ma chemise, avant que je couvre le peu d'espace qui nous séparait encore et colle mes lèvres aux siennes. Nos bouches se prirent, brûlantes, se transmettant l'une à l'autre le désir flamboyant qui nous incendiait. Je la soulevai de terre, nouai ses jambes à ma taille et l'emportai jusqu'au lit.

XV

MAYA

Il ne lui fallut que quelques secondes pour nous déshabiller et me poser sur le lit, en dessous de lui, avant d'installer son corps musclé entre mes jambes. Ses caresses fermes, presque calculées, étaient si lentement administrées qu'elles m'emplirent d'une excitation enivrante. Ses lèvres traçaient sur ma peau un chemin paresseux, mais provocant.

J'étais à lui, oui. Je l'aimais et le détestais tout à la fois, parce qu'il ne me laissait jamais la possibilité de fuir. Lorsque je l'attrapai par les épaules, mes mains affaiblies cherchèrent simultanément à le repousser et à l'attirer contre moi.

Sans se laisser déconcerter, il se plaça sur moi, peau contre peau, m'explorant de la langue, des lèvres, des dents, jusqu'à me réduire à l'état de créature tremblante, idiote, qui n'existait plus que dans le désir de lui.

– Tu es tellement, tellement belle…

L'amour qui brûlait dans ses yeux quand il prononça ces mots me frappa au cœur. Sa voix éraillée par l'excitation éveilla mon avidité, autant que la sienne l'avait été plus tôt.

– Et tu es à moi. À moi. Le moindre centimètre carré bagarreur de toi.

Ses doigts s'enfoncèrent dans mes fesses pour presser mon sexe contre le sien.

– Arrête, protestai-je en le repoussant une fois de plus, bouleversée.

– Jamais. (Il m'embrassa, mordillant ma lèvre inférieure.) Et je ne partirai jamais.

La pensée qu'il puisse partir me poignarda, rouvrant les vieilles plaies. Quand il disait ce genre de choses, il me semblait que mes émotions allaient déborder. Je l'entourai de mes bras pour l'emprisonner contre moi.

– Je ne veux pas penser à ça. Quand tu dis des choses pareilles… je ne peux pas gérer.

– Je ne peux pas te dire que tu es belle ? (Ses caresses ralentissaient encore au fil de sa réponse.) Ni que je t'aime à en avoir mal ?

Je fermai les yeux de toutes mes forces.

– Je… Dis-moi juste que tu as envie de moi. Pas la peine de parler du passé ou des sentiments.

Ses mouvements s'interrompirent.

– Tu n'essaierais pas, par hasard, de me dire de me taire et de te baiser ?

La crudité de la réplique me coupa le souffle, mais mon corps se cambra imperceptiblement contre le sien, réponse silencieuse.

– Quelque chose comme ça, avouai-je, haletante.

Mais était-ce réellement ce que je voulais ? Un épisode moins important, qui éviterait à mon cœur d'exploser sous l'effet des paroles de Cameron ? Je resserrai l'étau de mes jambes sur ses hanches pour l'attirer à moi.

Son corps restait figé contre le mien. Le désir se mêlait à l'hésitation dans ses yeux. Je voulais que notre union soit brute et intense, oui. Qu'il me baise, que le tsunami de sensations aveugles dont j'avais déjà joui peu de temps auparavant m'engloutisse, une fois de plus.

– Je vais te baiser, Maya. À te laisser épuisée, si c'est ce que tu veux. Mais il faut que tu saches qu'il y a bien plus que ça entre nous. Ça, je l'ai déjà vécu, je t'assure. Un corps contre soi, ce n'est jamais qu'un corps. Rien à voir avec l'amour. Rien à voir avec nous.

Ses lèvres effleurèrent les battements fous de mon cœur dans ma poitrine. Je fermai mes oreilles au bruit : mes halètements, mon pouls, sa voix.

– Je vais prendre ton corps, mais je veux aussi ton cœur, Maya.

Mes mamelons durcis frôlèrent les muscles puissants de sa poitrine quand il se laissa descendre, les bras noués à ma taille. Sa langue titilla les pointes roses sans qu'il détourne du mien son regard séducteur, puis son haleine brûlante agaça ma chair humide avant que sa bouche ouverte se pose sur mon ventre, juste là où une spirale de feu était tapie. Un trait de flammes me traversa : je le voulais partout, tout de suite. Sur moi, en moi, me prenant sauvagement jusqu'à me dépouiller de mon identité, me sortir de l'esprit le sens de ses paroles.

Comme en réponse à ce désir muet, il m'empoigna par la hanche pour m'allonger complètement sur le lit et se dressa au-dessus de moi. Cette petite preuve de force me trempa plus encore.

Je me cambrai afin de glisser entre les plis de mon sexe son érection brûlante, gainée de latex, fermai les yeux et serrai les dents, tout entière raidie par la tension sexuelle.

– Maintenant, Cameron !

– Regarde-moi.

Mes yeux se rouvrirent brusquement à cet ordre bref.

Sans me laisser le temps d'ajouter un mot, il plongea en moi si soudainement que son volume m'arracha un gémissement. J'ouvris la bouche, mais les mots ne vinrent pas. Il me prit par la nuque d'une poigne si ferme que sa poussée suivante l'emporta jusqu'au fin fond de mon corps.

– C'est ça, que tu veux ?

– Oui, haletai-je.

– Le moindre centimètre de moi en toi ?

– Oh oui !

Je nouai mes jambes autour des siennes, comme s'il m'était possible de contrôler sa force avec la mienne. Le premier d'une longue série d'orgasmes s'annonçait, la braise discrète du désir se muant en torrent de flammes tandis qu'il allait et venait en moi.

– Je vais te baiser jusqu'à ce que tu me supplies d'arrêter. Je vais te faire hurler. Et demain, tu sentiras mon fantôme en toi. C'est ça, que tu veux ?

– Oui… oh oui !

Les promesses crues qui tombaient de ses lèvres sensuelles firent de mon lent frémissement un tremblement violent, réaction physique révélatrice quoique silencieuse. Je ne le quittais pas du regard, malgré l'effort exigé par cette attention, car le rythme intense qu'il avait adopté court-circuitait rapidement ma faculté de penser.

Il m'embrassa avec passion, un désir impérieux emportant sa tendresse. Je l'attrapai par les cheveux puis me cabrai sous lui au rythme de ses violentes poussées.

– C'est moi, Maya. Moi qui te baise. Moi qui t'aime.

Il souleva mes hanches de quelques dizaines de centimètres pour me positionner à un angle tel que la pièce se mit à tourner autour de moi. Je hurlai en lui lacérant le bras de mes ongles, incapable de maîtriser l'orgasme qui m'avait empoignée, cœur, corps et âme. Nos corps se mêlaient, mon sexe se contractait autour du sien, je me cramponnais à lui, les mains glissant sur sa peau suante.

Comment aurais-je pu relâcher mon étreinte, alors que nous étions entrelacés l'un à l'autre de tout notre être ? D'ailleurs, mon plaisir n'interrompit nullement ses allées et venues. Il plongea une dernière fois au fond de moi avec un grognement étouffé. Mon nom jaillit de ses lèvres, résonna contre les murs puis s'évanouit telle la foudre de notre jouissance.

Je frissonnai au souffle qui jouait dans mon cou, bercée par les répliques de l'orgasme pendant mon lent retour à la pensée cohérente. Cameron avait indéniablement tenu sa promesse !

Il m'embrassa tendrement en repoussant les cheveux qui m'étaient tombés devant le visage.

– Dis-moi que tu m'aimes, Maya.

Mes dents se serrèrent. Les mots s'étaient plantés dans mes entrailles, nouées par les émotions conflictuelles qui entouraient notre relation renouvelée. J'avais envie de donner ce qu'il me demandait à Cameron ; mais, malgré mon bonheur post-coïtal animal, quelque chose m'en empêchait. La fierté, peut-être. Ça reviendrait à lui dire que je lui pardonnais tout ce qu'il m'avait fait subir, à lui redonner mon cœur pour de bon, avec toute ma confiance. C'était déjà fait, d'une certaine manière, mais j'avais besoin de garder quelque chose par-devers moi, ne serait-ce que ces quelques mots.

Il me fixait de ses beaux yeux bleus, pleins de fatigue et d'émotion.

– Pourquoi n'arrives-tu pas à me le dire ? reprit-il.

Je me détendis à nouveau et caressai le chaume de son menton.

– Réponds-moi.

– Je ne suis pas prête.

Rien de plus vrai. Je ne savais pas quand je serais prête, mais il m'était impossible d'accéder à sa requête, si simple fût-elle.

– Et si je te faisais l'amour jusqu'à ce que tu le sois ? demanda-t-il en promenant son pouce sur mes lèvres.

Je les humectai, car elles s'asséchaient, ce qui l'encouragea à m'embrasser, à en capturer une entre ses dents, à la mordiller et à la caresser jusqu'à me tirer des gémissements de plaisir. Mes bras se resserrèrent autour de lui, et son baiser se fit plus ardent, comme s'il voulait verser en moi jusqu'à la dernière goutte de son amour.

CAMERON

À mon réveil, elle était déjà partie au travail. Une fois rhabillé, je gagnai le salon. Eli passa la tête par la porte de la cuisine.

– Salut.

– Salut. Je ne vais pas te déranger, je m'en allais.

– Tu ne veux pas un café, avant ?

J'hésitai : avais-je vraiment envie de me faire disséquer par le coloc de Maya ? Il avait l'air sympa, mais elle me donnait assez de soucis comme ça. D'un autre côté, un café me tentait… et m'était nécessaire. On n'avait presque pas dormi de la nuit, par ma faute, et le manque de sommeil me ralentissait le corps et l'esprit – quoique pas assez pour me donner le moindre regret.

– Si, en fait, avec plaisir.

Je jetai mon manteau sur un fauteuil, pendant qu'il retournait s'activer dans la kitchenette. Mon regard tomba sur le carnet noir rangé dans la bibliothèque. Je n'avais pas oublié la manière dont Maya avait ramassé ce trésor sur la table, avant de le serrer contre son coeur. Eli reparut à côté de moi, un mug fumant à la main.

– Merci.

– De rien. Je crois qu'on a tous besoin d'un petit coup de pouce, ce matin.

– Ah, euh, oui, désolé… acquiesçai-je en me frottant le front.

Vu la taille de l'appartement, il n'avait sans doute pas beaucoup dormi non plus. Mes attentions avaient tiré à Maya un éventail impressionnant de mots salaces, mais pas la seule petite phrase que j'aurais vraiment voulu entendre. Elle était coriace !

– Oui, bon, peu importe.

Il haussa les épaules et s'installa sur le canapé.

– J'ai l'impression que ça devient sérieux, avec Maya, non ?

Je repoussai mon manteau pour prendre place dans le fauteuil. La vapeur qui s'élevait de mon mug en petits nuages se dissipait dans l'atmosphère. Que répondre à une question pareille ?

– Ça s'en rapproche. On ne peut pas dire qu'elle me facilite les choses.

– C'est une emmerdeuse, s'amusa Eli.

– Sans blague.

– Mais tu l'aimes.

– Et j'aimerais croire que ça suffit. Elle… (Je soupirai.) Je ne sais absolument pas ce qu'elle a dans la tête. Je croyais la connaître, tu sais. Et je la connaissais. Intérieur et extérieur. Gestes, expressions… je lisais en elle à livre ouvert. Ça n'a pas complètement disparu, mais maintenant elle se fait une idée vraiment tordue des relations amoureuses.

Il sirota un peu de café sans me quitter du regard, avant de dire enfin :

– Elle en a bavé.

J'acquiesçai. Sans doute était-il au courant de notre histoire, à Maya et moi. Mieux que moi, même. Je n'avais pas le droit de me plaindre, vu que j'étais responsable du gâchis.

– Pas la peine de me le rappeler. Je lui ai fait vivre un enfer, et je mérite sans doute ce qui m'arrive.

– Peut-être, mais peut-être aussi méritez-vous tous les deux une seconde chance. Si tu trouves comment la saisir sans lui faire de mal, cette fois-ci je te donne ma bénédiction. C'est ma meilleure amie, et je vois bien qu'elle est heureuse avec toi, malgré tout. Que pourrais-je demander de plus ?

– J'essaie de la rendre heureuse, oui. Elle ne me facilite pas la tâche.

Eli se leva et s'approcha. Ma main se crispa sur mon mug. Pourvu qu'il n'essaie pas de me serrer dans ses bras ou quelque chose comme ça ! Mais il se contenta de se pencher, de prendre le carnet sur l'étagère et de me le tendre, les lèvres serrées.

– Si tu lui dis que je te l'ai passé, je te jure que personne ne retrouvera jamais ton corps.

On se regarda un instant dans les yeux sans mot dire, puis il disparut dans sa chambre. Je posai ma tasse en me demandant ce que j'allais trouver sous la couverture noire du calepin qui me semblait bien léger entre mes mains. Ce furent la curiosité et le besoin désespéré d'obtenir un indice sur les pensées soigneusement dissimulées de Maya qui me poussèrent à l'ouvrir avec précaution puis à en feuilleter les pages quasi pleines. Des pages et des pages de mots, de poèmes, de griffonnages.

Je refermai le carnet, me levai et me mis à faire les cent pas. S'il s'agissait pour Maya d'une sorte de journal intime, je me préparais à faire quelque chose d'impensable. En étais-je capable ? Si je me contentais d'une seule et unique page… m'apprendrait-elle quelque chose ? Me révélerait-elle la moindre bribe d'information sur celle dont je retombais désespérément amoureux ?

Je me rassis, terminai mon café et laissai les minutes s'écouler. Enfin, je rouvris le carnet et commençai à lire.

Oui

Chaque jour, chaque pierre retournée,
Promesse d'avenir
De jours heureux de longues nuits
D'amour de vie,
D'un simple oui.

Barrière pimpante, visages d'anges,
Le moindre rêve réalisé,
D'un simple
Oui.

Une seconde chance, je rêve et rêve,
Je n'ai pas pu
Lui dire
Oui.

Je tournai la page, les mains tremblantes. Il y en avait des dizaines d'autres, mais elles étaient quasi indéchiffrables, parce que le sens du poème que je venais de lire me tournait sans fin dans la tête. J'enfouis mon visage dans mes mains.

Il y avait maintenant plusieurs jours que j'essayais de dépasser les apparences, de découvrir qui était devenue Maya, en sentant l'espoir me soulever chaque fois que je touchais juste. Et maintenant, ça. Une avalanche d'émotions, sans aucun besoin d'interprétation. Je venais de passer des heures en elle pour lui faire exprimer son ressenti, alors que la vérité se trouvait là, dans ce carnet. Une partie de la vérité. L'essentiel, peut-être.

Je me levai brusquement et recommençai à faire les cent pas, incapable de parler ou d'avoir la moindre pensée cohérente. Comment l'aurais-je pu, après une lecture pareille ? Quel dommage que Maya ne soit pas là pour me dire la vérité en face ! Y consentirait-elle un jour ? J'aurais voulu scruter ses yeux bruns, son regard sans fond pour y lire qu'elle admettait à la fois la signification de son poème et l'existence des sentiments puissants que nous n'avions jamais formulés, des rêves que je n'avais partagés qu'avec elle, des projets d'avenir que je ne pouvais réaliser avec personne d'autre.

Je reposai le carnet sur son étagère, pris mon manteau et me précipitai dans l'escalier. La brûlure douloureusement dégrisante de l'air glacé qui m'emplit les poumons fut un soulagement. Je jetai un coup d'œil en direction de mon appartement, puis je fis les premiers pas de la très longue marche à laquelle je me préparais dans la direction opposée.

MAYA

Ce 24 décembre, l'équipe s'était réduite au point qu'il n'en restait que Kevin Dermott, Jia et moi. On en avait terminé juste à temps. Le réveillon de Noël n'avait pas grande valeur à mes yeux, mais j'aurais aimé finir plus tôt : j'étais épuisée, et j'avais envie de rentrer chez moi retrouver Cameron. La nuit avait été intense. Épuisante et intense. Jamais un véritable désaccord ne nous avait séparés, autrefois, mais il en allait autrement de nos versions actuelles. Je l'avais agressé, il avait riposté avec plus de force encore, puis il m'avait réduite au silence par une passion inégalable, une folie sensuelle qui nous avait emportés jusqu'à l'aube. À le voir aussi infatigable, aussi implacable, on aurait cru qu'il voulait me briser à sa manière.

Quoi qu'il ait voulu faire, il était fort possible qu'il y soit parvenu, car je ne pensais plus qu'à ça. Cameron était une drogue de première qualité que j'avais eu le bon sens d'éviter jusque-là, mais maintenant que j'en avais pris une dose, il m'en fallait une autre… déjà.

Je me tassai dans mon fauteuil club en essayant de ne pas me dire que j'aurais préféré rejoindre Cameron au plus vite, sans perdre une minute à boire un verre pour fêter la fin du marathon de travail.

– Un scotch, ça te va ?

La silhouette fine de Jia s'approchait en ondulant du minibar dont disposait Kevin Dermott.

– Oui, oui.

Je soupirai et parcourus la pièce des yeux pour en jauger la taille et le décor – bois sombres, lignes pures, vue impressionnante sur le ciel nocturne scintillant. Lorsque j'essayai de m'imaginer ici même, installée derrière l'énorme bureau de VIP ou contemplant New York de ce quarante-cinquième étage privilégié, ça me fut tout bonnement impossible. Peut-être ce fantasme était-il trop éloigné de ma réalité. Il ne correspondait certainement pas aux rêves dont je me berçais avant de vivre dans la Grosse Pomme.

Et pourtant… N'était-ce pas mon but professionnel ? C'était en tout cas celui de Jia, qui m'entraînait dans son sillage. Le respect et un titre prestigieux en valaient-ils la peine ? Valaient-ils les longues nuits ardues et les années de stagnation ? Jia interrompit les illusions fatiguées dont j'ornais mon avenir à Wall Street en me mettant dans la main un verre finement gravé.

– Tiens, bois-moi ça.

– Merci.

Postée en face de moi, appuyée au bureau de Kevin, elle sirotait son propre whisky. Je lui trouvai l'air plus jeune, plus douce que d'habitude – étonnamment, vu qu'on venait juste de boucler un travail de forçat. Mon examen silencieux la fit sourire. Peut-être une lueur de malice dansait-elle dans ses yeux, mais peut-être aussi n'y voyais-je plus clair, à ce stade.

– Fatiguée ?

– Heureuse d'en avoir terminé, en tout cas, répondis-je, après avoir brièvement fermé les paupières.

– Buvons à cette bonne nouvelle.

Elle tendit son verre, contre lequel je fis tinter le mien, puis je dégustai une gorgée d'un scotch délicieux et forcément coûteux – brûlure savoureuse au goût de fumée.

– À part ça, tu as magnifiquement bossé, cette semaine, reprit-elle.

– Merci. Toi aussi.

– Je ne savais pas vraiment à quoi m'attendre, mais maintenant qu'on a travaillé ensemble je ne doute pas que tu sois un atout précieux. Et je crois que tout le monde en est conscient.

– Ah bon ?

J'étais ravie.

– Bien sûr. Mais si tel n'est pas le cas, je leur en ferai prendre conscience.

– Merci, Jia. C'était une sacrée chance. Tu t'es

donné du mal pour moi, je m'en rends bien compte, et je t'en suis reconnaissante, je tiens à ce que tu le saches.

– Je suis contente de l'avoir fait. Tu pourras peut-être me rendre la politesse un jour.

– Avec plaisir.

Il allait sans dire que je la remercierais de son geste dès que j'en aurais l'occasion. Elle avait pris un risque pour m'aider sans réellement me connaître, et j'essaierais de lui rendre la pareille un jour.

Je me le promettais en mon for intérieur, quand elle me tendit la main puis, devant mon incompréhension, me fit signe de la prendre. À peine eus-je obtempéré qu'une traction me remit sur mes pieds et me fit faire dans sa direction un pas chancelant qui m'amena juste devant elle.

– Que… ? m'étonnai-je.

Elle me réduisit au silence en me posant un doigt sur les lèvres.

– Je veux terminer ce qu'on a commencé l'autre soir.

J'ouvris des yeux ronds, mais elle se rapprocha encore et m'embrassa avant que je puisse dire un mot. Saisie par son audace, j'ouvris la bouche sur une exclamation de stupeur, dont elle profita pour accentuer son baiser, la main posée sur ma joue afin de m'attirer tout contre elle.

– Mais qu'est-ce que tu fais ? haletai-je, brisant le contact.

– Je t'embrasse.

– Je sais. Je ne comprends pas pourquoi, c'est tout.

– Parce que tu es belle et que je te trouve attirante.

Sa main descendit le long des boutons de mon corsage.

– Et puis Kevin veut regarder.

Mes yeux s'écarquillèrent, tandis que la panique et l'égarement rendaient mon pouls fébrile.

– Hein ? balbutiai-je, dans l'espoir d'avoir mal entendu.

– Tu veux de l'avancement, oui ou non ? demanda-t-elle, les sourcils froncés.

– Bien sûr.

– Alors détends-toi.

Elle s'attaqua au bouton du haut de mon corsage.

– On va s'éclater, d'accord ?

– Je ne peux pas ! protestai-je en me rejetant en arrière, hors d'atteinte.

Elle laissa retomber ses mains.

– À cause de Cameron ?

Je cherchai une réponse, tandis que les pensées se bousculaient dans mon esprit.

– Euh… peut-être.

– Il n'en saura rien. Et puis ce n'est quand même pas à lui de te dicter ta conduite.

– Mais c'est dingue. Kevin va revenir dans une minute.

– Bien sûr. Et il va avoir droit à un spectacle génial. Tu vas voir, Maya, ça va te plaire. Après, il fera son truc aussi, évidemment, mais ne t'inquiète pas, il n'en a jamais pour très longtemps. Et je te donnerai tellement de plaisir avant que tu ne t'en apercevras même pas.

Un sourire froid perla sur ses lèvres.

– Tu fais ça bien, et si ça se trouve, on aura toutes les deux de l'avancement.

– Tu plaisantes, j'espère ?

– Il s'ennuie, expliqua-t-elle en levant les yeux au ciel.

– Mais il est marié.

– Et alors ?

Sa voix sensuelle s'était durcie.

– Qu'est-ce que tu crois ? Ils baisent tous à droite et à gauche. Quoi qu'il en soit, il n'a jamais vu deux femmes faire l'amour ensemble. On est super sexy, on s'entend bien, il prend son pied, tout le monde est content. Avec un peu de chance, il sera tellement excité qu'il jouira en se branlant, il n'aura même pas le temps de nous sauter l'une ou l'autre.

La déclaration me laissa bouche bée.

– Mesdemoiselles… lança alors la voix de Kevin, derrière moi. Ne vous interrompez surtout pas pour moi.

Il referma la porte du bureau, desserra sa cravate, la poussa de côté, déboutonna en partie sa chemise puis s'installa tranquillement dans le fauteuil le plus proche, les jambes écartées, l'air décontracté malgré l'avidité avec laquelle il nous observait, Jia et moi. Ce sale voyeur se mordillait la lèvre en attendant avec une patience décroissante que Jia passe à l'action.

– Où veux-tu qu'on se mette, Kevin ? demanda-t-elle.

– Là, répondit-il avec un coup de menton en direction de son bureau. Je veux la sauter dessus, après.

Mon cœur battait à tout rompre et la tête me tournait. Je n'arrivais pas à y croire. D'une part, je n'étais pas assez ivre, et de loin, pour envisager une seule seconde une chose pareille. D'autre part, on parlait là de mon travail, mon gagne-pain. Pas question de le risquer sur un coup de tête.

Jia entreprit sans hésiter une seconde de déboutonner son chemisier en soie, alors que j'en étais encore à essayer d'intégrer la proposition qu'elle venait de me faire. Un instant plus tard, débarrassée de sa jupe, elle se tenait devant moi vêtue en tout et pour tout de dessous en dentelle violette, accompagnés de bas à jarretière assortis. Ce fut le moment qu'elle choisit pour s'attaquer à mon chemisier, m'attirer contre elle et m'embrasser, avec cette fois une brusquerie et une ardeur qui brouillèrent ma capacité de raisonnement.

Ce n'était pas possible, il ne se passait rien de tel. Jia était une amie et une vraie beauté, plus sexy encore que je l'avais pensé. On s'était un peu amusées en boîte, d'accord, mais je ne la considérais absolument pas de cette façon. Ce qui arrivait là dépassait de très loin les limites de l'amitié.

Je parcourus la pièce des yeux. Si seulement quelqu'un était venu pour m'arracher à cette horrible situation ! Kevin se tortilla dans son fauteuil sans nous quitter une seconde du regard, ce qui m'écœura vraiment. C'était insupportable. Je me raidis mais résistai à l'envie de repousser Jia, même si je ne pensais qu'à ça.

– Hein, quoi ? murmura-t-elle.

Pour toute réponse, je secouai légèrement la tête, en espérant que le mouvement serait invisible pour Kevin. Elle me posa à nouveau un doigt sur les lèvres, tandis que son froncement de sourcils cédait la place à un lent sourire séducteur. Sa main se glissa entre mes cuisses et se pressa contre mon sexe à travers mon pantalon.

– Je ne mordrai pas, promis, chuchota-t-elle.

Je fis un pas en arrière et entrepris de reboutonner mon corsage, bouleversée, les mains tremblantes.

– Désolée, marmonnai-je en secouant la tête, incapable de trouver d'autres mots.

Puis je fis volte-face et m'enfuis en courant, sans lâcher les pans de mon corsage. De toute manière, les locaux étaient déserts, si on oubliait l'équipe de nettoyage, qui n'avait pas encore atteint cette zone de l'étage. Je me précipitai dans mon box pour prendre mon sac à main, mais m'arrêtai net en découvrant Cameron assis sur mon bureau, les jambes tendues en avant, emplissant le minuscule espace de son corps athlétique, très occupé à griffonner dans un carnet.

Le grand sourire qui se peignit sur son visage à mon arrivée s'effaça au spectacle que j'offrais. Kevin arriva une seconde plus tard, l'air à la fois agacé et décidé, inconscient de la présence du visiteur – lequel ne lui laissa pas le temps d'ouvrir la bouche.

– Qu'est-ce que c'est que ça ? Qu'est-ce qui se passe ? demanda Cameron en se levant, et dans sa voix perçait une colère qui croissait manifestement à vive allure.

Kevin se redressa de toute sa taille, mais le polo de Cameron mettait en valeur son torse puissant, détail que mon boss remarqua sans doute, car il se ressaisit immédiatement.

– Rien, rien, s'empressa-t-il de répondre. Maya, je voulais juste te dire qu'il reste peut-être quelques détails des documents à éclaircir. Je te contacterai demain par mail, s'il y a lieu.

Je hochai imperceptiblement la tête en me demandant si j'allais me prêter au jeu, mais il nous tourna aussitôt le dos et repartit dans l'obscurité en direction de son bureau, où Jia était sans doute encore en train de se rhabiller. Ou pas. Une vague de remords me souleva à la pensée que je l'avais laissé tomber et qu'elle devait se débrouiller toute seule.

Je rattachai mon dernier bouton, enfilai mon manteau et écartai Cameron pour prendre mon sac à main derrière lui.

– Tu veux bien m'expliquer ce qui se passe, s'il te plaît ? me demanda-t-il, les traits crispés, les yeux agrandis par la colère qui à présent émanait de lui par vagues.

– Allons-nous-en.

Ma voix calme dissimulait un embarras aigu : il me surprenait dans une situation vraiment terrible.

On n'était pas arrivés au coin de la rue qu'il s'arrêta, m'arrêtant du même coup, se tourna vers moi et me fixa droit dans les yeux.

– Dis-moi. Maintenant. Il faut que je sache ce qui s'est passé.

Je cherchai les mots adéquats, en vain, car j'en étais encore moi-même à essayer de comprendre. La manière dont ça se présentait, vu de l'extérieur, ne me plaisait pas du tout. Cameron était manifestement furieux, et personne n'aurait pu expliquer de quoi il retournait sans que ça ressemble à un rendez-vous nocturne galant.

Je le considérai d'un œil las. Il avait l'air encore plus grand et costaud en manteau. Si je ne l'avais pas autant aimé, sa taille imposante m'aurait fichu une trouille bleue.

– Ça n'a pas d'importance, assurai-je.

– Ben voyons ! Dis-moi ce qui s'est passé là-bas avant que je perde la tête, putain !

Je soupirai en regardant nerveusement autour de moi. Je n'avais aucune envie de parler de ça avec lui, ni maintenant ni plus tard. Tout ce que je voulais, c'était faire comme s'il n'était jamais rien arrivé de tel. Je fermai les yeux de toutes mes forces et décidai de dire la vérité.

– Jia m'a fait des avances.

Quand je rouvris les yeux, une grimace perplexe déformait ses traits.

– Jia ? Je ne comprends pas.

– Kevin et elle, ils voulaient…

Je secouai la tête pour écarter ce souvenir, en vain.

– Je ne sais pas. Je préférerais qu'on en parle plus tard, s'il te plaît.

– Non. Pourquoi ton corsage était-il déboutonné ?

– Parce qu'elle l'avait déboutonné ! répondis-je en levant les bras au ciel.

– Et tu ne l'as pas envoyée promener ?

Il se passa les mains dans les cheveux, manifestement désemparé.

– Pas tout de suite. Je ne comprenais pas ce qui se passait. Elle m'a embrassée sans prévenir, je ne savais plus où j'en étais.

– Et ça t'a plu ?

J'ouvris des yeux ronds.

– Mais qu'est-ce que c'est que cette question ?

– Je ne sais pas, moi. Tu es peut-être lesbienne ?

– Euh… tu as été commotionné, à l'armée ? Embrasser une fille ne m'a pas transformée en lesbienne. J'étais en état de sidération. Ce n'est pas comme si on avait couché ensemble !

– Tu l'aurais fait ?

– Est-ce que je l'ai fait ? Je suis partie en courant par réflexe, et je vais sans doute y laisser mon travail. Ça m'étonnerait fort de ne pas trouver une lettre de licenciement sur mon bureau la semaine prochaine. Au fait, qu'est-ce que tu faisais là, toi ?

– Demain, c'est Noël. Je me suis dit que tu allais terminer tôt et qu'on irait dîner dehors. Je suppose qu'il n'en est plus question.

J'enfouis mon visage dans mes mains, en proie à un épuisement aussi psychique que physique.

– Je suis désolée que tu aies assisté à ça. Je ne sais pas quoi penser. Kevin…

Un gémissement paniqué me monta dans la gorge, à la pensée que je risquais bel et bien de perdre mon emploi à cause de cette débâcle.

– Kevin Dermott, ton boss ?

– Lui-même.

Les yeux de Cameron se rétrécirent tandis que son souffle ralentissait encore. Il avait soudain l'air d'un prédateur, mais pas d'une manière séduisante, comme d'habitude. J'enfouis les mains dans les poches de mon manteau, heureuse de dissimuler leur moiteur croissante. La situation me mettait les nerfs en charpie.

– Et qu'est-ce qu'il faisait, pendant que Jia déboutonnait ton corsage ?

Je tapai légèrement du pied sur le trottoir. Quelle détestable situation ! Quelle détestable conversation ! Je pouvais bien présenter la chose comme je le voulais, Cameron allait être furieux, contre eux et sans doute aussi contre moi. Personne n'était assez bien pour lui, pas même moi.

– Dis-le-moi, Maya. Tout de suite.

– Il regardait, laissai-je échapper. Jusqu'à ce que je me sauve. Tout est allé très vite, tu sais. Ils avaient préparé leur coup, mais je l'ai fait rater. Jia… Jia s'imaginait peut-être que je serais réceptive, à cause de la soirée en boîte. Je n'en sais rien. Elle m'a dit que si je participais, on aurait toutes les deux de l'avancement.

Un rire incrédule me monta aux lèvres : dire qu'elle avait cru que je coucherais avec une amie sur le bureau du boss pour obtenir de l'avancement ! Pitié !

– Le salopard.

Cameron fit volte-face, les mâchoires serrées, prêt à repartir en sens inverse.

– Non, n'y va pas.

– Je vais donner une petite leçon à cet enfoiré.

– Non ! hurlai-je.

Il se figea, ce qui me permit d'aller me planter sous son nez. Je posai mes mains tremblantes sur les revers de son manteau.

– Si je ne perds pas mon boulot, ce sera un véritable miracle. Alors pas la peine de hâter l'inévitable, d'accord ? Laisse-les me virer, s'il te plaît.

– Il t'a touchée ?

– Non, je te jure qu'il n'a pas posé le petit doigt sur moi. J'ai pris mes jambes à mon cou dès que j'ai compris ce qui se passait.

– Oh, bordel !

Il s'écarta, les lèvres serrées. Perdre le contact me fit vaciller. Les vagues de colère qui émanaient de lui déferlaient sur moi, écrasantes.

– Pourquoi tu m'en veux ? Je n'y suis pour rien !

– D'abord, je t'ai mise en garde contre Jia. Ensuite, il ne t'est vraiment pas venu à l'idée une seconde que c'est ta conduite en état d'ivresse avec une collègue qui a peut-être mené à ça ?

Il soutenait mon regard sans ciller. Le sien trahissait la colère, mais aussi la déception. Une envie de vomir me prit au creux du ventre lorsque je suivis ses pensées informulées.

Je détournai les yeux, brisée par le pur mépris que je lisais dans les siens. L'inspiration haletante que je pris alors ne suffit pas à me rendre ce que son regard m'avait ôté.

– Ça ne m'est pas venu à l'idée, parce que je n'ai pas eu une seconde pour comprendre ce qui s'était passé ! Mais toi, tu t'en prends à moi et tu me dis que tout est ma faute.

Je m'éloignai d'un bon pas pour héler un taxi.

– Où vas-tu ?

– Chez moi. Sans toi.

Je montai en voiture, claquai la portière et la verrouillai avant qu'il puisse en atteindre la poignée.

– Allez-y, ordonnai-je au chauffeur.

– Où ça ?

– Le Delaney's, Pearl Street.

XVI

CAMERON

Assis dans l'obscurité silencieuse, j'écoutais la pendule neuve accrochée au mur par Olivia égrener les secondes. Sans doute le décor était-il parfait. Les meubles, les saletés de coussins et jusqu'aux reproductions de peintures. Dans l'univers d'Olivia, satisfaire nos parents avait encore une importance surprenante.

Il était plus d'une heure du matin. Ma famille envahirait l'appartement d'ici quelques heures, mais je n'arrivais pas à dormir. Maya m'avait bien fait comprendre qu'elle ne voulait pas de ma compagnie. Je m'étais promis de ne plus la laisser me fuir, mais les remords l'avaient emporté sur la frustration. J'avais réagi sans réfléchir, sans penser une seconde à ce que cette histoire signifiait pour elle. J'avais flippé et je m'en étais pris à elle, sûr de mon bon droit. Ce n'était pas la première fois qu'elle me plantait là dans pareil cas. Je n'étais manifestement pas capable de retenir une leçon en une seule séance.

La sonnerie du téléphone me fit sursauter. Son numéro de portable.

– Allô, Maya ?

– Non, c'est Vanessa. Tu es chez toi ?

– Oui, qu'est-ce qui se passe ? Il y a un problème ?

– C'est Maya. Elle…

Je me levai immédiatement.

– Il lui est arrivé quelque chose ?

– Elle est ici. Chez moi, je veux dire. Depuis une vingtaine de minutes. Elle a failli tomber du taxi. Ça ne me dérangerait pas qu'elle reste, si mes parents ne devaient pas débarquer dans la matinée. Je ne veux pas qu'elle se sente mal à l'aise en reprenant ses esprits. Je suis désolée…

– Pas la peine. Textote-moi ton adresse, j'arrive dès que possible.

Je raccrochai, me précipitai au rez-de-chaussée puis dans la rue, où ma voiture m'attendait.

Lorsque je m'arrêtai devant chez Vanessa, elle sortit sur le seuil me faire signe de me garer. En pyjama, les bras enroulés autour du corps.

– Où est-elle ? demandai-je en la rejoignant.

Elle m'entraîna dans un corridor, qui nous mena à une petite chambre. Maya gisait sur le lit, inconsciente, le visage à demi dissimulé par sa chevelure emmêlée, les membres inertes, étendus dans n'importe quelle direction.

– Elle a beaucoup bu ? m'enquis-je.

Vanessa se mordillait la lèvre sans la quitter du regard.

– Je ne sais pas. Elle m'a dit qu'elle venait du Delaney's. Un bar près du bureau où elle va parfois.

– Connais pas.

– Elle ne t'y emmènerait pas. C'est plutôt miteux, et ça ne m'étonnerait pas qu'ils lui servent tout ce qu'elle veut tant qu'elle veut. Ce qui peut faire beaucoup. Quand elle s'y met, elle ne sait pas s'arrêter.

– Ah bon, tu crois ?

Ma voix sèche trahissait ma déception : comment pouvait-elle laisser une amie se conduire de cette manière ? Ses épaules se voûtèrent, signe de remords.

– Je suis désolée de t'importuner avec ça. D'habitude, c'est Eli qui l'aide, mais il est parti voir sa famille. Je ne savais pas qui appeler d'autre.

– Je suis content que tu m'aies appelé. Mais bordel, Vanessa, comment pouvez-vous la regarder faire, Eli et toi, sans jamais rien lui dire ?

Elle croisa étroitement les bras contre son corps sans répondre, en évitant mon regard.

– Il n'est pas question que ça se reproduise.

Cette fois, ses yeux se levèrent jusqu'aux miens.

– Si jamais j'apprends qu'elle s'est de nouveau saoulée de cette manière en ta compagnie ou en celle d'Eli, je vous en tiendrai pour personnellement responsables.

– Je ne peux pas contrôler ce qu'elle boit. Elle est adulte.

– Alors, arrête de sortir avec elle.

Sans attendre de réponse, je m'approchai de Maya ; mais ni mes appels ni les secousses énergiques dont je la gratifiai ne la réveillèrent, si bien que je la pris dans mes bras.

– Tu veux bien m'ouvrir la voiture ?

Vanessa acquiesça et s'empressa de me précéder à l'extérieur. Je posai Maya sur la banquette arrière, la couvris de mon manteau puis poussai le chauffage à fond. Malgré le déplacement et le changement de position, elle ne reprenait pas conscience.

– Tu crois que je devrais l'emmener à l'hôpital ? m'inquiétai-je. Elle n'a aucune réaction.

Lorsque je posai une main sur sa poitrine, cependant, je constatai qu'un battement régulier accompagnait son souffle lent.

– Je sais que ça n'a pas l'air prometteur, mais je ne pense pas qu'il y ait un problème, répondit Vanessa. Enfin… Elle sera au trente-sixième dessous demain matin, mais ce ne sera pas la première fois.

– On dirait.

Je ravalai la nuée de remarques acides qui me montait aux lèvres et claquai la portière.

– Bonne nuit, Vanessa.

– Joyeux Noël.

Malgré sa tristesse, la pointe de sarcasme qui perçait dans sa voix plut à une part de moi-même.

C'est ça, oui, joyeux Noël.

Je me rendis chez Maya, réussis à mettre la main sur ses clés en fouillant dans son sac à main, la pris dans mes bras avec précaution puis montai à l'appartement. Quand j'entrai dans sa chambre, son corps se raidit, et il me sembla entendre contre ma poitrine un gémissement étouffé. Je la posai sur le lit et allumai la lampe de chevet. Elle plissa les yeux et se les protégea des deux mains.

– Cameron… c'est toi ?

– Oui.

Elle roula sur le flanc en produisant un joyeux petit fredonnement d'ivrogne. Je la déshabillai en tirant sur ses vêtements avec toute la délicatesse d'un gamin qui déshabille une poupée de chiffons, me mis moi-même en boxer, me glissai près d'elle dans le lit et nous couvris tous les deux.

– Ça va, mon ange ? murmurai-je en écartant ses cheveux de son visage.

Ses yeux s'entrouvrirent à peine mais parurent se fixer sur moi. Égarement puis compréhension s'y succédèrent.

– Pourquoi te fais-tu des choses pareilles, Maya ? ajoutai-je.

Je lui caressai la joue tandis que, déjà, elle se rendormait, mais elle rouvrit les yeux et me retrouva dans son brouillard. Elle me prit la main, l'écarta de son visage et la fit descendre maladroitement sur sa poitrine.

– Je t'aime, Cameron. Je sais que ça ne durera pas, toi et moi, mais je t'aime. Je tiens à ce que tu le saches.

– Pourquoi dis-tu ça ?

– Je vais tout gâcher. D'une manière ou d'une autre… comme j'ai toujours tout gâché. Et tu vas me quitter. Encore une fois.

Le pli triste de ses lèvres me fit penser qu'elle avait peut-être pleuré cette nuit même. En tout cas, elle avait les yeux rouges et gonflés.

Je serrai les dents pour juguler la décharge douloureuse qui me traversait inexplicablement à ces mots. Si ce que je nous avais fait des années plus tôt avait donné naissance à sa tristesse et à ce qui l'avait abattue de cette manière, je la connaissais mieux que personne. Après tout, je m'étais infligé la même souffrance. J'avais vécu avec. J'y avais survécu.

– Je ne vais pas te quitter, dit-je en l'embrassant tendrement. Je vais prendre soin de toi, d'accord ?

Ses yeux se refermèrent, son sourire mélancolique disparut aussi vite qu'il était apparu, et elle retomba dans l'inconscience. Je l'examinai, attentif à son souffle, jusqu'à ce que le sommeil vienne me frôler de son aile, moi aussi. Je le combattis alors, empli de la crainte irrationnelle de la perdre à nouveau sitôt mes paupières closes.

MAYA

J'étais malade depuis des heures quand je pris brusquement conscience que c'était Noël. Comme je ne voulais pas que Cameron me voie dans un état pareil, je l'avais supplié de partir et de me laisser me purger en privé de ma terrible stupidité. Les nausées se succédaient, et les crises de larmes. Mes souvenirs de la soirée avaient beau être flous, elle n'avait pas dû être glorieuse. Je m'étais réveillée dans mon lit, près de lui, qui me regardait avec inquiétude, alors que je ne me rappelais pas être sortie en sa compagnie. C'était mauvais signe.

Un bon moment plus tard, il frappa à la porte. Je me redressai, après le répit miséricordieux dont j'avais bénéficié sur le tapis douillet de la salle de bains.

– Ça va, Maya ?

– Oui, oui.

Je me levai avec une lenteur douloureuse, afin d'éviter un terrible afflux sanguin sous mon crâne déjà palpitant. Tout mon être refusait de se regarder dans le miroir, persuadé qu'un coup d'œil suffirait à me réexpédier à genoux devant les toilettes. Je gardai donc les yeux baissés en me lavant la figure et en me brossant les dents pour la énième fois, m'essuyai puis sortis, passant devant lui pour regagner la chambre.

Là, je m'affalai sur le lit et m'enroulai dans les couvertures, comme si elles allaient me protéger, me sauver. Il s'assit à mes pieds, immobile, silencieux.

– Tu as besoin de quelque chose ? demanda-t-il enfin.

– Non, répondis-je d'une voix rauque. Merci… merci de t'être occupé de moi cette nuit.

– Comment tu te sens ?

– Je crois que je préférerais être morte qu'avoir une gueule de bois pareille. Rien que parler me fait mal.

Je n'exagérais même pas.

– Je me suis demandé si tu n'allais pas mourir, cette nuit.

Je fermai les yeux. J'avais vraiment dû me mettre dans un état épouvantable.

– J'ai trop bu, c'est tout.

– Non, tu as bu toute seule dans un bar où tu ne connaissais personne, tu as perdu conscience, et tu es descendue tant bien que mal du taxi qui t'a déposée devant chez Vanessa. Je ne sais pas comment tu as réussi à arriver là dans l'état où tu étais.

Les larmes qui menaçaient à nouveau rendaient plus fort, puis puissant, le battement qui résonnait dans ma tête.

– Arrête, s'il te plaît. (Ma voix n'était qu'un murmure.) Tu ne peux pas me faire sentir plus mal que je ne me sens déjà.

– Ce n'est pas le but. J'essaie de te faire comprendre ce que tu m'as fait vivre. Et à Vanessa. Tu ne te rends pas compte.

Sa voix tendue trahissait une colère aussi vive que celle de la veille, mais c'était ce qui m'avait exaspérée pour commencer.

J'ouvris les yeux en sachant qu'il ne fallait pas. Cameron me regardait avec une telle tristesse, une telle inquiétude que ce qui restait de moi vola en éclats. J'avalai ma salive, malgré la menace d'une nouvelle nausée. Mon corps se faisait toujours la guerre.

– Je suis désolée. Tu n'es pas obligé de rester ici avec moi. Je suis sûre que tu as envie d'aller voir ta famille. C'est Noël, après tout.

– J'ai beau être furieux, je préfère rester avec toi.

Il jeta un tout petit paquet sur le lit près de moi.

– Qu'est-ce que c'est ?

– Un cadeau. Je n'étais pas vraiment dans l'ambiance

matin de Noël quand je suis parti à ta recherche, cette nuit.

La sécheresse de sa voix alimenta davantage encore mes remords. J'avais bien envie d'ouvrir l'emballage tout simple du présent, mais je ne le méritais pas plus que le reste.

– Ouvre-le, ajouta Cameron.

Je levai vers lui des yeux emplis de larmes.

– C'est un cadeau de rupture ?

– Mais non, répondit-il avec un tressaillement. Pourquoi tu me demandes ça ?

Un petit rire rauque m'échappa.

– Parce que je suis lamentable, voilà pourquoi. Je ne comprends pas comment tu pourrais bien avoir envie d'être avec moi.

J'agitai la main au-dessus de la pauvre créature malade et déchirée que j'étais.

– Eh bien, tu n'es pas complètement saoule en permanence, heureusement. Il se trouve que quand tu ne l'es pas, c'est super. Je m'investis dans cette partie-là.

– Et le reste ?

– On en reparlera quand tu te sentiras moins mal.

Il me montra le paquet.

– Allez, ouvre ton cadeau.

Je m'en emparai, dénouai le ruban et dévoilai lentement le carnet dissimulé par le papier. Mes doigts effleurèrent le cuir brun très doux de la couverture, puis je feuilletai les pages sépia.

– Il est beau.

– C'est pour tes poèmes.

Je relevai la tête si vite que aussitôt elle me fit mal.

– Il est trop luxueux. (*Trop luxueux pour ce que j'écris.*) Merci.

– De rien.

Il prit une profonde inspiration, pleine de soulagement et de fatigue, me sembla-t-il. Je me demandai à quelle heure il s'était couché, à cause de moi, et s'il s'était vraiment rongé les sangs.

– Moi aussi, je suis désolé, Maya… pour hier soir. Je n'aurais pas dû te laisser partir comme ça.

– Tu es désolé ?

– J'ai réagi bêtement, pour Dermott. Je veux dire que je persiste à trouver son comportement et celui de Jia inexcusables, mais j'ai pété un câble, alors que tu ne le méritais pas. Je suis sûre que tu ne te serais pas mise dans un état pareil si j'avais été moins idiot.

– Ce n'est pas ta faute si j'ai bu comme un trou. Je suis capable de me trouver des excuses pour le faire n'importe quand sans que tu y sois pour rien, je t'assure.

– Mais pourquoi ? (Son regard trouva le mien.) Je ne peux pas te promettre de comprendre, mais j'aimerais que tu essaies de m'expliquer ce qui te pousse à faire ça.

Je laissai mon front se poser sur ma main. Pourquoi, oui, pourquoi faisais-je une chose pareille ? Encore et encore, après m'être juré de ne plus boire, après avoir puni mon corps si cruellement, comme la nuit dernière.

– Il y a des jours où j'ai besoin de tout oublier, au moins un moment. (Je fermai les yeux pour échapper à la réalité à laquelle je me trouvais confrontée. En vain.) Sur le coup, je suis bien. Heureuse… continuai-je tout bas, trop consciente de ne pas être heureuse du tout à cet instant précis.

– En fait, tu essaies de recouvrir ta tristesse. C'est un bonheur artificiel, tu ne crois pas ?

– Peut-être. Ce qui est addictif, c'est le soulagement. Peu importe que le bonheur soit artificiel, j'ai juste peur qu'il s'interrompe et que la réalité reprenne ses droits. Je risque de recommencer à être malheureuse avant de me sentir prête à reprendre le cours de ma vie, alors je continue à boire, et il arrive un moment où je ne sais plus ce que je fais. Je suis allée trop loin, et… oui, il arrive que je perde conscience.

– Et quelqu'un te rattrape quand tu tombes.

– Vanessa et Eli sont toujours là, acquiesçai-je. C'est sans doute pour ça que j'ai appelé Vanessa.

– Je sais bien que ce sont tes meilleurs amis, mais ce n'est pas à eux de veiller à ce que personne ne t'assassine ou ne profite de toi.

Je me renfrognai, incapable de comprendre qu'il était bouleversé.

– Mais moi aussi, je veille sur eux. J'ai tenu la tête de Vanessa un certain nombre de fois.

– On n'est plus à la fac, Maya. Tu es adulte. Tu vas jouer longtemps à ce petit jeu-là ?

La chaleur me monta au visage sous l'effet de l'agacement.

– Je vais te dire, je suis déjà assez mal comme ça. Je n'ai pas en plus besoin de ton jugement. Si tu crois que j'avais envie de passer Noël dans cet état, tu te trompes. (Je pressai mes doigts sur mes tempes, dans l'espoir de chasser la douleur qui accompagnait ma confession.) Quelle heure est-il ?

– Presque midi. Pourquoi ?

– Il va falloir que je sorte.

– Où vas-tu aller ?

– Voir ma grand-mère. Ce n'est pas que je lui manquerais, mais je ne veux pas qu'elle passe Noël toute seule.

– Où vit-elle ?

– En maison de retraite, à quelques heures de route d'ici.

– Je vais t'y emmener.

– Pas la peine. Je vais louer une voiture, comme d'habitude.

La pensée de faire quoi que ce soit dans mon état, sans parler de gérer tous les détails d'un voyage pareil, me fit gémir en mon for intérieur.

– Tu n'es pas en état de conduire. D'autant plus qu'il va sûrement se mettre à neiger.

– J'ai dessaoulé ! ripostai-je.

Cameron se leva.

– Franchement, je n'en suis pas si sûr. Mais n'importe comment, ça m'étonnerait que tu te sentes assez bien pour conduire. Je t'y emmène. Prends une douche, mange un morceau, peut-être, et on y va.

CAMERON

La neige commença à tomber peu après notre départ. Le soulagement déferla en moi dès que les tours de la ville ne me furent plus visibles que dans le rétroviseur, à croire qu'on venait de quitter une bulle de vacarme et de chaos pour pénétrer dans un autre monde – le monde. Chaque fois que je quittais New York, c'était pareil, et chaque fois que j'y revenais, j'avais hâte de rentrer dans la bulle.

Maya s'était endormie contre sa portière. Elle n'avait presque rien mangé mais avait repris un peu de couleurs. Au moins, son état s'améliorait.

On roulait depuis deux heures, quand mon téléphone sonna. Je m'empressai de répondre pour le réduire au silence. C'était Olivia.

– Oui, quoi ? lançai-je.

– Où es-tu passé ?

– Je suis avec Maya.

– Super. Bon, les parents sont là. Tout le monde se demande où tu es.

– Eh bien, dis-leur que je suis avec Maya. Ils vont adorer. On va voir sa grand-mère.

– Quoi ? Où ça ? Vous êtes en voiture ?

– Oui, on est en voiture, et je rentrerai sans doute tard. Ne vous gênez pas pour faire la fête sans moi.

– Ce n'est pas possible, tu ne peux pas nous laisser tout seuls ici avec eux !

La voix d'Olivia s'était réduite à un murmure coléreux qui me donna envie de rire. D'une certaine manière, j'étais enchanté de la savoir dans cette galère… même si, d'un autre côté, je regrettais un peu de l'avoir laissé tomber. L'union faisait la force ; à trois, on arrivait à éviter qu'aucun d'entre nous ne se fasse complètement saboter par les jugements et remarques railleuses dont les parents nous assaillaient. Notre armée avait perdu un combattant… mais on n'aurait pas eu besoin d'armée du tout si Olivia avait tenu sa langue.

– Assume, lui dis-je. Et toutes mes condoléances à Darren.

– Ils vont péter un câble. Il faut que tu reviennes !

– Dis-leur de se trouver un hôtel. Je rentrerai, à un moment ou à un autre. On aura peut-être l'occasion de se voir avant qu'ils repartent. Je suis navré, mais il est hors de question que je revienne maintenant.

– Va te faire foutre ! cracha-t-elle, avant de couper la communication.

Je laissai tomber mon portable dans le porte-gobelet et me concentrai sur la route.

– Qui c'était ? demanda Maya en se redressant sur son siège et en me fixant de ses yeux fatigués, sous ses longs cils baissés.

– Olivia.

– Qu'est-ce qu'elle voulait ?

Je haussai les épaules, car je n'avais aucune envie de parler de ma famille.

– Attention, Cameron, ceci est un moment pédagogique. Tu me reproches de ne pas me confier, mais c'est exactement ce que tu fais en cet instant même. Si tu veux que j'apprenne par l'exemple, tu devrais peut-être repenser ce haussement d'épaules silencieux et me dire ce qui se passe.

– Je suppose que tu te sens mieux. Tu recommences à m'énerver.

Quand elle se tourna vers sa vitre, j'y surpris le reflet de son sourire.

– OK, très bien. Mes parents sont là. Olivia les a invités, plus ou moins.

– Comment ça ?

Je n'allais certainement pas lui dire que mes parents et ma sœur l'avaient choisie comme bouc émissaire à qui reprocher les affectations militaires que je m'étais pour l'essentiel imposées tout seul.

– Ils sont très indiscrets, et ils voulaient venir voir ce qu'on faisait. Or quand ils prennent ce genre de décision, il est très difficile de les faire changer d'avis.

– Tu leur en veux toujours ? Ils t'ont payé tes études. Ils t'ont énormément apporté.

– Là n'est pas la question. Ils se sont donné du mal pour moi, je ne considère pas ça comme un dû, absolument pas, mais on n'a pas la même conception de ce qui compte dans la vie. Du coup, on a beaucoup de mal à se parler sans que ça tourne vite à la dispute.

Elle s'accouda à sa portière, la joue dans la main, un regard inexpressif fixé sur le paysage.

– Je suppose que je ne peux pas savoir.

– Pourquoi t'imagines-tu que dépendre d'eux me

serait plus supportable maintenant qu'il y a cinq ans ? À l'époque, je ne supportais pas qu'ils me poussent de toutes leurs forces à faire exactement comme eux, dans le même esprit mais en mieux, en plus… et ils ne se sont pas calmés depuis. Mon père n'est pas du genre à négocier, et ma mère est obsédée par ce que le reste du monde pense d'elle. Ça ne me laisse pas beaucoup de place où me glisser.

Autrefois, Maya faisait partie des rares personnes à comprendre la situation. C'était elle qui m'avait persuadé que j'arriverais à quelque chose, alors même que mes projets étaient fondamentalement différents de ceux que mes parents avaient faits pour moi. Avait-elle oublié ça ?

– Mais au moins, tu as une place. Ç'aurait été facile pour toi de rentrer dans l'entreprise de ton père pour l'aider.

– Bien sûr. Mais ce n'est pas ce que je voulais.

– Je suis peut-être amère. On ne fait pas toujours ce qu'on veut.

– Tu pourrais, toi, répondis-je en lui prenant la main. Qu'est-ce que tu veux ?

Elle haussa les épaules.

– Je suis trop occupée, je n'ai pas le temps de penser à ce que je pourrais vouloir d'autre. Sans parler du fait que je dois gagner ma vie.

– Tu ne pourrais pas la gagner en faisant quelque chose qui te rende un peu moins malheureuse ?

– Je ne sais pas. Il est un peu tard pour rêver, tu ne crois pas ?

– Pourquoi ? Tu ne peux pas te permettre d'être heureuse ?

Elle resta un long moment silencieuse avant de se tourner vers moi, pensive et grave.

– Et toi, tu es heureux ?

Je reportai mon attention sur la route en me demandant comment répondre à cette question délicate et lui serrai brièvement la main. Malheureusement, elle n'avait pas l'air de se rendre compte que mon bonheur dépendait de plus en plus du sien. Si je voulais avoir une chance d'être heureux, on allait devoir éclaircir notre situation.

J'en étais encore à chercher les mots justes, quand elle me montra un panneau voilé par la neige : LAUREL ESTATES.

– Par là.

XVII

MAYA

La maison de retraite se trouvait très à l'écart des routes fréquentées, à quelques kilomètres de la rue principale d'une petite ville, dans un environnement si différent du nôtre qu'on aurait aussi bien pu se trouver sur une autre planète. La fin d'après-midi assombrissait rapidement le ciel.

Une réceptionniste d'âge mûr nous salua à notre entrée.

– Bonjour, je voudrais voir Ruth Jacobs, s'il vous plaît, lui dis-je.

– Vous êtes ?

– Maya, sa petite-fille.

– Ah oui, bien sûr. Une petite signature là, je vous prie, et je vous y emmène.

J'obtempérai, et elle se leva en nous faisant signe de la suivre.

– Elle va bien, en ce moment, reprit l'employée à voix basse, mais si elle commence à s'agiter, sonnez, on viendra à la rescousse.

Son sourire, quand elle s'arrêta à la porte de la chambre, était à la fois plein d'espoir et de compassion.

– Merci. (Je me tournai vers Cameron.) Tu veux la voir ?

– Je peux aller chercher du café ou autre chose, si tu préfères. Elle ne risque pas de me reconnaître, et je ne voudrais pas lui brouiller les idées.

– Elle ne risque pas de me reconnaître non plus, mais ce n'est pas grave. Je viendrai te chercher en repartant.

– Qui est là ? appela ma grand-mère, de l'autre côté du battant.

Pourvu que cette visite-ci se passe mieux que la précédente ! J'articulai en silence un « À tout à l'heure » destiné à Cameron puis entrai dans la chambre.

C'était une vieille femme portant des lunettes et aux cheveux d'un blanc pur, courts mais bouclés à la pointe. Installée dans un fauteuil près de la fenêtre, les jambes dissimulées par sa couverture préférée, exécutée au crochet de ses mains des dizaines d'années plus tôt, elle posait sur moi des yeux du même brun clair que les miens et ceux de ma mère.

– Bonjour, mamie, dis-je d'une voix douce en lui adressant un sourire radieux, comme à une amie d'enfance.

En général, ça marchait mieux que des présentations maladroites, à renouveler au bout de quelques minutes. Je l'embrassai avant de prendre place en face d'elle sur une chaise, penchée vers elle pour qu'elle me voie mieux.

– Comment vas-tu ? demanda-t-elle, jouant le jeu.

– Très bien, merci. Tu m'as manqué.

– C'est réciproque, ma chérie. Tu as dit bonjour à Gus ? Il travaille dans la cour.

– Pas encore, non.

Mieux valait ne pas lui rappeler que grand-père était mort depuis des années, peu avant la disparition de ma mère. Sans parler de la neige de plus en plus épaisse qui recouvrait le parc de la maison de retraite.

– On se préparait à aller jouer aux cartes chez les Smith, reprit-elle en tripotant le bouton supérieur de son cardigan et en se redressant, l'air prête à se rendre aussitôt à l'événement social dont elle venait de me parler.

Elle avait toujours une allure particulière, comme si elle voulait faire savoir au monde entier qu'elle faisait des choses importantes, même s'il ne s'agissait que de ses soirées de jeux hebdomadaires avec les Smith. Je me demandai ce que j'aurais dit à mes petits-enfants pour m'attirer leur admiration, mais il ne me vint pas la moindre idée.

– Ah bon ? Vous allez bien vous amuser. Les Smith sont adorables.

Je me les rappelais vaguement, pour leur avoir rendu visite enfant.

– On y va tous les vendredis, tu sais.

J'acquiesçai, souriante, puis la laissai papoter, répéter encore et encore des choses pour elle nouvelles et dignes d'intérêt. L'arthrite de Gus le tourmentait, mais elle avait oublié le cancer qui prenait lentement possession de lui la dernière fois que j'avais eu avec elle une conversation cohérente. Pire, lors de leur dernière soirée de jeu, Bernice Smith avait insinué que son propre gâteau à la courgette était le meilleur. J'offris mon soutien à Ruthie en ironisant sur l'audace de son amie de toujours, qui osait prétendre la surpasser dans le domaine de la pâtisserie – tout juste si la jalousie m'effleura à la pensée que je ne saurais peut-être jamais faire le moindre gâteau, si je continuais sur ma lancée.

À un moment, elle regarda dehors, et j'en profitai pour observer ses traits. C'était toujours la jeune mamie de mes souvenirs, avec qui je jouais à la poupée pendant que ma mère était au travail. Lynne avait toujours fait des efforts énormes pour joindre les deux bouts. Avant que l'alcool ne la dépouille de sa volonté de vivre et de se battre pour nous deux.

Je n'essayais plus depuis longtemps de tenir Ruthie au courant de ce que je faisais. Nous devions nous contenter de conversations à la fois brèves et décousues, dont j'espérais qu'elles lui apportaient un peu de réconfort. Je ne savais pas si les employés de la maison de retraite l'occupaient beaucoup, mais elle se montrait toujours bavarde, avant de perdre peu à peu ses moyens.

Lorsqu'elle se retourna vers moi, ses yeux cherchèrent les miens. J'allais reprendre la parole, là où nous en étions restées, quand elle fronça les sourcils.

– Tu es ma fille ?

– Non, je suis ta petite-fille, Maya.

– Je n'ai pas de petite-fille.

– Je suis la fille de Lynne, tu te souviens ?

Je détestais prononcer le nom de ma mère en sa présence, mais c'était parfois le seul moyen de lui rappeler mon existence.

Un muscle se contracta dans sa joue, tandis que ses mains tordaient le mouchoir roulé en boule dans son giron.

– Je sais qui tu es, marmonna-t-elle à voix basse. Je t'ai déjà dit de ne pas revenir. Je n'ai pas d'argent.

Je soupirai en mon for intérieur. Pourvu que j'arrive à lui changer les idées…

– Je ne suis pas Lynne, mamie, et je n'ai pas besoin d'argent, d'accord ? Tu te trompes.

– Je t'interdis de me dire que je me trompe, riposta-t-elle. Je sais qui tu es. Je reconnais ma propre fille. N'essaie pas de me mentir.

– Lynne est venue te voir ? m'enquis-je, cramponnée à l'espoir irrationnel que ma grand-mère sénile dénoue le mystère de la brusque disparition maternelle.

– Gus te donnait tout le temps de l'argent. On aurait dû te jeter dehors quand ce garçon t'a mise enceinte.

Je me reculai contre le plastique dur du dossier en luttant contre la brusque envie de lui répondre sèchement. Ce n'était plus en esprit qu'une enfant, voire moins. J'inspirai longuement, le temps de m'en convaincre.

– Tu veux qu'on fasse un puzzle ? Les employés m'ont dit que tu aimais bien ça.

– Ça suffit ! Arrête d'essayer de me manipuler. Tu ne m'auras pas, sale petite pute. Je t'ai déjà dit de ne plus venir ici, mais te voilà. Tu nous fais honte.

Elle secoua violemment la tête en lâchant tout bas une bordée de jurons. Quelle ironie : jamais je ne l'avais entendue jurer avant que son état ne l'oblige à entrer en maison de retraite. Je regardai autour de moi, consciente pourtant que je ne risquais pas de trouver quelque chose d'utile dans la chambre, mais je me levai quand elle recommença à s'en prendre à moi. Une partie de moi n'en avait pas moins envie de nous défendre, ma mère et moi, face aux jugements sans nuances qu'elle dévidait sans pitié.

Au moment même où j'allais sortir appeler une infirmière, la porte s'ouvrit sur la silhouette imposante de Cameron. Mon corps tout entier se détendit à sa vue. Ses yeux étincelants se posèrent sur moi, puis sur Ruthie. Il entra, me tendit un gobelet fumant puis s'approcha d'elle.

– Bonsoir, Ruthie. Ça vous dit, un petit thé ?

Elle s'éclaira instantanément, aussi fascinée par son beau visage que moi quelques secondes plus tôt.

– Oui, merci, je veux bien. Avec du lait, s'il vous plaît.

– Il y en a dans celui-là.

Il lui tendit prudemment l'autre gobelet, avant de prendre place sur la chaise que je venais de libérer. Son dos se voûta légèrement, comme s'il cherchait à se faire plus petit, moins imposant face à cette frêle vieille femme.

– Je vous connais ? demanda-t-elle.

Il se présenta, souriant, et tendit la main pour serrer la sienne avec douceur.

Je me rapprochai un peu, hésitante : peut-être le moment de me présenter de nouveau était-il venu, maintenant que l'arrivée de Cameron l'avait étourdie. Le regard de Ruthie se reposa sur moi, sans que ses yeux écarquillés perdent leur expression approbatrice. Je tirai une seconde chaise près de Cameron pour m'y asseoir, incertaine.

– C'est ton mari ? me demanda-t-elle.

Je restai bouche bée, en quête d'une réponse satisfaisante à la fois en tant que vérité et en tant que vérité acceptable pour elle. Peu importait ce qui aurait été une vérité acceptable pour moi. Je ne pouvais même pas mesurer la force de mes émotions à ce sujet.

– Non, mamie, c'est un ami.

Ses yeux brillants d'espoir s'adoucirent un peu en oscillant entre Cameron et moi. Elle soupira puis sirota une gorgée de thé.

– Dommage, il a l'air charmant…

Lorsqu'elle releva le nez de son gobelet, ce fut pour lui demander, à lui :

– C'est votre femme ?

Il secoua la tête, souriant.

– Pas encore, Ruthie.

Puis, tout bas, penché vers elle, comme pour lui confier un secret :

– Vous croyez que je vais arriver à la convaincre ?

Les rides au coin des yeux de ma grand-mère s'accentuèrent tandis qu'un sourire coquet plissait ses traits. De mon côté, je faisais de mon mieux pour dissimuler les folles réactions de mon corps à leur conversation aberrante. Mes mains crispées tremblaient autour du gobelet.

– Oh, certainement. Vous avez l'air d'un jeune homme très bien, mais il faut me faire une promesse.

– Je vous ferai toutes les promesses que vous voudrez, Ruthie, assura-t-il avec un sourire taquin.

– Il faut me promettre de prendre bien soin d'elle.

– Ça va de soi.

– Parce que je n'ai pas d'autres petits-enfants.

Je réussis à garder le contrôle de mes émotions pendant vingt minutes encore, jusqu'au moment où Ruth nous informa qu'elle était fatiguée et qu'elle allait faire la sieste. Après l'avoir embrassée, on la quitta sans lui laisser le temps de se demander si on arrivait ou si on repartait. En arrivant à la réception, Cameron dans mon sillage, je m'arrêtai devant l'infirmière qui s'y trouvait toujours. Elle releva le nez de son livre.

– Alors, comment allait-elle ?

– Très bien. Merci de prendre aussi bien soin d'elle. Elle a l'air en pleine forme.

– C'est notre travail.

– J'aimerais vous poser une question.

– Oui ?

– Quelqu'un d'autre est-il passé la voir ?

Elle réfléchit une ou deux secondes, avant de répondre :

– Un instant, mademoiselle, je vérifie.

Quelques minutes atroces s'écoulèrent pendant qu'elle faisait défiler sous ses doigts les dossiers rangés dans un classeur, au fond du coin bureau, puis elle nous rejoignit, une chemise ouverte entre les mains.

– Vous avez été sa seule visiteuse depuis son admission, sauf le mois dernier.

Elle posa devant moi un document signé, en le tournant de manière à me permettre de déchiffrer la signature qu'elle me montrait du doigt : *Lynne Jacobs.*

Mon cœur s'arrêta. Mes mains tremblantes se posèrent sur ma bouche. Le monde entier se figea.

– Maya ? Maya, ça va ?

Je me souvins de respirer lorsque la main de Cameron me réchauffa les reins. Je lui répondis d'un hochement de tête, remerciai l'employée de son aide puis me dirigeai vers la sortie. La neige tombait de plus en plus dru.

– Il faut repartir tout de suite, dis-je en regagnant la voiture d'un pas vif.

– Les routes vont être mauvaises.

Je serrai les mains dans l'espoir de les empêcher de trembler.

– Je ne peux pas rester ici, Cameron. Je ne peux tout simplement pas.

– OK, OK, du calme.

Il coinça mes cheveux décoiffés par le vent derrière mon oreille, m'effleurant la joue au passage.

– Il y a un hôtel ou quelque chose comme ça dans le coin ?

Je secouai la tête, incapable de penser, incapable d'intégrer ce qui venait de se passer. Pas maintenant.

– Je… Peu importe ! Allons-nous-en.

Il m'entraîna de l'autre côté de la voiture.

– Bon, installe-toi. Je reviens.

Il regagna l'établissement en courant puis revint en

effet quelques minutes plus tard et lança le moteur.

– Qu'est-ce qu'on va faire ?

Ma voix était si faible que ce fut tout juste si je la reconnus.

– Il y a un *bed and breakfast* un peu plus loin. On va s'y installer, et demain tout ira bien.

J'acquiesçai, tandis que la maison de retraite disparaissait dans une brume blanche. Un instant plus tard, la voiture s'engageait dans l'allée menant à une vaste demeure victorienne, aux fenêtres chaleureusement éclairées dans l'obscurité croissante de cette soirée de tempête. Cameron m'entraîna à l'intérieur, où notre hôte nous guida jusqu'à notre chambre, au deuxième étage. Apparemment, nous étions les seuls clients. Laurel Falls n'était sans doute pas une destination très prisée, mais n'importe quelle ville avait besoin d'un endroit où puissent loger les gens de passage.

Je laissai tomber manteau et sac à main sur le fauteuil ancien disposé dans un coin de la chambre, une pièce au charme désuet, occupée par un lit *queen size* et quelques meubles tout simples. Puis je me mis à faire les cent pas. Dehors, la neige tourbillonnait dans le ciel. On aurait dit les pensées agitées et les émotions qui me secouaient tout entière. Il fallait que la tempête s'apaise. L'hiver commençait pour moi d'une façon particulièrement cruelle, et je n'étais pas sûre de pouvoir en supporter davantage.

Le nom de ma mère, griffonné sur la liste des visiteurs, tournait dans mon esprit. Elle y était allée. Il n'y avait pas d'autre explication. Quelques semaines plus tôt, après des années de néant, elle était allée voir ma grand-mère. Lui avait-elle vraiment demandé de l'argent ? Pourquoi n'avait-elle pas cherché à me contacter, moi ? Pourquoi n'était-elle pas venue me trouver, si elle avait besoin d'aide ? Je n'attendais que ça depuis si longtemps – une occasion de l'aider. Où était-elle, maintenant ?

Une souffrance désespérée emplissait le vide habituel au creux de ma poitrine. Le tremblement d'anxiété était devenu frisson pénétrant, impossible à maîtriser. J'inspectai la chambre. La panière posée près de la cafetière ne contenait que des dosettes de thé et de café de luxe qui ne m'étaient pour l'instant d'aucune utilité. Lorsque j'ouvris le mini réfrigérateur, le soulagement m'envahit à la vue des stocks de bière et de boissons caféinées qu'il contenait.

Je pris une bière, mais quand je me redressai Cameron me l'ôta adroitement des mains, la bouche pincée en une moue réprobatrice.

– Qu'est-ce que tu fais ?

– J'ai besoin d'un verre.

– Tu plaisantes, j'espère. Après la nuit passée, je ne comprends pas que tu puisses seulement y penser.

– Je suis stressée, d'accord ?

– Pourquoi ? À cause de ta grand-mère ?

– Non. Tu ne peux pas comprendre.

Il ne pouvait pas comprendre, parce que je n'allais pas lui expliquer.

– Alors explique-moi.

Je soupirai en me demandant pourquoi il ne me laissait pas tranquille.

– Il faut que je me calme. Je ne risque pas de me saouler, il n'y a que deux ou trois bières.

Il secoua la tête, les traits tirés par un mélange de compassion et, indéniablement, de déception. Rien n'aurait pu être pire pour moi.

– Tu parles au type qui t'a portée inconsciente sur deux étages, la nuit dernière. Si tu t'imagines que je vais te laisser boire quoi que ce soit d'alcoolisé ce soir, tu te trompes.

La panique me serra la gorge. Les murs paraissaient se rapprocher – le jugement de Cameron, mon passé, la douloureuse certitude que notre avenir commun était condamné. C'était un étau qui m'empêchait presque de respirer. J'enfilai mon manteau, contournai mon compagnon et me dirigeai vers la porte.

– Attends.

Il me bloqua le passage, les yeux baissés vers moi.

– Où vas-tu ?

– Laisse-moi passer.

Ma voix quasi imperceptible constituait un témoignage pathétique de mon état d'âme. Il m'attrapa par les revers de mon manteau, l'ouvrant sur mon torse et me le retirant aussi vite que je l'avais mis.

– Tu ne sors pas.

– Mais bien sûr. Laisse-moi passer, je te dis.

Je me débattis pour lui échapper. Mon manteau tomba par terre. Mes épaules tremblaient de l'effort qu'exigeait ma maîtrise de moi-même.

– Il faut que tu arrêtes les conneries, Maya.

La dureté de sa voix me glaça. Je le repoussai, la colère dominant la douleur qui irradiait en moi, mais il ne bougea pas et je ne réussis qu'à me faire mal aux poignets.

– De quel droit te permets-tu de me juger ? m'écriai-je en lui martelant la poitrine de mes poings – ultime et futile tentative.

Il m'attrapa par les poignets, avec douceur mais fermeté, pour m'empêcher de me dégager ou de continuer à le frapper.

– Il n'est pas question de te juger, bordel. Je t'aime. Je ne me fous pas de ce qui t'arrive. Je suis navré que personne d'autre ne tienne assez à toi pour te dire non, mais il n'est pas question que je te regarde les bras croisés te noyer dans la picole.

– Je ne te demande rien, à part de t'écarter de mon chemin. C'est de ma vie qu'il est question, et si j'ai besoin de l'arroser de temps en temps, ça ne te regarde pas.

– Tu restes ici avec moi, alors laisse tomber.

Il relâcha légèrement sa poigne pour me permettre de m'écarter de lui. J'essayai de reprendre mon souffle. Mon corps débordait d'adrénaline, le moindre de mes nerfs vibrait, l'anxiété et la douleur que j'aurais désespérément voulu étouffer palpitaient dans mes veines. Et Cameron regardait, Cameron luttait contre mes pulsions comme un crétin de guerrier. Je n'avais pas besoin de guerrier, je n'avais pas besoin d'un amour de ce genre.

– Si c'est comme ça que tu m'aimes, ça ne m'intéresse pas. Tu ne me connais vraiment pas.

Un muscle tressaillit au coin de sa bouche.

– Parce que tu ne m'en donnes pas l'occasion. Tu ne veux pas me laisser approcher. Il faut que je te prenne par surprise pour apprendre quoi que ce soit. Tes poèmes… Bon sang, Maya, ils débordent d'émotions que tu ne m'as jamais livrées, que tu n'as jamais livrées à personne.

Il fallut un moment à mon cerveau pour le suivre. Là, une souffrance nouvelle m'envahit, à croire qu'on m'avait éviscérée sur la place publique, exposée à tous, nue et dépouillée.

– Tu… tu as lu mes textes ?

Il haussa les épaules, mais le geste n'avait rien d'insouciant. Cameron avait l'air aussi ébranlé que moi.

– Ils étaient là, sur l'étagère. J'en ai lu quelques-uns.

– C'est pour ça que tu m'as offert le carnet. (Les larmes me brûlaient les yeux.) Je n'arrive pas à croire que tu… Comment as-tu pu lire quelque chose d'aussi personnel et te dire que ça ne posait pas de problème ?

Une larme coula lentement sur mon visage. Ma main se posa sur ma bouche pour étouffer un sanglot. Cette trahison – car c'en était une, à mes yeux – alourdissait encore la douleur écrasante contre laquelle je luttais déjà. Qu'avait-il lu ? Et pourquoi, surtout ? Pourquoi cet espionnage ? Mais c'était ma faute, je m'étais montrée imprudente et j'avais écrit, tout simplement. Des mots idiots. Parce que je n'étais pas capable de contenir mes émotions débiles.

Il se frotta les yeux en soupirant.

– Je crois… je crois que je sais ce que tu essaies d'exprimer dans certains poèmes… dans beaucoup de poèmes. C'est ce que je ressens, moi aussi. Je veux ce qu'on aurait pu avoir. Mais il faut que tu y croies. Il n'est pas trop tard, Maya.

– Si.

– On va s'en sortir, s'obstina-t-il, le regard voilé. Ensemble. Toi et moi. Les choses n'ont pas à rester comme ça. Tu n'as pas besoin de ce genre de béquille.

Un rire douloureux me déchira la gorge.

– Une béquille… Mais oui. Ne t'inquiète pas, jamais je ne te demanderai de me servir de béquille.

– Ce n'est pas ce que je…

Il ferma les yeux de toutes ses forces : il se rappelait, lui aussi. Les mots terribles qu'il m'avait assenés – un coup en plein cœur.

– Si seulement je pouvais défaire tout ce qui s'est passé à partir de là…

Il se voûta, la tête basse, vaincu.

– Tu m'as quittée, et maintenant tu veux… tu

veux quoi ? Mon cœur ? L'adoration que je te vouais aveuglément ? La satisfaction de me sauver, après m'avoir brisée ? Tu ne me sauveras pas, d'accord ? Je ne peux pas te donner celle que j'étais, je ne le pourrais pas même si je le voulais, parce qu'elle n'existe plus. Et, oui, il m'arrive d'avoir besoin de boire pour oublier tout ça. Je ne peux pas te l'expliquer autrement, mais là, maintenant, tout de suite, c'est ce dont j'ai besoin.

J'allai m'asseoir sur le canapé, les bras plaqués contre le ventre, penchée en avant pour contrer la douleur sourde qui me rongeait. J'étais soudain glacée jusqu'aux os par un froid qui m'atteignait jusqu'à l'âme et que Cameron ne comprendrait jamais.

Ma mère était revenue me hanter, pleine de vie dans mes souvenirs, car je ne m'autorisais pas à rendre visite à la femme diminuée qu'elle était peut-être devenue au fil des ans. Dans ma tête, elle restait jeune, belle, animée. Je l'aimais de l'amour égoïste, avide, dévorant des enfants. Sa vie m'avait toujours appartenu, mais c'était fini. Comment aurais-je pu ne pas me sentir atrocement rejetée ?

Sa réapparition dissimulée me ravageait, moi qui avais passé des années à m'inquiéter de sa disparition et à m'en sentir responsable.

Je la détestais, oui, je la détestais autant que je l'aimais. Elle était devenue abstraction, parce qu'elle n'avait plus de réalité. La souffrance me rongeait les entrailles, et j'aspirais à la soulager, malgré la douleur sourde qui subsistait de ma cuite de la veille. Mais j'étais prisonnière, il ne me restait que mes yeux pour pleurer. Alors je laissai couler mes larmes, en implorant le ciel de m'accorder le soulagement.

Cameron s'accroupit près de moi, les mains sur mes genoux, d'abord, puis remontant le long de mes cuisses et allant me frotter les bras pour me réchauffer, m'apaiser. Il me cajola jusqu'à ce que je reprenne mon souffle, essuya mes joues mouillées avec des gestes tendres, réduisit à néant ma colère. Comment faisait-il ? Il lui suffisait de me toucher pour m'emmener ailleurs, m'attirer hors des frontières de mon esprit obscurci, du désert émotionnel à quoi s'était réduite ma vie.

Je secouai la tête, lui pris la main et la serrai. Si seulement il avait pu emporter tout ça, jusqu'au moindre fragment. Mais pourquoi aurait-il fait une chose pareille ?

– Comment pourrais-tu bien vouloir rester avec une fille comme moi ?

Je me risquai à lui jeter un coup d'œil, effrayée à l'idée de ce que j'allais lire dans son regard. Ses calmes yeux bleus et les lignes fermes de son visage ne trahissaient aucune pitié, mais j'y découvris quelque chose d'incomparablement plus profond que je n'aurais su le dire, une émotion aussi sensible qu'une vague de chaleur qui me saisit au cœur. Mes lèvres s'entrouvrirent sur une brusque inspiration.

– Je veux rester avec toi parce qu'on est faits l'un pour l'autre, Maya. Tu n'y crois peut-être pas, mais tu es forte, tu es belle, et tu es mienne, même quand on s'affronte. Mais maintenant, il faut te battre pour nous, pour la fille qui partageait mes rêves et qui m'a persuadé que rien ne nous était impossible tant qu'on était ensemble. Je n'ai jamais su ce que l'avenir me réservait, mais je n'ai jamais cessé de croire que c'était toi qui m'y accompagnerais.

Il inspira longuement. Ses traits s'adoucirent un peu.

– Je t'en prie, Maya, je t'en supplie, parle-moi. Il s'est passé quelque chose, à l'époque. Dis-moi quoi. Ne me laisse pas dans le noir.

Je fermai les yeux de toutes mes forces pour lutter contre une nouvelle crise de larmes. J'allais craquer. Ses mots me transperçaient jusqu'à l'os, transperçaient jusqu'au cœur de la faible fille effrayée et sans mère que je détestais être.

– Maya… murmura-t-il en m'effleurant la joue de sa chaleur.

– Ma mère a rendu visite à Ruth il y a quelques semaines. (Je secouai la tête.) Il y a des choses dont je ne t'ai jamais parlé…

– Dis-moi.

Il se releva et s'assit à côté de moi, son bras enlaçant ma taille. J'effaçai mes dernières larmes en inspirant à fond pour me ressaisir.

– Ma mère et moi… On n'a jamais eu grand-chose, mais je l'avais et elle m'avait, tu comprends ? Ça n'a pas été facile pour elle de m'élever toute seule, et quand je suis partie à la fac, elle… Ah, ça a tout fichu en l'air, voilà. Elle n'avait jamais été bien, de toute manière, mais sans moi pour veiller sur elle et pour lui donner une raison de rester en place, elle a perdu les pédales. Elle enchaînait les mecs, elle passait son temps à boire, et elle ne l'aurait jamais admis, mais je crois qu'elle a fini par se droguer. Moi, je ne pouvais pas arrêter mes études. Je veux dire, j'y ai pensé, vraiment, mais c'était pour ça qu'on en avait bavé, pour avoir une vie meilleure, et je ne pouvais pas laisser tomber comme ça. J'étais bien décidée à obtenir mon diplôme et à trouver un bon travail… On en avait souvent parlé. À ce moment-là, je la sortirais de la galère. Mais je n'ai pas eu le temps.

– Qu'est-ce qui s'est passé ?

– Tu es parti et… et elle aussi. Elle a disparu. Je me suis dit qu'elle avait encore déménagé, en oubliant de me donner son nouveau numéro, cette fois, mais les jours ont passé, les semaines, les mois… Je n'ai plus jamais eu de nouvelles. J'ai rempli des déclarations de disparition. Rien.

– Mais, Maya, tu ne m'as jamais…

– Tu étais parti, mais même si tu ne m'avais pas quittée, je ne suis pas sûre que je t'en aurais parlé. Je ne voulais pas que vous connaissiez cet aspect-là de ma vie, Olivia et toi, ce côté si imparfait de moi-même.

– Il me semble évident qu'on ne se fait pas la même idée de la perfection, toi et moi.

Je haussai les épaules. Il parlait si souvent de perfection. Moi, je n'étais pas Olivia. Je n'étais pas le genre de fille qu'on mourait d'envie de présenter à ses parents. Il me prit le menton pour m'obliger à le regarder dans les yeux, coupant court à ma tirade intérieure d'autoflagellation.

– Tu croyais vraiment m'avoir persuadé que tu étais comme n'importe qui d'autre ? Je savais pertinemment que ta vie n'était pas rose. Je ne savais pas trop pourquoi, mais je pensais que tu le dirais un jour. Je ne m'imaginais pas qu'il te faudrait cinq ans.

– Je ne pouvais pas te le dire. (Les souvenirs me firent prendre une inspiration heurtée.) Même au moment de te perdre, je n'ai pas trouvé le courage.

Je plongeai dans les profondeurs de ses yeux bleus, qui illuminaient la chambre de plus en plus sombre.

– Ce n'est pas à cause de toi que j'ai dit non, ce jour-là. Je devais rester dans le coin pour m'occuper de ma mère, mais je ne supportais pas l'idée de t'expliquer que m'épouser t'obligerait à t'engager à ça aussi. Et je n'allais pas non plus la laisser sortir de ma vie. (Je haussai les épaules.) N'empêche qu'elle l'a fait. Je vous ai perdus tous les deux, en essayant d'incarner la perfection à tes yeux sans cesser pour autant de m'occuper d'elle. Je me suis retrouvée toute seule.

Un petit rire triste m'échappa à la pensée de la période noire où j'avais été dépouillée de tout ce qui comptait dans ma vie. D'une certaine manière, mes deux raisons de vivre m'avaient été rendues, mais je pataugeais toujours, complètement perdue… Je m'obstinais à tout gâcher, aussi loin d'arranger les choses que le jour où Cameron m'avait quittée. Les larmes avaient refroidi mes joues et le fardeau pesait à nouveau sur moi, douleur suffocante qui n'avait qu'un exutoire. Je baissai les yeux vers mes mains, nouées afin d'en calmer le tremblement anxieux. J'avais vraiment besoin d'un verre.

– J'ai besoin de quelques heures de répit, Cameron. Tout ira mieux demain, je te le promets. Moi, j'irai mieux. Je ne serai plus comme ça.

Il m'attira contre lui, le front sur sa poitrine, le corps encore plus faible dans son étreinte puissante. J'aurais voulu disparaître entre ses bras, me rouler en une petite boule bien protégée et oublier le reste du monde, mais ça ne suffirait peut-être pas à écarter la souffrance qui me taraudait.

– S'il te plaît, ajoutai-je, dans l'espoir qu'il aurait pitié de moi.

– Je vais arrêter ça, moi, d'accord ? murmura-t-il en chassant les cheveux qui retombaient sur mes joues barbouillées de larmes séchées. Il suffit que tu restes avec moi.

Je levai les yeux vers lui, désespérée, complètement perdue. Il me caressa la joue, un bras possessif passé autour de ma taille.

– Je te veux, Maya. Tu as peut-être le cœur brisé, mais je le veux quand même. Et si je ne le mérite pas, j'attendrai le temps qu'il faudra. Mais en attendant, je suis là. Contentons-nous de ça cette nuit, être juste toi et moi.

Une expiration haletante m'échappa, et sa bouche trouva la mienne pour aspirer mon soulagement. Il embrassa mes lèvres, mes joues, en suivant du bout des doigts le chemin tracé. Penché sur moi, mon visage entre ses mains, exigeant. Je réagis comme il s'y attendait, avec avidité, jusqu'au moment où ces baisers nous laissèrent hors d'haleine.

– Écoute, Maya. (Il se recula un peu, l'air grave.) Je veux être ton refuge, l'endroit où tu peux oublier et évacuer les choses. Je peux t'y emmener. Je sais que je peux, parce que rien ne m'a jamais fait ressentir ce que je ressens avec toi. Ni l'alcool ni les autres femmes… ni l'adrénaline, le danger, la drogue… Rien. Je veux te faire l'amour jusqu'à ce qu'on ne se rappelle même plus qui on est, toi et moi. Cette nuit, je ne veux pas que tu te saoules, à part de nous.

Mon cœur battait à tout rompre, me rappelant combien je l'aimais, état de choses auquel je ne pouvais absolument plus rien. Le tableau qu'il peignait m'attirait. Je voulais oublier tout ce qui m'avait abattue et repartir de zéro avec lui. Les mots que nos corps seuls pouvaient prononcer me manquaient, la force de notre lien physique, capable de transcender tout ce qui s'était glissé entre nous.

Incapable de parler, je me contentai de hocher la tête. Il me souleva dans ses bras puis me posa sur le lit, où il me couvrit de sa chaleur pesante. Le soulagement fut quasi instantané : mes membres se détendirent dans son étreinte. Il m'embrassa, m'humecta les lèvres et les mordilla tendrement pendant que mes hanches se soulevaient sans que je puisse les en empêcher et que je gémissais sous lui.

Il se releva, ouvrit mon jean et le descendit sur mes jambes. Je m'assis pour me débarrasser de mon corsage, avant de m'attaquer à sa chemise. Il ôta son propre jean et me rejoignis aussitôt, bouche à bouche.

Mes mains erraient sans relâche, effleurant ses muscles, qui se contractaient et se détendaient au rythme de ses mouvements. Je me cambrai pour être encore plus près de lui, impossiblement près, pour l'attirer en moi et le faire mien. Sa peau brûlait la mienne, nos corps affamés se tordaient l'un contre l'autre, le désir me faisait tourner la tête. La douleur atroce de la réalité pâlissait, s'évanouissait dans l'obscurité de la chambre. Il ne restait que Cameron.

– Je t'aime.

Les mots tombèrent de mes lèvres avant que j'en aie conscience de ce que j'allais dire, de ce que ça signifiait, de ce que je livrais.

Il se figea, ses lèvres frôlant les miennes. Son regard me brûla au fer rouge – passionné, plein de tout l'amour que je ressentais moi-même.

– J'attendais ça depuis longtemps.

– J'avais peur. J'ai toujours peur. J'ai peur que tu me quittes, que tu me brises. Te dire « je t'aime », c'est comme… comme te donner le dernier fragment de moi, celui que je ne peux pas me permettre de donner.

Je m'interrompis, glacée par une appréhension fugace qui s'évanouit presque aussitôt. Il posa la main sur ma joue pour m'obliger à le regarder dans les yeux.

– Si je me retrouvais en enfer, je ferais tout le chemin en rampant pour te rejoindre, Maya. Pour avoir une chance d'arranger tout ce qui a mal tourné entre nous. Moi-même, je ne peux pas te dire ce qui nous arrive, parce que je n'ai jamais rien ressenti de pareil, mais tu peux me croire quand je te dis que je n'irai nulle part sans toi. Je te le jure.

Il expira brusquement en m'embrassant avec fougue. Je gémis sous sa bouche, aussi passionnée, aimante, engagée que lui. Son baiser profond, dévorant me disait qu'il avait lui aussi des démons à libérer.

XVIII

CAMERON

Impossible de ralentir. Je goûtais la moindre surface de sa peau, pendant que ses mains s'ouvraient et se refermaient nerveusement sur les draps et que son corps répondait au mien avec ardeur, reflet du désir qui me brûlait les veines. Je le combattais pourtant, décidé à prendre mon temps et à l'aimer sans hâte.

– Maya… murmurai-je en lui glissant une mèche égarée derrière l'oreille, pour accéder à la peau sensible juste en dessous et à son cou.

La moindre de ses réactions m'enchantait : la chair de poule qui s'emparait de sa peau sur le passage de ma bouche, tandis que je répétais son nom, encore et encore, comme un mantra ou un écho de rêve. Elle frissonnait. Je l'attirai plus près de moi encore, décidé à lui donner tout le confort et la chaleur possibles.

Son désespoir m'avait bouleversé. J'étais résolu à chasser les souvenirs et les problèmes qui lui infligeaient ne serait-ce qu'une ombre de tristesse et à illuminer ses ténèbres de mon amour. Le mot tournait dans ma tête, car j'en analysais le sens dans notre contexte : la seule femme que j'avais jamais aimée était à nouveau dans mon lit, dans mes bras, m'offrant son cœur et son corps.

Ses mains tremblantes glissèrent de mes épaules à mon torse. Je les attrapai pour lui embrasser le bout des doigts puis me penchai pour lui empoigner les seins, avant d'en sucer les mamelons. Quand je les eus transformés en longues pointes dures, je les agaçai de la langue et des dents jusqu'à ce qu'elle crie et que ses jambes se resserrent sauvagement autour de mes hanches.

Ma bouche remonta jusqu'à ses épaules puis à son oreille, en passant par son cou. De petits frissons la traversaient, et elle se cramponna à ma taille pour m'attirer plus près. Je mourais d'envie de m'enfouir en elle : ma patience s'amenuisait.

– Tu prends la pilule ?

Elle battit des paupières, comme s'il fallait qu'elle retrouve ses esprits avant de répondre.

– Oui.

Je lui caressai doucement la gorge, m'immobilisant une seconde au-dessus du pouls qui battait dans son cou, puis je descendis jusqu'à lui effleurer le haut des cuisses avant de continuer, provocant, sur le coton doux de sa culotte, trempé entre les jambes. Une légère pression, et elle se cabra contre ma paume. Lorsque je repoussai le tissu pour glisser les doigts dans les plis mouillés de son sexe, elle se cramponna à mon bras, puis elle poussa un petit cri quand je m'enfonçai en elle. Mon sexe brûlait de prendre sauvagement la place. Bientôt…

– Je veux te prendre comme ça, Maya, jouir vraiment en toi…

– J'ai toujours fait attention. Il n'y a eu que toi.

Je l'embrassai avec passion, aspirant sa promesse.

Elle gémit en se cambrant contre moi. Je lui faisais confiance, elle me faisait confiance : je l'aiderais à traverser l'épreuve.

La confiance mutuelle combattait en guerrier du bien les craintes qui nous avaient hantés. La confiance, aidée de l'amour que Maya en personne ne pouvait plus nier, constituerait peut-être le pont qui nous mènerait de ceux que nous étions à ceux que nous pouvions devenir. Peut-être parviendrait-elle à guérir les plaies que nous nous étions infligées l'un à l'autre.

– Je meurs d'envie de te faire l'amour, mais si c'est trop pour toi en ce moment, il faut me le dire, repris-je.

– J'ai besoin de trop.

Elle me passa les doigts sur la poitrine et bougea contre moi. Ma verge en pleine érection ne fit que croître.

– J'ai besoin de toi. Fais-moi oublier. Tout ce que je veux, c'est ce moment avec toi. Fais-le durer le plus possible.

Je l'embrassai tendrement. Un léger fredonnement fit vibrer son corps minuscule quand je pris sa bouche avec davantage de passion, d'exigence. Ses paupières, qui s'étaient abaissées, se relevèrent à demi, et ses yeux trouvèrent les miens. Mon cœur se serra douloureusement.

– Je pourrais passer ma vie à t'embrasser. Tu es tellement suave, tellement douce.

– Il va me falloir quelque chose d'un peu plus fort que des baisers.

Je ris tout bas, lui ôtai sa culotte et ne perdis pas de temps pour la pénétrer. J'avais envie de plonger en elle d'une seule poussée ardente, mais aussi de jouir de chaque seconde de cet instant, de me retirer alors qu'elle m'attirait plus profond.

Sensation stupéfiante, fourreau brûlant idéalement ajusté autour de moi – seul endroit où j'aie jamais voulu être.

C'était ce que je voulais depuis le début, mais les obstacles qui nous séparaient nous avaient jusque-là empêchés de parler de notre vie sexuelle pendant notre séparation. Et c'était presque tant mieux, vu le torrent exquis qui nous emportait maintenant que rien ne séparait plus nos deux corps.

La seule pensée qu'elle puisse coucher avec d'autres que moi m'emplissait d'une jalousie incandescente. Un besoin brutal de me l'approprier me fit plonger en elle plus profond que jamais. Un cri étouffé lui échappa. Le moindre de ses muscles se contracta, m'emprisonnant dans son étreinte. Sa bouche s'ouvrit sur la respiration haletante qui soulevait sa poitrine. Ses lèvres frémirent. Elle palpitait autour de mon sexe, planté au fond de son corps.

– Maya ? Ça va ?

– Oh oui !

– Je t'ai fait mal ?

– Tu ne peux pas me faire mal. Tu connais trop bien mon corps. Depuis toujours.

Je me détendis imperceptiblement, malgré la tension persistante que j'entretenais pour être prêt à l'aimer avec passion.

– C'est ça que je veux, tu comprends ? demandai-je. Qu'il n'y ait rien entre nous.

– Moi aussi. Je te veux. Je nous veux. Ne t'arrête pas, je t'en prie.

Ses ongles s'enfoncèrent dans mes fesses, et je sursautai contre elle, première poussée d'une longue série qui l'affola très vite entre mes bras. Le raz de marée du plaisir ne tarda pas à déferler.

– Oh, Cameron !

Elle était toute serrée autour de moi, à la fois glissante et possessive. Incapable de me contenir, j'accélérai, plongeant profond en elle, friction délicieuse qui nous fit perdre la tête à tous les deux. Notre jouissance fut simultanée, explosion brûlante d'émotions tumultueuses. Je jaillis en elle, la faisant mienne, les mains crispées sur ses hanches.

Je voulais l'emplir, la posséder totalement de cette manière, à jamais. Dans mon éblouissement, le temps ne s'était pas interposé entre nous. Quelle impression cela pouvait-il faire de jouir en elle, avec l'espoir de bâtir une vie à deux sur un amour pareil ? Un amour de plus en plus fort, enraciné en nous malgré nos doutes.

J'expirai lourdement en me laissant aller sur elle. Folles pensées. Mon amour pour elle me dominait totalement.

Elle s'affaissa sous moi, haletante. Une petite poussée tendre, et elle se contracta à nouveau, délicieux fourreau se resserrant par vagues autour de moi. J'étais épuisé, quoique toujours dur. J'aurais voulu me retenir plus longtemps, car j'avais bien l'intention de ne pas m'arrêter là.

Je me retirai et m'allongeai près d'elle sur le flanc, corps contre corps. Elle tourna la tête pour me regarder. Il ne restait pas trace de l'inquiétude et de la tension qui l'avaient tourmentée.

– C'était incroyable.

– Je m'échauffe tout juste, répondis-je avec un sourire en coin.

Je passai la main sur ses seins, son ventre puis continuai à descendre. Elle frissonna. Je lui glissai un genou sous les cuisses pour les écarter, en insistant afin qu'elle s'ouvre complètement à moi, m'insinuai dans sa toison bouclée et dessinai la fente de son sexe. Trempé, à cause de moi. Je me mordis la lèvre, car mon sexe se ranimait brusquement tandis que mes testicules se contractaient douloureusement. Je n'avais qu'une envie : recommencer. Mais je résistai, un regard ardent fixé sur elle, l'explorant des doigts. Je me glissai entre ses lèvres puis agaçai la chair tendre de son intimité jusqu'à me loger en elle, dans sa chaleur mouillée, où je trouvai son point le plus sensible puis le massai avec douceur. Elle sursautait au moindre contact.

– Mais qu'est-ce que tu fais ?

Sans répondre, je me retirai pour passer mon pouce sur son clitoris, avant de tourner paresseusement autour, de la pénétrer à nouveau, de la caresser à l'intérieur et à l'extérieur.

– J'ai la ferme intention de te faire perdre le compte de toutes les manières dont je te fais jouir, cette nuit, annonçai-je enfin.

Il n'y eut plus ensuite que ses gémissements et les petits bruits excitants de mon va-et-vient rapide dans sa moiteur. Sa peau luisante de sueur se réchauffait de plus en plus. Dans son excitation croissante, elle s'agitait et se contorsionnait comme pour m'échapper. Je me soulevai sur un coude puis m'étendis sur elle afin de la rallonger, l'embrassai passionnément et la pénétrai avec davantage de vigueur, d'énergie, jusqu'à ce qu'elle perde pied. Nos lèvres se séparèrent, et elle emplit la chambre d'un cri rauque en se contractant autour de moi.

Lorsque je me retirai, elle tremblait, abandonnée sans forces sur le lit. J'aurais pu la prendre en pitié, si je n'avais été aussi dur et excité. J'étais bien décidé à lui faire l'amour jusqu'à ce qu'elle demande grâce.

– Ce n'est pas fini, loin de là. Tu peux te mettre à genoux ?

– Jamais de la vie. Je ne peux plus bouger. Tu te prends pour Hercule ou quoi ?

Je la tournai sur le flanc en riant puis la penchai en avant.

– Tu ne vas pas t'en tirer si facilement.

Ma bouche caressa le dessin de son dos, ses épaules, la longue ligne de son cou, puis je replongeai en elle. Une seconde plus tôt, elle était toute molle, mais elle se retrouva aussitôt bien serrée autour de moi.

Je me retirai lentement, fasciné par le spectacle de ma verge apparaissant et disparaissant, sortant et entrant en elle. Un flot de sang lui remonta tout le dos, tandis que de petits cercles lui rougissaient les hanches aux endroits où je l'avais tenue fermement. Cette vision me rendit dur comme fer. Je plongeai profond en elle, nous emportant impitoyablement où nous voulions aller, encore et encore.

– C'est fabuleux. Je ne me lasserai jamais de te faire l'amour, Maya, lui murmurai-je à l'oreille en aspirant son odeur, heureux de la moindre seconde passée en elle.

– Tu vas tellement profond.

Elle posa son bras sur le mien, que je passai autour d'elle pour la serrer contre moi. Son vagin, encore contracté après ses deux orgasmes, réagissait à chacune de mes poussées. Je n'en mis que plus de passion dans mes va-et-vient. Son souffle se mua en gémissement étranglé. Elle remua les hanches et se pencha en avant pour me permettre d'aller plus profond, au point que j'aurais juré atteindre le centre de son corps.

J'allais et venais, encore et encore, à la poursuite de mon propre désir, perdu en elle, dans cette intimité que j'aurais voulue éternelle, plus excité que jamais. Elle serait toute meurtrie demain, mais je m'en fichais.

Cette nuit, je l'emporterais plus loin qu'elle n'était jamais allée et je perdrais moi-même la tête dans le voyage. Je refermai une main sur son derrière charnu. De mon point de vue – et de n'importe quel autre, d'ailleurs –, il était absolument parfait.

Je lui assenai une bonne claque et regardai apparaître l'empreinte rose de ma main. Elle poussa un cri de surprise et se rejeta contre moi, son sexe se resserrant autour de ma verge. Ma seconde claque fut accompagnée d'une poussée énergique. Elle cria, encore, un cri vacillant, éperdu. Ses mains se cramponnèrent aux couvertures.

– Encore ! Je te veux tout entière !

Un cri haletant, et elle jouit, rigidifiée par un orgasme prolongé qui m'emporta, moi aussi. Mon éjaculation quasi douloureuse était assortie à l'étau de son sexe. On resta là, épuisés, l'un dans l'autre, jusqu'à ce que le sommeil nous emporte.

À mon réveil, la chambre était obscure, si on oubliait le clair de lune qui s'y déversait par la fenêtre. On s'était endormis enchevêtrés. Probablement. Car je ne me rappelais pas m'être endormi. Je me frottai les yeux : non, je n'avais pas bu, mais la soirée était floue dans ma tête. Des fragments de ce qui s'était passé me traversaient l'esprit. Autant que je m'en souvienne, je n'avais jamais fait l'amour avec un tel abandon. Maya n'était peut-être pas folle de désir, à ce moment-là, mais moi si. Après, on s'était autant dire évanouis. Si ça n'était pas aussi enivrant qu'une nuit de beuverie, rien ne l'était.

Mes yeux s'habituaient à l'obscurité. Maya était couchée en chien de fusil près de moi, petite et paisible dans la nuit calme. Je repoussai les couvertures dont je m'étais enveloppé et l'attirai prudemment contre moi tout en la couvrant. Elle émit un petit bourdonnement et m'étreignit à l'aveuglette, le nez contre mon torse, sa peau fraîche contre la mienne. Je la pris dans mes bras pour la dorloter jusqu'à ce que sa chaleur corporelle s'ajoute à la mienne.

J'écartai ses cheveux de son visage et la contemplai, émerveillé. Malgré tout ce qui s'était passé entre nous ces dernières semaines, son retour dans ma vie me stupéfiait encore. Comme si un vœu que je n'étais même pas conscient de faire depuis longtemps s'était enfin réalisé. Jamais je n'avais été aussi reconnaissant qu'en cet instant.

Cette nuit, quelque chose avait changé. En lui faisant l'amour, en la possédant, en refusant de la laisser s'enfuir, j'avais mis au jour l'âme de la fille d'autrefois. Elle était toujours là, sous les béquilles et l'attitude je-m'en-foutiste. Ma Maya.

Je ne m'inquiétais plus des risques que je prenais en retombant amoureux d'elle, parce que j'avais trop peur de ce qui l'attendait si elle continuait sur cette pente-là. Au fond, elle avait aussi absolument besoin de moi que moi d'elle, certitude qui me liait à elle d'une manière inédite. J'allais réparer ce que j'avais brisé, aider Maya à redresser la barre et la ramener à moi, quitte à ce que ce soit la dernière chose que je ferais sur terre.

MAYA

La voiture se gara devant mon immeuble, le moteur continua à tourner, mais il me fut impossible de descendre. Il s'était passé trop de choses entre nous pendant ce court voyage. Cameron avait mis au jour une partie de ma vie que je lui avais toujours dissimulée. Dans cette petite chambre inconnue d'une petite ville perdue au milieu de nulle part, loin de l'animation new-yorkaise, mon univers avait vacillé. Je regardai par la vitre les balustrades enneigées qui montaient jusqu'à mon appartement. Elles me semblaient irréelles.

– Reste avec moi.

Je me tournai vers Cameron, interrogative.

– Je ne veux pas qu'on se sépare tout de suite. Il me semble que tu vas disparaître pour ne plus jamais revenir, et ça me rend dingue. Donne-moi un peu de tranquillité d'esprit en venant chez moi un moment, s'il te plaît.

– Je ne vais pas m'en aller, assurai-je.

– Prouve-le.

– Mais tes parents sont là !

– Ils sont partis. Darren m'a textoté que la voie était libre. Il reste Olivia, mais elle se débrouille très bien toute seule dans son coin. Et de toute manière il va falloir qu'elle s'habitue à ce que tu fasses partie du tableau. Autant l'en informer tout de suite.

– Je ne veux pas causer de problème.

– Trop tard, dit-il en riant, les yeux brillants. Tu es une emmerdeuse de première.

– Parce que tu te prends pour un ange, peut-être ? m'amusai-je en lui donnant une tape sur l'épaule.

Il attrapa ma main, qu'il serra tendrement.

– Pas du tout. Mais je ne plaisantais qu'à moitié. Viens chez moi. Tu me manques déjà. C'est franchement pathétique.

Un petit sourire lui retroussa les lèvres, et mon cœur fondit. Je soupirai. La séparation ne me tentait pas plus que lui.

– Bon, je ne retourne travailler que dans quelques jours, de toute manière. Laisse-moi le temps de préparer quelques affaires, je redescends dans cinq minutes.

Je me détournais, prête à sortir, quand il me tira en arrière contre lui. Un baiser à la fois chaleureux et possessif se posa sur mes lèvres.

– Je t'aime, me dit-il à l'oreille.

– Je t'aime aussi, soufflai-je, la tête légère, les membres parcourus d'une délicieuse chaleur fourmillante, comme si je venais de boire un alcool fort.

L'attirance qui nous liait l'un à l'autre était encore amplifiée par l'acceptation entière du fait que nous retombions désespérément amoureux. Mes réactions physiques et mentales étaient presque incontrôlables dans leur violence.

Lorsque enfin il me lâcha, je me précipitai chez moi pour faire mon sac, un sourire idiot aux lèvres. Eli n'eut droit qu'à des nouvelles laconiques, et je les conclus par un haussement d'épaules résigné qui lui fut manifestement compréhensible.

Quand Cameron m'introduisit chez lui, l'appartement était visiblement désert. Il nous prépara un déjeuner tardif puis me fit visiter les lieux, en me montrant les améliorations qu'il y avait apportées ces dernières semaines avec Olivia. L'évolution depuis mon précédent passage était indéniable. J'avais beau en vouloir à Olivia pour des raisons personnelles, elle constituait manifestement une force positive dans le monde de Cameron. Comme nous étions lui et moi décidés à aller de l'avant en toute franchise et avec optimisme, je me dis que sa sœur et moi trouverions peut-être moyen de contourner nos différends.

– C'est super, mais c'est grand, dis donc. Tu crois qu'elle va finir par se trouver quelque chose ?

– Je n'en doute pas. Pour la taille, je crois que je pensais à l'avenir. Je n'ai pas renoncé à l'idée de vivre avec quelqu'un.

– C'est grand, même pour deux personnes, insistai-je, le sang aux joues. C'est même immense, quand on pense qu'on est à New York.

Il acquiesça en se mordant la lèvre.

– Les familles, ça s'agrandit, tu sais.

J'en eus le souffle coupé. Il pensait à nous. Peut-être sa petite conversation avec Ruthie ne se réduisait-elle pas à un moyen de dérider une vieille femme sénile.

– Que de prévoyance… marmonnai-je en dansant nerveusement d'un pied sur l'autre.

Il haussa les épaules, un petit sourire aux lèvres. On parla d'autre chose pendant le reste de la visite, avant de regagner la sécurité de l'appartement du dessus.

– Bon, il faut que je passe à la salle de gym vérifier que Darren n'a pas fichu le feu ou quelque chose comme ça.

– Il est pompier, objectai-je.

– Chacun sait que les pompiers sont pyromanes. On ne peut pas lui faire confiance. Enfin, bref… Tu viens avec moi ?

– Il vaudrait mieux que je ne traîne pas là-bas sans rien faire. Ça ne va pas être bon pour les affaires.

– N'importe quoi, protesta-t-il en riant. Je vais m'ennuyer si tu n'es pas là pour râler contre les tortures que je t'impose.

– Quoi, tu veux que je m'entraîne ?

– Exactement. (Sourire diabolique.) Mets-toi en tenue.

Je levai les yeux au ciel en gémissant mais me détournai pour aller me changer. La claque qu'il me donna sur les fesses lui valut un regard noir, quoique las.

– Quoi, encore ?

– Je viens de m'apercevoir que j'adorais te fesser, et quand tu me sors des remarques acides, ça me donne l'excuse idéale.

– Je ne suis pas sûre d'aimer ce que je viens d'entendre, dis-je, la bouche pincée.

– Moi si.

Il me prit par la taille et me fit tournoyer pour me serrer contre lui, face à face. Sa bouche était si proche de la mienne que son souffle dansait sur mes lèvres. Les profondeurs bleues de ses yeux recélaient toutes sortes de sous-entendus.

– J'aime le claquement de ma main sur tes fesses… et les petits cris que ça te fait pousser.

J'inspirai brusquement, les joues en feu.

– Bon, d'accord, tu viens de réussir à me donner envie d'aller à la salle de gym.

Je me dégageai de son étreinte et le repoussai d'une bourrade, avant que mes pensées érotiques ne l'emportent et ne me persuadent de le laisser mettre ses menaces en pratique.

CAMERON

La salle était quasi déserte. Raina elle-même avait disparu, car les cours de yoga ne reprenaient qu'après le nouvel an. Tant mieux. Je n'avais pas eu l'occasion de lui parler de Maya, mais j'allais devoir le faire, pour éviter à Maya de s'inquiéter de mes relations avec cette demoiselle. Les limites que j'avais établies pour qu'on se conduise en professionnels avaient besoin d'être réaffirmées. Les manières séductrices de Raina m'avaient semblé acceptables dans la mesure où elles ne posaient pas de problème, mais ça ne pouvait plus durer.

Je faisais des enroulements vertébraux pendant que Maya tuait le temps sur un tapis roulant, quand Darren apparut.

– Salut ! lançai-je en m'asseyant.

– Tu nous as bien laissés tomber à Noël, mec. Je suis sûr que tu vas entrer dans les livres d'histoire avec ça.

Je fis la grimace, frappé par des regrets que je n'avais pas éprouvés quand Olivia m'avait déversé sa bile au téléphone.

– Les choses se sont, euh… disons, accélérées avec Maya. Elle avait besoin de moi, et je me suis dit que vous arriveriez à vous en tirer avec les parents, Olivia et toi. C'était si terrible que ça ?

– Insupportable, lâcha-t-il avec un grand soupir. Pire que d'habitude, sans doute parce qu'ils flippaient de ne pas te voir. Pour résumer, ça a encore amplifié les conneries habituelles. Donc, oui, c'était terrible.

Il faudrait que je voie les parents, à un moment ou à un autre. J'avais réussi à les éviter pendant près d'un an, non seulement parce que j'étais très occupé mais aussi parce que ce n'était jamais le moment. En ce qui me concernait, leur présence était pénible, agaçante, et je n'avais pas eu besoin de les voir ce Noël pour savoir que rien n'avait changé à cet égard. J'avais passé trois ans dans le désert à regarder vie et mort s'affronter et à laisser ma vie s'écouler sans moi. Il était hors de question que je perde un jour de plus à faire mine d'être le fils dont ils rêvaient ou à regretter de ne pas l'être ; mais la prochaine fois il faudrait que je sois là, pour Darren et Olivia.

– Désolé. Je te dois un service.

– C'est l'horreur, parce qu'ils reviennent pour le nouvel an. À ton tour. Moi, j'ai un rencard.

– Avec qui ?

– Je ne sais pas encore, mais j'en aurai un, ne t'en fais pas. Et ne me regarde pas comme ça. Tu me dois un service, tu viens de le dire toi-même.

Je soupirai en mon for intérieur, furieux de devoir tenir aussi vite ma promesse.

– Bon, d'accord.

– Et à part ça, qu'est-ce qui se passe avec Maya ? Ça va ?

– Oui, ça va, maintenant. Super bien, même.

– Tant mieux. J'en suis ravi.

– Bon, je vais y aller. À demain.

– Impec.

Il s'éloigna et je terminai ma série, pressé de rejoindre Maya. Une longue promenade nous mena jusqu'à un salon de thé, près du parc : je lui avais promis un gâteau au chocolat si elle faisait une série d'enroulements vertébraux supplémentaire ; elle avait accepté à contrecœur, et je m'étais promis de penser à l'acheter dorénavant avec du chocolat.

À notre entrée dans le minuscule établissement, l'odeur des gâteaux qui cuisaient et du chocolat nous enveloppa.

– Waouh, ils ont tous l'air géniaux ! Qu'est-ce que tu prends, toi ? me demanda Maya, les yeux écarquillés devant les pâtisseries exposées dans une vitrine.

– Un café, ça ira. Mais prends ce que tu veux.

Elle se retourna pour me fixer, les sourcils étroitement froncés, comme si j'avais trois têtes.

– Tu me mènes aux portes de la mort, puis tu m'attires en un lieu de délices où j'ai aussitôt l'eau à la bouche, et tu veux juste un café ?

– Il faut que je surveille ma ligne, plaisantai-je. Je ne veux pas que les clients me mènent la vie dure.

– C'est à toi de leur demander des comptes, pas l'inverse.

– Ça veut dire que je dois t'en demander, à toi aussi ?

– Je ne suis pas une cliente, je flatte tes petites manies,

c'est tout. Tu peux bien me torturer avec tes exercices, mais ne t'avise pas de t'interposer entre le chocolat et moi.

– Je prends bonne note de l'avertissement, assurai-je en riant.

– D'ailleurs, pour bien me faire comprendre, je vais prendre deux gâteaux.

– Un programme ambitieux, commentai-je, avec le plus grand sérieux.

Un grand sourire illumina ses traits, et un petit frisson d'excitation me traversa devant sa joie manifeste. On alla s'installer avec pâtisseries et boissons à une petite table ronde, dans un coin, où Maya goûta aussitôt son premier dessert. Un gémissement discret lui échappa.

– C'est si bon que ça ? demandai-je, taquin.

– Tu rates vraiment quelque chose.

Elle fit osciller sous mon nez une cuillerée de mousse au chocolat.

– Ça a l'air super, mais je n'ai pas faim. Arrête de me narguer.

Elle fit voguer la cuiller jusqu'à ses lèvres, ferma les yeux et gémit si fort que l'eau me monta à la bouche, mais pas pour les bonnes raisons. Lorsqu'elle rouvrit un œil pour guetter ma réaction, je la regardais, bouche bée.

– Oui, quoi ?

Je rapprochai ma chaise de la sienne et lui pris la cuiller.

– Attends, laisse-moi faire…

Cette fois, ce fut moi qui portai la mousse à ses lèvres. Elle les écarta lentement pour la manger, lécha la cuiller et déglutit. Je réprimai moi-même un gémissement : que n'aurais-je pas donné pour être cette cuiller ! Je m'humectai les lèvres et repoussai une vision où Maya léchait ma verge enduite de mousse au chocolat. Comment avait-on fait pour passer aussi vite d'un simple dessert au sexe ?

Je portai à sa bouche une nouvelle cuillerée de mousse, qu'elle prit, avant de fermer les yeux en poussant un imperceptible gémissement. Le faisait-elle exprès pour me rendre dingue ? La question se posait, mais j'étais trop concentré sur mon rôle nourricier pour m'en préoccuper. On pouvait jouer à ça toute la nuit, sauf que je commençais déjà à bander et que le trajet de retour allait être long.

– Elle est vraiment bonne, tu sais.

Le commentaire m'arracha aux visions qui s'épanouissaient dans mon imagination soudain déchaînée.

– Tant que ça ?

Elle acquiesça en léchant lentement l'écume chocolatée qui lui enduisait les lèvres.

– Délicieuse.

Délicieuse. Je laissai le mot rouler dans mon esprit, danser sur les fantasmes qui s'y jouaient, puis me penchai lentement, au point que nos lèvres se frôlèrent.

– Alors il faut absolument que je la goûte.

Elle inspira brusquement mais ne tenta pas de résister. La tête penchée de côté, je léchai la courbe suave de sa lèvre inférieure, puis je pris son visage dans ma main pour l'immobiliser et l'embrassai tendrement.

Le baiser fut interrompu par un couple qui prenait bruyamment place à une autre table. Maya se rejeta aussitôt en arrière, tandis que je l'observais, à l'affût de ses réactions.

– Délicieuse.

– Tu vois. Je parie que tu regrettes de ne pas en avoir pris… dit-elle d'une voix haletante.

Nos regards ne se quittaient pas.

– Ce qui m'aurait privé du plaisir de la goûter sur tes lèvres… Jamais de la vie !

Silencieuse, elle baissa les yeux vers son tiramisu, encore intact.

– Passe-moi ta fourchette.

Quand elle obtempéra, je prélevai un coin du gâteau et le mangeai, non sans me dire que je l'aurais trouvé nettement meilleur sur elle.

– Je suis en train de te corrompre, dit-elle avec un grand sourire.

– Pas grave. Je te le ferai payer demain.

– Ah non ! Ce n'est pas juste, protesta-t-elle en me tapant sur le bras. Tu triches, et c'est moi qui paye ?

– Parce que c'est moi qui fixe les règles.

– Et pourquoi ça ? La semaine prochaine, c'est à mon tour, d'accord ? Pas de sport, et tu n'as le droit de manger que des beignets de poulet et des nounours en gélatine.

Cette pensée me fit grimacer.

– Ces cochonneries sont mauvaises pour toi, Maya.

– Je sais. Mes fesses en sont la preuve.

– Tes fesses sont parfaites, protestai-je avec le plus grand sérieux.

Ses yeux étincelants se reposèrent sur le tiramisu, que je massacrais à la fourchette.

– Arrête, marmonna-t-elle en repoussant une mèche égarée derrière son oreille, dévoilant la rougeur soudaine de sa joue.

Enhardi, je me penchai davantage encore pour n'être entendu que d'elle.

– Ne m'oblige pas à le prouver ici même.

– Oui, bon, ça va.

Je me radossai, souriant.

– Tu as un corps étonnant. Tu ne devrais pas te sentir complexée du tout !

– Je ne te crois pas, mais merci quand même.

– Crois-moi, ou je vais être obligé de continuer à te complimenter sur tes fesses, ce qui pourrait devenir franchement gênant. Bien plus que ça, par exemple.

Je désignais d'un geste discret le couple arrivé depuis peu, qui nous avait entendus – ou pas – plaisanter sur les fesses de Maya.

Elle éclata de rire, et je me joignis à elle. J'adorais son rire, naturellement rauque, qui me ramenait en arrière, à une époque où on passait notre temps à rire. Il fallait que je la fasse rire davantage, pour son bien et le mien.

Je n'avais plus connu la satisfaction joyeuse qui m'envahit alors depuis… eh bien, depuis la dernière fois qu'on s'était vus.

XIX

MAYA

– Tu m'en veux, alors ?

– Je ne suis pas enchantée de la tournure qu'a prise notre dernière soirée ensemble, si c'est de ça qu'il est question. Je pensais que tu serais plus réceptive.

Jia lâcha sa serviette sur la table en se radossant nonchalamment. Malgré ma difficulté à comprendre la situation où elle m'avait entraînée, je ne pouvais m'empêcher de trouver sa grâce naturelle captivante. Jusqu'où était-elle allée en abusant les gens par son assurance tranquille, sa maîtrise et son autorité discrète ? J'y avais succombé si facilement.

– Tu m'as manipulée, Jia. Comment étais-je censée savoir que Kevin et toi, vous vous attendiez à ce que je passe la veille de Noël à baiser dans son bureau ?

– Tu avais l'air assez ouverte, pendant la soirée en boîte. Je me disais qu'après un verre tu te lâcherais un peu et que ça ne poserait pas de problème. C'est à cause de Cameron ?

J'ouvris la bouche mais ne trouvai pas les mots adéquats. Je ne voulais pas reconnaître qu'il avait complètement pété un câble après ce « rendez-vous ».

– Il n'a pas apprécié, c'est sûr.

– Méfie-toi de lui, me conseilla-t-elle, les sourcils froncés.

– Comment ça ?

– C'est manifestement un dominateur.

– Il ne me domine pas. Il pense à moi, c'est tout.

Je fus moi-même surprise de la sécheresse de ma voix et de la rapidité avec laquelle je prenais la défense de Cameron. L'idée d'être dominée ne me plaisait pas… pas plus que la manière dont Jia s'en prenait à l'homme que j'aimais.

– Bien sûr, dit-elle en levant les yeux au ciel. Ils attendent que tu sois désespérément amoureuse, et là, ils commencent à t'expliquer comment vivre ta vie. Je connais, j'ai donné.

Je déglutis péniblement, incapable de la contredire : Cameron avait changé ma vie, qui se retrouvait sens dessus dessous. Même sans lui, je n'aurais pas été d'accord pour baiser avec mon supérieur hiérarchique en échange d'une promotion, mais son bon sens avait influencé certaines de mes décisions les plus récentes – influence où l'amour avait plus que sa part.

Comme si elle lisait dans mon esprit, Jia s'adoucit.

– Qu'est-ce qui t'arrive, Maya ? Il me semblait t'avoir entendue dire que tu voulais te concentrer sur ta carrière. Que les relations sentimentales ne t'intéressaient pas ?

– Et c'était vrai. Mais… on s'aimait tellement, autrefois, et c'est revenu si facilement.

Elle poussa un léger soupir.

– Enfin bref, il va falloir s'arranger avec Kevin.

Le gouffre s'accentua au creux de mon ventre. Mon travail était en jeu. Je n'avais aucune envie de fêter le nouvel an en étant au chomage.

– Ça se présente mal ?

– Il flippe à mort que tu l'accuses de harcèlement sexuel et que la hiérarchie s'en prenne à lui. Je lui ai promis que tu ne le ferais pas, que ce n'était pas ton genre, mais il a fallu que je lui taille une pipe rien que pour le calmer.

C'est ta faute, disait le regard dont elle accompagna ces derniers mots. J'aurais aimé me sentir coupable de l'avoir mise dans une situation pareille, mais la pensée que j'aurais pu être à sa place me donnait envie de vomir.

– Comment peux-tu ? demandai-je, incapable de dissimuler mon dégoût.

Kevin n'était pas répugnant physiquement, mais sa personnalité, si. Je n'arrivais tout simplement pas à m'imaginer lui donner accès à mon corps dans un but sexuel. Ma réaction eut le don de contrarier Jia.

– Arrête de me prendre de haut, ou tu peux faire une croix sur notre amitié. Je t'avais promis de te montrer comment t'élever dans la hiérarchie, et c'est exactement ce que j'ai fait.

– Tu couches pour gagner du galon ?

Je levai les yeux au ciel, incapable de considérer une attitude pareille comme normale.

– Et ça ne te dérange pas que les gens en parlent dans ton dos ? C'est vraiment l'exemple que tu veux donner aux autres femmes de la boîte ?

– Écoute, ce n'est pas dans mes habitudes, répondit-elle, radoucie, mais il y avait une occasion à saisir, et je l'ai fait. Seulement, toi, tu ne voulais pas sacrifier quelques heures de ta vie pour une promotion qui t'aurait donné des années-lumière d'avance sur tes collègues.

– Je préférerais encore baiser avec l'employé qui s'occupe du courrier !

Elle fit la grimace à cette idée.

– Je ne vais pas écarter les jambes pour prouver de quoi je suis capable professionnellement, je n'ai pas besoin de ça.

– Alors c'est comme ça…

Défendre ma réaction et critiquer la sienne, cela revenait au même, elle s'en rendait bien compte. Je luttai contre la panique qui menaçait de m'envahir à la pensée que j'ignorais où toute cette histoire allait mener et ce que Jia attendait de moi. Jusqu'ici, je l'avais laissée mener la barque, mais il ne m'était plus possible de lui faire confiance, maintenant.

J'inspirai à fond pour reprendre, d'un ton plus tranquille :

– Moi, tout ce que je dis, c'est que tu devrais avoir plus de respect pour ton corps… pour toi-même, et ne pas laisser quelqu'un comme Kevin t'humilier de cette manière.

– Des tas de gens me respectent, ricana-t-elle, alors que toi, Maya, je ne vois pas. Tu n'étais qu'un robot dans son box avant que je te choisisse. Il y a des gens qui te piétinent tous les jours, qui profitent de tes compétences, de ton intelligence, et qui s'en attribuent tout le mérite. Ce n'est pas humiliant, ça, peut-être ?

Je serrai les dents, car elle n'avait fait qu'exprimer la pure vérité, que je détestais de toute mon âme.

– C'est vrai, admis-je sans la quitter des yeux, car je la voyais pour la première fois telle qu'elle était. C'est exactement ce que tu as fait toi-même. Enfin, ce que tu aurais fait si j'avais eu la bêtise de te suivre.

– Hein ?

– Tu me l'as dit tout net, tu ne te rappelles pas ? Que tu n'étais pas là pour te faire des amis, mais pour monter en grade. Qu'il fallait juste trouver ce que voulaient les gens et capitaliser sur leurs envies à ton bénéfice.

– C'était à notre bénéfice, cette fois.

– Tu t'imaginais vraiment que j'allais te laisser jouer les mères maquerelles et gagner tranquille ta petite promotion ? Ça n'avait rien à voir avec moi, c'était de toi qu'il était question. Mais ce qui m'étonne le plus, c'est qu'avec ton intelligence tu n'aies pas été fichue de trouver quelque chose de plus original pour gagner du galon que tailler une pipe au chef.

– Celle-là, tu vas la regretter, dit-elle, les yeux dangereusement assombris.

– Peut-être, mais pas autant que de m'être laissé sauter par Kevin, ça, c'est sûr.

Je me levai, ramassai mon sac et jetai un billet de cinquante sur la table.

– C'est moi qui régale.

– Ce n'est pas ce qui t'empêchera de te faire virer.

– Je n'ai pas besoin de ce genre de boulot. Tu peux bien faire ce que tu veux.

Je sortis en essayant de ne pas vaciller et de juguler le tremblement qui me secouait.

CAMERON

Darren m'appela dès mon arrivée, dit quelque chose d'inintelligible à la jolie blonde dont il s'occupait puis me suivit jusqu'au bureau dont il ferma la porte, avant de me regarder sans mot dire ranger mes affaires dans mon casier.

Lorsque je fis le tour de la table de travail pour m'y asseoir, il se planta pesamment de l'autre côté. Quelque chose n'allait pas. Il n'avait pas son sourire de crétin prétentieux, il ne me faisait pas de remarque sarcastique… Franchement, je n'étais pas sûr de l'avoir jamais vu aussi sérieux.

– Qu'est-ce qui se passe ? m'enquis-je. Il y a un problème ?

– Tu n'as rien de particulier à me dire ? me demanda-t-il avec calme.

Je fronçai les sourcils en pianotant sur le clavier de l'ordinateur pour afficher les emplois du temps.

– Non.

– Absolument rien ?

Je le considérai, perplexe, en me demandant ce qui lui prenait.

– Crache le morceau, Darren. J'ai rendez-vous dans dix minutes.

Il posa les mains au bord du bureau et se pencha vers moi.

– Une alliance, Cameron ? Tu lui as acheté une putain d'alliance ?

Mes yeux se posèrent sur le casier où j'avais fourré mes affaires, l'autre jour. *Sale fouineur.*

– Ne touche pas à mon casier.

– J'ai compris que tu mijotais quelque chose dès que tu es arrivé. Tu ne peux pas me cacher un truc pareil.

– Ça ne te regarde pas.

– Ah bon ? Je suis ton frère et ton meilleur ami, et tu ne voulais même pas m'en parler ? Quand je te conseillais de la mettre dans ton lit, je ne te disais pas de t'enfuir avec pour l'épouser. Tu es devenu fou ou quoi ?

Je me reculai sur ma chaise pour m'éloigner un peu des questions clairement agressives de Darren.

– Je ne comprends pas pourquoi tu t'intéresses autant à ça. Tu n'es pas exactement doué pour les relations sentimentales.

– Non, mais là, c'est de la folie. Même moi, je m'en rends compte.

– Toi, tu considères que c'est de la folie de rappeler une fille avec qui tu as couché. Sans vouloir te vexer, tu ne sais pas de quoi on parle.

– Tu crois vraiment qu'elle va t'épouser maintenant, alors qu'elle t'a envoyé balader la première fois ?

Son ton quasi hystérique m'amusa : il était vraiment inquiet… mais le problème méritait bel et bien d'être posé. D'ailleurs, j'y pensais moi-même toutes les vingt minutes depuis que j'avais acheté l'alliance. Non que je compte l'offrir tout de suite à Maya, mais j'allais le faire. Ma décision était prise.

– Je ne sais pas quand je vais la demander en mariage, mais il n'est pas question qu'elle me dise non à ce moment-là.

Darren laissa échapper un rire bref.

– Ça promet. Super préparatifs.

Je soufflai, agacé : comment lui faire comprendre ce qui se passait ? Était-il seulement capable de le comprendre ? On se parlait rarement à cœur ouvert, encore plus rarement de nos histoires de femmes, et ce n'était pas la personne la plus intuitive que je connaisse sur ce sujet.

– Ça va sans doute te passer au-dessus de la tête et disparaître dans ton tiroir mental « conneries sentimentales », mais je l'aime. Je l'aimais toujours quand je l'ai quittée, et ça n'a pas changé, sauf que je l'aime peut-être encore plus. Ce que j'ai fait… j'ai commis une erreur. On en a commis tous les deux, et on le regrette tous les deux. Cette fois, je ne vais pas la laisser s'éloigner.

Mon cœur se serra – le pincement de regret habituel à la pensée de ce qui s'était passé. Le crétin immature que j'étais à l'époque n'avait pas laissé à Maya l'occasion de changer d'avis.

– Il faut absolument que tu redescendes sur terre. Parce que, la dernière fois que ça a mal tourné avec elle, tu n'as pas été le seul à en souffrir.

– Je sais. Olivia ne me le laisse pas oublier une seconde.

Je me levai et me penchai vers lui pour lui rendre son regard menaçant.

– À vous entendre, on dirait que c'est vous qui avez passé trois ans à guetter des explosions toute la nuit et à regarder vos copains repartir chez eux dans des cercueils. J'en ai marre qu'on me fasse la leçon, d'accord ? C'est moi qui ai voulu aller là-bas. Personne ne m'a forcé la main, et j'en ai terminé avec ça. Je suis désolé que vous en ayez souffert, mais vous êtes idiots de le reprocher à Maya. Elle en a bien bavé aussi, en grande partie par ma faute. Alors les conneries, ça suffit, maintenant.

Il se redressa, croisa les bras et me regarda bien en face. Seule l'acceptation qui se faisait lentement jour sur ses traits m'empêcha de me jeter sur lui pour souligner mon propos par une bagarre.

– Tu ne plaisantes pas.

C'était plus une constatation résignée qu'une question.

– Tu crois vraiment que j'irais m'arracher les cheveux dans une bijouterie pendant trois heures pour plaisanter ?

– Je n'imagine même pas une chose pareille, admit-il avec un sourire sarcastique.

– J'en étais sûr, grognai-je.

– Comment se fait-il que tu sois devenu le romantique de la famille ? se moqua-t-il.

Je levai les yeux au ciel en riant.

– Quelqu'un te le fera peut-être comprendre un jour…

– Sans façons. Ça me va très bien de regarder depuis les gradins pendant que tu te fais passer le cœur à la moulinette.

– Merci de ce vote de confiance.

Il soupira en se passant les mains dans les cheveux et se laissa tomber sur la chaise disposée de son côté du bureau, les yeux dans le vague.

– Je veux que tu sois heureux, Cameron. Sincèrement. Et j'espère que Maya te rendra heureux.

– Elle me rend déjà heureux.

– Oui, mais reconnais que c'est carrément soudain. Tu n'as pas peur du retour de bâton ?

– Puisque je te dis que je n'ai pas l'intention de lui en parler tout de suite. Je sais bien que c'est trop tôt. C'est juste que… je suis décidé, voilà. On tâtonne encore, tous les deux, on réapprend à se connaître. Elle a beaucoup changé, et moi aussi. Mais il s'est produit quelque chose et…

– Quoi donc ?

– Peu importe. En tout cas, ça m'a ouvert les yeux. Je ne sais pas si vous vous en êtes rendu compte, mais j'ai vécu l'enfer pendant toute notre séparation.

– On s'en est très bien rendu compte, seulement je pensais que tu étais enfin guéri. Sauf qu'on se retrouve au même point.

– Je n'ai jamais guéri de Maya. Il ne s'est pas écoulé un jour sans que je pense à elle ou que je regrette ce qui s'était passé. Et si terrible que ce soit, je me suis rendu compte qu'elle avait vécu la même chose.

– Elle t'en a parlé ?

J'hésitai, car je n'avais aucune envie de faire ne serait-ce qu'une allusion à la mère de Maya ou à ses poèmes. Ce qu'elle écrivait était à la fois si brut et si révélateur de sa vulnérabilité que je ne pouvais le soumettre à l'appréciation d'un novice comme Darren. Ses mots appartenaient à Maya. Je n'aurais pas dû les lire, mais j'étais heureux de l'avoir fait. Sans ça, je n'aurais peut-être jamais su ce qu'elle ressentait… ou il m'aurait fallu des mois, voire des années, pour la débarrasser de sa carapace et obtenir la vérité. Jamais je n'aurais eu la patience d'attendre aussi longtemps. Je la voulais maintenant, je voulais savoir qui elle était, et je n'allais pas me résigner à moins.

– D'une certaine manière, dis-je enfin.

– Bon. J'espère pour ton propre bien que tu ne te trompes pas et que, quand tu la demanderas en mariage, elle te donnera la réponse que tu mérites.

– Je ne la mérite pas, mais j'aimerais que ce soit le cas. Et j'espère qu'elle me donnera la chance d'y arriver.

– Quelle lavette… soupira-t-il en secouant la tête.

J'éclatai de rire.

– Va bosser, ou je te vire.

– Tu ne peux pas me virer, tu ne me payes pas.

– Je croyais que tu étais payé en rendez-vous galants ?

Il haussa les épaules et se leva.

– C'est vrai. Mais … je peux te demander une faveur ?

– Laquelle ?

– Tiens-moi un peu au courant de ce genre de choses, s'il te plaît. J'aimerais te soutenir, mais je ne peux pas si tu ne me parles pas.

J'acquiesçai. Même si je n'avais eu besoin de personne pour demander Maya en mariage la première fois, et si je n'avais évidemment pas besoin de l'approbation de Darren pour faire ma seconde demande.

– Je peux me passer de soutien, mais c'est sympa

d'en avoir. Je vais quand même essayer de ne pas te prendre trop au dépourvu avec mes grandes nouvelles.

– Cool.

XX

MAYA

Je gagnai la salle de gym écœurée de me sentir aussi vidée. Je n'avais repris le travail que le jour même, mais il me semblait qu'on m'avait pompé toute ma force vitale. Cameron n'était nulle part en vue. J'hésitai à me changer pour commencer aussitôt les exercices que je lui avais promis et m'étais promis de faire, dans le cadre de mon grand projet « évitons-de-boire-une-bouteille-de-vin-par-jour », qui marchait très bien pour l'instant. Sauf que là, je mourais d'envie de noyer dans un verre le fardeau de la journée – la froideur prononcée de Kevin et les menaces de Jia.

Mais j'allai plutôt frapper discrètement à la porte du bureau, où j'entrai quand Cameron répondit. Assis à son bureau, les sourcils froncés, il regardait son écran d'ordinateur.

– Salut !

Ma voix lui fit lever la tête, et son visage s'éclaira à ma vue.

– Salut, belle blonde.

– Qu'est-ce que tu fais ?

– Bilan financier de fin d'année. Ça me file mal au crâne. Viens par ici.

Je laissai tomber mon sac et allai m'asseoir sans hésiter sur ses genoux. Il m'enlaça étroitement, je fourrai le nez dans son cou, inspirai son odeur et sentis aussitôt mes muscles contractés se dénouer.

– Tu as passé une bonne journée ? demanda-t-il.

Je secouai la tête sans répondre.

– Il faut que je casse la figure à quelqu'un ?

Sa voix ne trahissait que le plus infime sens de l'humour.

– Non, mais je ne suis pas sûre que je vais garder mon travail très longtemps.

– Qu'est-ce qui s'est passé ?

– J'ai plus ou moins traité Jia de salope manipulatrice, et elle m'a menacée de me faire virer.

Je m'appuyai contre la poitrine puissante de Cameron, la tête posée sur son épaule.

– Je lui ai dit qu'elle bluffait et que je n'avais pas besoin de ce travail, mais c'est évidemment un gros mensonge. Je me suis bien débrouillée, j'ai des économies, mais je ne peux me permettre le loyer de l'appartement que grâce à mon salaire.

– Déménage.

– Tu ne te rends pas compte qu'une chambre de la taille de la mienne, c'est super rare. J'ai passé un certain temps à déménager régulièrement avant de tomber dessus.

– Installe-toi chez moi. Tu as le choix entre trois étages. Et tant pis pour ton boulot. De toute manière, tu le détestes. On te trouvera autre chose. Tu pourrais m'aider ici un moment.

– Tu vis vraiment dans un monde de rêve, dis-je en riant. Je n'ai pas ma place dans cette salle de gym, sauf quand tu m'obliges à y venir.

– Je parlais affaires, là. Je suis dans la paperasse

jusqu'au cou. Cette salle, c'était un de mes projets, et j'en ai d'autres. J'ai déniché des investisseurs, les choses se sont faites, mais ces saletés administratives, ça me rend dingue. Un de ces jours, je finirai par me faire avoir.

Je soupirai. Une petite part de moi avait envie de se jeter sur le tableau du possible qu'il venait de peindre, même si une autre le rejetait pour son irréalisme. Je ne pouvais ni laisser tomber Eli, ni renoncer à la carrière pour laquelle j'avais sué sang et eau. J'aurais volontiers pris la poudre d'escampette, mais j'essayais de combattre cette mauvaise habitude.

– Je serai ravie de t'aider, mais il faut que je me débrouille par ailleurs. De toute manière, je peux travailler pour différentes banques, si les choses se passent mal.

– Et s'ils te mettent des bâtons dans les roues ? Ces boîtes sont toutes plus ou moins liées, non ?

Je considérai mes ongles. L'anxiété de la journée m'en avait coûté quelques-uns. Jia ou Kevin pouvaient très bien saper ma réputation, mais ç'aurait été tellement mesquin. L'amitié que m'avait témoignée Jia n'était-elle qu'une sinistre farce, ou pouvais-je compter dessus un minimum ?

– Je ne veux pas y penser, avouai-je, les yeux clos. Ça ne sert à rien que je m'inquiète, puisque je n'y peux strictement rien. Jia et Kevin feront bien ce qu'ils voudront du fait que je refuse d'entrer dans leur jeu.

– Je peux leur parler, tu sais. Leur donner quelques indications sur la marche à suivre.

Je rouvris les yeux pour le regarder, souriante. Il me rendit mon sourire, mais je savais que la proposition était tout à fait sérieuse.

– Je te remercie d'être disposé à partir au combat pour moi, mais je t'assure que je peux me débrouiller.

– Tu me dis.

Je posai sur ses lèvres un chaste baiser. Il avait tellement envie d'être tout pour moi que j'en débordais de reconnaissance.

– Comment fais-tu ? murmura-t-il en se reculant un peu, au bout d'un moment.

– Quoi donc ?

– Le temps s'arrête. Je ne vois plus que toi. Tout le reste devient flou.

Un lent sourire me monta aux lèvres.

– C'est une nouvelle évolution de la situation ?

– Non. Avant qu'on se revoie pour la première fois, je me demandais si je te reconnaîtrais seulement, mais je t'ai repérée à l'instant même où je t'ai vue, dans la foule. Comme si un projecteur te suivait. Tu illumines ce qui t'entoure.

La chaleur me monta aux joues sous son regard ardent.

– C'est peut-être toi qui m'illumines.

– Je l'espère, murmura-t-il tendrement.

Mon souffle se bloqua dans ma gorge. J'attendais son contact – je le souhaitais. Il m'effleura la joue du pouce, joua avec les perles en forme de larmes accrochées à mes oreilles, se pencha pour m'embrasser le menton, puis les lèvres, jusqu'à ce que tout le corps me picote.

Ses mains se posèrent sur mes hanches, glissèrent sur mes cuisses, s'insinuèrent du bout des doigts sous le tissu fin de ma jupe. Je posai les miennes sur son torse, avec l'envie folle de caresser la moindre courbe dure de son corps.

Il remonta puis redescendit le long de ma cuisse, éveillant la peau sensible juste au-dessus de mon genou.

– J'adore. C'est rare que tu ailles travailler en jupe, non ?

– Je voulais être un peu provocante, aujourd'hui.

Pour m'affirmer face à eux.

Il fredonnait, souriant sous mes lèvres.

– Et maintenant ? Tu veux toujours être provocante ?

Je me mordis la lèvre en jouant avec les boucles qui s'ébauchaient au creux de sa nuque. Une étincelle minuscule venait de s'allumer en moi.

– Peut-être.

– La journée a été longue. À mon avis, tu mérites de lâcher un peu la vapeur. Qu'est-ce que tu en penses ?

J'acquiesçai lentement. Son regard flamboya, alimentant mon étincelle, qui devint braise ardente. Sa main se glissa entre mes cuisses puis remonta en décrivant des cercles provocants, sans toutefois se rendre à l'endroit où elle était la plus désirée. Je m'agitai, haletante, dans l'espoir qu'il comprenne ; mais il me souleva au contraire de ses genoux, me poussa contre le bureau, écarta à la hâte quelques tas de papiers pour me faire de la place et m'assit à l'endroit dégagé.

– Allonge-toi.

À peine avais-je obtempéré qu'il me débarrassa de ma jupe et de ma culotte.

– Tu vois ? Si tu me donnais un coup de main, j'aurais plus de place pour te faire l'amour.

– Je vais réfléchir à la question, dis-je en riant.

– Tu as intérêt, parce que je vais évidemment intégrer ça à ton planning d'exercices.

Il se laissa retomber sur son fauteuil, le rapprocha et posa mes pieds sur les accoudoirs pour que je lui sois tout offerte. Quand il promena ses lèvres de mon genou à ma cuisse, le simple frôlement de sa barbe naissante sur ma peau me fit sursauter. J'étais déjà hypersensible et tendue, prête aux assauts de sa bouche avide. J'en mourais d'envie.

– Je n'en peux plus d'attendre, murmura-t-il.

Mon souffle se bloqua dans ma gorge. Chacun de ses effleurements provocants exaspérait mon attente. Lorsque son pouce longea les plis de mon sexe, ouvrant la voie à sa langue experte, un petit gémissement m'échappa. Les doigts plongés dans ses cheveux, je me mis à onduler au rythme de ses caresses, alternance de petits coups de langue directs et de lents tournoiements fuyants. J'aurais voulu profiter de la moindre minute de cet instant, allongée sur son bureau, où il me donnait du plaisir, mais je brûlais de le sentir en moi et d'atteindre l'orgasme brut. Des vagues de chaleur déferlèrent sur moi quand il accrut légèrement la pression.

– Ta bouche me rend folle, Cameron !

Il aspira mon clitoris entre ses dents, m'arrachant un cri de saisissement. Il fredonnait, jurait, marmonnait contre moi de délicieux compliments obscènes.

Je me tendis encore lorsqu'il introduisit en moi un doigt puis deux. Pourvu que son sexe les remplace au plus vite ! Ma réaction fut immédiate, mon corps se rapprochant encore de ses limites. J'avais besoin de son ardeur. De lui. Sa langue se fit plus exigeante, plaisir et tourment mêlés.

– Oh non ! Oh ! Je… je vais jouir !

Ma main s'abattit à plat sur le bureau, tandis que mon sexe se contractait violemment.

– Vas-y, ma belle, vas-y !

Son souffle agaçait ma peau trempée. J'étais entièrement à sa merci.

Ses doigts allaient et venaient en moi, pendant qu'il suçait mon clitoris. Lorsque le plaisir m'emporta, brutal, je poussai un cri, tout entière secouée de longs frissons.

Je tremblais toujours lorsqu'il se leva et baissa son short pour libérer son sexe. Dur comme pierre, énorme, fin prêt. Cameron me prit aussitôt, et je me cabrai sur le bureau, la poussée qui m'envahit surmultipliant la fin de mon orgasme.

– Oh Maya, grogna-t-il, les traits crispés, tu es tellement étroite !

Mon sexe palpitait autour du sien, se contractait sans que j'y puisse rien.

Il me prit dans ses bras et me souleva du bureau pour me laisser glisser sur toute sa longueur démesurée. Je nouai les jambes à sa taille, afin de me redresser et de lui donner un meilleur effet de levier. Il se mordit la lèvre.

– Tu aimes ?

– J'adore, soufflai-je.

Il fit quelques pas sans cesser de me faire monter et descendre sur sa verge. Je me demandais comment il y arrivait, mais après tout c'était un athlète qui passait sa vie en salle de gym. Lorsque mon dos heurta le mur frais, il put me soulever davantage puis trouver en moi de nouvelles profondeurs. Ses mains m'attrapèrent par les fesses, et sa poussée me plaqua au mur. On aurait dit que je ne pesais rien.

Un frisson me traversa, tandis que mes mamelons devenaient douloureusement durs contre les muscles en action de son torse. Sa force brute ne faisait qu'ajouter à mon excitation. Il maîtrisait si facilement mon corps ! Ses coups de boutoir me menaient au bord de la douleur tout en me donnant un plaisir indescriptible. Mes yeux se fermèrent.

– Parle-moi, haleta-t-il. Dis-moi ce que je te fais.

Mes paupières se rouvrirent.

– Je t'aime, Cameron. J'ai besoin de toi. Tellement besoin.

Je me penchai pour écraser mes lèvres sur les siennes au point de nous couper le souffle. Ses bras se resserrèrent autour de moi. On était si proches, tout entiers l'un à l'autre, dans une bulle qui n'abritait que nous.

Une succession de poussées violentes me contracta le vagin, dont la moiteur glissante lui permit de plonger plus profond encore – véritables décharges électriques, brusques sensations étourdissantes qui me coupaient le souffle et la parole chaque fois qu'il touchait au cœur de mon être.

Mes poumons cherchaient l'air, et, mes ongles labouraient les épaules de Cameron. Tous nos muscles restaient figés dans notre étreinte, que seule animait la friction de ses va-et-vient sauvages.

Sa bouche prit la mienne, baiser possessif qui nous priva d'oxygène.

– Maya ! balbutia-t-il d'une voix rauque.

Un frisson me parcourut. Le monde disparut, gommé par la violence de l'orgasme qui naissait en moi, tandis qu'une voix qui ne ressemblait plus à la mienne criait son nom.

Il se figea, les traits adoucis par une vulnérabilité évidente, les lèvres entrouvertes sur un souffle haletant, et son sperme brûlant se répandit tout au fond de moi. Je me cramponnai désespérément à lui en regrettant qu'on ne puisse rester enlacés pour toujours, à créer une nouvelle réalité que je n'aurais jamais à fuir.

CAMERON

Une succession de claquements rapides résonna au fin fond de mon cerveau. Mes muscles se contractèrent, prêts à l'action. Je me redressai brusquement, en nage, les yeux ouverts dans le noir.

Maya.

Ma main tendue ne trouva que le vide au creux des

draps froissés. La panique enfla, accompagnée d'un déferlement d'inquiétude, puis je compris, tandis que mes yeux s'habituaient à l'obscurité et que les formes familières de ma chambre m'apparaissaient enfin. Une longue inspiration apaisante gonfla ma poitrine. Et merde !

Assis au bord du lit, la tête basse, je poussai mon cerveau à revenir au réel. La peur courait toujours dans mes veines, me maintenant en état d'alerte, comme elle l'avait souvent fait des jours d'affilée pendant des années. Je m'étais habitué à cet état au point que je ne parvenais pas toujours à convaincre mon cerveau d'en sortir.

Je me levai lentement, gagnai la cuisine et bus un verre d'eau. Ma respiration s'apaisa enfin. Cette vie-là était terminée, je me le disais et me le répétais. Pourtant, la crainte irrationnelle mais obsédante subsistait en moi qu'un jour je me réveille là-bas. Cette seule pensée me nouait les entrailles, désespérée et noire, cauchemar répétitif et obstiné. Pas moyen d'en sortir. Une vraie prison.

Je m'effondrai sur le canapé, assez conscient pour distinguer le rêve de la réalité, trop réveillé pour me rendormir. Il fallait que je me détende. Les yeux clos, je laissai mes pensées dériver jusqu'à Maya. Une souffrance familière m'envahit, parce que je voulais qu'elle soit là, avec moi, en permanence. Elle avait passé quelques jours chez moi avant de regagner son appartement, pour voir comment allait Eli et reprendre ses habitudes professionnelles. Sa présence dans mon lit avait tenu les spectres en respect, peut-être parce que je l'aimais jusqu'au bout de la nuit et à l'épuisement total.

Je pris le téléphone posé sur la table basse pour faire défiler les photos gardées en mémoire. Maya, enfin :

cheveux blonds relevés en chignon, quelques mèches encadrant le visage, doux yeux bruns fixés sur moi, expressifs, mais secrets. Prête à partir pour la soirée de Noël donnée par son entreprise et à laquelle je l'avais pratiquement arrachée de force, avant de lui faire l'amour toute la nuit. Et j'aurais recommencé, si elle avait été là. J'aurais fait exactement ce que j'avais envie de faire, je lui aurais dit à quel point je l'aimais, à quel point je voulais passer l'éternité avec elle. Enfoui en elle. Jusqu'à ce qu'elle me croie. Qu'elle n'ait plus aucun doute.

J'avais besoin d'elle. De la posséder, de dire au monde entier qu'elle était mienne, que je l'aimais, que je la protégeais. Que je veillais sur elle.

Mes yeux se fermèrent. L'image resta imprimée dans mon esprit tandis que le sommeil me reprenait.

XXI

MAYA

La journée s'achevait, et j'étais une fois de plus épuisée. Les espoirs que j'avais pu entretenir auparavant sur l'évolution de ma carrière avaient été réduits à néant. La tension qui s'était installée entre Jia et moi sautait aux yeux, car elle m'évitait quand on se croisait. Quant à Kevin, c'était tout juste si je l'avais entrevu. Ce n'était pas anormal en soi, mais là je me demandais ce qu'il pensait. Avec un peu de chance, cette histoire serait bientôt oubliée.

À seize heures quarante-cinq, mon téléphone sonna. Kevin demanda à me voir d'un ton sec. Mon ventre se noua. Et voilà ! C'était la fin. J'inspirai à fond, bien décidée à garder mon calme.

Lorsque j'entrai dans son bureau, il ne leva pas les yeux vers moi ni ne me salua. Je m'assis en face de lui, sur une chaise libre. Peut-être ne m'avait-il pas entendue arriver ? Toutefois, il s'éclaircit la gorge et me regarda, brièvement, avant de feuilleter une liasse de papiers qu'il finit par lâcher devant moi.

– Vous me licenciez ? demandai-je, la gorge serrée.

Un sourire pincé crispa ses traits.

– Il vaut mieux aller de l'avant. Vous avez réalisé sur le contrat Cauldwell un travail admirable, mais l'ambiance va se dégrader, c'est évident.

– Pas nécessairement. Il y a eu un douloureux malentendu, c'est évident.

« Douloureux » n'était peut-être pas le terme le plus adapté… Quoique, laisser arriver à son terme la scène esquissée ici même la veille de Noël m'aurait indéniablement été douloureux. Rien que d'y penser, j'en avais la chair de poule. Heureusement, je n'avais pas laissé Kevin me toucher.

– Ce qui est fait est fait. Nous n'avons jamais eu une très bonne relation de travail, et je pense en toute franchise que vous vous épanouirez mieux ailleurs.

– Donc vous me licenciez…

– Avec une indemnité de trois mois, à condition que vous signiez une décharge mettant l'entreprise à l'abri de toute poursuite. Au cas où l'idée vous viendrait de discuter de notre petit malentendu.

– Et mes références ?

Il s'adossa dans son fauteuil, une grimace mécontente aux lèvres. Il ne m'aimait pas, avant ; maintenant, il me détestait. Parce que je ne m'étais pas laissé baiser sur son bureau.

– Si vous en avez besoin, ça pourra s'arranger.

Quelle générosité ! Je m'emparai des papiers pour y jeter un coup d'œil.

– Vous n'aurez qu'à me les rapporter lus et signés.

– Je vais les lire tout de suite. J'aimerais en terminer avec cette histoire, et je suis sûre que vous aussi.

– Bon, bon.

Je parcourus le document en me concentrant sur les clauses consacrées à la rupture de contrat et au silence qu'on exigeait de moi. Bien ficelées : mon indemnisation mettrait un point final au chapitre de ce modeste gâchis, ce qui permettrait à Jia et Kevin de vaquer à leurs occupations, quelles qu'elles soient, sans ma présence pour les gêner. Ce serait une rupture facile qui ne coûterait pas grand-chose à la boîte. Hérissée à cette pensée, je jetai la liasse de papiers sur le bureau.

– Je vais vous dire, Kevin, vous pouvez vous coller cet accord où je pense.

Son souffle passa en sifflant entre ses dents, car il contenait sa colère avec peine.

– Je vous demande pardon ?

– C'est inacceptable. Je n'ai eu aucun tort.

– Vraiment ? Jia m'a raconté que vous lui aviez fait des avances dans une boîte de nuit. Ça ne vous montre pas sous un jour favorable.

– C'est elle qui m'a fait des avances, c'était en dehors de mon temps de travail, et l'entreprise n'a pas de politique particulière en ce qui concerne les relations entre ses salariés, j'ai vérifié.

– Et le petit incident qui s'est passé dans son bureau avec votre ami ?

La panique m'envahit brusquement. *Et merde !* Mais je repris aussitôt mon calme, consciente que Kevin n'avait aucun moyen de savoir ce qui s'était réellement passé à ce moment-là. Jia lui avait évidemment dit qu'elle nous avait laissés utiliser son bureau, Cameron et moi, mais ça ne voulait rien dire.

– Vous avez des preuves ?

– Pas plus que vous, répondit-il avec un sourire prétentieux. Si vous avez un minimum d'intelligence, vous allez signer cet accord. Je ne vous le proposerai pas une troisième fois.

Il poussa la liasse dans ma direction, mais je n'y jetai pas même un coup d'œil.

– En fait, me virer en essayant de me faire taire constitue une belle preuve qu'il s'est passé quelque chose de vraiment pas ordinaire. Ça m'étonnerait que le cas se présente tous les jours. (Je secouai la tête, écœurée par son attitude et d'autant plus exaspérée.) Vous vous êtes dépêché de me saquer et de préparer la paperasse pour que je parte au plus vite. Après m'avoir ouvertement proposé de me pistonner si je couchais avec Jia et vous. Vous croyez que ça va faire bien ? Arrêtez les conneries. Vous voulez vous débarrasser de moi tout de suite ? Ne vous inquiétez pas, je serai ravie de partir. Mais je ne me laisserai pas écrabouiller.

Ses lèvres se pincèrent tandis que ses yeux gris se plissaient, pleins de l'antipathie – parfaitement mutuelle – que je lui inspirais.

– Vous ne voulez plus rien avoir à faire avec moi, Kevin ?

Son silence était éloquent.

– Je veux douze mois d'indemnisation, plus des références écrites. De vous, de Jia et d'un des vice-présidents, quand vous leur aurez expliqué comment je me suis décarcassée pour le contrat Cauldwell. Et elles ont intérêt à être élogieuses.

Son regard était glacé. Une veine battait à son front.

– Vous croyez vraiment que vous pouvez formuler ce genre d'exigences ?

– Soit vous me donnez ce que je demande, soit je prends un avocat, et tout le monde, absolument tout le monde ici, saura ce que vous m'avez proposé, Jia et vous. Sans parler de votre femme. C'est aussi simple que ça.

Quelques heures plus tard, Cameron et moi nous rendions main dans la main au Plaza. Un sourire hypocrite aux lèvres, je lui avais assuré que ma journée s'était bien passée. Après tout, demain, c'était le nouvel an, et il avait des projets pour nous. Je lui raconterais ce qui s'était produit au bureau plus tard, mais je me refusais à gâcher cette soirée. Cette histoire le mettrait en colère et lui donnerait sans doute envie de casser la figure à Kevin.

Lequel avait à contrecœur accepté mes conditions et promis de me remettre le lendemain matin une version révisée de son protocole d'accord… mais tant qu'on n'avait pas signé, rien n'était sûr. Toutefois, c'était ma bataille à moi, et j'avais toutes les chances d'en sortir victorieuse. Perdre mon travail n'était certes pas une victoire, mais au moins je ne me retrouverais pas démunie.

La pensée que je n'aurais pas à retourner là-bas était un véritable soulagement. L'étape suivante consisterait tout naturellement à trouver un poste dans une autre banque, mais je n'étais pas sûre de le vouloir, même si je n'avais guère eu le temps de m'interroger sur mon avenir avant de rejoindre Cameron.

La perspective de voir les parents de Cameron ne fit qu'ajouter à ma nervosité, quand les conversations feutrées du bar résonnèrent autour de nous. Sans doute savaient-ils plus ou moins comment nous avions rompu, surtout si Olivia avait laissé libre cours à la réprobation que je lui inspirais. Cameron m'avait promis qu'elle serait adorable, mais j'en doutais.

Ils riaient, souriaient ou plaisantaient, assis à une petite table ronde, un verre à la main. Notre arrivée les réduisit au silence. Cramponnée à la main de mon compagnon, j'essayai de dissimuler mon embarras en m'appuyant discrètement à son corps vigoureux, décidée à affronter les présentations avec courage.

– Maya, je suppose que tu te souviens de ma mère, Diane ?

– Maya… C'est un plaisir de vous revoir.

Les lèvres de Diane s'incurvèrent en un sourire qui ne monta pas jusqu'à ses yeux.

Son regard me parcourut de la tête aux pieds, visiblement évaluateur ; mais son expression ne trahit qu'un intérêt modéré, où je ne lus heureusement nulle trace de la réprobation de sa fille. Peut-être était-elle aussi superficielle que me l'avait dit Cameron et trouvait-elle que je faisais l'affaire, de son point de vue particulier.

Je lui rendis son sourire puis considérai son mari, assis en face des places qui nous avaient été réservées, à Cameron et moi. Un homme séduisant, mais frêle, comparé à ses deux fils, vêtu sous sa veste de costume d'une chemise blanche très amidonnée. Il m'adressa un signe de tête, souriant.

– Bonsoir, monsieur Bridge.

– Appelez-moi Frank, je vous en prie.

Je m'empressai d'acquiescer. Je me souvenais vaguement de les avoir rencontrés, Diane et lui, à l'époque où Olivia et moi allions à la fac ensemble. Je les avais vus assez souvent, lors des week-ends portes ouvertes, quand ils venaient chercher leur fille pour les vacances ou qu'ils amenaient Cameron en visite. Ils invitaient la pauvre Maya, malheureuse coloc sans famille d'Olivia, à des dîners chics lors desquels ils l'interrogeaient sur ses diplômes, ses études, ses projets de grands voyages. Moi, je restais dans mon coin, discrète, à faire mine d'avoir l'habitude de ce dont ils parlaient. Les possibilités qui s'offraient à Olivia grâce à eux ne me les rendaient pas antipathiques, au contraire : j'en étais enchantée pour elle. Ce que je détestais, c'était leur pitié. Et le fait qu'ils parlent une langue inconnue de la mienne, qu'il allait me falloir du temps à apprendre. Quand j'avais enfin eu assez d'argent pour faire ce qu'ils évoquaient, je n'en avais plus tellement envie.

Une fois assis, Cameron me rassura d'un sourire chaleureux. Je me détendis un peu et parcourus la carte. Mais, comme il m'avait promis qu'on ne resterait pas longtemps et qu'on dînerait ensemble plus tard, je la reposai presque aussitôt, en regrettant de ne rien avoir pour me distraire.

– Eh bien, Maya, parlez-nous donc de votre travail ! lança Frank après avoir avalé une lampée de cognac.

– Maya travaille à Wall Street. Elle est analyste financière, répondit Cameron sans me laisser le temps d'ouvrir la bouche.

Son père ouvrit de grands yeux.

– Mon terrain d'élection. Je suis impressionné. J'aimerais avoir des détails.

Une étincelle d'espoir s'alluma en moi. Je me lançai dans la brève description maintes fois ressassée de mes activités, en omettant de préciser que j'étais pour l'instant sans emploi.

La plupart du temps, il ne fallait pas trente secondes à mes auditeurs pour avoir le regard vitreux, mais Frank avait l'air intéressé. Il me posa quelques questions, auxquelles je répondis, pendant qu'Olivia discutait tout bas avec sa mère et que Cameron restait silencieux, manifestement satisfait de l'évolution de la situation. Il n'avait pas lâché ma main, qu'il serrait parfois sous la table. Jusqu'ici, tout allait bien.

Frank parlait vite, plus passionné que je ne me rappelais l'avoir jamais vu.

– Et que comptez-vous faire, à long terme ? Le surmenage est un véritable fléau, dans votre profession.

Franchement, je suis surpris que vous ayez tenu à un poste pareil aussi longtemps. Vous voulez faire carrière dans cette banque ou bien… ?

J'hésitai, pesant ce que j'allais répondre. Je me sentais assez détendue, assez acceptée pour lui dire la vérité.

– J'ai l'intention de chercher ailleurs bientôt. Très bientôt, en fait.

– Vraiment ? (Ses yeux brillaient.) Vous avez pensé au capital investissement ?

– Non, avouai-je, souriante. Pour l'instant, j'aide Cameron à se dépêtrer de ses impôts et à rembourser ses investisseurs. Mais je n'écarte aucune option.

– Vous pourriez peut-être vous rendre utile, en fin de compte, intervint Diane, interrompant sa conversation discrète avec Olivia. Cameron a désespérément besoin d'un comptable pour s'occuper des finances de la salle de gym et il ne veut pas de l'aide de Frank.

Elle agitait distraitement la main en direction de Cameron. Frank se claqua la cuisse, ce qui la fit sursauter.

– C'est pour moi que vous devriez travailler, Maya ! Vous avez exactement le genre de profil que nous cherchons, et nous manquons de femmes au bureau.

– Un peu de sérieux, Frank, lui dit Diane.

– Mais je suis sérieux !

– Franchement…

Elle lâcha un petit rire peu convaincu, comme si elle ne voulait même pas se donner la peine d'y mettre un peu de cœur.

– Je ne pense pas que Cameron ait très envie de te voir embaucher sa… son ex je-ne-sais-quoi.

– Maman ! protesta tout bas sa fille, pendant qu'elle portait son Martini à ses lèvres.

– Oui, ma chérie ?

Olivia me jeta un coup d'œil compatissant, où transparaissait le rare aveu d'un regret. L'ambiance était à couper au couteau. J'aurais aimé me sentir vexée et leur en vouloir à tous, mais ce qui se passait ne me surprenait pas. La réaction de Diane me confirmait juste que j'avais eu raison autrefois de ne pas partager les détails embarrassants de ma vie avec ses enfants. Me draper dans un métier que ne pouvaient permettre que les meilleures études ne suffisait manifestement pas.

Mes espoirs idiots me paraissaient presque comiques, quand la main de Cameron se crispa sur la mienne.

– Tu es d'une impolitesse rare, j'espère que tu t'en rends compte ? dit-il en se penchant vers sa mère.

– Ridicule, protesta-t-elle. Je ne fais que dire tout haut ce que chacun ici pense tout bas. Et ne me parle pas sur ce ton-là. Je suis ta mère.

– Tu dois surtout des excuses à Maya. De plates excuses.

– Certainement pas.

La voix de Diane claqua comme un fouet. Cameron serra les dents, furieux.

– Ou tu lui présentes des excuses, ou on s'en va immédiatement, et tu auras bien de la chance si jamais tu remets les pieds chez moi.

– Ne sois pas ridicule, répondit-elle sans se troubler. Je ne vais quand même pas présenter des excuses à cette fille. Je ne comprends vraiment pas ce que tu lui trouves.

– Ce n'est pas une fille quelconque.

– Ah, bon ? (Son regard me parcourut paresseusement.) Elle en a tout l'air, pourtant. Tu pourrais en avoir une demi-douzaine, des comme ça. Je ne suis pas impressionnée. Je ne l'étais pas il y a cinq ans, et je ne le suis toujours pas. Tu devrais viser plus haut.

– Allons-nous-en, Cameron, intervins-je en le tirant par la main.

Ils étaient allés trop loin tous les deux, ils en avaient trop dit. J'aurais adoré le voir recadrer son insupportable mère, mais si on restait il n'en sortirait rien de bon. Il ne me prêta aucune attention mais me tira par la main en se levant.

– Ce n'est pas de ta vie qu'il est question. Tu n'as aucun droit de la juger, ni d'ailleurs de juger personne ici.

Elle se redressa sur sa chaise.

– Vous êtes mes enfants. Je veux que vous ayez ce qu'il y a de mieux, c'est normal.

– Ce qui n'est pas normal, c'est que tes enfants en aient assez de toi, que tu le veuilles ou non. Ça m'étonnerait que tu comprennes, mais tu finiras peut-être par te réveiller un jour, quand Maya sera ma femme. Tu auras bien de la chance d'avoir une belle-fille pareille. Mais tant que tu ne t'y es pas faite, je ne veux plus te voir.

Elle secoua la tête, manifestement dégoûtée.

– Tu l'épouserais vraiment, rien que pour nous contrarier ?

Un grondement de rage guttural échappa à Cameron, qui s'éloigna d'un pas rapide, m'entraînant dans son sillage.

CAMERON

On gagna le parc en silence, et on ralentit sur le pont. Les antiques piles de pierre s'arquaient au-dessus du fleuve baigné de lune. Le vent était assez vif pour me glacer, mais on resta là sans bouger. Les mèches blondes de Maya ondoyaient autour de son beau visage.

– Ça va ? demandai-je enfin.

Elle acquiesça en silence, le menton ferme mais l'air triste. Son regard évitait le mien.

– Je suis désolé.

Je m'interrompis. Si seulement elle avait pu savoir à quel point j'étais sincère !

– Je n'aurais pas dû t'amener. Je ne sais pas à quoi je pensais. Ma mère était déjà remontée et prête à mordre. Olivia avait dû lui en raconter de belles, et je suppose que ça n'a pas aidé. Enfin… maintenant, tu sais comment ils sont. Ils ne veulent pas lâcher…

– Arrête. (Maya levait la main.) Tout va bien.

– Non, tout ne va pas bien ! Elle a été ignoble. Jamais je ne lui pardonnerai.

– Elle a malheureusement raison, dit Maya en riant tristement. Tu as un problème avec eux, mais jamais je n'appartiendrai à ce monde-là.

– Moi non plus, protestai-je.

– Ce n'est pas pareil. Moi, je peux faire semblant, mais sous la surface je suis toujours une petite pauvresse en pleine ascension sociale ; tandis que toi, tu descends d'une famille aisée qui t'a donné de sacrés avantages. Tu as eu une vie différente, avant de choisir ta propre route. Ce que j'admire. C'est ce que j'ai fait aussi, à ma manière. Mais je ne veux pas que tu coupes les ponts avec eux à cause de moi.

– Je les avais déjà coupés avant de te retrouver. Mes sentiments n'ont jamais rien eu à voir avec ce qu'ils pensent, mais leurs attentes irréalistes tendent à nous éloigner l'un de l'autre. Raison de plus de ne plus les voir.

– Tu risques de le regretter un jour.

Je n'y croyais pas, mais je voyais ce qu'elle voulait dire. Elle n'avait jamais eu le luxe de pouvoir envoyer promener sa famille. Que n'aurait-elle pas fait pour retrouver sa mère, si imparfaite soit-elle ?

– Non, mais eux, si. Il n'est pas question que je change de vie pour leur confort. Et je pensais le moindre mot de ce que j'ai dit sur nous.

– Tu n'aurais pas dû. Ils doivent flipper à mort.

Je me rapprochai d'elle en prenant ses deux mains entre les miennes. Elle tremblait, peut-être de froid.

– Je m'en fiche. La seule chose qui compte pour moi, c'est d'être avec toi.

– Je veux être avec toi aussi. J'aimerais bien me ficher de ce qu'ils pensent de moi, tu sais, mais quelque part, au fond, je regrette tellement de ne pas être digne de toi à leurs yeux. C'est ma faute si tu les déçois.

Je la pris par le menton pour lui lever la tête vers moi, cherchant dans ses yeux une réponse à la question que je n'avais pas encore eu le courage de lui reposer.

– Tu es tout à fait digne de moi. Tu es tout pour moi. Le meilleur, le pire et tout ce qui existe entre les deux. C'est ce qu'on a vécu qui a fait de nous ce qu'on est, et je ne voudrais le changer pour rien au monde, parce que maintenant je t'aime à en avoir mal. (Je déglutis péniblement, afin de libérer les mots suivants.) Je veux tout ce qu'on a eu autrefois et plus encore. Je veux ce qu'on a… à jamais.

– Cameron, murmura-t-elle, la bouche frémissante.

Je dessinai du bout du doigt la courbe de sa lèvre inférieure. J'aurais aimé l'attirer contre moi pour chasser de mes baisers l'insécurité qui la tourmentait, mais il fallait que je lui dise tout. Que je parle, même si les choses ne se passaient absolument pas comme je l'avais imaginé.

J'avais la bouche sèche, le souffle coupé, les nerfs en pelote. Le fardeau du passé pesait sur moi tel un sac de cailloux. Je tirai de ma poche l'écrin de velours noir que je levai entre nous sans ouvrir la main, pas encore prêt à le lâcher. Mon instinct me retenait et me poussait en avant tout à la fois.

– Je t'aime, Maya. Depuis toujours. J'aime tout ce que tu es, quoi que tu en penses et quoi qu'en disent les autres. Quelque chose m'a poussé vers toi du jour où on s'est connus. Je n'ai plus jamais rien vécu de pareil depuis. Je ne suis pas amoureux de celle que tu étais ou de celle que tu veux être, je suis amoureux de ton âme. Je ne vois qu'elle. Et rien ni personne ne changera jamais ça.

Lorsque je la regardai, ses yeux débordaient de larmes. Elle secoua la tête, et l'appréhension m'envahit.

– Non… s'il te plaît, Cameron, pas maintenant. Je ne peux pas, pas avec tout ce qui se passe en ce moment.

Une larme roula sur sa joue, que j'essuyai de la main. Son chagrin – notre chagrin – me brisait le cœur. Pourquoi étais-je incapable de m'y prendre correctement ? Une malédiction pesait-elle sur moi ? Je m'étais promis de ne pas accepter un second refus…

– Épouse-moi, proposai-je après avoir pris une inspiration revigorante, et on affrontera les difficultés ensemble. Je ne veux rien d'autre, depuis le début.

– Tu n'as pas besoin d'un passif comme le mien, ni des problèmes que j'ai encore à régler.

– Je sais de quoi j'ai besoin. De toi. Ni plus ni moins. Je n'arrive plus à dormir quand tu n'es pas là. Je n'arrive plus à penser correctement quand ça ne va pas entre nous. À partir du moment où je t'ai quittée, ma vie a été une catastrophe. Je veux qu'on retrouve enfin le bonheur, toi et moi.

– Si ça ne marche pas… je ne supporterai pas de te faire du mal, encore une fois.

Je soupirai, luttant contre l'émotion qui m'envahissait.

– Alors, ne m'en fais pas… Dis-moi oui. Marions-nous. Je te promets que ça marchera. On s'en sortira, quoi que la vie nous apporte. Ensemble.

Ses yeux étincelaient, les larmes qu'elle ne pouvait plus contenir ruisselaient sur ses joues.

– Ce que je te demande, Maya, c'est ton cœur et la promesse qu'il sera toujours à moi. Vu ce qu'on a enduré, ça ne me paraît pas énorme. Tu m'as dit que tu m'aimais et que tu voulais être avec moi. Prouve-le. Faisons une réalité de notre amour.

Elle n'eut pas à prononcer un mot, car je sentis ce qu'elle allait dire. Son regard se posa sur l'écrin que je tenais toujours d'une main ferme. Si je l'ouvrais, cela changerait-il les choses ou raviverait-il juste la vieille plaie de son refus ? Je rangeai la petite boîte dans ma poche. On aurait dit que je remettais mon cœur dans ma poitrine après le lui avoir tendu dans le froid pour le lui confier.

– Je suis désolée, Cameron. Kevin m'a licenciée aujourd'hui, et puis il y a eu tes parents, et… (Elle fixait à présent le sol entre nous, les épaules basses.) Je t'aime, je ne dis pas non, mais j'ai besoin de temps pour remettre de l'ordre dans ma vie. Tout est sens dessus dessous. Je ne sais plus où j'en suis, littéralement. Je ne peux pas prendre un engagement à vie ! Laisse-moi le temps de comprendre ce qui se passe, s'il te plaît.

Ma gorge se serra. Je n'arrivais pas à croire qu'on se retrouve là pour la seconde fois… et je ne voulais pas penser à ce qui s'était passé la première. Le temps ralentit, me permettant d'analyser chaque étape, chaque mot, avec la peur atroce qu'ils nous éloignent à nouveau l'un de l'autre.

Maya poussa un grand soupir. Ses yeux assombris

prouvaient qu'elle s'était sentie annihilée à ce moment-là, tout comme moi.

Le temps.

Voilà. Je pouvais lui en donner, pas vrai ? J'avais beau vouloir une réponse, j'avais beau mourir d'envie d'obtenir un simple oui et de savoir qu'elle le pensait de tout son être, je pouvais bien attendre un peu.

Elle n'avait pas dit non. Elle n'avait pas repoussé une proposition à vrai dire hâtive. Je ne lui avais même pas montré l'alliance. Ça n'y aurait rien changé, mais je ne faisais évidemment pas les choses dans les règles.

– D'accord, lâchai-je enfin.

Elle leva la tête, les traits tirés par l'inquiétude.

– J'attendrai. Prends le temps qu'il te faut. Je ne vais pas m'en aller, OK ?

Un soulagement évident brilla dans ses yeux. Je l'attirai contre moi pour nous réchauffer, en essayant de me persuader qu'elle me reviendrait si, cette fois, je la laissais prendre du champ.

– Merci. Oh, merci… chuchota-t-elle.

XXII

MAYA

Je me réveillai tôt, car j'avais des choses à faire. Le petit matin offrait un mélange brouillé de rose et de gris. Une neige intacte couvrait les arbres. Je pris en esprit une photo du paysage, consciente que cette beauté tranquille ne durerait pas, puis m'affairai dans l'appartement à préparer du café et des toasts.

Mon corps s'était habitué aux levers précoces, et un miracle de volonté m'évitait de devoir soigner une gueule de bois : maintenant que mon univers était sens dessus dessous, j'étais bien décidée à éviter d'y mettre davantage de désordre.

Lorsque enfin je m'assis à la table de salon, je posai mes deux carnets ouverts devant moi : celui que m'avait offert Cameron et l'autre, qu'il avait lu en partie – je me demandais toujours quelle partie, mais je chassai cette pensée. Peu importait. Aujourd'hui, pas question de culpabiliser, de revisiter le passé ou de déplorer des choses auxquelles je ne pouvais absolument rien. J'allais entamer la reconstruction, lente et épuisante, de ma vie. En d'autres termes, affronter mon passé comme je ne l'avais encore jamais fait.

Avec l'idéalisme d'une optimiste couchant sur le papier ses résolutions du nouvel an, j'avais décidé de commencer aujourd'hui même une vie nouvelle. J'avais toutefois assez de bon sens pour savoir que je n'étais pas encore la nouvelle Maya et que je ne la trouverais pas sans mal. Heureusement, Cameron avait accepté mes hésitations de la nuit. J'en étais soulagée et reconnaissante, car j'avais bel et bien besoin de temps. Seul le temps me permettrait de me hisser jusqu'à une position d'où je pourrais lui donner la réponse qu'il lui fallait et que j'avais tellement envie de lui donner. Quand, je n'en savais rien, mais j'espérais qu'il serait capable d'attendre.

Je passai la matinée à remplir mon nouveau carnet de l'ultime version des gribouillages dont l'original était rempli. Mes pensées étaient claires. Mes mots ne me semblaient plus honteux – que Cameron les ait lus ou non ; j'étais au contraire heureuse de leur avoir donné un endroit où vivre et, peut-être, trouver le repos.

Ils représentaient des années d'instants fugaces et de labeur émotionnel consacré à Cameron, ma mère, mon travail et mon avenir incertain. Jusqu'ici, j'avais traversé ces souffrances comme une brute, indifférente à ma santé, imperméable au respect adulte que j'aurais dû avoir pour ma vie et ceux qui en faisaient partie, mais il n'était plus question d'accepter une réalité pareille.

La tâche terminée, je jetai le vieux calepin à la poubelle puis posai le neuf sur l'étagère, près de mes livres et de mes photos préférés. Cette matinée m'avait permis de revivre la moindre des émotions véhiculées par le moindre des mots recopiés. J'étais maintenant prête à vivre mon avenir.

La semaine suivante se passa dans les cafés, à écrire, réfléchir, consulter les offres d'emploi. Rêver.

Je ne circulais qu'à pied. Des promenades tranquilles, dégrisantes, rafraîchissantes, qui me menaient à des endroits que je ne m'étais jamais donné la peine de visiter. Tout était possible, ouvert. Il me suffisait de choisir mon chemin.

Kevin m'envoya finalement le protocole d'accord, accompagné des références les plus éclatantes que j'aie jamais lues, qui me procurèrent une immense satisfaction. Je le signai, plus heureuse que jamais de ne pas avoir à reparaître dans ces bureaux. Il était possible que mon chemin croise à nouveau celui de Jia ou de Kevin, mais j'espérais qu'il se serait écoulé assez de temps pour que ma rancune se soit atténuée.

Eli passait presque toutes ses nuits à l'extérieur, avec son nouveau petit ami. Moi, le soir, je lisais et me couchais tôt. Cameron et moi nous appelions une fois par jour, et il m'arrivait même d'aller à la salle de gym lui donner un coup de main pour sa comptabilité. Son manque d'organisation était stupéfiant, mais je trouvais étonnamment épanouissant d'arranger les choses. Si contente que je sois de ne plus travailler, j'avais absolument besoin de m'occuper, c'était de plus en plus évident.

À la grande surprise de Cameron, je faisais aussi du sport de ma propre volonté. Du yoga, notamment, comme si ce n'était pas Raina la prof. Pour préserver le nouvel équilibre de ma vie, je me disais et me répétais que mon éloignement ne lui fournissait pas une occasion en or de retenter sa chance avec Cameron.

On avait beau prendre notre temps, les sentiments qu'il m'inspirait ne perdaient rien de leur force, et ses yeux persistaient à m'interroger. Lorsqu'il m'invita à dîner, pourtant, je refusai le plus poliment possible.

Je mourais d'envie de passer plus de temps avec lui, mais l'attraction addictive qu'il exerçait sur moi m'empêchait de penser clairement. L'amour était une véritable drogue, et je me cramponnais à la lucidité que me donnait cette parenthèse, fermement décidée à trouver et consolider celle que je devais être avant de retourner me jeter dans ses bras.

CAMERON

Quand Olivia apporta le plat à table, Darren se servit sans façon, entassant les pâtes dans son assiette comme s'il mourait de faim. Elle sourit.

– Waouh, ç'a l'air super bon, Olivia. Merci beaucoup ! lança-t-il.

– De rien. Ça faisait longtemps qu'on n'avait pas dîné en famille.

Son sourire vacilla, tandis que ses yeux se posaient brièvement sur moi.

– Enfin…

– C'est bon, intervins-je. De toute manière, en ce qui me concerne, c'est bien un dîner en famille.

Quelques instants s'écoulèrent dans un silence gêné, pendant qu'on mangeait tous sans mot dire. Je repensai à ma dernière soirée avec les parents en me demandant à qui reprocher la manière dont elle avait tourné. Au début, j'en avais voulu à Olivia, qui avait suscité leur inquiétude, donc encouragé leur deuxième visite quand même la première ne me semblait nullement nécessaire. Darren en personne avait été un temps dans mon collimateur, parce que son absence l'avait empêché de faire diversion, mais tout son charme insouciant n'aurait pas empêché notre mère de dire ce qu'elle avait dit.

Je détestais aussi le supérieur hiérarchique de Maya pour lui avoir gâché sa journée, voire sa carrière, et l'avoir bouleversée. En fait, j'envisageais sérieusement depuis deux jours de rendre une petite visite à ce salopard et de lui administrer la volée qu'il méritait pour avoir fait des propositions à Maya. Mais si jamais elle en entendait parler, ça ne favoriserait pas nos retrouvailles.

Ce problème mis à part, je m'en voulais, à moi, de l'avoir emmenée voir mes parents et de lui avoir parlé mariage alors qu'elle n'y était manifestement pas prête. L'égoïsme m'avait poussé à vouloir la lier à moi, mais je ne demandais plus maintenant qu'une chose : être avec elle. Je pouvais bien montrer les autres du doigt, j'étais finalement le seul responsable de la catastrophe. Peu m'importait le mariage. Je voulais juste qu'on soit ensemble. Il m'était impossible d'accepter de la perdre une seconde fois. J'avais même pensé à rapporter l'alliance au magasin, comme si cette retraite symbolique allait défaire notre séparation. Si seulement ç'avait été aussi simple…

Les événements de cette nuit-là avaient poussé Maya à sortir à nouveau de ma vie. Pas à jamais, mais assez longtemps pour que je regrette profondément la distance qui nous séparait une fois encore. Elle me manquait douloureusement. Je dormais mal, quand je dormais. Je me montrais introverti et désagréable au travail. Sans doute d'ailleurs était-ce ce qui avait poussé Olivia à organiser ce dîner. Il constituait en quelque sorte une proposition de paix, d'autant plus que c'était elle qui souffrait le plus de ma mauvaise humeur. On formait une petite équipe, on devait se soutenir les uns les autres.

– Comment ça va, au travail ? demanda-t-elle à Darren.

– Bien. Question de saison. Plein de gens essaient de chauffer leur appartement au mini four. Ça donne des résultats intéressants.

– Vous avez de nouvelles recrues ?

– Non, répondit-il en faisant la grimace.

J'arquai le sourcil.

– Et la blonde ? Il me semble qu'elle est tout le temps là avec toi. Même pas besoin de te baisser pour la cueillir. C'est bien comme ça que tu dis, non ?

Il se mordit la lèvre en détournant les yeux.

– Je ne sais pas. Ce n'est pas mon genre.

– C'est une blague ? demandai-je en riant.

Il se décida enfin à croiser mon regard, un sourire idiot aux lèvres.

– Va te faire foutre, mec. Bon, et avec Maya, qu'est-ce qui se passe ? Je ne voudrais pas arriver avec mes gros sabots, mais tu es insupportable en ce moment. Vous avez rompu ou quoi ?

Je lui jetai un regard noir, car j'avais bien fait comprendre que je ne voulais pas parler de Maya. Olivia triturait ses pâtes à la fourchette, la tête basse, les lèvres pincées.

– On se donne un peu de temps, c'est tout.

– Elle fréquente toujours la salle. Ça ne te dérange pas ?

– Du tout. J'ai vécu cinq ans sans elle, je peux bien m'en passer quelques semaines ou quelques mois de plus. Je suis un vrai pro, maintenant.

Je serrai les dents. Quelque part au fin fond de mon esprit, une partie de moi regrettait de ne pas être très, très loin. Envie morbide de me retrouver à un endroit dont les souvenirs terribles m'empêchaient de dormir, la nuit. J'aurais préféré ça aux tourments que je vivais en ce moment.

Quand Maya arrivait à la salle de gym, je devais me retenir de la prendre dans mes bras et de l'embrasser à perdre haleine. Je me voyais au contraire m'éloigner toujours un peu plus d'elle. Moins on se parlait, plus ça semblait facile. La voir sans pouvoir la toucher ni lui dire ce que j'éprouvais était une véritable torture. Elle m'avait demandé un répit, alors que je l'avais pratiquement harcelée. Elle m'avait dit non, et j'avais beau détester lui donner du temps – passer plus de temps séparé d'elle que nécessaire –, je n'avais pas l'impression atroce que tout était fini.

Si impossible que ça paraisse, j'étais disposé à essayer de toutes mes forces de lui donner le temps qu'il lui fallait. Je me demandais juste si j'y survivrais.

– Et toi, Olivia ? demanda Darren après une lampée de bière. Quelqu'un t'a tapé dans l'œil ?

– Je ne sais pas. Dans une ville de cette taille, je n'aurais pas cru rester sur la touche aussi longtemps.

– La salle de gym est pleine d'athlètes, s'amusa-t-il.

– C'est ça, oui. (Elle leva les yeux au ciel.) Je vous connais, tous les deux : à la seconde où un de ces mecs me proposerait une sortie, vous arriveriez avec vos airs protecteurs.

– En fait, les grands frères sont faits pour ça.

Il tendit la main pour l'ébouriffer gentiment, mais elle l'écarta d'une tape, sans parvenir à dissimuler un sourire. Les pâtes terminées, elle se leva pour débarrasser, mais Darren l'en empêcha.

– Je m'en occupe, Olivia. Tu as fait la cuisine, je peux bien ranger.

Elle se rassit donc et tripota sa serviette, pendant qu'il disparaissait dans la cuisine avec les assiettes vides. Un silence pesant s'installa. Olivia et moi nous parlions à peine depuis le nouvel an, et plus le temps passait, plus il devenait difficile d'apaiser la tension entre nous.

– Je suis désolée, Cameron, dit-elle enfin. J'ai un peu l'impression que tout est ma faute.

Je résistai à la tentation de lui dire qu'elle avait entièrement raison et de lui infliger une minuscule fraction de mes tourments dévastateurs. Le remords qui brûlait dans son regard m'y aida. Ce n'était plus la mégère indiscrète qui cherchait depuis quelques mois à gérer ma vie dans ses moindres détails, mais ma fragile petite sœur. Je la connaissais assez pour savoir que ses regrets étaient sincères.

– L'eau a passé sous les ponts, d'accord ? C'est fini. Promets-moi juste de ne jamais plus me faire un coup pareil.

Un soulagement manifeste lui décontracta les épaules.

– Merci, Cameron. Il faut aussi que je parle à Maya. Peut-être quand les choses se seront stabilisées entre vous. En tout cas, je lui dois des excuses. J'en suis bien consciente. J'ai été vraiment immonde. Ce n'est pas une raison, mais j'espère que tu es conscient que je voulais seulement te protéger.

– Je comprends. Je suis protecteur avec toi aussi. On ne changera pas, de ce point de vue-là. J'espère juste que je ne mettrai pas en fuite l'homme de ta vie par inadvertance.

Les regrets reparurent dans ses yeux. La commissure de ses lèvres s'abaissa. Je lui pris la main et la serrai brièvement.

– Bon, allez, assez parlé de choses sérieuses. On se regarde un film ?

– Je veux bien, répondit-elle, un peu réconfortée.

– Vas-y, choisis. Mais pas un truc de gonzesses.

Elle se leva en riant.

– OK. Il ne faudrait pas que mes deux grandes brutes de frères viennent me pleurnicher sur l'épaule.

XXIII

MAYA

Vanessa entra en coup de vent, les traits tirés par le stress. Une expression qui ne me manquait pas. Il me sembla un instant distinguer des fers à ses chevilles, pendant qu'elle me rejoignait à ma table. Jamais je n'avais été aussi heureuse de ne plus être salariée. Quand je me levai, elle me serra dans ses bras.

– Salut, comment ça va ? demandai-je – question purement rhétorique, car je savais déjà que Reilly faisait toujours de sa vie un enfer.

Elle se laissa tomber sur une chaise en soupirant.

– Tu me manques atrocement, Maya. Je suis super contente pour toi que tu aies réussi à t'en sortir, mais je te déteste un peu aussi, tu vois ?

– Désolée, m'amusai-je. Je vais essayer de passer plus souvent à l'heure du déjeuner.

– Tu cherches du travail ?

– Je regarde ce qu'il y a, mais je n'ai pas encore postulé. En fait, j'aide Cameron à la salle de gym pour les questions financières. À part ça, disons que je fais une pause. J'essaie de voir où je veux aller, maintenant.

– Je te parie que Cameron est tout prêt à passer plus de temps avec toi.

Je restai silencieuse, ne sachant trop par où commencer. Franchement, je n'avais pas très envie de raconter où les choses en étaient pour l'instant avec Cameron, mais il faudrait bien en arriver là. Heureusement, le serveur vint prendre notre commande. J'aurais aimé qu'il fasse perdre le fil à Vanessa, mais elle m'accordait toute son attention – qui se nuançait d'inquiétude, sans doute en raison de mes hésitations.

– Rassure-moi, Maya, vous êtes toujours ensemble, tous les deux ? Qu'est-ce que j'ai raté ?

– Euh… on fait une petite pause, là.

– C'est toi qui as voulu ?

J'acquiesçai.

– Mais pourquoi ? Il t'a pourri la vie ?

– Une question à la fois, s'il te plaît, protestai-je en riant.

Elle leva les yeux au ciel.

– Je ne suis plus dans le coup ! Sérieux, raconte-moi. Et vite. Je ne sais pas quand le devoir va m'appeler.

– Il ne m'a pas pourri la vie, soupirai-je.

Loin de là. Il avait été adorable et m'avait ouvert son cœur.

– Qu'est-ce qui s'est passé, alors ? Allez, quoi, crache le morceau !

– Il m'a plus ou moins demandée en mariage.

– Comment peut-on « plus ou moins » demander quelqu'un en mariage ? s'enquit-elle, un pli profond entre les sourcils.

– Eh bien, en s'arrêtant à mi-chemin, parce que la personne concernée a l'air d'un chevreuil pris dans la lumière des phares et interrompt le demandeur avant qu'il ne tombe à genoux.

– Attends, tu l'as interrompu ? Mais pourquoi ?

J'évoquai ce qui s'était passé. Oui, j'avais interrompu Cameron. Pas dans le but de le blesser, de rejouer la scène d'autrefois qui s'était si mal terminée pour nous deux ; mais le sens profond d'un oui m'avait effrayée, même si mon anxiété me rappelait le désespoir que je devrais affronter si je disais non.

– Écoute, Vanessa, je viens de perdre mon travail, sa mère m'a en gros traitée de moins-que-rien, et là j'essaye d'affronter mes problèmes autrement qu'en les noyant dans l'alcool. C'était trop. Si j'avais dû gérer une situation aussi chargée émotionnellement de plus, j'aurais craqué.

– Alors tu lui as dit non ?

– Je lui ai dit que j'avais besoin de temps. Ni oui ni non, en fait. D'ailleurs, on se parle, on se voit de temps en temps, mais cette pause me fait du bien. J'ai eu le temps de réfléchir et de retrouver un certain équilibre. Je ne me rappelle même pas quand je me suis sentie aussi… je ne sais pas, aussi stable, pour la dernière fois.

– Mais vous n'avez pas du tout parlé de sa proposition depuis ?

– Non. En fait, on n'a pas parlé de grand-chose. Les dernières fois qu'on s'est vus, il a été plutôt distant.

– Sans blague !

– Comment ça ?

– Alors moi, si je demandais un mec en mariage, ce qui n'arrivera jamais, bon… mais si jamais je le faisais et qu'il ne me donnait pas la bonne réponse, je ne me jetterais certainement pas à sa tête après.

– Super, merci, grognai-je en levant les yeux au ciel.

– Je ne dis pas ça pour te casser le moral, Maya, mais tu as pensé une seule seconde à ce qu'il ressent, lui ? Tu es raide dingue de ce mec depuis des années, tu l'as jeté deux fois, et il est toujours là. C'est un putain de miracle !

– Je ne veux pas foncer tête baissée dans quelque chose que je ne pourrai pas gérer du point de vue émotionnel. Pour une fois que je me conduis de manière responsable !

– S'il te plaît, Maya, écoute-moi. (Vanessa se pencha vers moi, radoucie.) Tu aimes Cameron, ça se voit. Franchement, il faudrait être complètement aveugle pour ne pas le voir. Mais je ne suis pas toi. Je ne sais pas ce que c'est d'être emportée par ce genre d'ouragan sentimental, et je ne peux certainement pas te dire quand faire le grand saut. Seulement je voudrais que tu sois heureuse, et je serais désolée que l'homme susceptible de te rendre heureuse te quitte parce que tu n'es pas capable d'affronter la situation.

L'arrivée de nos plats interrompit ce grand discours. Une brusque envie de vomir m'envahit : la réaction de Vanessa donnait à mon assurance de ces dernières semaines l'air absurde et vaine. Mes yeux s'emplirent de larmes, que je refoulai en battant des paupières.

– Il me rend heureuse, oui, chuchotai-je. Comme si je ne l'avais jamais vraiment été avant qu'il me trouve.

– Alors arrête de lui tourner le dos. Accepte d'être heureuse. Tu le mérites, et lui aussi. Il est complètement fou de toi, bordel !

– Je voulais juste devenir plus digne de lui… de nous. Tu comprends ?

Un sourire compatissant lui vint aux lèvres.

– Je crois qu'il te veut juste toi. Telle que tu es.

Ses yeux brillaient un peu trop, et mon cœur se serra davantage encore. Elle voulait vraiment mon bien ! Une seconde plus tard, son téléphone s'alluma. Elle poussa un gémissement puis répondit, arborant un sourire forcé. Quelques mots brefs, puis elle coupa la communication.

– Reilly a besoin de moi. Il faut que j'y aille. Ça va, Maya ?

– Oui, oui, m'empressai-je d'acquiescer. Très bien.

– Tu es sûre ?

– Vas-y. (J'agitai la main pour la chasser.) Le chef a besoin de toi. Je m'en sortirai, ne t'en fais pas.

– Tiens-moi au courant. J'ai besoin de savoir. On ne peut pas continuer à se voir aussi rarement.

J'acquiesçai, de nouveau, avant de la serrer dans mes bras pour lui dire au revoir. Elle m'étreignit avec force, longuement, au point que je craignis de fondre en larmes ; que me retrouver seule avec mon déjeuner intact fut un soulagement. Cameron occupait toutes mes pensées, à présent.

Je lui envoyai un texto en rentrant à l'appartement.

« Dîner ce soir ?

– OK. Quelle heure ?

– Tu passes à 6 ?

– Super rencard. »

La réponse me fit sourire. Les limites juvéniles que j'avais fixées à mes relations sentimentales avaient tellement été dépassées ! Préparer une rencontre avec Cameron me faisait battre le cœur, mais Vanessa avait raison : j'avais eu le temps de réfléchir. Maintenant, je ne faisais plus que bloquer. Refuser de replonger dans une relation plus profonde revenait à esquiver les violentes émotions de sa demande en mariage. Comme je ne voulais pas le perdre, il ne me restait qu'à espérer que je ne l'avais pas repoussé une fois de trop.

Mon téléphone sonna alors que je montais l'escalier menant à l'appartement. Le numéro appelant m'étant inconnu, je répondis avec prudence :

– Allô ?

– Bonjour, dit une profonde voix d'homme. Vous êtes bien mademoiselle Jacobs ? Maya Jacobs ?

– Oui, qui est à l'appareil ?

– Désolé de vous déranger, mademoiselle. Je suis Ray Stevens, de la police du comté de Greene.

Mon cœur se serra. Je m'assis sur la marche suivante.

– C'est au sujet de ma mère ? Lynne Jacobs ? Il lui est arrivé quelque chose ?

Il s'éclaircit la voix, étirant le silence au point que je faillis reprendre la parole avant lui.

– Je suis sincèrement navré de devoir vous le dire, mademoiselle Jacobs, mais votre mère est morte.

– Hein ?

– Le corps a été découvert ce matin. Il semblerait qu'elle ait fait une overdose. D'après nos recherches, vous êtes sa parente la plus proche…

– Ce n'est pas vrai !

Tout tournait autour de moi. Ce n'était pas possible. *Non non non.*

– Je suis désolé.

La voix me semblait moins puissante, sous les battements tonitruants de mon cœur et les hurlements de déni de mon esprit.

– Il vous faut peut-être un peu de temps. Si vous voulez, je vous rappelle d'ici un moment pour discuter des dispositions à prendre.

Je secouai la tête. Elle n'était pas morte. Cette scène n'existait pas.

– Mademoiselle Jacobs ?

J'inspirai brusquement.

– Rappelez-moi plus tard, oui. Je ne peux pas parler de ça maintenant.

Il me fut impossible de dire un mot de plus avant

de couper la communication. La tête enfouie dans mes mains, je laissai mes pensées s'emballer, emportées par un tourbillon de questions sans fin auxquelles je n'aurais jamais de réponse. Malgré l'équilibre retrouvé depuis deux semaines, rien n'avait plus de sens à présent. Rien ne pouvait en avoir, parce que le contact avec ma mère avait été coupé trop longtemps. Nos trajectoires ne se croisaient plus depuis des années. Je ne disposais d'aucune information et n'en trouverais sans doute aucune. Jamais le puzzle ne serait assemblé.

Elle n'était plus. Je l'avais irrémédiablement perdue. Tous les remords, les inquiétudes, les regrets que j'avais si vaillamment repoussés revenaient soudain m'écraser. M'ensevelir.

Je me traînai jusqu'à l'appartement et me réfugiai aussitôt dans ma chambre, prête à m'effondrer sur mon lit pour pleurer toutes les larmes de mon corps, à renverser ma commode, à tout casser en hurlant avant de me remettre à pleurer. Mais j'eus beau la chercher, cette Maya-là avait disparu. Les larmes que j'avais versées si facilement ces derniers temps m'étaient maintenant interdites.

Peut-être à cause du choc. De toute manière, rien de ce que je pourrais faire n'apaiserait la souffrance que j'éprouvais.

Je fis volte-face et me précipitai à la cuisine, sans prêter attention à Eli, qui regardait la télé. Un verre à la main, j'hésitai devant le robinet. L'eau n'étancherait pas ma soif. La vague envie que j'ignorais si bien à présent n'était plus un tiraillement, une imploration, une demande, mais un hurlement, une faim dévorante qui exacerbaient mes tourments et exigeaient l'apaisement.

Les mains tremblantes, j'ouvris le placard où se

trouvait le whisky réservé aux préliminaires festifs et aux mauvais jours. Je m'en servis un plein verre, sans prendre la peine d'y mettre des glaçons. Il n'était pas question de savourer, mais de chasser la douleur le plus vite possible. En portant l'alcool à mes lèvres, j'inspirai d'instinct, et un soupir m'échappa à la pensée du soulagement à venir.

– Maya ?

La voix d'Eli me fit sursauter et lâcher mon verre, qui vola en éclats au milieu de grandes éclaboussures. Une odeur âcre m'enveloppa, s'élevant de mes mains mouillées et de mon corsage trempé. Moi qui avais si désespérément voulu m'imbiber de whisky, je ne supportais plus soudain d'en porter la moindre trace.

– Oh, merde, ça va ? s'inquiéta Eli en se précipitant sur un torchon.

Je secouai violemment la tête et reculai, les yeux fixés sur les débris.

– Maya ? Parle-moi. Qu'est-ce qui se passe ?

– Je… Elle…

Ma voix se réduisait à un murmure, les mots se bloquaient dans ma gorge, un lent frisson m'envahissait. Il m'était si difficile de ne pas m'effondrer que mes épaules en tremblaient.

– Elle est morte.

Mes yeux pleins de larmes refoulées témoignaient d'une réalité à laquelle on avait toujours pensé, sans jamais l'évoquer ouvertement. Je tombai à genoux, manquant de justesse les éclats de verre répandus sur le linoléum.

Eli s'accroupit, balaya les débris devant lui avec le torchon pour se rapprocher de moi puis me prit les mains.

– Qu'est-ce qui s'est passé ?

– Overdose. Elle… elle… elle a fait une overdose… ils l'ont trouvée ce matin.

Ce n'était pas moi qui prononçais ces mots, parce que je n'y croyais toujours pas. Des larmes brûlantes ruisselaient sur mon visage.

– Oh, Maya, je suis tellement, tellement désolé !

Il m'attira dans ses bras et me serra contre lui de toutes ses forces. Je lui rendis son étreinte en sanglotant sans retenue sur son épaule.

– Je n'ai pas réussi à la sauver. Pourquoi, Eli ? Pourquoi ? Pourquoi ne m'a-t-elle pas laissée l'aider ? Elle n'avait pas à vivre ça toute seule.

Un grand soupir gonfla la poitrine d'Eli.

– Elle voulait peut-être te protéger. Ces choses-là… ces choses-là sont destructrices, et pas seulement pour ceux qui en prennent. Elle tenait sans doute à ce que tu restes le plus éloignée possible. Tu n'y as jamais pensé ?

Je secouai la tête. Se pouvait-il qu'elle ait cherché à me protéger tout ce temps ? Peut-être, mais j'avais malgré tout l'impression de ne pas avoir été à la hauteur, comme si elle avait compris que je n'arriverais pas à l'aider. Car quel genre de personne étais-je devenue sans elle ? Comment aurais-je pu lui donner ce dont elle avait besoin, alors que c'était tout juste si je vivais moi-même ? Pourtant, je ne pouvais renoncer à croire que j'aurais changé son parcours si elle m'en avait donné la chance.

– Elle ne m'a pas laissé la moindre chance. Des années… des années à attendre d'arranger les choses, d'organiser la vie dont on rêvait. Je ne travaillais que pour ça. Et voilà…

Une souffrance inextinguible me tordait les entrailles. Je voulais qu'elle soit là. Je voulais la voir sourire, l'entendre rire, sentir son contact, me détendre dans l'étreinte bienfaisante que seule une mère pouvait dispenser. Je ne demandais qu'un jour de plus, une dernière lueur de son amour… mais je ne l'aurais jamais. Mes sanglots me secouaient tout entière.

– Ça va aller, Maya, ça va aller. (Eli me berçait contre lui.) Au moins, maintenant, elle ne souffre plus.

– Je ne veux pas, dis-je dans un gémissement.

Le souvenir omniprésent de ma mère saturait la moindre de mes cellules. Ma peau me faisait mal ; tout me faisait mal. Je l'avais perdue à jamais, et cette réalité engloutissait tout ce qu'on pouvait dire ou faire, Eli et moi.

Les larmes s'abattirent sur moi par vagues de tristesse suffocantes. J'avais beau me cramponner à elle de toutes mes forces pour la garder avec moi dans le monde des vivants, elle m'échappait lentement, telle la marée qui se retire. Je fus bientôt trop faible pour pleurer, trop épuisée pour avoir mal.

CAMERON

Eli répondit à l'interphone, et je montai quatre à quatre jusqu'à l'appartement. Depuis le premier texto de Maya, quelques heures plus tôt, un nuage d'interrogations tournoyait dans mon esprit. Si vagues qu'aient été les quelques mots échangés, ils m'avaient donné de l'espoir. Quoi qu'il en soit, on devait parler.

– Salut, Eli ! lançai-je en entrant. (Puis, devant son air soucieux :) Qu'est-ce qui se passe ?

– Maya t'a appelé ? demanda-t-il dans un quasi-murmure.

– Non. On était censés dîner ensemble. Elle est là ? Il y a un problème ?

Il secoua la tête, les bras croisés serrés sur la poitrine.

Mon cœur se serra. Des visions de Maya inconsciente, en danger je ne savais comment, me traversèrent l'esprit.

– Où est-elle ?

Mes muscles se contractèrent, prêts à me propulser dans n'importe quelle direction, là où elle aurait besoin de moi.

– Elle dort.

Cette réponse me calma un peu, mais quelque chose clochait malgré tout.

– Sa mère vient de mourir d'une overdose, continua Eli. La police l'a appelée pour la prévenir en début d'après-midi.

– Merde ! Comment va-t-elle ?

– Elle est bouleversée. En fait, elle se préparait à descendre une bouteille de whisky, mais finalement elle s'est mise à pleurer à la place. Heureusement que j'étais là. Je crois que je n'avais encore jamais vu personne pleurer aussi fort et aussi longtemps. Elle s'est enfin endormie, il y a une heure.

Il se mordit la lèvre.

– Elle doit être effondrée, murmurai-je, encore stupéfié par la nouvelle.

– Tu savais que sa mère avait disparu ?

– Oui, acquiesçai-je, elle s'était enfin décidée à me le dire. Je n'imagine même pas ce qu'elle endure. Je peux la voir ? Je veux dire… ça ne dérange pas ?

Il agita la main en direction de la chambre, où j'entrai en silence. La fenêtre dévoilait la douce lueur ambrée qui illuminait l'horizon, mais l'obscurité tombait rapidement. Maya était roulée en boule sur le lit, entourée d'oreillers et de mouchoirs. Je m'assis près d'elle et contemplai sa lente respiration, ébloui par sa beauté et sa force intérieure. Malgré son sommeil paisible, elle avait les sourcils froncés, la peau rougie et les yeux gonflés par les larmes versées. J'aurais voulu la prendre dans mes bras, et je dus serrer les poings pour me maîtriser. Elle avait besoin de repos. Lorsque je me levai, cependant, ses yeux s'ouvrirent.

– Cameron… chuchota-t-elle d'une voix rauque.

– Je suis là, ma douce. Juste là.

Je me rassis, soulagé de pouvoir la toucher, et lui passai la main sur le bras. Elle avait la peau froide, mais au moment où j'allais tirer la couverture sur elle, elle s'assit brusquement puis se hissa à genoux pour me jeter les bras autour du cou. Mon nom lui échappa à nouveau, dans un sanglot tremblant. Les frissons qui la secouaient m'apprirent qu'elle pleurait à nouveau. Je la serrai contre moi, mais il nous était impossible de nous rapprocher davantage, car elle m'enserrait dans un véritable étau, comme si la moindre distance entre nous allait signer notre arrêt de mort.

Elle murmura entre ses halètements quelques mots incompréhensibles, auxquels je répondis par un fredonnement apaisant, en lui massant le dos et les épaules. Que n'aurais-je pas donné pour apaiser sa souffrance ! Mais je ne pouvais que tenter de la réconforter, lui offrir un roc dans la tempête qui se déchaînait sur elle. Ses sanglots s'espacèrent, tandis que son souffle se calmait.

Elle se rejeta en arrière, les mains crispées sur mes bras, toujours aussi frénétique. Je les pris dans les miennes et les frottai avec douceur pour lui faire comprendre que nous étions toujours liés. Que je n'allais pas la laisser tomber.

Lorsqu'elle leva les yeux vers les miens, la tristesse céda la place à la gravité.

– J'ai quelque chose à te dire, Cameron.

MAYA

Son regard hésitant souleva en moi une nouvelle vague de tristesse. Il fallait que j'efface ses craintes. Immédiatement.

– Je suis absolument désolée !

– Pourquoi ? Enfin, Maya, ta mère vient de mourir. Pourquoi veux-tu me présenter des excuses ?

– Parce que je t'ai repoussé et que je n'aurais pas dû. Tout ce qui s'était passé me préoccupait tellement que je n'ai pas pensé au mal que je te faisais. Je t'ai fait assez de mal comme ça. Je nous en ai fait à tous les deux… tellement de mal !

Je me mordis la lèvre si fort que je faillis me percer la peau.

– Chut, mon ange, on parlera de ça un autre jour. Il faut te reposer.

– Non, il faut que je te le dise tout de suite. Je…

Je luttai contre le besoin de me jeter une fois de plus dans ses bras, de me fondre dans sa chaleur, et serrai de toutes mes forces ses mains dans les miennes. J'aurais aimé m'effondrer, libérer les sanglots que je retenais, mais je le regardai dans les yeux comme s'il était le seul homme au monde, parce que, pour moi, il l'était.

– Marions-nous, Cameron.

Ses lèvres s'entrouvrirent puis se refermèrent. Ses traits figés m'emplirent d'une peur creuse. Je me demandai soudain si je n'avais pas choisi le pire moment pour dire une chose pareille, mais j'avais besoin de lui comme jamais, et je ne voulais pas qu'il passe un jour de plus sans savoir ce que j'éprouvais.

Le ventre noué, j'attendis une réaction, n'importe laquelle. Mon cœur semblait m'être sorti du corps. Vulnérable, exposée, je compris enfin le courage qu'il lui avait fallu pour me faire cette même proposition. À cet instant, il pouvait rendre à mon âme brisée son intégrité ou me blesser au cœur si gravement qu'il ne me serait plus jamais possible de le donner à quiconque. Ma vie dépendait d'un mot tombé de ses lèvres.

Était-ce ce qu'il avait ressenti ? Lui avais-je infligé une blessure pareille ?

– Tu n'es pas obligée, Maya. On n'est pas obligés.

– Mais je veux, bredouillai-je. Je peux te rendre aussi heureux que tu me rends heureuse. J'en suis sûre. Il suffit que tu m'en donnes l'occasion. S'il n'est pas trop tard.

– Pourquoi maintenant ?

– Parce que… (Je déglutis péniblement, repoussant une déferlante de larmes pour dire ce que j'avais à dire.) Parce que j'ai passé des années à attendre, à essayer de contrôler des choses incontrôlables. Parce que je suis tellement têtue que je n'ai même pas vu à quoi je renonçais la première fois que tu m'as demandée en mariage. Mais maintenant je le vois, plus clairement que j'ai jamais rien vu. Je n'aurais pas dû te repousser à l'époque, et je n'aurais pas dû non plus te repousser il y a deux semaines. Je m'en veux à mort pour ça. Parce que je ne voudrai jamais personne d'autre que toi et qu'on en a assez bavé. Je ne veux plus lutter contre notre amour. Je veux juste être avec toi. Être ta femme. Si tu es d'accord.

Il expira brusquement et me fixa un long moment sans mot dire. Les larmes allaient me rattraper, quand il prit ma bouche avec tendresse.

– Cameron ?

Je le regardai dans les yeux. Ma question s'attardait entre nous.

– Tu veux bien ?

– Évidemment ! Je ne vis pas sans toi. Je t'ai attendue cinq ans, je peux aussi t'attendre toute la vie.

Il me serra tendrement contre lui. Je débordais de la promesse de son amour indéfectible. Mon cœur reprenait vie, une énergie réparatrice se répandait dans ma poitrine et me chatouillait les membres.

Pour la première fois de ma vie, l'amour m'apparaissait tel qu'il était censé être, tel qu'il aurait dû être. Il se ruait en moi et chassait la souffrance ; il s'élançait vers le ciel, nourri des rêves et des espoirs que j'avais entretenus en secret pour notre avenir, à Cameron et moi.

J'entrelaçai mes doigts aux siens et posai sa main sur mon sein, où mon cœur battait pour lui, pour nous. Si nos corps étaient les deux moitiés d'un tout brisé à une époque reculée, nous étions à nouveau intacts, ensemble. Je me jurai que rien ne pourrait jamais plus détruire cette intégrité.

Épilogue

MAYA

Le ventre plein du chocolat chaud et des deux croissants délicieusement peu diététiques dont je m'étais régalée dans notre boulangerie préférée, je me sentais fort bien, malgré le froid. On s'installa sur un des bancs du parc, face au gratte-ciel de Manhattan, les jambes de Cameron tendues devant lui dans l'allée, ma tête sur son épaule, son bras autour de moi. Je souriais.

Les dernières semaines avaient été difficiles, attristées par mes adieux à ma mère, mais la présence de Cameron m'avait soutenue. S'il avait encore subsisté en moi le moindre doute sur sa capacité à me tirer de l'enfer et à m'apporter le bonheur, cette période l'aurait réduit à néant. J'espérais seulement parvenir à faire de même pour lui si jamais le besoin s'en faisait sentir. Je lui devais bien ça. Je lui devais tout.

Un vol d'étourneaux traça une large courbe dans le ciel, au loin, avant de se poser dans les arbres environnants. Le silence retomba, brisé seulement par un pépiement ou un ébrouement occasionnels, comme si les oiseaux témoignaient leur respect à la neige qui tombait maintenant.

– Ils sont drôlement nombreux, dis-je dans un murmure, de crainte de les effrayer.

– Magnifiques, répondit Cameron en levant les yeux. Quoique un peu inquiétants.

– Je ne trouve pas. Les oiseaux noirs portent bonheur, en fait, tu sais ?

Il me regarda, un petit sourire au coin des lèvres.

– Ah bon ?

– Mais oui. Ils symbolisent le changement. Ils sont censés nous lier à la magie de la vie.

– C'est sentimental, mais prometteur.

Je souris, moi aussi, me délectant de sa magie propre, du sortilège qu'il était seul à pouvoir tisser autour de moi.

– Je suis bien d'accord. Pas sur le côté sentimental, sur le fait que c'est prometteur.

Je me redressai pour l'embrasser tendrement. Lorsque je m'écartai de lui, l'émotion voilait son regard. Sans me laisser le temps de lui demander pourquoi, il se laissa tomber sur un genou devant moi et tira de la poche de son manteau la petite boîte noire que j'avais déjà vue une fois. Mon cœur battait à tout rompre. Je lui avais déjà donné ma réponse en l'implorant presque de me donner la sienne, mais on s'en était tenus là ces dernières semaines. L'alliance et autres formalités m'étaient complètement sorties de l'esprit. J'étais sienne et il était mien, on finirait bien par officialiser la chose. Je n'avais plus le moindre doute sur ce que je voulais.

Il ouvrit le minuscule écrin, dévoilant une bague à l'éclat radieux, malgré la lumière terne de l'hiver.

– Maya Jacobs, commença-t-il d'une voix assourdie, vibrante d'amour, j'ai attendu longtemps pour faire les choses correctement, mais je veux que tu fasses partie de ma vie à tout jamais. Acceptes-tu de m'épouser ?

Il n'avait pas terminé sa phrase que je hochais la tête, souriante, les larmes aux yeux.

– Oui. Oui, j'accepte.

Un grand sourire aux lèvres, il glissa la bague à mon doigt. Cela fait, je ne perdis pas une seconde pour l'attirer à moi et le serrer de toutes mes forces dans mes bras.

– Merci ! balbutiai-je.

– C'est juste un symbole, tu sais. Je veux te donner tellement plus !

– C'est fait. Tu m'as donné les meilleurs moments de ma vie, et on n'en est qu'au tout début.

Il m'écarta assez de lui pour m'embrasser, de tendres baisers pleins de confiance.

– Et tu m'as donné les miens.

– Je t'aime, Cameron.

– Je t'aime aussi.

Je souris, des larmes de bonheur plein les yeux, puis inspirai à fond, bouleversée, persuadée que personne au monde n'avait plus de chance que moi. Rien ne nous séparerait jamais.

Les oiseaux s'envolèrent brusquement dans de grands claquements d'ailes et s'éloignèrent les uns derrière les autres. On les suivit des yeux jusqu'à ce qu'ils disparaissent dans le ciel enneigé.

Mise en pages
PRESS·PROD

Imprimé en Espagne
Dépôt légal : février 2017
ISBN : 978-2-7499-3082-4
LAF 2271